阳鸟

王和平 著

第二届漓江文学奖
The Second
Lijiang Literary Award

漓江出版社
·桂林·

图书在版编目（CIP）数据

阳鸟 / 王和平著. -- 桂林：漓江出版社，2025.
7. -- ISBN 978-7-5801-0469-4

Ⅰ. I247.5

中国国家版本馆 CIP 数据核字第 2025AE8435 号

阳　鸟
YANGNIAO

王和平　著

出 版 人　梁　志
出版统筹　张　谦　何　伟
责任编辑　霍　丽　李　慧　王林秀
助理编辑　陈李睿祯
特邀编辑　刘　佳
封面设计　刘瑞锋
内文设计　周泽云
责任监印　杨　东

出版发行　漓江出版社有限公司
社　　址　广西桂林市南环路 22 号
邮　　编　541002
发行电话　010-85891290　0773-2582200
邮购热线　0773-2582200
网　　址　www.lijiangbooks.com
微信公众号　lijiangpress

印　　制　广西民族印刷包装集团有限公司
开　　本　880 mm×1230 mm　1/32
印　　张　11.125
字　　数　270 千字
版　　次　2025 年 7 月第 1 版
印　　次　2025 年 7 月第 1 次印刷
书　　号　ISBN 978-7-5801-0469-4
定　　价　48.00 元

漓江版图书：版权所有，侵权必究
漓江版图书：如有印装问题，请与当地图书销售部门联系调换鸽，阳鸟，鸠属……

——摘引自明·张万钟《鸽经》

1933年3月——

　　国民革命军第二十九军奉命开往前线对日作战。受命接管长城喜峰口的防务。开赴前线之时，军长宋哲元写下了"宁为战死鬼，不作亡国奴"的誓言。

1935年11月——

　　日军以宪兵队、步兵联队、战车队进驻北平近郊丰台镇，驻扎于旧英国兵营。

目　录

第一章　风乍起……………………………………001
第二章　鬼　市……………………………………010
第三章　老米碓坊…………………………………020
第四章　晾鹰台……………………………………031
第五章　家…………………………………………035
第六章　身　世……………………………………039
第七章　往事不如烟………………………………044
第八章　阳台山中…………………………………065
第九章　灰粉鸽……………………………………071
第十章　古镇旅店…………………………………078
第十一章　胜家兄妹………………………………083
第十二章　不期而遇………………………………086
第十三章　风起于青蘋之末………………………092

第十四章　惠郡王府里的日本人	102
第十五章　谋定而后动	109
第十六章　七爷府马号	119
第十七章　肇大年	128
第十八章　九老板	132
第十九章　夏　至	137
第二十章　沈宗尧	142
第二十一章　城墙暗道	147
第二十二章　不怕贼偷就怕贼惦记	155
第二十三章　城头铁鼓	160
第二十四章　丰台事件	168
第二十五章　金波出雾迟	181
第二十六章　断　后	186
第二十七章　见心斋	198
第二十八章　饵	203
第二十九章　北平城里的居酒屋	209
第三十章　堂　会	218
第三十一章　打炮戏	224
第三十二章　台基厂头条胡同七号	228
第三十三章　步步生风	233
第三十四章　三个女人	237

第三十五章　来今雨轩…………………………………242

第三十六章　一封来自三宅坂的电报…………………248

第三十七章　危机下的隐秘身份…………………………252

第三十八章　讲义里放大的照片…………………………260

第三十九章　机　谋………………………………………266

第四十章　鸽子市上那五爷……………………………269

第四十一章　葫芦里到底卖的什么药……………………273

第四十二章　海东青………………………………………276

第四十三章　画猫画虎难画骨……………………………280

第四十四章　雷三爷和老十一……………………………286

第四十五章　风　筝………………………………………290

第四十六章　扎鲁特旗的枪声……………………………295

第四十七章　念　想………………………………………303

第四十八章　错进错出……………………………………310

第四十九章　暗　杀………………………………………318

第五十章　至大至刚……………………………………327

第五十一章　故事原来从这里开始………………………341

后　记　永不消逝的北京记忆……………………………343

第一章

风乍起

仲春天气，温和怡人的微风从湖面掠过，荡起层层涟漪。湖边漂浮着去冬岸边垂柳的枯枝残叶。

靠近五龙亭岸边的仿膳茶社，新近换上了一水儿簇新的藤桌藤椅。

那一年，曾经在宫里做过御厨的赵仁斋和几个同僚，还有被宫里遣散的太监，合伙在北海公园北岸的五龙亭附近开设了仿膳茶社。名为仿膳，就是仿照宫廷御膳的意思。仿膳茶社经营的品种主要是清宫糕点、小吃及风味菜肴，尤以吊炉的空心烧饼夹肉末为一大特色。

眼下这五龙亭的茶座上，满满当当坐了一大圈子的人。众人面前藤制的茶桌上摆满了茶水和各种各样的清宫点心。

今天，北平城里养鸽子数得着的八大鸽棚的棚主，还有一些有头有脸的养鸽子老户统统被邀请过来。张罗此次聚会的是北平国药业同业公会副秘书长沈宗尧。

沈宗尧一看就是富家子弟，地道的洋派人物，细高挑的个头儿，三十几岁的年纪，叼着帕塔加斯雪茄，为了要派，风衣领子总是直挺挺地支棱着。

沈宗尧祖籍浙江越州，说是留洋去学医，不知什么原因却对古都的人文风貌情有独钟，回国时竟毅然决然来到了北平，随身跟着的还有他从德国带回来的十二羽鸽子。在这之后，他拒绝了各大医院的高薪聘请，自己在国药业同业公会里谋得一个副秘书长的职务。说实话，他是先看好了任职的地点，再走进药业会馆去谈任职的。上任之初的条件就是要给他从海外带回来的这十二羽鸽子找个落脚的地方。国药业同业公会为了留住人才，很慷慨地同意将会馆的后院给沈副秘书长无限期地使用。那十二羽"海归"的鸽子就这样跟着沈宗尧顺理成章地住了下来，在北平药业会馆的后院里安了家。

沈宗尧待人接物世故圆滑，八面玲珑。北平城里养鸽子的老少爷们都知道他在崇文门外兴隆街药业会馆的后院里养了两大棚鸽子，还知道他也是一位见了鸽子就没命的主儿。至于他家中妻儿老小的情况，整个北平城却没有几个人能说得清楚。沈宗尧平日里热衷于鸽友们养鸽的一切事宜，有求必应，遇事急公好义，从不惜力，自然为众人所推举，便顺理成章地成了赌鸽时的证人、集鸽竞翔中的裁判。

此刻，沈宗尧抬眼巡睃了一下茶座，操着南方口音说道："我看老少爷们来得差不多了，好像就差'飞元宝'雷三爷了吧？"

大家听见这话，便都前后左右地瞅来瞅去，寻找雷三爷的身影。瑞丰祥绸缎庄的胡大少甚至站起身朝着公园北门来时的方向引颈张望。

说起雷三爷，他家养的鸽子可着这四九城也找不出第二家。响晴薄日，泛着碧青色的万里长空，雷家的鸽子飞了起来，剪直向北去"走趟子"，一绷子来来回回的就是半天。鸽群飞得高，飞得飘。群鸽的哨尾子①发出一种特有的混响，呜呜嗡嗡，横空

---

① 哨尾（yǐ）子，北方养鸽人的说法，指绑缚着鸽哨的鸽子尾翼。

划过,让人们不由得停下脚步仰头观望。

"飞元宝"一词是旗人用来比喻天上飞的鸽子的吉祥话。雷家的鸽子飞得好,久而久之,北平城里雷三爷便多了这么一个前缀尊号。

临湖而坐,这里景致极佳,碧波荡漾的湖面映照着对面琼华岛上挺拔秀丽的白塔和岸边漪澜堂依水而建的丹楼紫阁。

"看来这里还真是一景儿,"坐在藤椅上的胡大少嚼着清宫糕点"小窝窝头",环顾四周,显出一副惬意的神情,"难怪报纸上说国会议员谭瑞霖的次子谭荫孚,就是在仿膳茶社与黄润森家千金举行的订婚仪式。"

沈宗尧翻腕看表,来了好大一阵子了,感觉时间上已经差不多了,他决定不再等雷三爷。此次将大家召集起来,是要商议成立北平赛鸽会的事情。

几年前,侨居上海的英国人伦昌纱厂工程师杰克逊、公共租界巡捕房的柯林伍德等人,组织发起"上海信鸽俱乐部",由美侨比格斯任会长,英侨柯林伍德任秘书长,初期有会员二三十人。当年秋季就举行了六场比赛。

沈宗尧将上海方面围绕鸽子比赛的这些事作为开场白和在座诸位谈了起来,接着说明主旨,准备在北平成立一家赛鸽会。

这是养鸽人最关心的事儿,自然群起响应。

"……明年的这一天将是'北平赛鸽会'成立一周年的纪念日。"自任赛鸽会秘书长的沈宗尧有些动情地说着,认真扫视全场。

沈宗尧最后的致辞赢得众人热烈的掌声。

宣布完"北平赛鸽会"的宗旨与规章,众人商议公推雷三爷为会长。沈宗尧起身,游目四顾,他希望雷三爷应景,最好就在此刻出现。

这时,远远望过去,有三个人沿着湖边西岸步履匆匆,正向这里走来。沈宗尧站直身体观望着,似乎在等待,感觉有什么事情就要发生。众人顺着他的视线不由得也跟着一起观望起来。茶座中刹那间安静下来,小西天那边传来的鸟儿啁啾声清晰可闻。

"嚯,瞧那仨人直眉瞪眼就过来了,八成是有事儿。"茶座中有人在说。

"走在前面的是日本人小津平吉,"沈宗尧眯缝起眼睛,心里转着念头,轻声说道,"东交民巷洋人赛鸽俱乐部的副会长。"

沈宗尧没有说错,走在前面一身西装革履的正是日本人小津平吉,后面紧跟着两个脚蹬高齿木屐、穿着深浅条纹相间的薄棉和服的日本浪人。

"这日本人怎么都串游到这儿来啦?"家住朝阳门的京城养鸽户八大棚主中一位叫耿星河的扬声说道。

"来者不善,善者不来。"茶座中不知是谁又接了一句。

提起日本人,茶座中又不知是哪位消息灵通人士接着说道:"听说昨天丰台火车站又下来了一个联队的日本兵,驻在老英国兵营。"

"那天在丰台,咱是亲眼得见,日本兵营修的工事与二十九军的工事中间也就隔了不到半里地,两边的工事上都架着机关枪,真要招呼起来,谁打谁还真不好说。"座中不知又是哪位紧跟着在发表自己的见解。

说话这工夫,小津平吉走到茶座跟前,看样子日本人并没有要坐下来喝茶的意思。小津身后的两个日本浪人双臂交叉抱于胸前,悠然地站在那里。

沈宗尧移步过来，冷冷地问道："小津先生前来，不知有何见教？"

"沈先生，听说今天你们在这里成立北平赛鸽会，"小津平吉说着一口流利的中国话，"敝人代表东交民巷赛鸽俱乐部表示祝贺。"

小津平吉四十几岁的年纪，供职于北平一家老牌的日本商社。他来北平可是有些年头了，数年头凭资历已然混成了"中国通"。

"小津先生的消息倒是蛮灵通的嘛。"

"没有不透风的墙。"小津平吉的目光无意间与坐在茶座中的胡大少对视了一下，"知道沈先生在这里召集会议，所以特意赶过来，是有一件紧急的事情要拜托在座的诸位。"

"紧急的事情？"沈宗尧本能地想到日本人在玩花样。

"是关于一只鸽子。"小津平吉说着，从西装里袋摸出一张巴掌大小的照片递给沈宗尧，"这是一只日本鸽子，不慎被猫给扑了，大概是背部受了伤，由于惊吓，不知飞到了哪里，遍寻不见，但可以确定的是它并没有死。"

沈宗尧端详着手里的这张黑白照片，这是一只被称为"雨点"的东洋娄鸽的侧身照。鸽子身材健硕，腿脚粗壮；两只脚上各戴有用作辨识记号的不同颜色的脚环；深灰色羽毛，翅膀复羽处有两道宽宽的黑杠。它站在鸽巢里，神采奕奕。

"这就奇怪了，既然是不知下落，小津先生又是怎么确定这只鸽子并没有死呢？"沈宗尧不客气地反问。

"因为就在昨天，俱乐部里给厨房做采买的老崔在隆福寺庙会后面的鸽子市上看见了，这只受伤的鸽子被一个中国人给买走了。"

"说不定买它回去做了下酒菜。"茶座中不知是谁有意讥诮着说,"这个老崔也真是勤儿得慌,管得倒宽,咸吃萝卜淡操心。"

"鸽子市上有很多的鸽子在卖,它受了伤,肯定没有人会买来做菜吃。"小津平吉固执地说,"那是一只非常优秀的鸽子,虽然受伤,但不影响它做种鸽,所以,买走它的人肯定是一位养鸽子的行家。"

沈宗尧看了一下坐在茶座上的一大圈子人,回过头来说:"看来小津先生的话是有所指啦?"

"你们中国有句老话:受人之托,忠人之事。我受朋友之托来找寻,这只鸽子对我的那位朋友来说有着特别重要的意义。既然知道鸽子没有死,那就一定要找到它。请沈先生务必帮忙,问问这里你们的人,有没有人知道鸽子的下落,或者已经买在手里,敝人愿出重金赎回,表示谢意。"小津平吉不由分说地向着沈宗尧弯腰鞠躬,"拜托了,沈先生!"

沈宗尧见状,很不情愿地转过身,向着茶座里的那一圈子人举起手中的照片晃动着,敷衍地问道:"刚才小津先生的话想必诸位都已听见,关于那只鸽子有没有哪位爷知道下落或是听说什么的?"

"这日本人中国话说得还真溜嗖。"茶座中有人在说。

"嘿,你别在这儿没事儿找事儿地瞎耽误工夫啦。"茶座中有人对着小津平吉不客气地说,"不就是一只鸽子嘛。"

"这老小子仗着丰台有他们的兵,弄个茬口儿在这儿找寻咱们来啦?"茶座中有人开始表示反感。

小津平吉毕竟是日本人,没有明白这句话实际说的是没事儿找碴儿的意思,还认真地说:"敝人不是找寻你们,只是在找寻那只丢失的鸽子。"

他的话刚说完,随即引起一片哂笑声。小津平吉忽然明白这些坐在茶座藤椅里的中国人是在嘲弄他。

小津平吉要寻找的鸽子对于他和他的朋友山内己之助来说，确实有着重要的特殊意义。山内家在日本养鸽界算得上是名门望族。丢失的这只鸽子珍贵处不单在于品系优良，最主要的是这只日本"势山系"金星鸽是皇室养鸽人作为朋友间的礼物送给山内的。日后皇室方面询问鸽子近况，又将如何面对？他从胡大少那里得知北平城养鸽子的今天尽数在这里聚会，来这里寻问鸽子的下落，可以省却逢人便问的烦恼，便带人匆匆赶来。满以为会有一个令人满意的结果，再不济，或许可以打听出有关鸽子下落的一些线索，没想到却是这样一个受人嘲弄的局面，小津平吉不由得火冒三丈。

"呵呵，有点儿意思，中国猫扑日本鸽子。"在离沈宗尧和小津平吉最近的一处茶座上，家住镶红旗汛地①砖塔胡同的一个旗人子弟二顺子啜了口茶，放下手中的茶杯，不咸不淡地说，"扑就扑了呗，这是自然法则。"

二顺子这句话最终惹恼了小津平吉，他用日语向站在身后的那两个日本浪人不知嘟囔了一句什么，其中一个日本浪人突然一步跨上前，劈胸一把揪住二顺子，生生将二顺子从藤椅上给拎了起来。那个日本浪人出其不意冲过来，速度之快，动作之猛，确乎让人始料不及。茶座上所有的人坐不住了，"呼啦啦"全都站了起来，看着二顺子面前被带翻的藤桌藤椅，满地的茶水点心。众人错愕间，拎住二顺子的那个日本浪人有意夸大动作，示威似的翻腕顺势一带，紧接着用另一只手又抓住二顺子的腰间，一拧身子，将他狠狠地摔了出去……

就在这时，小津平吉用中国话大声说道："这也是自然

---

① 汛地，分封的居住地。清代八旗在京城划片居住。

法则。"

二顺子手脚慌乱地挣扎着凌空翻了一个滚,嘴里吓得大喊大叫,眼看着就要被重重摔在地上。就在这紧要关头,一双手稳稳地将他接住并扶着他站立起来。没有摔倒在地的二顺子惊惧之余扭头一看,原来是雷三爷站在自己身后。

此刻,雷三爷若无其事地微笑着负手而立,身上自有一种舍我其谁、独步天下的气韵。他什么时候过来的,大家竟然没有注意到。

小津平吉很是惊讶。他打量着这个迟来的中国人——年届四十,中等身量,看上去还有些瘦弱,布鞋长衫,毫无出奇之处,不过就是一个普通、规整的中国人而已。

茶座那边一阵骚动,前来参加聚会的人们纷纷向雷三爷这边打着招呼。

雷三爷颔首微笑算作应答,脚步轻快地向那个刚才摔出二顺子的日本浪人走了过去。站在茶座那里的小津平吉还没有弄清楚这个走过来的中国人到底要干什么,只见雷三爷走到那个日本浪人跟前,伸手转身比划着类似刚才那个日本浪人摔二顺子的动作。雷三爷手势极快,那个日本浪人还未来得及做出任何反应,就已经被摔了出去,狠狠地砸在另一个浪人的身上。

两个日本浪人同时狠狈地翻滚着躺倒在地。小津平吉不由得倒吸一口凉气。

雷三爷站定,下意识用手掸了掸长衫,看着小津平吉说:"这也是自然法则。"

茶座中,八大棚主之一、在南城养鸽子的康长岭康爷不由得扬声为雷三爷刚才这一摔叫了一声:"好!"这位康爷干的营生是天桥跤场上量活儿的,举凡撂跤,他说出的话一准儿是精彩之至,鞭辟入里:"今儿个爷们没白来!早就听人说雷三爷会撂跤,从没见过,今儿个算是开了眼。才刚那个小鬼子摔二顺子,就是皮毛，一看雷三爷摔出的活儿，那是得了咱大清善扑营索爷散手跤的真传！"

形格势禁，小津平吉耷拉着脑袋，只得带人灰溜溜地离开了这里。

与会的众人欢呼雀跃，团团围住坐在藤椅里的雷三爷。有人向着茶社的后厨高声喊着——拿酒来！

夕阳西下，波光粼粼的湖水泛着胭红，荡起微澜。遥望对岸漪澜堂，点点灯火，明灭闪烁，山色深沉，琼华岛上的白塔在暮霭中渐渐变得模糊。

起风了。

第二章

鬼　市

雷三爷半夜起身，头顶三星，来趟（tāng）报国寺前的鬼市。

春分刚过，夜晚多少还有些寒气袭人。尽管出门时身上又套了一件宁绸面钉纽襻的灰鼠皮坎肩儿，走在胡同里，还是不由得打了一个寒噤。

走出胡同东口，横亘在眼前的就是顺承郡王府高大厚实的西围墙，围墙沿着锦什坊街一直向南伸展隐没在尽头的黑暗中。百年府邸，历尽沧桑；宣统逊位，大清倾覆。王府早在十几年前就已成了东北军驻北平的行辕公署，"九一八"事变后，少帅张学良不抵抗的命令就是在这座王府围墙里面发出的。此后张学良又组织北洋政府遗老成立东北外交委员会，于王府内两次召开会议，主张东北问题由南京政府外交解决。日寇入侵，国土沦丧，民众怒其不争，北平市学联发动各大学学生上街游行。前来围府请愿的学子们义愤填膺，在王府青灰色的墙面上用白漆刷下巨幅大字标语——谁要接受交涉的条件，决碎其头颅、火其居。

王府围墙，历经风雨剥蚀，青灰色的墙面，斑驳脱落。当年围府请愿的学子们用白漆刷下的巨幅大字标语还残存着些笔画，在静夜里依稀可辨。

绕过王府围墙的西北角，顺着王府后罩楼外的围墙继续向东走到北沟沿南北通衢的大街上，雷三爷回过头向北望了望矗立在暗蓝色夜空下的白塔，此刻，塔刹宝顶华盖的后面衬着一朵飘浮的白云。雷三爷想起从小就听说过的传说，月光下的白塔没有影子，它的影子在西藏……

夜色微茫中，雷三爷转过身，加快了脚步。

鬼市夜半开市，天一见亮儿就犹如晨风吹雾般消散得无影无踪。世间约定俗成的事情无理可讲，就像荒地的野草，自由自在地长在那里。

到鬼市不能说去，也不能说上，更不能说逛，得说"趟鬼市"。"趟"这个字眼儿透着学问——水深水浅，水急水缓，全凭自己趟着试，有摸着石头过河的意思。

在鬼市，买卖双方讨价还价时要在袖筒里手拉手。天热时就在手上搭块布用来遮盖，生怕被同行看见了手势价码，把买卖给戗了。在鬼市上谈买卖要说行话，鬼市上的行话有如江湖上的切口黑话，从一到十得这么说——么、按、搜、臊、歪、料、俏、笨、脚、勺。鬼市上的言谈举止，神神道道的令人见疑，这也许就是它被称为"鬼市"的原因之一。

雷三爷来到鬼市的时候，恰是这里的热闹时分。

放眼望过去，好大的一片地场，人影幢幢，飘忽不定；人声不高，细语纷杂；灯影闪烁，明灭恍惚。在这一片朦胧迷离中，赌的是眼力，玩儿的是心跳。

老北京人常说鬼市有鬼，那是指假货、来路不明非法的东西多。鬼市上卖的物件儿鱼目混珠、真假难辨；世上有价钱没价钱的东西，这里可以说是应有尽有，五花八门，奇巧杂陈。

鬼市上的摊儿是一个连着一个,倒也井然有序。摊主不吆喝,不招呼,不拉买卖,全凭趟的人自己踅摸东西自己挑物件。别看摊主不说话,可是会拿眼瞟着人看,一副混不吝的样子。买卖双方心知肚明,依仗着天黑借灯光看货,天明便就失去了交易的机会。

摊儿上的灯照例摆放在地上,为的是照亮所出售的物品,但灯光实在是不甚明亮。说到底,真要让您看清楚,就不来这里做生意了。卖主在脚前摆一盏马灯,灯捻捻得小,一灯荧然,简直像是走夜路过坟圈子看见的荧荧鬼火。

雷三爷漫步在鬼市中,影影绰绰到处都是站着的、蹲着的前来趟鬼市的各色人等。他睁大眼睛在寻找一个人——城南"包袱斋"的掌柜侯奎。

"包袱斋"是对打鼓一行的尊称,那是为了不伤人,拣好听的叫一声罢了。掌柜的说白了就是串胡同挨门逐户收旧货的。别小瞧了这打鼓的,其中也有软硬之分。侯奎打的是硬鼓,将本求利。他走大街串小巷,专在旧日的官宦府邸、富家大户的门前转悠,伺机收买金银首饰、古玩玉器、细软皮货、硬木家具、名人书画、寺庙法帖等一应贵重物品。有那潦倒之家急等用钱时,只得变卖祖上传下的老物件儿,拿去典当行,若问起物件儿的来历,说出来怕丢人现眼,失了祖宗的颜面,让人背后说三道四,戳脊梁骨;拿到市场上去卖,又怕失了身份惹人耻笑;可用钱的地方不等人,往往为救急,给钱就卖,因而这上门收购打硬鼓的获利颇丰。只要碰上一宗俏货,足够一家老小半年的嚼裹儿。"半年不开张,开张吃半年",这句俗话就是从打鼓这行里说出来的。

雷三爷在鬼市上摸黑转了一大圈儿,最后终于在靠近北边报国寺石牌坊的坊柱前找到了侯奎。侯奎背靠着坊柱坐在马扎儿上，嘴里叼着京八寸的烟袋锅子，闭眼在眯回笼觉。脚边放一盏带着玻璃罩的半明半暗的马灯，面前铺一张五尺见方的油苫布在地上，上面琳琅满目、嘎七马八摆满了各色物品——骨牌骰子、铜钱古币、烧料"老皮"鼻烟壶、奇楠香手串、老风藤镯子、寒水石、紫水晶、鹌鹑布袋、留都扇骨、鼎炉、酒盅、笔筒、臂搁……

"侯掌柜，"雷三爷走到跟前，俯下身打着招呼，"在这儿眯回笼觉哪？"

"噢，是三爷呀。"还未等睁眼，听声音就知道是谁来了。侯奎立马取下嘴里叼着的旱烟袋，将坠在烟杆上的烟叶荷包连同烟杆顺手掖在腰里，站起来欠了欠身子，给雷三爷行了礼，赶忙又将放在地上的另一只马扎儿递了过去，"三爷您抬举，叫我侯奎就行。"

"有件事儿想托侯掌柜给张罗张罗。"雷三爷没有客气，在马扎儿上坐下后，略一沉吟，"又没地方找您去，后来一想，鬼市儿您每天每的必得来不是，就起了一个大早儿。"

"得，起大早儿让您受累了，三爷是要踅摸个物件儿？"

"这物件儿就怕不好淘换，"雷三爷说完这句话，有些不放心地紧跟着又找补了一句，"价钱上好说。"

"三爷，您客气，是什么物件儿啊？"看雷三爷话说得郑重，出于职业操守，侯奎觉得义不容辞，大包大揽地说，"三爷放心，您要的物件儿，只要没出这四九城儿，就算它是旁门左道的东西，侯奎也一准儿地给您淘换来！"

"侯掌柜，听说过海东青吧？"

"敢情，早年间，旗人可是拿它当宝贝，稀奇珍贵着呢，别看城里头这么多座王府，趁那海东青的可也没几家。"

"行，侯掌柜还真摸门儿！"

"三爷,您鸽子不养了,改行侍弄海东青啦?"

"闹拧巴啦,就是想趸摸一套捯饬在海东青身上的物件儿什么的,送朋友。"

"听您这意思,是想趸摸一套宫里流出来的物件儿?"

"坊间的也拿不出手啊。"

"三爷讲究,您那位朋友,是哪座宅门儿里头的?"

"在东陵,是个陵户。头年回了趟关外老家,在'蹲鹰'的窝棚里耗了半个多月,该他小子得意,拉了一羽海东青的幼雏,纯白色,一根儿杂毛儿都不带。"

"嘿!那可真是个稀罕物儿,记得当年圣祖康熙爷有过一羽纯白色的海东青,叫……叫'玉爪十三黄'。"

"老侯,别露怯了,那不是名儿,'玉爪十三黄'是单崩儿的一个种儿。"一声清亮的童音,分外悦耳,接着侯奎的话茬儿响起在黑暗处。

雷三爷和侯奎顺着话音儿抬眼望过去,一个十二三岁大的孩子从黑暗中走出来站在了对面。借着马灯的光亮,薄暗中,依稀看见那孩子穿着脏兮兮的白布袜,趿拉着一双脱线开帮高勒翘头大皮鞋;棉袄棉裤倒还整洁,胳膊肘还有膝盖的地方缀着补丁;外罩一件盖过屁股、用来当作小大衣穿的藏青色旧花呢西服上衣,袖口高高卷起,露出月白色的丝绸里衬;头上戴一顶实地六合纱的瓜皮帽,帽后缀着二尺长的红穗,帽正是一块玺灵石。这穿戴集清末民初的打扮于一身,既复古又现代,中西合璧,自成一体。

雷三爷忍住笑,注意到这个孩子斜背着一只圆竹口粗线结成的抄网,手里提着一张铁笼抓的圆形鸟笼,鸟笼罩着黑缎面的笼衣。只看那个铁笼抓,就知道这张鸟笼一准儿是内务府造办处的活计,是个宫里的老物件儿。

侯奎饶有兴致地问道:"老十一,海东青这里头的事儿你门儿清?"

"碰巧了,就知道这么点儿。"对面那个叫老十一的孩子回答着,"老侯,小爷让你淘换的'三河刘'的'六块瓦'泥范的葫芦,淘换来了没有?"

"你真是无利不起早啊。"在马灯微黄的光影里,侯奎从放在地上的褡裢里摸出一只色泽深黄、包浆莹润的葫芦递了过去,不无炫耀一口气地说着:"瞧这手艺,真正的'和尚头',荫皮搭叶,瓷皮糠胎,讲究的是听蝈蝈的'本叫',这葫芦还配着骨角雕刻的口盖儿呢。你可得好好谢谢我这大掌柜的,就为这么个玩意儿,腿儿都遛细了才淘换来。"

"老侯,听你这话儿,这葫芦倒像是你从'三河刘'家里拿回来的。你这趟活儿一准儿不是'猫儿盖屎'①,谢啦,谢啦!"老十一放下鸟笼在脚边,蹲下身,隔着地上油苦布的摊儿,伸手接过侯奎递过来的葫芦,看都不看,顺手揣进了怀里,爽快地说:"老侯,咱俩以前的那档子拉手事儿,今儿个算是两清了。"说完,借着地上马灯微弱的光亮,拿起放在油苦布上的那只鹌鹑布袋翻来翻去看新鲜。

雷三爷从旁看这个孩子刚才与侯奎在一问一答间的沉稳劲儿,心知人不可貌相,人小未必不是老江湖。想至此,挪动了一下马扎,将身子往前凑了凑,就和着对方,很是客气地说:"小兄弟刚才说的'玉爪十三黄'倒要请教请教。"

老十一头也不抬,只顾摆弄着手里的东西说:"这'玉爪'是海东青中的极品,外号'羽中虎',从头到爪儿还有翎毛通体

---

① 猫儿盖屎,北京地区歇后语,意即应付差使。其本义指猫掩埋排泄物的本能行为,类比敷衍塞责的处事态度。

洁白，尾翎十三根，比别的海东青的尾翎多长一根儿，所以叫了'玉爪十三黄'。海东青里还有其他的种儿……像'秋黄''波黄''三年龙'什么的。"

"小兄弟见过这'玉爪'？"

"见是没地方见去，听人说起过。"

"小兄弟是在哪儿听说的？"

"在马号里。"老十一回答说，仍然没有抬头，继续摆弄着手里的东西，"什刹海北沿，七爷府的马号。"

"老十一，你说的这都是哪儿跟哪儿啊？"侯奎一脑门子的疑惑，边说边为自己装上一袋烟，"压根儿就没听说七爷府里养过海东青啊？"

"原来养过，时间不长。"老十一又答了一句。

"你还真是门儿清。"侯奎还是有些不相信，"到底是听谁说的呀？"

"七爷府马号的厩丁①海大爷。"老十一放下了手里摆弄着的东西，抬起头，一本正经地说，"海大爷原是王府里的二等护卫，宣统爷离开京城的前一年，打牲乌拉总管衙门孝敬摄政王，从乌拉镇送来了一羽海东青，归海大爷'把食儿'。有一天护卫们摆弄手铳不小心走了火，散弹隔着花窗打进了屋里，正好伤着了那只海东青，没救活。王爷大怒，打折了海大爷的一条腿，罚他来马号喂马。"

侯奎听罢，瞟了一眼雷三爷，转过头来又急忙问道："这已然都民国二十五年了，王府的马号早就没啦，眼下海大爷他人呢？"

"还住在王府马号的西院儿里，屋门口对着院子里的石马

---

① 厩丁，清朝建制，饲养马匹的兵丁。

槽。这只蝈蝈葫芦就是给海大爷淘换的。"老十一站起身,用手捂住嘴巴,困倦地打了一个哈欠,无意中碰到了放在脚边的鸟笼,鸟笼内"扑棱棱"一阵翅膀扑腾的声音,引起了雷三爷和侯奎的注意。

"敢情你这笼子里还有个活物儿哪。"侯奎随口问道,"是从哪儿弄来的啊?"

"英雄不问出处,宝贝不问来路。"老十一弯腰提起鸟笼,掀开罩着的笼衣,半遮半掩露出笼中的一只幼鸽,"今儿个前半夜,小爷在西直门的城楼上用抄网又捎(方言念 sháo)了一只落野的,一看离天亮还早,就奔你这来了。"

"老十一,一会儿天亮散了市,都不许走,咱们去街拐角的四友轩喝两盅。"侯奎好客,热情洋溢地说,"四友轩街壁儿的羊肉床子再叫上它三斤包子,把你捎的这只鸽子交给后厨让给油炸喽,做下酒的菜。"

"想得倒美,小爷这只鸽子不是用来下酒的。"老十一瞪圆了眼睛。

"噢,想起来了。"侯奎确实是想起来了,赶紧凑趣地说,"等到天儿大亮,好奔护国寺的鸽市儿,这只鸽子兴许还能值个仨瓜俩枣儿?"

"就值个仨瓜俩枣儿?"老十一胸有成竹,坚定地说,"老侯,你又露怯了,这只鸽子脚上可是套着环儿呢,那环儿还用黑胶布给裹得严严实实。"

侯奎又被说蒙了,急着问道:"这只鸽子脚上套着环儿,什么意思?"

"老侯,你整天低着头就知道在胡同里瞎转悠,这天上飞的你就不摸门儿了吧。"老十一十拿九稳地说,"这只套着脚环儿的鸽子,用你们打鼓的行话说就是俏货,天亮了,去鸽市儿上碰对了买主，小爷一年的嚼裹儿就都有了。"

"让你越说越玄乎啦！"侯奎一副打死不相信的表情。

"真是隔行如隔山哪！"老十一提起鸽子来了好大的兴致，"鸽子分两种，一种是家门口飞的，见高不见远儿。扬脖儿看鸽子飞那得多累呀，讲究的是，您得低头看院子水缸里倒映着的，蓝天下那鸽子挂高盘旋着往上飞，鸽子十二只为一盘儿，这一盘儿鸽子越盘越高，高到阳光下变成一盘儿十二个闪闪发光的小亮点儿，有的还拉着哨子。还有一种鸽子就是甭管你把它带到多远的地界儿，它也拼着命要飞回来找到家，这种鸽子可就值了银子啦！"

"还，还值了银子啦？"侯奎喷出一口烟，语带讥诮，"满打满算，你这鸽子脚上就算它套的是金环儿，又能有几钱重？"

"得，算小爷倒霉，大半夜的碰见一棒槌，还得跟这儿掰扯。"老十一跺了一下脚，咬着下嘴唇，沉吟半晌，"就这么说吧，但凡是养这种上路放远儿鸽子的，都是拿鸽子当命的主儿！"

老十一的这句话说得雷三爷眼前一亮——他正是一个拿鸽子当命的主儿。

"鸽飞一滴血！"雷三爷倏然站了起来，"小兄弟，你的这只鸽子我能上手看看吗？"

"这位先生是——"老十一不无戒心，拿眼盯住侯奎问道，"老侯，这是你的朋友？"

"嘿嘿，老十一，这回该你露怯啦。"侯奎面有得色，"这就是你向咱老侯三番五次地打听，老早就想认识的四九城有名的'飞元宝'雷三爷。"

"啊——"老十一惊诧地瞪大了眼睛，失声说道，"雷三爷，就是在五龙亭摔日本人的雷三爷？"

雷三爷不吭声，只是颔首微笑地看着老十一。

老十一绕过脚下油苫布铺就的地摊，有意讨好地双手将那张鸟笼举到雷三爷面前。雷三爷打开了老十一递过来的鸟笼，用双手轻轻握住笼子里的那只鸽子，趁着昏暗的光影，还是可以分辨出幼鸽羽毛是灰色的，翅膀的复羽上有着两道清晰对称的黑杠杠。幼鸽肌肉紧实，微微带有弹性，羽毛细密顺滑，龙骨粗壮坚挺。

雷三爷认定这是一羽雌鸽。

东边天际泛起鱼肚白，白里涵青，渐渐变成银色。

哦，天亮了。

第三章

老米碓坊

天一见亮儿，鬼市就散了。

侯奎拉着雷三爷和老十一去了街拐角的四友轩。等到店掌柜将一大盘在街壁儿羊肉床子上叫的羊肉包子热气腾腾端上桌来的时候，雷三爷和老十一熟稔得已经像是多年未见的老朋友了。

饭桌上，侯奎不停地劝酒，雷三爷无意多饮，举起酒盅意思到就算了。老十一倒是不知深浅地喝了一小盅，小脸便已变得红扑扑的了。

聊天中得知，老十一父母早亡，兄弟姐妹各顾各的生计。老十一念完高小就出来闯荡混吃喝了。白天四九城里瞎逛，到处打游飞，有时懒得回家，晚上就睡在什刹海北沿七爷府海大爷的马号里。老十一在家大排行行十一，家里街坊叫来叫去叫顺了嘴，日子一长，老十一的大号竟渐渐为大家所忘记，没什么人知道了。

从四友轩出来，天已大亮。侯奎自告奋勇地要去看望海大爷。雷三爷知道侯奎是想趁机从海大爷手里淘换出当年用在海东青身上的物件儿。王府里用过的东西，不用说，自然是皇家用品，殿堂级的玩意儿。

桌上吃剩了一半的包子让老十一回去时带给海大爷。

雷三爷将老十一准备拿去鸽市上换嚼裹儿的那只套着足环的鸽子给买了下来。眼下，雷三爷是倾其所有，将身上带着的十几块大洋尽数掏出，硬塞进了老十一的兜里。

雷三爷为了一只鸽子出手如此阔绰，并且丝毫不见犹豫的劲头，惊得侯奎连连咋舌。

老十一则坚持分文不取。既然已成朋友，哪还有要朋友钱的道理？不过就是自己晚上睡不着，去城墙上遛弯儿，捎带手划拉来的，再说了又是一只小鸽崽儿。

雷三爷使劲儿摁住了老十一伸在兜里要往外掏钱的小手，说今天身上确实没有多带，这只鸽子也许值更多的钱。

侯奎对老十一说，打今儿起你交了雷三爷这个朋友，以后也就衣食无忧了。老十一撇撇嘴说，谁像你，自来熟，吃朋友的人还能算是朋友吗？

分手在即，雷三爷说好改天让老十一来家，看看他养的鸽子，顺便取回这张鸟笼。老十一听罢，乐得蹦了高儿。

雷三爷手里提着那张鸟笼，望着老十一和侯奎打打闹闹说笑着远去的背影，想着老十一举止言谈的古灵精怪，他打从心眼儿里喜欢上了这个孩子。

"扑棱棱"，鸟笼内一阵翅膀扑腾的声音。蓦然，雷三爷想起今儿个是自家的粮麦行"亮市"之日。

老北京买卖家开张称为"新张之喜"。店面经年显得陈旧，为了更好地做买卖，需要再装修粉饰一新，称为"重张"。"新张"或"重张"的前一日则称为"亮市"。

雷三爷放下鸟笼在脚边，掏出老怀表，揿开表壳看了看时间，抬手招呼过来一辆洋车，坐上后直奔菜市口的自家粮麦行老米碓坊而去。

有清以降，京城买卖粮食的地方称为"老米碓坊"。当年的碓坊主要做旗人的生意。那时凡属旗籍的人，每月由朝廷发给俸禄。俸是银子，禄是禄米。这种禄米都是由南方漕运而来的稻谷。仓储存粮，陈陈相因，年深日久，米色变红，故称"老米"。稻谷须经加工碾出米来，方能食用。京城的碓坊便应运而生，备有碾碓设备，承揽老米加工。入民国后，碓坊亦随之"改朝换代"，化坊为店，专卖粮食。

京城的粮食业分为内三行、外三行。

雷三爷经营的是外三行中的粮麦行，顾名思义，粮麦行就是专到外地采购杂粮与小麦，在市场批发，不做零售。仅采购杂粮一项，就足以使雷三爷认为当初听了家里小姐儿的一句话，盘下这老米碓坊做起粮麦行的生意真是恰到好处——经营这粮麦行的初衷原本为的就是自家的那几百只鸽子的吃食。粮麦行的买卖进项，几年下来，也就是落了个赔本赚吆喝，可他并不在意。

养鸽子的都知道，鸽子以能吃到各种各样的五谷杂粮为最好。

雷三爷当初要盘下这处碓坊准备经营粮麦行，也是一眼相中了这家碓坊地处闹市之中。店面临街，后面是三进宽敞的大院落。原碓坊的坊主有事要回山东老家，碓坊连铺底带房产打包一块堆儿地出售。卖家虽说是急等用钱，谈起价来却分文不让。那天，雷三爷正跟坊主讨价还价，争执得不可开交，猛一抬头，看见北山墙上悬挂着那方镇店的木匾，匾题四字——老米碓坊。这四个字写得是金钩铁划，骨气洞达。

说起这方匾，坊主颇有不舍之意。此四字出自前清一位落第的老秀才之手。雷三爷暗想，果不其然，否则四字笔画间何以充溢着一股悲愤之气？

雷三爷不再与卖主争竞价格了。不得不说，他多少是带着一种情怀做了让步。匾上四字是现成的,粮麦行的商号干脆就叫了"老米碓坊"。

雷三爷提着鸟笼进了店铺,满眼都是同业同仁庆贺店面重张送来的"挂红"。店里的伙计看见东家过来,纷纷打着招呼。他穿过摆满贺幛的厅堂,径直来到了后面的院子。院子打扫归置得很是干净。掌柜杨汉威隔着账房的窗玻璃看见东家走进了院子,吩咐一声让账房里赶紧去给东家沏茶,自己先一步迎了出来,寒暄一句,顺手接过雷三爷手中的鸟笼,将雷三爷让进了上房。

杨汉威抬手将那张鸟笼放在了八仙桌上:"三爷,大清早的,您这是——"

"哦,趟了趟鬼市儿。"雷三爷说着话摘下了罩着鸟笼的笼衣,露出笼中的那只幼鸽。此时,上房内光线明亮,看得更加清楚。鸽子通身羽毛是鲜亮的浅灰色,肚腹处微微有些泛白,尾羽丰厚,尾翼的形状用养鸽子人的话说,是棒槌尾巴[①]。鸽子站在笼中,并不惊慌,挺胸抬头,显得很是精神,两只眼睛警觉地看着周围陌生的环境。

雷三爷吩咐说:"去拿点儿食儿来。"

杨汉威看着笼内的鸽子说:"柜上还有给家里那边掺好的鸽食儿呢。"

"是个小鸽崽儿,单给抓挠点儿,红白高粱、小麦、糙米、香米、五色黍子,再掺上点儿火麻仁,不要多了。噢,凉白开有现成儿的吗?"

"有,有。"杨汉威答应着,扭头走了出去。

一个伙计用盘子端着给东家沏好的盖碗茶送了进来,身后跟

---

① 棒槌尾巴,形容鸽子的尾翼紧实丰厚。

着手里拿着一沓账目单子的账房先生宋梁，他来向东家报告柜上的情况。

伙计将沏好的盖碗茶放在雷三爷手边，转身退了下去。宋梁向东家躬了躬身子，算是打过了招呼。

雷三爷目不转睛地盯着鸟笼里的幼鸽，虽未转头，却抬抬手让宋梁坐下来。

宋梁随即坐在靠窗的一张太师椅上，但未敢坐实，斜签着身子，屁股压着椅子边，将拿在手里的那沓账目单子放在手边的茶几上。

雷三爷只顾盯着鸟笼内的幼鸽，说："老宋，新进的那批杂粮到了？"

"昨儿个晚暮晌卸的车，南七北六十三省的粗粮、细粮、油料粮拢共进了两千八百斤，就是红白高粱米隔了一道手，进价上稍微贵了点儿，进的还是天津西河沿大红桥西边儿北集上的高粱，咱柜上没敢派人再往奉天去，兵荒马乱的……眼下日本人在东北又实行'粮食出荷''粮食配给'……"

"噢，想得周到，就为鸽子吃的高粱，用不着犯这个险。"

"三爷，这次进的粗粮、细粮、油料粮共三十种。"宋梁未等雷三爷搭腔，掏出老花镜架在鼻梁上，高举着账目单子，就着窗户外的光亮，犹如说贯口那样，一口气将这次所进的杂粮如数报了出来："红玉米、红花生、红花籽、小麦、大麦、红高粱、白高粱、青豌豆……"

杨汉威进了屋，拿来了喂鸽子的一盘鸽食和一小罐凉白开。

雷三爷接过鸽食盘子，不放心地低头用手指在鸽食盘里来回扒拉着看了一下掺拌好的鸽食，打开笼门，小心地将鸽食盘子送了进去。幼鸽低下头急速地啄食起来。鸽喙触碰盘底，笃笃有声。

雷三爷注视着笼内吃食的幼鸽。

杨汉威俯下身来轻声说:"三爷,药业会馆的沈先生过来了,我已经给让在前面的厅里了。"

宋梁很会来事,听见掌柜的说话,遂起身向着雷三爷说道:"三爷,如果没有其他的事情,我就先过去了,有事儿您吩咐。"

"老宋,辛苦啦。"雷三爷对步出上房的宋梁嘴里说着客气话,眼睛仍在盯着笼内啄食的幼鸽,看看盘子里剩下的鸽食,估摸鸽子应该吃得差不多了,再次打开笼门,取出鸽食盘子,送进那一小罐的凉白开。幼鸽一下子将喙扎进水罐里,不停气地吸饮起来。

雷三爷关好了笼门,起身对杨汉威吩咐说:"走,咱们会会沈先生去。"

走在院子里,跟在雷三爷身后的杨汉威提醒着东家:"三爷,沈先生过来,说不准还是为了那档子事儿。"

"你说的是哪档子事儿啊?"

"就是外面风传您手里有一张喂鸽子的'魔鬼配方'。"

杨汉威三十岁上下的年纪,中等身材,面容清秀,典型的南方人长相,说起话来轻声细语,做起事来精明干练。你想到的,他能想到;你想不到的,他也能想到。因此甚得雷三爷的赏识。

杨汉威三年前从江苏盐城来京城投靠亲戚,没有了着落,不得已,在老米碓坊当伙计暂且存身。那时也就是雷三爷刚刚接手老米碓坊的第二天。杨汉威见东家为人行事豪爽仗义,是个讲究人;东家见杨汉威识文断字,在柜上做起事来也格外小心巴结。没过多久,杨汉威成了老米碓坊粮麦行的掌柜。

日子一长,杨汉威渐渐知道了东家开这粮麦行的买卖不为赚钱，只为方便自家养的那些鸽子的饲料吃食。用雷三爷的话说，几百羽大铭鸽，和人一样，在吃食上可是不能亏嘴。尤其是在鸽饲料的配比上，更加挑剔讲究。喂鸽子看似也就是往地上撒把粮食，其实这里面的学问大着哪。这不是，就连掌柜杨汉威都以为药业会馆的沈宗尧是又来向雷三爷讨要喂鸽子的"魔鬼配方"的。

　　沈宗尧坐在八仙桌旁喝着茶，看见雷三爷进来，连忙在烟缸里摁灭了雪茄，起身摘下头上戴着的英伦爵士礼帽，将脱下来的支棱着领子的风衣搭在椅背上。

　　雷三爷再次举手肃客，宾主落座。

　　"三爷，多有打搅，沈某是无事不登三宝殿。"

　　"沈先生请指教。"

　　"三爷客气，沈某不敢。"寒暄过后，沈宗尧略微调换了一下坐姿，"去年瑞丰祥绸缎庄的胡大少'明插'输给了您一场，前天他来会馆看我，嘴里是不依不饶，非要和您再来一场'暗插'。"

　　沈宗尧口中说的"明插"与"暗插"是在鸽子指定赛以外赌鸽的翻新花样。"明插"是到比赛那天送出鸽子时，鸽主当场再指定某羽鸽子，另外约定赌金。参与"明插"的鸽主儿交纳的全部赌金，自然是归鸽子在异地放飞后最先归巢者的鸽主所得。而"暗插"则是要在鸽子破壳出生第五日，给幼雏套脚环的当天就要下注。环有环号，一号一注，下了赌注后再不得更改。雏鸽套上脚环后，为防止作弊，众目睽睽之下，当即封环，以示公正。"暗插"比"明插"风险要大得多，原因在于，被封了脚环定下赌注"暗插"的幼雏要等到几个月后方可成长为用于比赛竞翔的鸽子，这期间雏鸽可能生的疾病和各种导致死亡的意外实在是不可预测。

养鸽子的都喜欢较劲，唯我独尊，为的是要显示自家鸽子养得好，要替自家养的鸽子扬名立万拔个份。大家在将鸽子拟人化看待这事上又有志趣的共鸣，于是乎带有浓重赌博色彩的指定鸽赛就应运而生了。其中，由赛鸽而衍生的法则"明插"与"暗插"则成了比试鸽子的重要手段、热门的话题。

沈宗尧现在是赛鸽会的秘书长，说起此事，自然是一手托两家。

"我看就算了吧。"雷三爷息事宁人，不欲张扬地说道，"胡大少要是面子上下不来，我把那彩头儿退给他，免得大家伤了和气。"

"欸，三爷，瞧您把话说到哪里去了，愿赌服输嘛。"沈宗尧对雷三爷说的话很是不以为然。

"沈先生是南方人，想来有所不知，早先这四九城的老家儿们都管这鸽子叫'气鸽'，就是指为了鸽子打架，到头来谁跟谁的都'过死了'，是个惹闲气得罪人的事儿。"雷三爷平心静气，轻声说道，"小时候，为了鸽子，我没少挨家里人的打。当年，也是家慈定下规矩，养归养，不许和人家比飞鸽子。"

"哦唷，原来三爷养鸽子，还是有'家训'的。"不经意间，沈宗尧知道了雷三爷轻易不与人赛鸽的原因，"北平城里都说三爷的鸽子养得好，可就是不见三爷和谁比飞鸽子，原来如此。"

"去年给九老板庆生，大家捧场，玉华台饭庄摆了席。在饭桌子上，是胡家的那位大少爷死乞白赖地非要拿鸽子见个高低，赌个输赢，当着众人，也是一时之气，就答应了。"话里话外，雷三爷对这件事显然是抱有歉意。

"胡大少这次的意思是翻一番，要和三爷打许昌到北平空距七百公里的'暗插'。不过，胡大少行事还算局气，有言在先，到时候送鸽子去许昌的汽油车脚钱由他掏腰包，租的是法国人在东单开的飞燕汽马车行的大卡车。"

"哦，胡大少是要从黄河的南边儿开打。"

"三爷，就说从黄河的南边开打，这里边有什么问题吗？"沈宗尧听出了雷三爷话里似乎还有未尽的意思。

"这里有个缘故，幼鸽在许昌开笼，头一次往北飞越黄河，河面宽，阳光照射下，河水像一面大镜子反着光，胆小的鸽子不敢过，便掉头一直向南扎，再不回头，最终成了天落鸟。"

"啊，原来关窍在这里。"沈宗尧恍然大悟，他端起盖碗茶的托碟，用茶碗盖浧着茶叶，吹了吹浮在水面上的茶叶梗，吸溜了一口茶水。随即又转眼觑着雷三爷，慢慢将身子探了过来，故作神秘，有意压低了声音，生怕让人听去了似的，说："这两年胡大少不知从谁手里搞来了几羽东洋娄鸽，应该是跟本土的鸽子配了对，作育出了第二代。没想到，去年秋天放飞石家庄输在了您的手上。要在以前，他胡大少怕过谁呀。最近估摸他鸽棚里的第三代又快破壳了。"

"沈先生说胡大少的鸽子是用东洋娄鸽配的对儿？"雷三爷注意地听着，似乎想到了什么，说道，"说起国外的鸽子嘛，沈先生你那里的几羽是德国的，东交民巷侨民商会赛鸽俱乐部里洋人养的鸽子也都是从西洋带过来的，胡大少的东洋娄鸽是从哪里弄来的⋯⋯看来这个胡大少和山内商社的日本人有了来往？"

"哦，胡大少和日本人'过鸽子'，三爷倒是比沈某知道得还清楚？"沈宗尧重又坐直了身子。

"不过是推想而已。在北平的几家做买卖的日本人当中，只有山内商社北平分店的山内己之助和小津平吉养鸽子。"

"三爷想的有道理。据说山内家在日本大正时代就养鸽子，在日本是养鸽世家。山内家的鸽子一战后还被送到德国去参加比赛，他曾给我看过照片，那是一只山内家族留种的鸽子，鸽子脚上套着的是一枚德国足环，上面有戴着皇冠的鹰头图案，鹰的脖子上刻的是鸽子的出生日期。"

"小津平吉带人来五龙亭，应该是为了那个叫山内的日本人来追问鸽子的下落？"

"看来是这样。那天在五龙亭，砖塔胡同的二顺子说得没错，中国猫扑日本鸽子，有点儿意思。"沈宗尧笑着说。

"猫是有灵性的！"雷三爷若有所思，"日本人来中国养鸽子，总让人觉着这里面好像还有什么别的事情。"

"上个礼拜东交民巷洋人赛鸽俱乐部打公棚三关赛，听说最后是日本人的鸽子得了第一。"说到日本人，沈宗尧换了一个话题，脸上现出忧虑的神色，说，"三爷，最近日本又往丰台增兵了，扬言是为了保护什么日本侨民。"

"别听他妈的日本人胡说八道，不过是个借口！"雷三爷提起日本人就要动气。

"日本人很清楚中国内部存在的矛盾。国民政府名义上完成了国家的统一，实际上徒具形式，因有地方实力派存在，中央对这些地方缺乏有效控制。"沈宗尧谈起国事来也变得沉重，"华北正处于这种状态，行政院驻北平政务整理委员会也是象征意义大于实际意义，改组重建的冀察政务委员会，也是两面讨好，谁也不得罪。日本人想利用华北实力派宋哲元与国民政府间的矛盾，向华北渗透，正大力强化日本在华北的影响力。"

"报纸上还觍着脸说什么汪精卫的国民政府行政院，为满足日本'华北特殊化'的要求，撤了宋哲元察哈尔省主席的职，同意中央军撤出河北，取缔河北省的反日团体和反日活动，这不就是等于把整个河北拱手送给日本人了吗？"

"是啊，这实际上意味着国民政府放弃了华北的主权。"

"不说了,一说就来气!"

"三爷,听说您在丰台街里看上一块地,准备建鸽棚,有这回事吧?"沈宗尧话锋一转,岔开了刚才那个给人添堵的话题。

"一家口外人开的车马大店,去看了一趟,地方倒是不小,四周也很空旷,方便鸽子飞起飞落。难得的是院子里还有口甜水井。听买卖房屋的'纤手'说,车马店的掌柜要回口外,不再回来了,急着找下家儿呢。"

"看样子还是缓一缓的好。"

"二十九军在丰台的驻防不是纹丝儿没动吗?"

"听说在南苑的二十九军军部要挪地方了。"

第四章

晾鹰台

紫禁城北的积水潭有北海子之称。南苑地处永定河流域，皇城近郊的这方水乡泽域得天独厚，这里自然就叫成了南海子。元世祖忽必烈因狩猎之故取名"下马飞放泊"；明成祖朱棣以"南囿秋风"让南海子入列明代燕京十景；清圣祖康熙也曾在这里的晾鹰台上校阅过八旗劲旅；民国以后，这里就成了驻兵之地，安室利处，拱卫京师。

中国国民革命军陆军第二十九军的军部就设在南苑。南苑抗日青年干部训练班就设在南苑晾鹰台，与二十九军军部相邻，隔着一个海子。

抗日青训班可谓名副其实，一水儿的青年学生兵。雷天鸽和她在国立北平艺专学美术的同班同学温君怡也是这一批的学员。

春日午后，阳光和煦。几百名学生兵整整齐齐地列队在操场上。整洁的灰布军装，军帽上的金属帽徽在阳光下闪闪发亮，帽檐下一张张略带稚气的脸庞英气十足。

海子里微波荡漾，清风徐来，令人心怀一畅。

操场边电线杆子上挂着的大喇叭里，循环播送着韵律感极强的鼓舞人心的《义勇军进行曲》。学生兵一动不动，笔管条直地站立着，他们在等待部队最高军事主官军长宋哲元的到来。

营区大门，岗亭前值双岗的士兵持枪保持着纹丝不动的站姿。一堵砖雕的影壁对着营区大门。

远远地，营区门前一条不太宽阔的黄土路上，军部侍从卫队的三辆军用敞篷吉普车头前开道，后面紧跟着两辆黑色轿车慢慢驶了过来，停在营区门前。

前面吉普车上跳下来几名披挂双枪的警卫，四下站开，警戒周围。后面两辆轿车车门打开，一袭长衫的宋哲元和束着武装带一身戎装的参谋长相继走出汽车。

营区门前值双岗的士兵齐齐向长官举手敬礼。

参谋长向前走了几步，这才发觉军长并没有跟上来，他回过身，有些不解地看着军长宋哲元。

宋哲元背手站在车前，眉头微蹙，看着参谋长，无可奈何地摇摇头："想了一下，还是你进去代我宣布青训班解散，我说不出口。"

"军座，小不忍则乱大谋，既然是委座电令，不准刺激日本人，又与您何干，我看还是您进去——"

"你去，这是命令。"宋哲元认真地说，"眼下日本人进逼丰台，你我就是当头炮，二十九军命悬一线，局势堪忧。记住，寸土寸金，既不能退，更不能让。一个原则：不说硬话，不做软事！"

宋哲元说完，回过身低头钻进汽车，车门在参谋长面前"砰"的一声关上了。两辆担任警卫的侍从吉普车一前一后护卫着宋哲元乘坐的黑色轿车扬长而去。车轮滚过，荡起一长溜烟尘。

春天的晚霞格外清亮耀眼，夕阳的余晖笼罩在晾鹰台青训班营区的操场上。

正对着营区大门的影壁背面，是一块大大的长方形黑板，平日里，黑板上总是写着些宣传抗战的美术体的大字标语。

现在，黑板上的大字标语已经被擦去。踩在凳子上的雷天鸽正在黑板前用粉笔奋力作画，她的全身沐浴在晚霞的余晖里。黑板上的粉笔画此刻在霞光中现出鲜艳的血红色。

操场上空荡荡的，距黑板不远处，站着雷天鸽在国立北平艺专的同班同学温君怡。她抬手习惯性地向上扶了扶架在鼻梁上的眼镜，默默注视着在黑板前用粉笔作画的雷天鸽。

雷天鸽椭圆形面庞，忽闪闪两只大眼睛，顺直浓密的头发扎起一束马尾辫，眉宇间透露着一股男子英气。虽说长得酷似母亲，脾气秉性却是像极了父亲。平日里说话粗声大嗓，快人快语；行起事来襟怀开阔，刚正不阿，并没有一丝矫揉造作的忸怩之气。

下午，在操场上列队整齐的学生兵，等来的不是军事主官为抗击侵略者激励斗志的训话，而是一道解散青训班的命令。眼下华北局势动荡，岌岌可危，一片风雨飘摇。日本人不断向北平增兵，狼子野心昭然若揭。民族存亡，抗战在即，此时却让青训班解散，学员则被要求各回各校读书，美其名曰各安生计。

操场边电线杆子上挂着的大喇叭，仍在循环播送着《义勇军进行曲》，在这雄壮的乐曲声中，青训班悄然解散了。

雷天鸽先用拖、转、摆、顿等手法在黑板上轻轻勾勒出图像色块的轮廓框线，然后将粉笔横卧在轮廓框线内，来回滑动，填充颜色，再用手指或手掌将细节涂抹均匀，使画面色块肌理趋于自然，如同国画中的写意泼墨一样。

夕照中，随着雷天鸽手里的粉笔不断移动，黑板板面右侧三分之一的部分逐渐呈现出崚嶒的山势，高耸的危崖。危崖之上，近处一员中年武将红袍裹着铠甲，手按长剑伫立，遥望远方；身后一匹壮马，迎风昂首嘶鸣，牵马的兵士用力紧紧勒拽着缰绳；将军的身后十数员部将，怒马征衣；再后面便是黑压压整齐排列的士兵，中间一杆"岳"字大旗在疾风中猎猎翻卷。剩余三分之二的板面直至左侧边框，是那画不尽的起伏山峦、河流与平原，云遮雾障，若隐若现。

　　黑板上的粉笔画在余晖映照下，色彩开始变得浓重亮丽。

　　雷天鸽用粉笔完成了一幅红色的黑板画，这幅画一气呵成，酣畅淋漓，笔触生动清晰，线条刚劲流畅，形象简约而壮美。最后，她沿着黑板的最左边竖行写下了四个大字——还我河山。

第五章

家

街上的路灯亮了。

雷三爷提着那张鸟笼走在胡同里。胡同里不知谁家在用葱姜炝锅炒菜,混合着不知谁家淋洒花椒油的味道飘浮在空中。归家的行人步履匆匆从身旁走过。

在路灯微黄的光影里,逐亮的虫蛾在飞舞盘旋,走街串巷的小贩身影到处晃动。叫卖的有"臭豆腐、酱豆腐",有"瓜子、花生米",有"小磨香油"……各种极有韵味儿的吆喝声,此起彼伏,悠远而绵长。

胡同深处,雷三爷就要到家了。老北京城的春夜被叫得上名和叫不上名的花香气包裹着;屋角墙根儿叫得上名和叫不上名儿的虫儿蠕动着;夜空中雁么虎①幽灵般的影子上下翻飞。夜晚的古城在不知不觉中变得静谧起来。

雷三爷轻轻推开自家的大门,走了进来。

雷三爷抬脚刚刚迈过垂花门,小姐儿在院子里便迎了上来。她顺手接过了雷三爷手里的鸟笼,一边往上房走着,一边关切地

---

① 雁么虎,北京方言中对蝙蝠的特定称谓。

说道："你半夜出的门，怎么这前儿才回来，找见侯奎啦？"

"嗯，他倒是满口应承，赶到天亮，又想起今儿是'亮市'的日子口，就直接去了柜上。"

"吃过晚饭没有？"

"药业会馆的沈先生过来了，有的没的聊了一下午，杨掌柜给叫的广和居的'盒子菜'，在柜上胡乱吃了一口。"

进了屋，看着放在八仙桌上的鸟笼，雷三爷伸手解下了笼衣。

灯光乍亮，那只幼鸽站在笼中，两只眼睛警觉地看着周围陌生的环境。

"哟，哪儿来的这只鸽子，怎么给放在鸟笼子里啦，别说，还真挺精神的。"小姐儿说着话，端过一杯沏好的盖碗茶，用手试着摸了摸茶盏的温度，送到雷三爷面前，"刚沏的，喝着正好……后院三个棚的鸽子下午那前儿就喂完了，又给上的老房土，抢着吃呢。"

雷三爷接过小姐儿递过来的茶盏，顾不得喝，放在桌上，对小姐儿说："这只鸽子，像是有些来历，得好好瞅瞅，您给我拿把小剪子来。"

小姐儿回身找来了针线笸箩，从中拿出一把小剪子。

雷三爷双手将鸽子握住，小姐儿则小心翼翼地用剪子尖挑开了鸽子足环上密封着的黑胶布。灯下细看，铝皮足环上是压凹出来的一长串阿拉伯数字，数字的最前面是三个日文假名——かほく[①]-1936-002。

"这是只日本鸽子？"小姐儿很是惊讶，"你歇着，我去把这只鸽子先送死棚。"

---

① かほく，中文即华北。

"死棚"是养鸽人对于种鸽棚的俗称。鸽子繁衍后代，非常讲求严苛的血统遗传。一般选定做种的鸽子都是极优秀的鸽子，专门用来培育性状优良的下一代。因怕丢失，不再让其出棚飞翔，故称"死棚"，是相对鸽子飞进飞出的活棚而言。

"我也去吧，溜溜儿一天，还没见着鸽子呢。"雷三爷起身，手里握着鸽子，沿着抄手回廊，向后院走去。小姐儿跟在后面，说："大妞儿刚才回来了，饭都没吃，提着油画箱子又走了，说是今儿晚上去她同学温君怡家，不回来住了，明儿一早起俩人就伴儿去写生，让我跟你这当爹的言语一声。"

姑娘大了，有些事情，他这当爹的也不好深说，好在还有小姐儿当家。雷天鸽乳名大妞儿，雷三爷早年丧妻，至今没有续弦，膝下只有这一个闺女。用老百姓的话说，她可是雷三爷的掌上明珠、命根子。

"大妞儿不是在青训班吗，怎么回来了？"

"孩子回来说南苑的青训班突然给解散了，脱了军装，让各回各的学堂。"

"这才几年的光景啊，二十九军怎么就变厌啦？"

"说是南京那边来的命令，怕刺激了日本人。"

雷三爷没有再吱声。他和小姐儿放轻了脚步摸黑来到后院，没有打开院子里的灯，担心院中灯光猛地乍亮，惊扰了鸽子。

后院很是宽敞，为养鸽子，院子里东西相向地搭建起了两座大鸽棚，中间还有一座种鸽棚，即"死棚"。鸽棚搭建得很是高大宽敞。两座大鸽棚的最上边安装有曲尺形笼状的晒台，为平常鸽子水浴后晒太阳之用。晒台高约三尺，用细密铁网包裹。一个鸽棚的晒台由东转向北，另一个鸽棚的晒台由西转向北。雷三爷养鸽子很有讲究，雌鸽与雄鸽常年分开饲养，所以雌鸽、雄鸽各占一棚。

死棚的鸽子更是如此。棚内中间留有一身宽供人进出的通道，通道两侧同样用细密铁网将雌雄鸽隔离开来。每到春季，雷三爷才有目的有选择地允许死棚里的雌雄种鸽在一起配对繁衍。

　　院子里有了响动，棚里有鸽子警觉地"咕咕"叫了起来。

　　摸着黑，小姐儿打开搭建在北墙前的死棚的栅门，雷三爷走了进去，将手里的那只鸽子放进了雌鸽那半边棚里去，随后退了出来，关好了栅门。

　　雷三爷躺在床上，伸手拽了一下系在床头的灯绳，拉灭了吊着的电灯。黑暗中，他盯着那只从泥灰顶棚垂挂下来的拳头般大小的铁砂壶出神，那是用来控制吊灯升降配重的。他满脑都是睡觉前送进后院死棚的那只套着铝皮足环的日本鸽子。据老十一讲，这只日本鸽子是在西直门城楼上用抄网挡下来的。要知道，越是优秀的鸽子，小崽儿开家初飞时越容易游棚。那么这只幼鸽到底是从哪儿飞过来的，犯了迷糊，找不着家，落在了西直门的城楼上？不知道是不是山内商社那两家日本人养的鸽子。在他的印象中，这种亮灰羽色的鸽子他还是第一次见到……

　　雷三爷想着想着，就快睡着了。就在他自己觉得迷迷糊糊似睡非睡时，猛可里听见大门被"咚咚咚"地敲响。继而，院子里响起了脚步声，应该是小姐儿起身去开门了。雷三爷翻身坐了起来，用手拽了一下灯绳，打开电灯，便听到院子里响起了小姐儿与另一个人说话的声音——

　　"深更半夜，这才几点钟啊，书院那边出了什么事？"

　　"山长怕是不行了，说是有事要托付，务必请雷三爷过去一趟！"

　　"就现在吗？"

　　"是，请您跟三爷回一声，车子就等在外面。"

第六章 身 世

雷三爷大号雷皇城，在雷家大排行中行三，故京城里人称雷三爷。

雷家祖上从康熙爷时起就是内务府如意馆的画画人，"工写照，兼善写生"。雷家几代传承，供奉内廷，高祖雷野轩曾奉敕为皇上画鸽作谱，从乾隆庚午年至辛巳年历时十一年完成了《百鸽图》，极尽绘物之妙。此图册甚得乾隆喜爱，封赏雷野轩为一等画画人，官授从五品。

难怪雷三爷有时当着众人摆谱，常说一句口头禅——我祖上那是有品秩的。

雷三爷五岁上失怙。那天的晚暮晌，突然间，启祥宫如意馆急急打发人来报，他的父亲雷庭芳不知何故猝死在画案前。雷庭芳喜欢画鸽子，雷三爷也自幼喜欢养鸽子，视鸽如命，唯不喜丹青。雷氏一门尊长大为不满，视此子玩物丧志，不可救药。雷三爷除了娘疼他，也就不指望再招什么人待见。

老北京人关于"气鸽"的说道，在幼时雷三爷的身上确乎有过真切的体现。幼鸽游棚，今天你招来我的，明天我又逮住你的。好鸽子人见人爱，哪还舍得送还给养鸽子的本主儿呢，不给就打架，打架就玩儿命。小时候的雷三爷因为鸽子没少在外面与邻里的小伙伴们打架，三天两头儿的有人跑到雷家来告状。等告状的一走，雷氏门里父兄辈的尊长们就替他那早早故世的爹行使管教他的职权……

夜晚灯下，每每是娘含着眼泪给他那被打得红肿的屁股上涂抹着金创药，小雷三爷硬是一声不吭。

孩子们因为养鸽子相互淘气，打打闹闹，纷纷扰扰，终日不得闲。长此以往，事情便是一个不了局。雷母心一横，咬牙将小皇城远远送至居庸关的叠翠书院去念书。叠翠书院的山长穆松是雷庭芳生前挚友，自然是一诺无辞，担负起对雷皇城识字读书、启蒙人生的重责。

说雷三爷打从六岁起养鸽子，仔细算起来，此话并不确实。中断了养鸽子的那些时光，正是雷三爷在叠翠书院念书的那几年。

雷三爷生性刚猛好斗，可自小体弱。为了强身健体，母亲令他拜家中侍女小姐儿的父亲，善扑营西营副翼长兼教习索德顺门下学习撂跤。

小姐儿从此成了雷皇城的师姐。

小姐儿姓索，闺名索彩筠，祖上正红旗满洲①人氏。祖父为清代善扑营教习，父辈也都是善扑营扑户。今古兴亡欻乃间，辛亥革命后，朝廷不见了，六部立马儿解体没了章程，俸禄嚼裹当然得自己去找辙张罗。善扑营的扑户们骤然星散，各逃生路，有的开馆授徒，有的卖苦力谋生。索德顺倒驴不倒架，不愿意去那大宅门里看家护院，迫于生计，就在天桥撂跤卖艺养家糊口。

---

① 正红旗，清代八旗之一，旗色纯红。正，满语发音 zhěng。满洲，满族旧称。

索彩筠打小儿生在扑户家里，除却料理家务做些女红，倒也识字念书。及至长大了一些，又常去营里给阿玛送饭，来来往往、进进出出，这经年累月的耳濡目染，对于相扑撂跤的一招一式也是谙熟于心。

摔跤的人都说，天子脚下也称王，这是说继承了历代善扑营的遗风、王者的风范。善扑营的摔跤有讲究，上场时摆出的架势要小，使出的动作要快准狠，见招拆招，使巧绊儿，四两拨千斤，轻盈迅捷。

小姐儿家的上房里，迎门放有一张她阿玛索德顺的大照片。照片镶在红木的相框里，以示庄重。照片中的索德顺憨憨地笑着，头顶上盘着粗壮黑亮的大辫子；身上穿着红线走边的麦子色褡裢，腰间系的是一条粗糙而宽大的骆驼绒绳，裸露着肌肉虬结的双臂；下边是两裹的外穿套裤配蓝布水裙，水裙是布库[①]的一种服饰；脚上穿的是前脸儿凸出来，名叫螳螂肚儿的官练厚底靴子。据说这张照片是美国摄影师雷尼诺恩正巧路过西四牌楼时拍的，那天他见胡同东口有座寺庙，就要进来看看，恰逢索德顺换好褡裢正准备下跤场，就在那一刻，雷尼诺恩走进了庙里，拍下了这个瞬间。

正是索德顺这张英武威猛的照片，瞬间打动了小皇城，因而根本没用他娘和小姐儿多说什么，高高兴兴、心甘情愿地去学了摔跤。

尚武精神从来都是国家的血性、民族的骨气。

雷三爷拜师索德顺，自此日复一日、年复一年随师傅练习功夫。走鹰步、倒花砖、扔制子、踢碌碡。摔跤的功夫讲究通天贯日、欺拿相横、踢抽盘跪过、撒折闪拧控、蹦拱排滑套、把拿里

---

① 布库，满语，即摔跤。

倒勾二十八种秘诀，将这些秘诀练成了，才能使绊子摔人。说起摔跤的绊子，那真是名目繁多，大绊子三千六，小绊子如牛毛，真是让人眼花缭乱，一言难尽。

根据雷三爷身架虽羸弱但灵动的特点，索德顺开始偏重教授雷三爷一些应变机敏的"散手跤"招数，如叼拿锁扣、钩挂连环、挨傍挤靠、闪展腾挪等。这路跤法讲究手如钳、脚生根。二人对峙，重点在以快打快，上盘撕、崩、捅，要抢把位在先，下盘同时配合，整套动作刚中有柔，绵里藏针，长于以小制大。左道旁门，散揸结合，瞬间将对手制于末路。其中拿腕弹拧子、勾腿子两手跤式后来被雷三爷使得是炉火纯青，游刃有余，摔遍四九城，所向披靡，名动京畿。

雷家与京城赫赫有名的风筝老铺古家是世交，也是儿女亲家。古家是正黄旗人，曾在朝中任"供奉"一职，主管皇宫中描绘宫扇、扎制风筝等扎彩事务。由于古家扎制风筝技艺精湛，深得慈禧太后的赏识，故赐匾额"趁风万里"一方。

雷家祖上曾给古家祖上的风筝老铺画风筝面。到了雷庭芳这辈上，雷庭芳画的风筝面设色雅丽，精致细腻，图案别具一格，生动活泼。他将绘画与风筝技艺融为一炉，使风筝除放飞外，还适合近处观赏，成了一种独具风采的壁挂物件。他画的风筝在古家老铺卖得特别好，逢年过节，可谓一筝难求。后雷庭芳突然辞世，古万里亦重情重义，严守与雷庭芳当初指腹为婚的承诺，最终与雷家做了儿女亲家。可偏偏事与愿违，雷三爷的妻子古筱凤刚刚产下女儿大妞儿，便得了一种叫不上名儿的月子里的病，等不及延医用药，说走就走，撒手人寰。人吃五谷杂粮，哪有不得病的道理。雷三爷的老丈杆子、风筝老铺第九代传人古万里对于独生女儿的早逝悲痛欲绝。古老爷子不依不饶地一口咬定是雷三爷对他的女儿照顾不周，扬言从此与雷家恩断义绝，再不许雷三爷登门。

　　雷家的日子，亏得小姐儿英雄气概、侠肝义胆，几十年如一日地照料。小姐儿宁可误了自己的大好青春，也要对得起当年雷母临终前对自己请托抚孤的那一句话，任劳任怨、里里外外操持这个家，照顾着雷三爷，又拉扯着有爹没娘的雷天鸽。

　　小姐儿整整大了雷三爷十五岁。这在平常人的家里头应当喊一声"老姐"。雷三爷打小就由索彩筠抱着、领着，那时喊的是"小姐姐"，日子一长，叫顺嘴就喊成了"小姐儿"。

　　雷家一门四代为官，出入在紫禁城掖庭。在京城，这种官宦人家或是旗下人家自然有着与平常百姓人家不同的忌讳、规矩和讲究。大宅门里年长的仆从，礼遇殊深，虽说尊卑有分，也似家里人一样看待，隐隐兼有管束小主人的责任和权柄。小姐儿在雷家就拥有这种不可撼动的地位。再说了，原本又是雷皇城的师姐，做主子的每每碰到事情上，即使心中不快，表面上仍要装出虚心受教的样子。

　　索家和雷家原是在一条胡同里斜对门地住着。索彩筠也是额娘去得早，索德顺没有续弦，生怕后娘给闺女气受。就这样，一个糙爷们没好没歹地拉扯着他这个闺女。那时索德顺上庙伺候差事，有黑没白、有早没晚的，只丢下索彩筠一人在家。邻里街坊的低头不见抬头见，索彩筠就常去雷家串门，她后来的识字念书也是得力于雷母对她的指教。日子一长，索德顺看雷家也是正经人家，大院子里冷冷清清，快人快语地也就同意了将自己的闺女放在雷家，给雷夫人做了侍女。哪知如此一来，索家的女儿日后竟成了雷家掌事的。

第七章

往事不如烟

雷三爷坐着来接他的车赶到叠翠书院时，天已破晓。

居庸关城楼巍峨，两侧山势峻拔雄奇。汽车颠簸着驶过关内满饰浮雕的天台券洞，停在了书院大台阶的下面。雷三爷抢步登上台阶。

书院前面是一座建于明弘治年间的三门四柱"泮宫"石牌坊。石牌坊是儒学的棂星门，坐西朝东。书院房舍面对关城东侧的叠翠峰，故书院取名"叠翠"。

居庸关自古乃兵家必争之地，这里却有着一座书院。琅琅书声无形之中给这戍敌的雄关重镇平添了几分儒雅的气息。

走进院子，雷三爷停住脚步，抬头看了看在晨曦中渐渐显露的书院上方，那是当年戍边时存储粮食的圆仓。站在自己小时候与同门师兄弟认字读书的聚乐堂前，雷三爷稍稍平息了一下惶急忐忑的心绪。他走过聚乐堂，径直来到后面的院子里，放轻了脚步，举手推开了山长穆松卧房的房门。

卧房中寂然无声。烛台上一根粗如儿臂的素蜡正在向上蹿跳着烛苗，烛苗周围被巨大的阴影所笼罩。一席长榻，山长穆松静静地躺在那里，盖着薄被，身上似乎没有一丝生气。榻边围着几个书院的子弟，个个敛声屏气，满脸慌悚之色。

曙色透窗而入。

微明中，雷三爷走近长榻。也许是生命与生命之间的一种感应，雷三爷刚刚俯下身来，平躺在长榻上的山长穆松就慢慢睁开了眼睛。

雷三爷坐在榻前的一只圆凳上，注视着自己的师长，泪水渐渐浸润了眼眶。穆松从被角下伸出枯瘦的手指，轻轻按在了雷三爷的膝盖上，不想自己又剧烈急速地喘息起来。

"先生，到底发生了什么事？"雷三爷急急问道。

"扶我坐起来。"穆松喘息着。

站在榻边的几个书院弟子赶紧过来，小心翼翼地将山长扶坐起来。

山长喘息着，抬了抬手，书院的弟子们微微弯腰鞠躬，一个个悄然地退了出去。

卧房里再次岑寂下来。

透过窗子向外看去，晨岚缥缈。巍峨的居庸关，险峻崚嶒的山势，削铁般的立仞断崖，层叠起伏的峰峦，丛山中绵延不绝没有尽头的古老城墙。

雷三爷耳畔响起山长穆松低沉的话语声："三十年前，辛亥革命的前几年，先生那时还在总理衙门当差，你爹在如意馆，同朝为官，并不认识，后来为了一件事，先生找到你爹……"

一段尘封的历史向雷三爷扑面而来。雷三爷突然想到，也许往事并不如烟……

时光回到清末的京城。

南城正阳门外的街衢犹见商业繁华，老字号买卖家望衡对宇，麇集蜂萃。往来人群熙熙攘攘，热闹得沸反盈天。

第七章 往事不如烟

坐落在这一带的湖广会馆在京城众多茶馆中那是绝对数得着的。会馆茶楼集听戏品茗于一体，是文人墨客应酬作答常去的地方，也是京城里的八旗子弟打发时光、消遣玩乐的场所。

总理各国事务衙门的总办章京穆松在衙门里下了值，特意打发苏拉①将自己的名刺专程送至启祥宫如意馆，盛邀正在画鸽谱的一等画画人雷庭芳来此品茗，其实是有话要说。

穆松坐在茶座上，看着院中花木扶疏，一派雅致的景象，想着堂官昨天派下来的差事，心里突然烦躁起来。

雷庭芳在茶房的指引下来到座位上，穆松起身与雷庭芳相互见礼。同朝为官，自是不必过多寒暄，为雷庭芳斟过茶后，穆松便开门见山，直奔主题。

"雷大人，听说了吧，皇上的师傅翁同龢在常熟虞山离世，得寿七十五年。"

"当年，为海战一事，惹恼了皇上，发回原籍，那翁老儿实在是咎由自取！"雷庭芳呷了口茶水，"穆大人，平心而论，一个巴掌拍不响，那李鸿章也不是省油的灯。"

"甲午战败，马关签约，咱大清雪上加霜。屈辱，真是屈辱！"雷庭芳义愤填膺，继续道，"那海战不是在大东沟那里和日本人比军舰的个儿大小，得用炮弹真往上招呼才行。据说，打着打着炮弹没有了？"

"北洋水师一连七年没有买过一发炮弹。"穆松摇摇头，一声喟叹，"当年翁同龢假公济私，把他与李鸿章的个人恩怨带到朝堂上，死抠着户部的银子不撒手。别说买炮弹了，就连日常维修军舰的费用都不拨给。"

---

① 苏拉，满语，清代内廷机构中担任勤务的人。

"如果是这样，倒是真有些说不过去了，难怪龙颜震怒。"

"是啊——"穆松语调变得有些低沉起来，"十一年前，康济号舰上都司喜昌喜大人因海战失利，不忍偷生……"

"啊，就是签订《马关条约》的第二天，在总理衙门前自焚的那位？"

穆松哀戚地说道："喜昌喜大人和我是发小。"

喜昌是镶红旗满洲人氏，十五岁上考进了海军内外学堂，五年后结业时成绩荣获第二名，被派上北洋舰队的康济号练习舰实习。

甲午海战一役，北洋水师全军覆没。康济号本来也在被俘的舰船之列，日本联合舰队司令官伊东佑亨批准该舰解除武装，并允许挂大清龙旗，载着丁汝昌、张文宣、刘步蟾、杨用霖、戴宗骞、黄祖莲等为国捐躯将领的遗体，还有幸存的千余军民驶离刘公岛。康济号形单影只行驶在波涛翻卷的海面上，成为唯一一艘存世的北洋水师军舰。

喜昌目睹了康济号甲板上那一具具用白布紧紧包裹着的为国捐躯将领的遗体，自觉愧对列祖列宗，不愿偷生苟活于世。就在《马关条约》签订的第二天，他毅然决然地来到东堂子胡同的总理各国事务衙门前，面对大门正中"中外禔福"的额枋，自焚明志。喜昌此举期冀警示国人务要抗争，不可沉沦。

喜昌之死震动朝野。他行为壮烈，可谓国士无双，说起来着实令人扼腕唏嘘。

"喜大人真乃国士也，悲哉，壮哉！"雷庭芳激赏感奋之余，由彼及此，想到了自己，"国家兴亡，匹夫有责，雷某也是七尺男儿身，可惜报国无门，手中不过画笔一根……"

"哎，雷大人此言差矣。"

"请穆大人指教。"

"眼前即有一事，看似是小事，实则也是丧权辱国之举，心里实在是咽不下这口气，想请雷大人鼎力相助。喜昌喜大人泉下有知，在你我来说，也算是告慰死者。"

"今日蒙穆大人见召，必是有事情差遣，雷某愿尽微薄之力！"

"雷大人最近是不是正在画鸽谱？"

"那年老太后看了雷某人祖上画的《百鸽图》，还曾亲赐了'传神妙笔'匾。后来不知怎的动了念头，前几日，内务府总管世续大人从颐和园过来传老太后口谕，要如意馆再画一册百鸽新谱，不许临摹旧图谱，还要工写照兼写生。"雷庭芳端起茶杯，呷了一口茶水，"这不是，上命难违，只得每天带人去鸽子房挑选可以入画的鸽子，装在笼里带回如意馆，以备写生之用。"

"雏凤清于老凤声，传承有序，雷家历代是画鸽的高手，这差事自然是非雷大人莫属。"

"穆大人过奖，雷庭芳怎敢和高祖比肩而立？"

"就为雷大人画鸽谱一事，特请雷大人过来一叙……"穆松将头凑近雷庭芳，说话的声音越来越低，有如耳语一般。

从西华门出来往北经过福佑寺，转向西过金鳌玉栋桥，就到了西安里门。在这里紧挨着司钥库的便是皇家鸽子房。

皇家鸽子房沿用了前明鸽子房的旧址，豢养鸽子千余只，各色品种应有尽有。后来景山鸽子房裁撤，将鸽子一并合养在了这里。别看内务府都虞司管着打牲乌拉衙门，打牲乌拉衙门管着天上的飞禽、地上的走兽，可这鸽子房的隶属却偏偏跟内务府都虞司不沾边儿，它是由稽查祭神房众人出入的苍震门首领太监管辖，鸽子房里的鸽子则由苍震门派出的八名太监专司喂养。

鸽子房占地开阔，转圈儿是高高的围墙。坐北朝南搭建了长长一排高大宽敞的鸽棚。鸽棚前面一大片空场中间立有一根几丈高的旗杆。从旗杆顶端直垂下来一根绳子,上面系着一长溜儿五颜六色的旗子。放飞鸽子的时候,拽紧绳子,五颜六色的旗子升了起来,被风吹得呼啦啦地翻卷招展,鸽子被飘飘彩旗所恫吓,拼命地在鸽子房的上空绕着圈儿地飞。

这个时辰在外面当值看守鸽子房的是两个年老的旗兵,年纪都在六十开外,搭眼一瞅就知道是行伍出身。一个满脸络腮胡须,一个唇边挂两绺细髯。脑后都拖着一条花白的辫子。一身油渍麻花的前襟带有"兵"字号坎的戎装已经分不清到底是什么颜色了,脚上穿的靴子咧着帮绽着线,两把长长的腰刀戳在身后的墙边。二人坐在大门一侧围墙的阴凉地儿里,一只小炕桌,撒半桌瘪花生,各自身后的小板凳上放着各自的顶戴。二人嚼着"半空儿",对坐喝着闲酒。

雷庭芳和穆松穿着官服来到鸽子房的时候,也就是辰时刚过。雷庭芳手里捧着的两袋排叉,是他天还没亮就特意打发人从沙窝门的瓮城裕顺斋糕点铺买回来的。裕顺斋的排叉名闻遐迩,香满四九城。

站在鸽子房广亮大门不远的地方,穆松收回目光,小声说道:"雷大人,这……这里就是鸽子房啊?"

"雷大人又来提鸽子?"隔桌对坐的旗兵老行伍中两绺细髯的首先扬起脸来搭讪询问。

"昨天如意馆的苏拉把鸽子送回来了吧,今日里再挑上几只带过去。"雷庭芳说着话,将手里的两袋裕顺斋排叉放在了小炕桌上,"裕顺斋的排叉,此物佐酒最佳,这是打发人特意跑去沙窝门的瓮城买来孝敬二位爷的。"

"唔,雷大人,您也太客气啦。"络腮胡须抬手习惯性地捋了一下下颔的络腮胡,"不像昨儿个郑王府过来的那几个奴才,来鸽子房借鸽子配对儿，眼睛直往上翻，一帮狗仗人势的东西……我呸！想当年老子跟着僧王在通州八里桥闯阵，骑马挥刀冲进老毛子洋枪队时，那几个还在他娘的腿肚子里转筋呢。"

"得，得，老蒯，嘎杂子搋咧子的话你就少说几句，不把你当哑巴卖。"坐在对面的两绺细髯的老行伍生怕他的伙伴再说出一些不中听的话来，扭头对雷庭芳说道："雷大人，您快请，赶紧着进去张罗差事吧。"

放在挎笼里的鸽子"咕咕"地叫着。换了一个新环境，挎笼内的四只鸽子显得不那么安分。鸽子长得都很秀气出挑，羽色白中混杂着浅浅的绛紫。鸽挎笼被放置在画案斜对面的矮几上，便于作画时观察。

如意馆当值，雷庭芳作画时的注意力始终集中不起来，某种思绪一直在缠扰着他。现在，他有些犯困，使劲地摇摇头，试图从那种莫可言喻的思绪纷扰中摆脱出来。他从画案上抬起身，将手里的画笔放在笔架山子上，然后离开画案，走到锦支摘窗前，再次坐了下来。他想透透气，尽量让自己更清醒些。扭头看着外面空荡荡的院子，如意馆朝南一排几十间房，此刻，竟然没有一个人进出或是走动，甚至连一点声响也没有。雷庭芳开始怀疑，偌大的如意馆是否只有他自己一个人。

今天早上，他和穆松在鸽子房挑鸽子时，仍像前几日一样，以给老佛爷画鸽谱为名，虚张声势地大肆挑拣所谓可以入画的鸽子。可当他虚虚实实、真真假假地最终拣出了穆松想要的那四羽鸽子时，鸽子房里的一个鸽把式——那个长得干瘦干瘦的名叫玉印的老太监却突然出现在面前，横扒拉竖挡地推托搪塞，死活不愿意让这四羽鸽子出棚。问其缘由，却又不说。只得归咎于事前没给这位叫玉印的老太监打醒。

由于鸽把式玉印的固执阻挠，最后不得已，只好由苍震门首领太监亲自去向内务府总管世续大人再一次证实，太后老佛爷确有画鸽谱的口谕。来来回回这么一折腾，已近中午时分。临走时玉印又千叮咛万嘱咐，酉时务必要将这四羽鸽子送回来。

日影西斜，就要散值了。如意馆的两名小苏拉走了进来，一人一边抬起了鸽挎笼。雷庭芳知道就要将挎笼内的鸽子送回鸽子房了。他忽然紧张起来，虽然说挎笼里这四羽鸽子的身形羽色与那被调包的四羽鸽子很是相似，但是要想糊弄鸽子房那个叫玉印的老太监却也并非易事。看来只能死死咬定今日从鸽子房接出来的就是这四羽鸽子。他想起了中午穆松带走那四羽偷换出来的鸽子时叮嘱他的话——打死不松口，神仙难下手。

两名小苏拉抬着鸽子挎笼已经走出了画房，雷庭芳也随即跟了出来。抬头看着邻近的启祥宫，此刻，晚霞化作数不清的耀眼的光点儿在殿顶的黄色琉璃瓦上闪烁跳跃。估摸时辰，按照穆松所说，总理衙门派去鸽子房拣选鸽子的官员恐怕现在已经将那些拣选出来的鸽子装笼启运了。

雷庭芳正在思忖间，猛一抬头，只见鸽子房那个叫玉印的老太监身后跟着一群人迎面走进如意馆，那群人中有官员也有带刀侍卫。穆松没有来，应该是为了避嫌。刹那间，雷庭芳的心反而沉静下来。他知道，惊慌解决不了问题。

"啊，这不是玉印玉爷嘛，您怎么过来了？"雷庭芳装作什么也没有看出来，一副感到意外的样子。他紧走几步，迎了上去，不紧不慢地说："这酉时刚到，正要打发馆里的苏拉将这四羽鸽子送回鸽子房呢，您也太性急了，还亲自来接。"

"雷大人，不是咱（zá）家性子急，是总理衙门立等要将鸽子房的三百羽鸽子装笼启运，就差这四羽鸽子啦。"玉印走得急，喘着气，说着话的当口上横了一眼等在旁边抬着鸽挎笼的那两个如意馆的小苏拉。

"装笼启运,运往哪里呀?"雷庭芳明知故问,一副浑然不知的样子,"别说得跟有那么一回事儿似的,鸽子房不下千余羽鸽子,哪里就差了这四羽?"

"哎呀,巧啦,雷大人,您今日里挑拣出来给老太后画鸽谱的这四羽鸽子正是开列在清单里排第一的鸽子。"玉印尖着嗓子,有些气急地说。

"什么清单,谁开列的清单?"

"东洋人。"

"东洋人真是穷疯了,要地盘儿要银子不说,怎么连鸽子也要?"

"雷大人,"跟来的为首的那位总理衙门官员在旁边搭了腔,"李中堂十年前在马关春帆楼里不敢说的话,让您在这儿都给说了,下官佩服。"

"这位大人是——"雷庭芳问道。

"下官梅东川,在总理衙门任帮办章京,此次奉上命随总办章京穆大人将这三百羽鸽子送至'关东州'。"

雷庭芳听着这话不顺耳,反问道:"大清国有'关东州'这地方吗?"

"下官失言,就是大连,嘿嘿——"话说秃噜了,梅东川有些不好意思,"三百羽鸽子要在那里交割给东洋人,眼下鸽子房的鸽子已经装笼,尚未启运,只因差您手里画鸽谱的这四羽鸽子,此事已经禀告过内务府总管世大人了。"梅东川说到这里,用眼睛扫了一下两名小苏拉手里抬着的挎笼里的鸽子,继续说道:"东洋人向朝廷要的这三百羽鸽子,是不是当年作为条约附加的款项,那就不得而知了。您瞅瞅,就连画鸽子这么芝麻大点儿的事儿,太后老佛爷也得跟着受憋屈。"

玉印在一旁催促道："梅大人，那就请张罗吧，鸽子房那边还等着装笼呢。"

梅东川见说，随即向着雷庭芳拱手作别，急急说道："雷大人，公务在身，下官告辞。"说完率众急步走出如意馆。

如意馆抬着鸽挎笼的那两名小苏拉亦步亦趋，紧随其后。

雷庭芳手心里捏着一把汗，好悬，亏得穆松早有预料。随即又暗自庆幸，那个叫玉印的鸽把式匆忙间居然没有看出来送回去的这四羽鸽子其实是已经被调了包的。

目送着梅东川一群人走出如意馆，想到画房里的画案上还有画了一半的画稿应该收拾起来，雷庭芳转身走回画房。看着铺在画案上的白描线稿，可惜，只画得鸽子耳羽、颔下还有鸽颈部位，接下来正准备画肩羽和背羽。不管怎么说，这幅画虽然不再画下去了，但总算是给自己在这件事情上留下一个念想。他从笔架山子上重新拿起了毛笔，蘸上墨汁，又在那只天青色的笔舔上理顺了笔锋，应该在画纸落款处写上今天的日子，下面再用上钤章，否则伤了画局……

"雷大人！"玉印尖着嗓子叫了一声。

雷庭芳着实吓了一跳。握笔的手不禁一抖，一滴墨汁滴在了纸上，墨汁迅即洇漫开来。他回到画房以后，思绪一直集中在刚才的事情上，眼睛只顾盯着画案上那半幅画稿，玉印何时折了回来，他竟毫无察觉。

玉印干瘦的身影鬼魅似的一下子就飘到了雷庭芳面前。

隔着画案，玉印审视的目光在雷庭芳的脸上巡睃："雷大人，小苏拉抬去鸽子房挎笼里的那四羽鸽子，可不是今儿早上您从鸽子房接过来画鸽谱的那四羽。"

雷庭芳心里很是沮丧，这四羽调包的鸽子，到底没有蒙混过这个老太监的眼睛。可他刚才为什么不戳穿这件事呢？

"玉爷，您这话是什么意思？"雷庭芳强自镇静。

"雷大人，咱家倒要谢谢你。"说完这句话，玉印好像不放心似的回头向门外张望了一下，"总理衙门应付差事，真要把那四羽鸽子送给了东洋人，咱家也是打死不愿意。你们到底把那四羽鸽子给藏在哪儿啦？"

"什么叫藏在哪儿啦，玉爷，您这话儿是怎么说的？"雷庭芳心里"咯噔"了一下，敢情这老家伙鬼得很，说不定今天在鸽子房接鸽子时他就已经窥破玄机，却有意不动声色，来了个顺水推舟，将计就计。

可为了这四羽鸽子，又何至于此？

"今儿早上，雷大人和总理衙门那姓穆的来鸽子房，咱家一看你们要接出去的鸽子，就什么都明白啦。"隔着画案，玉印冷笑一声，"老佛爷要画鸽谱，这事儿没商量，可没想到你二人借着这事玩儿花活。咱家问你，你和那姓穆的是怎么知道这四羽鸽子底细的？"

"鸽子就是鸽子，能有什么底细，难不成鸽子房要变成档案房了？"

"天底下的鸽子大致上是一个模样儿，可它们跟人一样，在能为上可是天差地别哟。咱家伺候了一辈子的鸽子，实话告诉你，这鸽子就是咱家的命。鸽子都是雀蒙眼，天一黑，落个高处就不敢动了，天一见亮儿才能活泛。唯有你们换走的那两对鸽子，在夜里都能照样儿地飞。东洋人还他娘的挺贼咕，什么好要什么。"

"玉爷说的下官不知道。鸽子房那么多鸽子，活蹦乱跳的，到处飞，老佛爷要画鸽谱，下官只挑长相俊的、羽毛花色可以入画的。"

"你们换走的那两对鸽子，你知道值多少银子吗？"

"就那四羽鸽子？"雷庭芳暗自嘀咕，太监贪财，果不其然，到底还是冲着银子来的。能用钱摆平的事儿就不是事儿，大不了打点些银子给他，省得再来纠缠，"值多少银子，倒要请玉爷说个数目出来？"

"无价！"

"您在这儿敲竹杠哪？"

"那四羽鸽子就是在夜里照样能飞的灰粉鸽，"玉印对于雷庭芳的揶揄毫不理会，板着面孔，一字一字地说，"咱大清国就剩两对这样的鸽子了！"

自然界有个残酷的法则，越是优秀的物种，越难存活。

玉印最后的这句话足以鼓荡人心，雷庭芳是相信的。虽然穆松并未和自己说过这四羽鸽子的底细，但这件事情如此进行，正是最好的佐证，难怪穆松找到自己行此换鸽之事。虽说几羽鸽子看似微不足道，一旦送了出去，也正如穆松所说，实属丧权辱国。

突然，雷庭芳感到从后背传来一阵压榨性剧痛。心绞痛发作了，令他难以忍受，他想躺下来缓解一下疼痛……

雷庭芳想用手撑住画案，不使自己跌倒，但剧痛使他丧失了所有的气力。在他跌倒的瞬间，扶住画案的左手却带落了那幅画稿。面前飘落的画稿映入他的眼帘，他在倒下的最后时刻里，突然后悔起来，想到应该把这幅画画完，画干后还要罩染淡青灰色，鸽子的喙和爪应该再用曙红分染……

玉印急步绕过书案，蹲下身扶起雷庭芳——他要继续追问那四羽灰粉鸽的下落。

他将躺在地上的雷庭芳揽在怀里，试图用力将雷庭芳搊起来，忽然发觉雷庭芳的身体是绵软无力的。他伸手在雷庭芳颌下颈部按了按，感受不到一丝脉搏的跳动。

夕阳的一抹余晖扫过如意馆画房的地面，雷庭芳静静地躺在那里。他的面庞是红润的，有如睡着了一般。

由于当时山海关以东的地区被称作关东，俄国人便将旅大租借地称为"关东州"。日俄战争中日本人赶走了沙皇俄国，占领了大连，承袭了沙俄在大连的所有特权，大连一地由此成了日本的"关东州"。

穆松作为大清国领衔使节，将运来的三百羽鸽子在"关东州"的关东都督府与有关方面的日本人交割完毕。日方要尽"地主之谊"，都督府派出的日方通译陪同人员有意带着他们来到浪速町。这里是当年大连最热闹的商业步行街，其市井之繁华熙攘可以和当时东京的银座相媲美。步行街上几乎都是日本人做买卖的铺面，船塚店铺、几久屋百货、白小木屋洋服店、满书堂图书店、森永店铺等诸多商家鳞次栉比，一家挨着一家。

在浪速町与高山通交界处名为大和美山的酒店里，众人欣然入座，屈腿跪坐在榻榻米上，在身穿和服妖娆多姿的艺伎的依偎陪伴下，喝着日本的清酒，品尝着所谓的日本美食。在日本传统艺能弦乐三味线的弦曲声中，大家都有些陶陶然了。

酒已过半，醺意渐浓，最初的拘谨在不知不觉中消失。屈辱签约的心理阴霾似乎已经散去，心中的芥蒂渐渐放下了，谈话更趋热烈起来。

一席盛宴，尽欢而散。在安排给使节下榻的西式酒店房间内，两个日本侍女为客人铺好被褥，躬身倒退着走出去并带上了房门。

已是夜半时分。宽衣后的穆松辫子盘在脖子上，端着高脚玻璃酒杯呷着洋酒站在窗前。窗外，喧闹的市声渐渐低沉下去，俯瞰一街的灯火依然闪闪烁烁，朦胧而恍惚。他突然想到藏匿起来的那四羽鸽子，不知它们今晚是否安然无恙？

突然，响起了轻轻的敲门声。

穆松将目光从窗外收了回来，一口喝干了杯中的威士忌。慢慢转过身，漫不经心地走过去打开了房门。

门外走廊上，站着下榻在对面房间的随员帮办梅东川。梅东川身穿官服，脑后拖着大辫子，顶戴应该是放在自己下榻的房间里了。梅东川撤后一步，屈膝打千，轻声说道："卑职给大人请安。"

"怎么，还没有歇下来？"穆松让进梅东川，然后转身走到客厅一角的吧台后面，从台子上拿起酒瓶，要为自己再斟上一杯酒，"东川，有什么事吗？"

"大人，这趟差事总算是办完了。"梅东川下意识地环顾了一下房间，看上去并没有要坐下来的意思，"刚才吃饭的时候，看样子，日本人很高兴。"

"回去在中堂面前可以交差了。"穆松端着酒杯慢慢走了过来，坐在沙发上，"你请坐，在这里，不必拘着礼数。"

"大人，卑职有句话不知当讲不当讲？"梅东川仍然站在那里。

"你我之间不必拘束。"

"那卑职放肆了。穆大人，如果日本人知道了这三百羽鸽子里头掺着假，会怎么想呢？"

"噢，你这话是从何说起？"穆松有些警觉。

"鸽子房的鸽把式太监玉印，大人应该是认识的。"

"去鸽子房接鸽子时，不过一面之识。"

"据鸽把式太监玉印说，日本人开列的清单上排在第一位的便是灰粉鸽，想必这鸽子的底细日本方面也是知道的。卑职担心,三百羽鸽子已经交付,倘若日后这东洋人……"

"你的担心,大可不必。"穆松一声冷笑,打断了梅东川要说的话,"倘若日后日本方面问起来,便说灰粉鸽能夜里飞翔,不过就是传说而已,又有谁真的见过。典籍中也从未见有过记载,无凭无据,东洋人也只有干瞪眼。那玉印贪财,故意有此一说,不过是要勒索一些银子罢了。"

"大人既然知道不过就是太监勒索钱财的花样儿,那四羽鸽子却为何要给顶替下来?"

"当年海战失利,马关签约,大清割地赔款,受尽屈辱。眼下日本人又索要三百羽鸽子,目的何为,不得而知。这在日方开具的清单排列第一位的鸽子,管它是真是假,总不能让日本人为所欲为,想要什么就给什么。"

"穆大人恐怕还不知道——"梅东川欲言又止。

"知道什么?"

"卑职和穆大人押运鸽子启程的那天傍晚,雷庭芳雷大人就为这四羽鸽子在如意馆里自裁了。"

"什么——"穆松一下子从沙发上站了起来,走近梅东川,"你是如何得知?"

"那日,卑职从如意馆取回那四羽鸽子和穆大人就要动身时,鸽子房的那个鸽把式玉印赶回来,就在那时,他告诉卑职雷庭芳雷大人在如意馆自裁这件事。"

"你……你那时为什么不告诉我?"

"玉印一看三百羽鸽子已经装笼,出发在即,担心大人知道这件事后,行期肯定要耽搁。卑职也认为雷庭芳自裁事小,耽误了给日本人送鸽子事大,所以卑职斗胆没有告诉大人。"

"置同僚生死于不顾,就为给日本人送鸽子,你我无异于汉奸!"

"大人言重了，雷大人何以自裁？是穆大人和雷大人合谋将朝廷要送给日本人的灰粉鸽偷梁换柱，卑职也是顾全大局。那玉印还说……"

"说什么？"

"玉印说，只要告诉他这四羽鸽子的藏匿之处，他便作罢，否则——"

"否则便要告诉日本人？"

"玉印没有说，卑职也没有说，是大人自己说的。"

"你为什么偏偏在这个时候说？"

"现在说岂不正好。这件事的始末根由大人自是清楚，但此事如若与日本方面交涉争执起来，恐有伤朝廷颜面。"

梅东川的这句话听起来有些模棱两可。穆松感觉到了什么，此刻无法去细想，更不能分神。梅东川有意在拿捏这件事，他似乎在等待一个时机，而这个时机就是现在。看来他是有所预谋，想至此，穆松决定要摸清他的这个属下的真正意图后再做区处。

走廊里似乎传来了轻微的脚步声，侧耳细听，若有若无。

"你在胁迫本官？"穆松压低了声音，有意无意地向门口乜斜了一眼。

"依卑职的意思是，大人回去后自请休致，这样一来，日后东洋人追问起这件事，总不能让朝廷替大人背锅吧？"

"日后东洋人追问起这件事？"穆松追问，"这么说来，东洋人眼下还不知道这件事情？"

"那就要看大人识不识时务了。只要大人同意交出那四羽鸽子——"梅东川的脸上露出邪恶的奸笑。

穆松鄙视对面站着的这个卖友求荣，不，有可能卖国求荣的家伙。古人说"机事不密则害成"，一点不错。当断不断反受其乱，穆松打定主意，绝不能让梅东川走出这个房间。

"时候不早了，大人请安置。卑职请大人三思，卑职在离开这个酒店前希望得到大人的答复。"梅东川说完，转身就要离开房间，"想想刚才日本人的招待，那几个东洋娘们儿还真是够味儿……"

梅东川径直向门口走去，不容穆松再有任何的犹疑。急切间，穆松顺手抄起摆放在茶几上沉甸甸的雕塑摆件，一尊铜铸的雕像，狠狠砸向梅东川的后脑……

梅东川的身体倒在房间的地毯上。穆松双手颤抖地站在那里，手中的雕像此刻显得格外沉重。雕像有着神一般的凝重尊严，双唇紧闭，一双炯炯有神的眼睛凝视着远方。

就在此刻，房间的门悄无声息地打开了，一个穿着和服的蒙面人走了进来，随手带上房门，走到尸体边蹲下，比划了个抬起的手势。

不遑多让，穆松和那个不请自来的蒙面人一左一右架起了刚刚殒命的梅东川，将他送回了走廊对面的房间。那个蒙面人手脚麻利地将梅东川的尸体摆放在客厅沙发前的地毯上，紧接着又快速地走出房间，调换了穆松房间和梅东川房间茶几上同样的雕像摆件。

蒙面人帮助穆松处理完这件事后，不等穆松发问，便操着带日本口音的生硬中国话对穆松说："这个人，该死。你，令人佩服。你们说的事情，就请忘记吧。"说完，他拔下了梅东川顶戴上的素金顶珠，似乎是想作为什么信物般揣进了怀里，"这个，就让我留作帮助你的纪念吧。我想，有一天它会让你记起今晚发生的事情，会让你想起我这个你不知道姓名的朋友。"

那个蒙面人悄无声息地走出了房间。

第二天清晨，在大和美山酒店发生了一件让人意想不到的事情，大清官员、总理衙门的帮办章京梅东川竟然死在自己下榻的房间里。现场请来的俄国医生、"关东州"日本警察厅的法医还有中国方面的仵作,三方确认死者系误食了有毒河豚而导致死亡。死者毒发晕眩倒地时,脑后部磕在了房间茶几上面的铜铸摆件上。

就这样,关于大清官员梅东川的死亡事件几乎是悄无声息地结束了。如同日本国向当时的清政府索要三百羽鸽子一样,未见任何报道与官宣,清政府悄无声息地与日本国完成了这笔交割。

一片云飘浮过来,眼前的一切瞬间笼罩在雾气之中,朦朦胧胧。那片云渐渐地又飘浮而去,眼前的一切又清晰明朗起来。

"回想起来,先生并不后悔!"穆松费力地讲述完当年的那一段往事,半靠在榻上急促地喘息着,沉默了好长一段时间。

"当时也是形格势禁,不容细想,一时激愤,失手致死人命。"山长喘息了好一会儿,看得出,他在重新积聚力量,要把未说完的话再说出来。"就是这样,那个不知名姓的蒙面的日本人帮我处理了这件事。临走时,他带走了梅东川顶戴上的素金顶珠。"

穆松喘息着,停止了讲述,回手从榻旁矮几上拿过一个丝绸绣面的小盒子,递给雷三爷。那个小盒子搭眼一看就是来自东洋的物件儿。

打开小盒子,里面盛着的正是那颗素金的顶珠。

"三十年啦。"穆松颤巍巍地用手指着装有素金顶珠的小盒子说道,"该来的,还是来了。"

雷三爷抬眼注视着穆松。

"前天半夜……不,应该是拂晓时分……说也奇怪,不知怎的我突然惊醒,借着天光,看见窗子上映着一个人影儿。在榻上问了一声,窗子上的那个人影儿倏忽不见了,打开门,台阶上就放着这个小盒子。"

事情来得如此蹊跷。来送素金顶珠的人何以知道穆松栖身叠翠书院?况且三十年了,素金顶珠又为何偏偏在这时出现?

"难道还是为了那四羽鸽子的事情?"雷三爷不假思索,脱口而出,"听我娘说过,我爹过世虽说是因了自身的病症,但也与这四羽鸽子有干系!"

"是先生连累了你爹呀!"

"国家兴难,匹夫有责!又与先生何干?"

"从'关东州'送鸽子回来,我怕那个叫玉印的太监继续纠缠,索性辞官不干了,隐身在这叠翠书院……不过还好,没过几年,大清也就亡了不是。"

"看样子,有人还在惦记那四羽鸽子?"雷三爷轻声问道。

"是啊,除此之外,实在想不出还有其他的什么事情。"穆松继续说道,"送还顶珠不过就是先来与我打声招呼吧。"

"先生,那四羽鸽子呢?照您所说,这一晃都三十年了。"

"皇城,这就是先生叫你来的原因。"穆松喘息着,稍稍停顿,"这四羽鸽子,以后就要拜托你来照顾它们啦!"

"啊?"雷三爷大为惊疑,"先生,三十年了,这四羽鸽子还在?"

"是那四羽鸽子繁衍的后代,第几代已经记不清了,两对鸽子近亲繁殖,血统上说已经很纯很纯了……说也奇怪,这么多年,我总想多繁殖几羽,无奈,最后成活下来的仍然只有四羽。"

"学生养鸽子这么多年,从未听先生提及有关鸽子的事情。"

"此事有什么好张扬的,为国尽一点心而已。"

"那四羽鸽子不知先生养在何处?"

穆松从薄被下伸出手拉住雷三爷,示意雷三爷靠近些,近乎耳语般地告诉雷三爷……

前天拂晓,穆松再次看见了梅东川顶戴上的素金顶珠。从那一刻起,穆松突然沉静下来,心如止水。三十年过去了,现在看来他仍被人拿捏着。是时候了,或许现在该轮到他来了却当年那桩公案。只不过一直以来,他百思不得其解的是,那个穿着和服的蒙面的日本人为什么就在梅东川倒下的那一刻走进了房间,难道是日本人与梅东川有约在先?

日方招待的晚宴结束后,穆松离开时,看见梅东川借酒盖脸,仍然纠缠在那几个日本艺伎的身旁,行为举止放纵到有些亲昵暧昧。

到梅东川敲开他的房门时,已大约过了一个时辰。这一个时辰里,一定是发生了一些不为他所知的事情。梅东川想必是在美色和清酒的作用下,无意中泄露了有关三百羽鸽子的真实情况。一切都是鬼使神差,为了朝廷的颜面,他也不得不将错就错,听从了那个蒙面日本人的安排。

事情再清楚不过,日本人寻机向朝廷索要三百羽鸽子,至于这三百羽鸽子用于何处,不得而知。仅从日本人准确地将灰粉鸽开列在清单第一位,就足以看出这批鸽子的重要性。毋庸置疑,梅东川的死显然是这个事件中的一个变数,无论是他还是日本人都始料未及。他就是在这时遭到了日本人的算计。一定要断了日本人的念想,且不管日本人想从他这里得到什么,至少杀人偿命,天经地义。穆松知道是到他该走的时候了。安排好书院以后的事宜,算准了吞药后还能说话的时辰,便打发人去城里火速请来了雷三爷。

"还初道人洪应明说得不错,'万善全,始得一生无愧,修之当如凌云宝树，须假众木以撑持'。"平静地躺在长榻上的穆松交代完后事，长长地舒出一口气，慢慢合上双眼，不再说话，脸上是一种死而无憾的沉静。

雷三爷用双手握着山长穆松从薄被下伸出的那只手，任凭那只手在自己的掌心里慢慢变冷。雷三爷在想，山长躺在长榻上的这个样子，大概就是古人说的视死如归吧？

雷三爷为操持山长穆松的后事，在叠翠书院忙活了几天。山长豁达，临终严嘱，身后事一切从简，不许铺排。雷三爷主持治丧，亲自扶灵抬棺，率领着书院一众子弟，将山长棺椁葬于关沟东侧叠翠山上。看着后事料理完毕，遂在山长坟前拜别。送雷三爷回城的车子引擎已经发动，书院子弟再三催促，雷三爷虽有不舍，最终还是坐进了车内。临别时又与书院众子弟相约，明年清明一定回来祭扫山坟。

汽车一路颠簸，很快地将雷三爷送回了城。

雷三爷进了屋，接过小姐儿递上来的茶盏，一口气喝去了大半。与小姐儿说起山长的辞世，小姐儿也是暗自垂泪，唏嘘不已。

小姐儿记得那年随雷夫人去送小皇城进叠翠书院念书，在居庸关与山长穆松曾有过一面之识。时光荏苒，不知不觉中一别竟有近三十年。如今斯人已逝，生者如斯，唯愿安息。

雷三爷最后又和小姐儿说起穆松临终的托付，还有这件事情的来龙去脉。小姐儿催促他赶紧去办，宜早不宜迟。

第八章

阳台山中

这里是西郊海淀的北安河乡。

雷三爷让雇来的车行的小轿车等在山脚下,自己则从北安河村西沿着古香道上了山。只因事涉机密,雷三爷按照山长穆松临终嘱托,独自一人来阳台山的金山寺,寻找饲养鸽子的鸽把式景兰坡与那藏匿起来的四羽灰粉鸽。

山路逶迤,磴道向上。金山寺坐落在高台之上,山门坐西面东。如今的山门只剩了半扇,油漆剥蚀、门钉疏落。隐藏在山门后的两株高大的古银杏树,雌雄对峙,应该是金章宗建院时所植。站在寺外依稀可见正在发叶的树梢。

雷三爷不由自主地走进寺里。寺院内荒草丛生,显然已荒废许久。天下寺院大同小异,山门殿、弥勒殿、大雄宝殿、藏经阁等。想象中的金山寺第三绝玉清殿的关帝爷塑像,应是高大敦实,目光严峻,一手持刀,仪态矜持,可惜一切早已荡然无存。雷三爷在寺内信步转了一圈,未见一个人影儿,随风不时传来两三声鸟儿的啼啭,愈显古刹的清幽孤寂。

雷三爷正独自纳闷之际,发现越墙而出又有一道小门,推门走了出去,已是站在了寺外。长长的围墙起伏在山腰间,沿寺墙向寺后走了一段，山坡下发现了一处规模不大的院落。竹篱柴扉，青石板的屋顶，颇有些依山结庐的况味。回首望去，堪称金山寺第二绝的古银杏的树梢，在这里看得更加清晰。

院门半开，雷三爷有些迟疑地走进院中，小院收拾得很是朴素洁净。院内北房三间，西边有用作厨房的一间厢房。北房房檐下并排挂着四个长方形木箱，木箱面是用木条钉成的栅栏，用来通风。木箱一边留有给鸽子进出的栅门，栅门前钉有踏板，那是鸽子落脚的地方。隔着木条栅栏可见箱子里放有鸽子孵蛋用的玉米皮和干草编织的巢盆。

这是用来饲养鸽子的吊窝。雷三爷暗自称许，山里野狐蛇蝎防不胜防，将鸽子窝高高吊起，足以防范。

"您就是雷三爷？"雷三爷背后突然响起一句问询，声音喑哑苍老。

雷三爷不防背后来人，奇怪自己竟然没有听见脚步声，不由得一个激灵，向前一步急转身，与背后来人正好打了一个照面。

"不敢，雷皇城。"雷三爷不敢怠慢，按照老礼儿当胸抱拳，"是景兰坡景爷吧？"抬眼打量着景兰坡——高个儿，瘦骨嶙峋，背已有些微驼，须发皆白；浆洗发白的土布衣衫缀着补丁，裤脚管高高卷起，手里攥着一根烟杆很长的旱烟袋锅子，脚下却是穿了一双内联升礼服呢面的千层底的布鞋。那布鞋看成色还很新，刚上脚也就是没有几天的样子。

进了屋，景兰坡为雷三爷递上一只盛满了凉茶的大海碗，茶水在碗里浮溜儿浮溜儿的几乎就要溢出。雷三爷走了半天山路，正在口渴，接过那只盛满凉茶的海碗，"咕嘟咕嘟"竟将凉茶一气喝干。

"看三爷喝茶这架势，喝酒也一定是海量！"景兰坡不无敬佩地说,"三爷,我这里还好找吧?"

"若不是先生指引,还真是不好找。"雷三爷放下手中的大海碗说道。

"半月前,老穆来过了。"景兰坡抬抬脚,"这鞋就是老穆带给我的。"

"景爷,先生他——"

"三爷,"景兰坡作手势打断雷三爷要说的话,"事情我都知道,是老穆自个儿想走了,他只是放心不下这四羽鸽子——"

"景爷,"雷三爷往前凑了凑,压低声音说,"我来就是接您和那四羽鸽子去我那儿的,您看看有什么要收拾的,汽车已经等在山下了。"

"三爷,您接走鸽子后,打算怎么安置?"

"人家在暗处,咱们在明处,防不胜防,索性就大大方方地养在我那群鸽子里,我白天黑夜地看着,看那些人怎么下手。"

"三爷,您这'灯下黑'的想法好。鸽子您接走,听老穆说了多少回,您养鸽子四九城里有一号。"

"景爷您客气。"

"三爷,我可不是跟您客气。"景兰坡说到这里,向外张望了一眼,侧耳听听外面的动静,继续说道,"眼下,穆大人走了,您来了,我这心里也就踏实了。您接走这四羽鸽子,我和老穆朋友一场,幸不辱命,也算对朋友有了交代。"

"三十年了,您手里只有这四羽鸽子?"

"说起这鸽子,也算是奇种啦,只是这鸽子不易传代。"

"不易传代?"

"要不怎么说它珍贵呢,一年当中能生五对蛋,就很不错了。有时蛋生了,又根本孵不出来。来来回回的,这么多年,也就存活了这四羽,可是三代两重的回血鸽哟!"

"回血保种,这么多年,亏得有景爷在料理。"

"三爷您客气。"

"听先生说,景爷当年可是北平城里有名的鸽把式,'套'鸽子一绝。"

"是虚名,鸽把式倒是不假,养了一辈子的鸽子。说起这四羽鸽子,因羽毛是灰白色的,翅膀上的二线黑中又隐隐透着粉色,落下个灰粉鸽的名儿。"景兰坡为自己装上一袋烟,抽着了,烟火亮儿在烟锅里一闪一闪。而后继续道:"这鸽子体形显小,俗称'燕种',雄鸽约重六两,雌鸽还不足六两。体形匀称,翅膀特长,飞起来安静无声,敏捷非常。翅膀的主翼羽,特别自第六根开始比副翼羽长五份多一份,羽轴非常柔韧,强劲有力。主翼羽最后四根的岔隙大,折叠起来成一线,拍翅轻柔,鼓动空气能发出'嘘嘘'的声响,飞起来喜欢往高了挂。不独能吃苦,还耐飞,放飞归家,中途绝不求吃喝。这鸽子尤其有一特性,能夜游。"

"夜晚照常能像白天一样地飞,听先生说过这鸽子的神奇之处。"

"其实外人又哪里知道,这灰粉鸽儿说起来可也不能一概而论。"

"还望景爷教我。"

"这鸽子的辨别,全在鸽子的眼睛里。"景兰坡一字一字地说,"灰粉鸽的眼睛分钻石眼、血蓝珠、紫沙清、金红瞳、天蓝底、鱼黄液六种眼砂,记住,要紧之处,只有眼砂是天蓝底的灰粉鸽,才能夜游。手里这四羽鸽子正是天蓝底的眼砂,蓝底板泛起细细淡蓝色底砂,湛蓝干爽,不含水分。"

"景爷,我记下了。"雷三爷听罢景兰坡一番话,始知这件事情的分量,心里一阵感动,"若不是这样,当年先生也绝不会行此之事。"

"但凡做事,若不是事情逼到跟前儿,都是做不来的。"景兰坡抽了一口烟,似乎在平息自己的某种心绪,"当年,老穆为了这四羽鸽子,辞了官,找到我,正碰上我那刚过门还没满一年的媳妇,为了鸽子,是天天和我咯叽,说我是鸽子的爹。老穆来家说这事儿时,她又知道了我答应进山为老穆照料这四羽鸽子,应该是真的生了气,索性收拾东西回了娘家,临走时带走了我的鸽子……"

"景爷那时养的是什么鸽子呀?"

"'五爪龙'的大'点子'。我那时年轻,心气儿高,争强好胜的,听宫里头在鸽子房伺候过差事的老人儿说,当年宫里有一种'点子'叫'五爪龙',是上了谱的。那鸽子飞起来就往高了挂。鸽子都是四根脚趾,唯有这'五爪龙'的'点子'后面那根脚趾分出一个叉儿,成了五爪儿,所以叫了'五爪龙'。"

"四爪为蟒,五爪为龙,鸽子养到这份儿上,真是讲究到家啦!"雷三爷点头附和着说道。

"只有出了五爪儿,那鸽子才算窝分正[①]。"此刻,景兰坡的神情充满了一种对于往昔岁月的眷恋,"我就琢磨着,'套'了好几年,真是费了劲,刚刚'套'得了,我那媳妇倒好,都给带走了,嫌我以后去伺候别的鸽子,还对那几只鸽子说你们的爹不要你们啦,说什么拿你们当命,全是假的。"

"那后来呢?"

---

① 窝分正,北方养鸽子的俗语(行话)。鸽子一雄一雌配对后称窝,一窝鸽子,即指一雄一雌。繁衍后代俗称"分(fèn)",鸽子讲求血统,窝分正即指繁衍出来的子代鸽血统纯正。

"老穆也曾替我去她娘家扫听过她的境况，她娘家的人都没让老穆进门。再往后，她的娘家也搬了家，最终不知了去向。"

"景爷为朋友，为鸽子，也是拼尽了全力，说起来，着实可敬可佩。"雷三爷由衷地说，"景爷，那咱们就收拾收拾，带上鸽子回家。"

"我就不啦，三爷带上鸽子鸦默雀静地回去吧。"

"景爷，您这是要——"

"是怕张扬。您想想，我这么一大活人，甭管您给安排在哪儿，出来进去的，招人眼不是。这么多年，一直是老穆给我和这几只鸽子送吃食，从未间断……老穆那天来时，和我说起了那颗顶珠的事情，老穆三十年来隐名埋姓地活着，都让人家给摸着了地方。我这里保不齐人家也会跟着摸来，我不走，对方还不知道怎么下手；我这一走，对方必得穷追不舍，到时一定会连累了您和那四羽鸽子。"

雷三爷突然想到，景兰坡不走，或许已打算要在这里断后。

景兰坡三十年来面对寂寂空山、浩渺长天，昼夜与山风松涛相伴，与那几只鸽子生死相依。

景兰坡遗世而立，英雄气概。

雷三爷不再等景兰坡说下去，倏然起身，朝着景兰坡当胸抱拳，大声说道："请景爷放心！"

"好！"景兰坡起身，上前一把攥住雷三爷的手臂，将雷三爷拉到院中，举手指放在唇边，对着空蒙的群山猛地打了一声长长的唿哨——

雷三爷抬眼望向长空。只见长空里出现了四个小黑点，转瞬间，看清楚了，四个小黑点变成了四羽抿着羽翅疾速滑翔的鸽子，眨眼间，鸽子已各自收拢翅膀，稳稳地落在吊窝前的踏板上。

第九章

灰粉鸽

"小隐隐于山，大隐隐于市。"雷三爷提着围有藏青色挎罩的鸽挎进了屋，一边和跟在身后的小姐儿说着话，一边将自己手里提着的鸽挎轻轻放在了八仙桌上。围着挎罩的鸽挎里传出鸽子活动的轻微声响。

就在快到晚饭的时候，雷三爷带着鸽子赶回了家。暮色漫进了屋里，光线暗淡下来。从厨房跟进屋里来的小姐儿随手打开了电灯，屋里立刻变得明亮起来。

雷三爷慢慢将围着鸽挎的布罩解开。灯光下，鸽挎里四羽全身灰白、胸腹毛色较浅、体形精壮小巧的鸽子出现在眼前。基因的强大，使四羽鸽子的样貌简直像是一个模子里刻出来的。鸽子复羽上面的两道黑杠以暗黑色居多，并略带粉色。四羽鸽子有着同样的大大的圆眼睛，眼环也是黑色的。鸽子看上去并没有惊慌，只是警觉地观察着四周陌生的环境。

"这就是传说中的灰粉鸽呀？"小姐儿俯下身凑近了鸽挎，好奇地端详起鸽子来，"三爷说得对，索性就大大方方地将鸽子养在鸽棚里，就是看着这心里也踏实不是。"

雷三爷看着挎里的鸽子，不由得感慨起来，说："三十年来，先生孜孜不倦，毫不懈怠，就是为了这几羽鸽子。"

"是啊，就为了这几羽鸽子，仔细想想，真是难为人啦！"小姐儿将手边为雷三爷沏好的一盏茶递了过来，"你也真是的，怎么没把景老爷子一起接回来？"

听话茬儿，小姐儿有着些许的埋怨。

"景爷怕拖累咱们。"雷三爷端起茶盏，呷了一口茶水，"老爷子担心有人已经盯上他了。"

"还是日本人？"

"再等等看，如果没有什么动静了，过些日子还是要把老爷子接回来。"

"接回来，给他养老，对你的先生也就有了交代。"小姐儿极力在怂恿，"把景老爷子接回来，就让他在老米碓坊里给杨掌柜做个伴儿也好啊！"

"师姐说得是！"

"粥熬好了，馒头刚上了屉，我得炒菜去，大妞儿一会儿就从学校里回来了。"小姐儿边说边往前院群房那边走去，"杨掌柜说柜上那边把鸽粮都给掺拌好了，回头就要给送过来。"

"知道了。"雷三爷看着小姐儿出了房门。转过身，在灯光下仔细观察起鸽子来——在同一血缘中，回血鸽的外部特征看上去更为稳重、秀气。

雷三爷从靠在墙边的柜子里取出一只钟表铺里师傅修理钟表时所用的单眼寸镜。这是只舶来品，地道的德国货，十倍的倍率。不用问，这只寸镜自然是侯奎从鬼市上淘来的得意之作。用侯掌柜的话说，这只寸镜是数毛儿的利器。

钟表铺里师傅修理钟表时是将这小小的单眼寸镜夹在上下眼睑中的。说来也怪，雷三爷是怎么夹也夹不住，后来还是小姐儿给想了一个办法，用一根细细的松紧带将这寸镜的边缘给牢牢拴系住，雷三爷使用寸镜时，将松紧带套在头上，寸镜便紧紧贴合在右眼上了，使用起来很是方便。

雷三爷脱去外衣，卷起袖子，轻轻打开鸽挎的栅门，取出一羽鸽子，握在手中，其感觉与其他鸽子有明显的不同。回血鸽的毛片略感丰厚，且有些松散，颜色较深，斑纹大而规矩。

灯光下，回血鸽的瞳孔比其他鸽子的瞳孔略显大一些，又黑又圆，微微有些凸起。眼砂充盈饱满，很有层次感，属粗砂型，色素鲜亮、明洁。特别是在暗处，瞳孔更是明显地向四边扩散，把整个眼砂的颗粒挤压成一条极细的砂带。

雷三爷戴好单眼寸镜，捉住鸽子的头部，凑近灯光，他要仔细观察鸽子眼睛的底砂。底砂生在面砂的下面，是与眼志外边缘相连接的砂层。透过寸镜，鸽子眼睛的底砂呈现一种近似天蓝色的虹彩，有着金属的光芒。确如景兰坡所说，湛蓝干爽，不含水分。

鸽子眼睛的底砂常见的有两种，一种为绒状底砂，要求紧密厚实，另一种为粒状底砂，要求颗粒粗壮。无论是绒状底砂还是粒状底砂都要给人以光亮感，似金属物体发出的光芒，具有这种底砂的鸽子是上上品。无光亮感的底砂则为劣质眼砂，这样的鸽子竞翔或是育种的表现肯定不尽如人意，品种再好也只能割爱舍弃。

四羽回血鸽眼睛的虹彩令人着迷，雷三爷简直是爱不释手。

趁着小姐儿在厨房做饭的这会子工夫，雷三爷提着鸽挎向后院走来。为了接回它们，死棚里事先就已准备就绪，用细密的铁网隔开了一方天地。安置这四羽鸽子的地方就在死棚的中间，左右都有其他的鸽子活动，从外面根本看不出中间设有隔网，隔网中还有四羽举世罕见的灰粉鸽。

估摸着时辰，小姐儿刚将饭菜摆上桌，雷天鸽和温君怡就进了家。小姐儿仍像雷天鸽小时候那样，吃饭前习惯地督促她和她的同学洗完手才准上桌吃饭。

有如烛光般的灯光自屋里透出，温暖了整个小院。一家子人吃过晚饭，坐在那里闲话。

院子里有了响动。小姐儿隔窗一望，迎了出去。

柜上的掌柜杨汉威带着伙计送来了十几麻袋已经掺拌好的鸽粮。小姐儿让他们把鸽粮放进了厨房对面的仓储间，然后打发走了回柜上的伙计们。杨汉威随手整了整衣衫，走进厨房隔壁的饭厅，来向东家报告柜上的情况。

进了屋，小姐儿就要给杨汉威张罗晚饭。杨汉威摆手，连声说自己在柜上已经吃过了。

"杨掌柜，柜上那边歘空儿让人给收拾出一间屋子来。"小姐儿要去收拾厨房了，看着杨汉威，"回头，三爷有个朋友，过来跟你就个伴儿。"

"得嘞，您放心，明儿个我就把屋子给收拾出来。"杨汉威答应着，然后搬过一张椅子，坐在边上。他为雷天鸽带来了一份今天的《北平晨报》。

报纸在头版头条的位置，用大尺寸的版面以新闻图片的形式刊登了晾鹰台青训班解散那天，雷天鸽在操场黑板上画的那幅粉笔画。虽然是铅印墨色的版面，但印刷得相当清晰，整幅画气势沛然。报纸以粗体字给这幅黑板画冠名——《还我河山》。

温君怡拿着报纸说："天鸽，记得那天画黑板画的时候，城里来的那帮子记者坐着车都已经走了呀，这一准儿是后来来的。不知道是谁拍下照片送去报社的呢？"

"抵御外辱之心，人皆有之。"雷三爷大声说着，拿过报纸仔细地审视，兴奋之情溢于言表，"唔，画得很有气势，是我雷皇城的闺女！"

"爹，瞧把您给高兴的，这又算个什么，上战场真刀真枪地跟日本鬼子干，那才是真英雄呢！"雷天鸽豪爽地说。

雷三爷赞同地说："闺女说得对，和日本鬼子真刀真枪地干，才是真英雄。"

雷天鸽看着杨汉威，小声问道："杨大哥，让你打听的事儿打听到了没有啊？"

"回大小姐，打听到一些，他们在樱桃沟……"杨汉威用眼睛溜着雷三爷，一副欲言又止的样子。

"不用怕，你的东家最恨日本人！"雷天鸽在旁鼓励杨汉威。

"打听清楚了，民先队他们在西山樱桃沟有一个训练营。"杨汉威有意提高了声音。

这时，小姐儿手里端着托盘走了进来，托盘里放着茶盏，里面是刚刚为雷三爷沏好的茉莉花茶。小姐儿将茶盏放在雷三爷的手边，听见杨汉威正在说着，不禁随口问道："杨掌柜，那民先队是干什么的啊？还有那个训练营，二十九军的抗日青训班不是都给解散了吗？"

"大姐，这可是两回子事儿。"杨汉威正儿八经地说道，"二十九军的抗日青训班是南京国民党政府不许抵抗而下令解散的，民先队是中华民族解放先锋队，是——"杨汉威向窗外张望了一下，突然将声音压低，"是去年'一二·九'运动以后，共产党领导的组织。日寇入侵，民族危亡，眼下共产党是要把全国民众聚在一起，共同抗日……"

雷天鸽急忙向杨汉威使了一个眼色，制止杨汉威继续说下去。她是怕爹爹和姑姑为自己担心。她亲热地依偎在雷三爷的身旁，端起茶盏，放在雷三爷的手上，撒娇般地哄劝着雷三爷，说:"爹,您回上房去歇着吧。"

"好,好,爹回上房歇着去。"雷三爷将手里的茶盏放进托盘里,笑着对小姐儿说:"走吧,人家嫌咱们在这里碍事儿啦。"

小姐儿端着托盘和雷三爷一起离开了。小姐儿边走边埋怨雷三爷:"你也真是的,大妞儿都多大了,你怎么还像小时候那样惯着她?"

雷三爷没有答话,一笑置之。

杨汉威目送东家走了出去,回过头对雷天鸽和温君怡说:"樱桃沟沟口,有一块大山石,训练营的人在那上面凿刻了'保卫华北'四个大字,又刷上红漆,大老远儿的一眼就能瞅见,那里就是训练营的营地了。"

温君怡好奇地问道:"杨大哥,训练营里的人都是从哪儿来的呀?"

"他们大都是北平各大学、各中学的学生,还有一些青年教师,已经有五百多人在营里了。"

"我们可以加入吗?"雷天鸽有些兴奋地问道。

"当然可以啦,每一个爱国青年都应当参加!"杨汉威坚决地说,"训练营喊出的口号是'肩负重任,拯救中华,保卫华北'。"

"训练营里都训练些什么?"温君怡急切地问道。

"他们在营里编队,展开军事方面的演练,漫山遍野一片喊杀声,太鼓舞人啦。大家聚在一起谈爱国志士仁人的抗日活动,谈北上抗日的红军,谈延安!"

"君怡,我们应当去参加,那里一定也有在二十九军青训班的同学呢。"雷天鸽看着杨汉威,说:"杨掌柜,你一定认识那里边的人吧?"

"我?"杨汉威不置可否地笑了笑,似乎还想为自己辩解什么。

"你就是训练营的人。"雷天鸽狡黠的目光盯着杨汉威,不容置疑地说。

第十章

古镇旅店

暮色渐浓，山里的黄昏来得早。

一群从关外逃进关内、誓死不当亡国奴的东北流亡学生，夜晚投宿在经由山海关到密云一线的长城脚下的古镇。

自打三年前日本人占了热河，镇子上就没有一天消停过，几乎每天都能传来各种不同的有关日本人的消息，人心惶惶。虽说镇上的人们仍然各自做着各自的营生，其中却少了一些往日里交谈的兴致，就连在街上追逐嬉戏的孩子们也没有了平日里打闹时那样的高声喧哗。

镇子上仅有的一家旅店亮起了灯。在暮春的节气里，微黄的灯光在山岚浮动中闪烁，使出门在外的行旅游子感到一种温存的召唤。

旅店门楼前高高挑出一面布招幌子，上面三个刺绣的大字——古驿道。

这是一个以石墙连接厢房和正房，直接围合而成的三进三出的院落，进深随地势灵活变化，通过坡道、台阶以及台地的方式解决了地形高低落差的问题。灰白色的矮墙质朴自然，保持着北方传统民居的特色。大门门楼两侧石刻的对联使人浮想联翩——驿站列荒边，堆垒千丁血汗；龙驹驰古道，贯穿八代风云。

学生们就教于挂着双拐的店掌柜，果不其然，这座院子就是当年的驿站。据掌柜的说，他祖上就是经管驿站的驿丞。

今晚店里呼啦啦来了这么一大帮子男男女女的大学生，为招呼客人，撑着双拐的掌柜连老婆都给招呼出来帮忙了，连同伙计们足足忙活了好一阵子。看看安顿得差不多了，这才歇下来喘口气。这可有些日子了，往来经商或是串门子走亲戚路过投宿的人眼瞅着是日渐稀少，生意做得是稀汤寡水的。今晚，掌柜的心里甭提有多高兴了。

掌柜的将挂着的双拐靠在一旁，坐在柜台后面的高凳上，攥着烟袋杆在烟荷包里使劲挖着，隔着烟袋用拇指将烟锅里的烟叶碎屑压实，为自己装了一锅烟叶。他从烟荷包里抽出烟袋锅子，用火柴将烟袋锅的烟叶点燃抽着，随即喷出一口浓浓的烟雾来。隔着柜台，掌柜的眯缝起眼睛，透过面前渐渐散去的白色烟雾，看着在前厅用饭的那些年轻的大学生，如同见着亲人一般，心里似乎有着一种冲动——他有很多话要讲给那些学生听。

靠墙的一副座头，一条板凳上坐着一个国字脸、戴着眼镜的大学生。他是这帮逃进关内的大学生自发选出的学生代表，负责沿途组织指挥大家统一行动。他无意中一扭头，看见墙上糊着的报纸，那是一张三年前的天津《益世报》。报纸是作为墙纸贴在墙上的，纸面微微有些泛黄。报纸上有一段报道正好与他的视线平行，这则报道的标题后面被蹭掉了，只留下"闻听喜峰口战役后"几个字，所幸报道的全文尚还看得清楚。那个学生代表凑近墙面，不由得当众大声地念了出来，他感情充沛，有如朗诵一般："我们喜峰口的英雄是光着脚、露着头，使着中古时代的大刀……抢回了山，夺回了岭，收回了喜峰口，俘虏了几千个日本人，收到了几千支日本枪，缴获了许多辆日本坦克，抬回来许多架日本开山炮。这个故事，岂不比（法军守卫）凡尔登的故事还威武！还壮烈！还光荣！还灿烂！"

他那充满激情的朗读，赢得了热烈的掌声。掌声刚刚结束，一位女同学立即带头唱起了《义勇军进行曲》。全体的合唱，声震屋瓦，唱出了气吞山河的声势。

饭厅的氛围彻底感染了店掌柜。掌柜的拄着双拐走出柜台，站在学生们的面前。这掌柜原是二十九军的伙夫长，说起喜峰口之战，说起战士们手中的大刀，滔滔不绝，如数家珍。

"战士们高声呼喊着：'大刀大刀，雪舞风飘。杀敌头颅，壮我英豪！'手起刀落处，小鬼子尸横遍野，第一次尝到了大刀的厉害。"店掌柜绘声绘色的讲述鼓舞着这些流亡的学生。这位当年在喜峰口与小鬼子搏斗厮杀的二十九军的勇士，战后余生，虽然说身体已经伤残，再也不能继续从军报国，但此时此刻，他那一股为民族抵御外辱、奋起抗争的豪气仍然充塞在胸间。

跟随着这些流亡大学生一起来住店的，还有一个自称是奉天测候所职员的男子。他三十几岁，中等个子，面庞白净，模样斯文，穿着一身带有测候所字样的工作服，整个人看上去精干结实。他推着一辆经过改装的日本僧帽牌脚踏车，车身粗壮。车把上加固安装了一种轻型手动测风向、风速、温度的仪器，这套仪器小巧轻便，既可以打开也可以折叠收纳。脚踏车上管横梁的一侧，绑缚着一个厚帆布包裹着的三尺多长的木匣子，里面或许是风向测温仪的三脚架之类的配套用具。脚踏车宽大的后架上，两边对称地安放着两只粗壮藤条编织的运载鸽子的大箱笼。

箱笼安有藤条编织的栅门。箱笼内分隔开若干个长方形的小格子，每个格子中间都钉有宽宽的布带，用来将鸽子绑缚固定在格子里。箱笼轻而坚固,便于行走携带。

　　脚踏车后支架踢起,停在了院子里。车后架上的两只藤条大箱笼被搬进了房间。车把上安装的风向测温仪和在横梁一侧绑缚的那个木匣子,也相继从脚踏车上取了下来,放在了迎门的那张桌子上。

　　那人从奉天出发,经冷口一线到达这里,一路与这帮大学生同行,沿途记录下气温风向、河流山川地貌变化。他走一程记一程,陆续将带出来的通信鸽子放回了奉天测候所。走到这里,距北平还有两三天的路程,藤条编织的大箱笼里只剩下了两羽还未放掉的鸽子。

　　应他的要求,晚饭是让店里伙计送到他的单间屋里的。前面饭厅传来了激动人心的合唱,他似乎不为所动。

　　在屋里,他捻亮了桌子上的煤油灯盏,打开了藤条编织的箱笼,解开格挡上绷着的布带,放出了那两羽用来通信的鸽子。每羽鸽子的脚上都套着铝皮脚环,每只脚环被密封条紧紧缠裹着。鸽子一经放出,并不惊慌,而是轻盈地扇动着翅膀,跳上他的肩头,一左一右地站着。他伸出双手,同时从两边的裤袋里掏出两把鸽食,胳膊向前平伸托起掌心中的鸽食,那两羽鸽子乖巧地飞到他手掌上啄起食来。

　　他给那两羽鸽子喂完食,又从藤条编织的箱笼下面取出一只不大的搪瓷盆,倒进清水,等鸽子喝完水,便将鸽子收进另一只箱笼内。然后他从背囊中取出小铁铲和一张油纸,仔细地清理了箱笼格挡里面的鸽粪。灰褐色小而硬的球状的鸽粪被清理到写有编号的油纸中,他手托油纸,将鼻子凑到鸽粪前嗅了嗅,然后小心翼翼地将鸽粪包起来,放进背囊中。弄完这一切,捻灭了灯盏,他和衣躺在了床上。推着脚踏车赶了几十里的山路,已经很是疲劳,他盖好被子,向床里翻了一个身,很快就进入了梦乡。

天刚放亮，从关外流亡而来的大学生们便已洗漱完毕。同学们收拾好行囊，陆续来到饭厅。店里的伙计在饭厅挂起了明晃晃的汽灯。众人聚在一起，准备用过早饭，沿长城脚下继续向北平进发。检点人员，唯独不见了那位奉天测候所的职员。正要打发店里伙计去叫，那位职员却神色自若地走了进来。

这时，只见老板娘哭天抢地地奔进饭厅，哭诉说掌柜的死在了偏院的账房里。

事情显得有些蹊跷。据老板娘讲，昨晚掌柜的独自一人在账房整理账目，拂晓时分被人发现死在了账房里。当时掌柜的趴在案子上，以头枕臂，好似睡着一般，臂肘下面压着一个扒拉了一半算盘珠子的大算盘。账房内一切如常，没有打斗的痕迹，一双木拐整齐地放在离手边不远靠窗的地方。掌柜的坐在他那把心爱的黄花梨四出头官帽椅上，被人从后面扭断了脖子。

正当大家慌乱的时候，镇公所来了人，询问老板娘会不会是仇家上门来寻仇所致。老板娘抽噎着说，若要说仇家，那就是日本人。老板娘言之凿凿，大家心下黯然，毕竟这里距离日本人占领的热河没有多远。

镇公所一面安排人手料理旅店掌柜的后事，一面又派人做向导，要将这些来自关外的流亡学生一直送到密云县城。

离开了旅店，继续向西进发，同学们一步一回头，唏嘘旅店掌柜的遽尔离世。他曾是二十九军的战士，几年后在这里竟又遭到日本人的毒手。

走出古镇镇口的时候，同学们看见，那个奉天测候所的职员打开了藤条编织的箱笼，放出了最后两只用来通信的鸽子。鸽子拍打着翅膀，在大家的头顶上盘旋了几圈，然后向奉天方向飞去。

第十一章
胜家兄妹

过了谷雨节气，这天儿也就跟着热了起来。

老陵户胜宝琦打发他妹子胜珍珠从东陵专程来到北平雷家，是为小姐儿在夏至那天过寿的事情尽一尽心。

说起来，雷家和胜家算是世交。胜宝琦的额娘和雷三爷的娘原是旧日相识的闺中密友。雷三爷十岁上曾随母亲去过遵化的东陵串门子。胜宝琦长雷三爷一岁，大自己的妹妹整十岁。雷三爷随雷母串门子去东陵时，胜珍珠裹在襁褓里，是刚过百日那天。

东陵这地界儿很大，围绕着众多皇陵，散布着守陵人居住的村子，诸如裕大村、裕小村、定大村、定小村等以陵号命名的村落。胜家世居河北遵化。祖上原属镶白旗，后因军功被抬旗抬入上三旗的满洲正黄旗。胜宝琦兄妹出生在东陵的裕大村。胜宝琦成年后，子继父业也进了内务府的"东陵承办事务衙门"，在陵上做了一名守陵兵。

三年前，小姐儿受胜宝琦重托，要把胜宝琦的妹子胜珍珠说给雷皇城。胜家上赶着提亲，这件事正中小姐儿下怀，其实她也早有撮合他二人之意。再者说，满汉不通婚的陋规早年间就已废除。

哪知小姐儿刚一开口，当即就被雷三爷义正词严地回绝了。天底下哪有娶朋友妹妹的道理。这个姑置不论，还是让人家一个黄花大闺女过来续弦，就是打死也不能够！话是哪儿说哪儿了（liǎo），雷三爷正格儿地说完再不提起，好像从来就没有这件事一样。

胜宝琦从小姐儿那里得着回信儿，亦喜亦忧。喜的是雷三爷的人品，忧的是自己的妹子一年比一年大，难不成，真要做个老姑娘守着母家过一辈子？

胜珍珠随了胜家的根儿，也是个犟种倔脾气，看准了雷三爷，再不容旁人花说柳说，以致得罪了十里八乡上门来求亲的几个大户人家。这也难怪，胜珍珠自小清丽脱俗，身形儿高挑，走起路来，腰肢婀娜，更何况还有一双会说话的大眼睛。

胜珍珠走进雷家的时候，已是掌灯时分。

吃过晚饭，小姐儿连忙将胜珍珠让回到上房。胜家上门来祝寿，有着一份亲情在里头。小姐儿的心里跟明镜儿似的，想起胜家兄妹曾要与雷家结成连理姻亲的往事，自打珍珠一进门，她就明白了，无奈这件事三爷不拢边儿，也只有在心里暗自唏嘘。

看着放在八仙桌上的几盒蒙着红绿盖纸、捆扎有型的遵化明远斋的点心匣子，雷三爷说道："珍珠，你哥也太外场了，自家人，哪儿来那么多的礼儿。"

"三哥，这是我哥让给捎来的几盒东陵大饽饽，十八片、龙井糕、麒麟酥、萨其马、七星点子什么的，其中单装了一个匣子的是原先老太后最喜欢吃的'翻雪'，是我哥特为给小姐儿用来贺寿的。"胜珍珠不扭捏，就像家里人一样，一边说着话，一边起身过来端起雷三爷的茶杯，去为雷三爷斟茶续水，"我哥原本也要来，只是离不了他那只海东青。"

"我已经托了人要给他踅摸一套捯饬在海东青身上的物件儿,想着得是宫里头的才成。"

"那敢情好,我在这儿先替我哥谢谢三哥!"胜珍珠将茶杯放在雷三爷手边,颇有深意地望着雷三爷,甜甜地说。

"真要是能踅摸来,那才叫锦上添花呢。"小姐儿想起了什么,催促着说道,"三爷,等这两天忙完柜上的事儿,按照那天侯奎说的,你欻空儿麻利儿的也该去看看那位海爷了。"

"好,回头叫上老十一去看海爷。"

"海爷是谁呀?"胜珍珠问。

"当年是七爷府里头的一个护卫,侍弄过海东青。"

"那辈人兴老礼儿,别空着手儿去。"小姐儿叮嘱。

"大姐儿呢?"胜珍珠眨动着大眼睛问道,"从我一进家就没看见她。"

"学堂停了课,见天儿的背着油画箱子和她的同学一起去画城墙。这钟点儿要不回来,是又住在她那同学温小姐家了。"

"画城墙?"

"大姐儿担心有一天真要是和日本人打起来,几百年的北平城毁于战火,四九城的那些个城门楼子肯定先遭殃!"小姐儿说着话,将放在八仙桌上的几个点心匣子提了起来,转过身送到靠窗的茶几上,"说是绕着北平城要给那些个城门楼子都画个'遗像',留个影儿。打从去年起,第一个先画的是正阳门,再是箭楼带瓮城……赶着进二十九军青训班那前儿,阜成门的城门楼子是画完了。听大姐儿说,接下来该画西直门的城门楼子了。"

第十二章

不期而遇

响晴薄日。阳光下的护城河水面跳动着闪闪粼光。

早晨起来，雷天鸽和温君怡特意来到了这里，坐在护城河边土坡上的一棵柳树下，打开户外写生的油画箱，支起了画布。护城河对岸的西直门城楼在蓝天映衬下，显得格外挺拔雄浑。

从城外看，方形瓮城和箭楼在四周赤裸的地面上拔地而起。瓮城长而直的墙体有力地支撑着箭楼，它们给人的印象比城门处更显苍劲，更见雄伟。尤其是城门的南侧面，清楚地展示出整个建筑群的规模。门楼与略低于它的箭楼则配合得十分恰当，富有层次感。两座城楼线条笔直，轮廓鲜明，造型刚劲有力，倒映在护城河水中，更增强了气势恢宏的效果。

坐在这里，可以仔细观察阳光下城楼侧影的阴暗部分。用油画写生，要的就是在画布上表现明暗、色相、冷暖。眼下虽说雷天鸽只是在写生，可她作画时胸中涌动着一种强烈的为民族抗争、抵御外辱的激愤的情绪。

今年恐怕又是大旱之年，护城河的河水变得很浅，走近水边，看得见水底布满了大片的黄绿色的苔藓。水道也是越来越窄，露出两边高高的土坡。顺着河边上的土坡望过去，远处有几个光着屁股的小孩在水边打闹嬉戏。护城河对岸的河滩地里，一个光着脊梁的半大小子手里攥着缰绳正在河边饮驴。

气温渐渐升了起来，温君怡感到有些口渴。她抬手向上扶了扶架在鼻梁上的眼镜，决定拉着雷天鸽到城里找一家卖凉品的冰食店铺压压热解解渴，然后再去城墙上面写生。

二人收拾起油画箱，提在手上，穿过不远处的护城河桥外的京张铁路的道口，随着进城的人流重又向城里走去。

西直门外城厢的街道，店铺林立，近处小饭铺的门口坐满了人。城楼西面瓮城内一辆辆洋车整齐地排在道路一侧兜揽生意，对面是支着棚子的小吃摊铺。走过瓮城内的关帝庙门前，探头一看，关帝庙的庭院内种有一棵柏树，树下还种着好多花，空地里种着一些蔬菜。

箭楼南侧，有赶着马车送货的，有挑着东西走路的，还有停车等在路边趴活儿的。城墙下有一个卖瓦罐的摊铺，占了城墙根下面好大的一片地场。不知道出了什么事情，摊铺前一群人似乎为了一些瓦罐的事情正在争吵。

雷天鸽和温君怡两个人提着画箱，穿着同一制式的学生服并肩走了过来。月白色的大襟布衫，窄腰宽袖，下面穿着黑色绸裙，高筒白袜配上黑色皮鞋，显得朴素淡雅。阳光照射下，脚上的黑色漆皮皮鞋闪着光亮。

卖瓦罐的摊铺前正在争吵的那群人，突然不约而同地停止了争吵，众人一齐将惊羡的目光投向正在走过来的雷天鸽和温君怡。这些城边子上的人什么时候如此近距离地见过像这样穿着文明新装、皮肤娇嫩得像水葱似的女学生？

从西直门北侧新建的火车站月台那边传来火车的汽笛声。

雷天鸽和温君怡提着户外写生的油画箱子进了城，因稍后还要登上城墙写生，不宜走远，就在距城门不远处的马路旁一家新张的凉品冰食店打尖小憩。

冰食店为西式装潢，整体呈浅绿色的格调，浅绿色框子的旋转玻璃门，天花板上浅绿色电扇，长长的扇叶在缓慢地转动，搅动着空气，送出微风。

柜台处的服务生裤线笔直，白衬衫黑领结，挺胸背手站着候客。留声机放送着优雅的音乐，用以调节店内的气氛。天气尚未大热，这家店很有先见之明，预先在这出入西郊的通衢要道旁设店，专候盛夏溽暑的到来。

店内客人不多，雷天鸽和温君怡在进门靠窗的一副卡座上坐了下来，画箱顺手放在了脚边。服务生快步走了过来，送上手里皮面装饰的冷品单子，温君怡接过单子浏览后，点了几样冰食冷饮。

这时，老十一大大咧咧地推动旋转门走了进来。

服务生手拿点过冰食冷饮的单子刚要转身离去，抬头看见进来了一个孩子，穿戴破衣拉撒，像极了要饭的，头上戴一顶后面缀着红幔的实地六合纱的瓜皮帽。

服务生迎上前来刚要抬手往外攮人，老十一竟旁若无人一屁股坐在了雷天鸽和温君怡的邻桌，"啪"的一声，随手将一块大洋拍在了桌面上。

服务生自然是见钱眼开，随机应变，准备轰人的动作立即改为肃客请坐的手势。

"来份甜碗子。"老十一不客气地吩咐说。

"什么？"服务生不是没有听清楚，是压根儿就没听懂，"甜碗子是——"

"我就知道你不知道是什么。得嘞，小爷不难为你了，去，给我来个杏仁豆腐，再来碗冰镇百合莲子粥。"

服务生知道自己受了捉弄，哑巴吃黄连，只有点头哈腰地转身走去后厨。

"哼，狗眼看人低。"老十一眼睛朝上翻，小声嘟囔了一句。

因是邻桌，老十一捉弄服务生的对话雷天鸽听得是清清楚楚，不由得对这个孩子产生了兴趣，转过脸来搭讪着问道："小兄弟，你刚才说的甜碗子是什么吃食啊？"

温君怡有些调侃地赶紧补充说："这位小爷，我俩也不知道甜碗子是什么。"

"甜碗子嘛——"老十一咧咧嘴，一副稀松平常的表情，"嗐，就是原先宫里头的一种零碎儿小吃。"

"零碎儿小吃？"

"宫里头的零碎儿小吃有秋冬时节吃的蜜饯、果脯什么的，甜碗子是夏天的消暑小吃，像甜瓜和果藕，但不是把甜瓜切了配上果藕，而是把新采上来的果藕嫩芽切成薄片儿，用甜瓜里面的瓤儿，把籽儿去掉和果藕配在一起，用冰镇了吃。"

"哎呀，真是讲究。"温君怡有点儿听傻了。

"那还用说，是进给老太后吃的嘛。"老十一理所当然地说道，"噢，还有一种冰碗，是把那无核的葡萄干儿先用蜜浸了，再把由南方进的青胡桃凿开，把里头带涩的那一层嫩皮儿剥了去，合一起浇上葡萄汁儿，冰镇了吃。"

老十一说话的神情就像他自己刚刚吃过一样。

服务生为雷天鸽和温君怡送来了冰食冷饮，随后又规规矩矩地将杏仁豆腐和冰镇百合莲子粥摆在老十一的下巴颏儿底下。

老十一有意提高了声音，接着刚才的话茬儿说："吃果藕可以顺气，吃青胡桃可以补肾。其他像酸梅汤、果子露在宫里自然就排不上号了。"

服务生这次学乖了，躬身退了一步，然后转身离开。

玻璃旋转门再次被推动，瑞丰祥绸缎庄的胡大少拉着一个穿着黑色单排扣方形立领校服的青年学生一边说着什么一边走了进来。那学生中等偏高的身材，面庞清秀，黑色的皮制帽檐下一双眼睛很有神采。左胸前别着一枚燕京大学铜质珐琅的校徽。脖子上挂一部包有皮套的徕卡牌相机。

胡大少上下一身米色洋装，脸上戴着墨镜，手里攥着一把折扇，那是他装扮风雅的道具。他进门后很随意地坐在了与雷天鸽和老十一相邻的座位上，同来的那个燕大的学生神态有些拘谨，也跟着坐了下来，随手将拿着的《燕大周刊》放在了桌边上。

这期周刊是"抗日问题专号"，刊发了时事报道还有评论文章，主要是公开批评国民党的对日妥协政策。

服务生适时走过来递上冷品单子。胡大少做东，自然由他接过单子，他摘下墨镜，稍一浏览，为二人点完冷品，又继续着他俩之间在走进冷品店时中断的话题。

"你刚到北平，有些事是不清楚的。还不是因为去年五月在上海《新生》周刊发表了一篇署名'易水'的文章《闲话皇帝》，而后引发的中日外交纠纷。"胡大少煞有介事地说着，马上又补充道，"啊，易水，其实就是复旦艾涤尘的笔名。"

"呃，竟有这种事。"那位燕大的学生说道，"那篇文章究竟闲话了皇帝什么呢？"

胡大少翻着眼睛想了想，似乎在努力地要记起些什么，说："其中有几句的意思是说……日本的天皇其实早就做不得主，除了接见外宾、阅兵、举行什么大典的时候用得着天皇，其他时候天皇便被人们所忘记，日本的军部、资产阶级，是日本的真正统治者……"

"我觉得这位易水先生并没有说错什么。"那位燕大的学生轻声说。

"你是这么认为的？"胡大少有些惊讶地看着对方，"这篇文章刊出的第二天，在上海可就引起了轩然大波哟。到了六月，政府就出台了《敦睦邦交令》，明令'对于友邦，务敦睦谊'，紧接着，十二月，共产党带着头儿，在北平就举行了'一二·九'大游行大示威，要抗日救国……"

这时，服务生端着大托盘为二人送来了冰食冷饮，打断了胡大少高谈阔论的兴致。胡大少向同来的那个燕大学生做了一个"请"的手势后，自己也正说得口渴，抓住冷饮杯，低下头叼住吸管，大口地吸吮起冷饮来，不再说话。

雷天鸽和温君怡吃完了冷饮，起身各自提起油画箱子向外走去，老十一跟在后面。走过胡大少和那学生坐着的那张冷饮桌旁时，雷天鸽提在手上的油画箱一角不慎碰落了那份放在桌上的《燕大周刊》，雷天鸽当即很有礼貌地弯腰去拾那份周刊。恰好那个燕大的学生也弯下身来去拾那份被碰落的周刊，说巧不巧地，两个人的额头轻轻触碰在了一起，双方又同时抬起头来，生涩腼腆地相视一笑。那份周刊竟然没人顾得再去拾起。

就在那青年弯腰去拾周刊的一瞬间，跟在雷天鸽后面的老十一不经意间看到了什么，猛地愣怔了一下。

看到两个人头碰了头便愣在那，老十一立即很有眼力见儿地弯下腰捡起了地上的那份周刊。为了掩饰自己内心的某种紧张，随即大声念着周刊头条文章的大字标题——《生耶？死耶？和耶？战耶？》。

第十三章

风起于青蘋之末

几个人在冷饮店攀谈了一会儿。吃完冷饮，他们顺路同行，谈着抗战的话题，顺着西直门的马道上了城墙。雷天鸽告诉刚结识的胡大少和那个燕京大学历史学专业的学生，战争的消息每天都在传来，因深恐北平也要毁于战火，她和温君怡在给北平城的城门楼子画"遗像"。

这项工作她俩自打去年就已开始。内九外七皇城四，拢共二十座城门，古老的北平城的城楼子最具中国文化的特质。雷天鸽的谈话引起了那个总爱在一旁静静听别人讲话的燕大学生的兴趣。

登上城墙，居高临下，不由得心旷神怡起来，感觉格外不同。蓝天上飘浮着几朵白云，天气晴好，透明度特别高。纵目向西，西山逶迤，层峦叠嶂。此刻，山光岚影，玉泉山香积寺的玉峰塔，还有北边的"锥子塔"，竟然如此清晰可见。

大家掉过头来环顾四周，北平城高低错落的城门楼子，远远近近尽收眼底，它们巍然不动，冷峻峭拔。

城里附近有人家在飞鸽子。鸽子绕着圈在飞，飞得不甚高，人站在城墙上几乎和鸽子处于同一视平线上。这时，那群鸽子盘旋着飞近城墙。人对于鸽子似乎有着天然的亲和力，它们飞了过来，距离近得几乎触手可及。鸽群从他们几人的头顶上飞过，扇动翅膀的"沙沙"声清晰可闻。

"哎呀，鸽子屎掉在你的帽子上啦。"老十一眼尖，指着那个燕大学生头顶上的帽子说，"不过不要紧，鸽子屎不脏。"

大家顺着老十一的手指，看到确有一泡鸽粪掉落在燕大学生的帽子上。鸽粪在帽子上摔开来，摔成一朵花的形状，灰白相间。谁知那个燕大的学生没有一丝硌硬嫌弃的神情，毫不在意地摘下帽子，露出规整的圆头短发发式。他掏出裤袋中的手绢，将掉落在帽子上的鸽粪轻轻擦去。

温君怡想笑但没有笑出来，因为对方的举动平静而自然，这大大出乎她的意料。雷天鸽也注意到了那个燕大学生的举动，她不由得抬眼看了一下他——一头短发，脸上似乎还有着一些稚气，但看他硬挺的身材，隐隐透出一股军人的气质。

雷天鸽看得很仔细，尽管她不知道那个燕大学生的短发发式叫什么，但绝对与老北平人的寸头发式有着本质上的区别。她知道老北平人的寸头是用剃头推子推出来的，而对面这个燕大学生的头发则是用剪刀修剪而成，长短一样，黝黑的头发匀称而密实。

"鸽粪可以入药。鸽粪在药材里有个好听的名字，叫——"那个燕大学生话到嘴边却忘记了，为了掩饰自己一时忘记的窘迫，他重新戴好帽子，利用这个间隙在极力回想。

"叫左盘龙。"雷天鸽看似轻描淡写的一句话，实则是在为他解围。

"对，鸽粪在药材里的名字叫左盘龙。"那个燕大学生把感激的目光投向雷天鸽，继续说道，"鸽粪做成的药有消肿杀虫的功效，主要成分有蛋白质、脂肪、红细胞、白细胞和鸟粪酸什么的。其中，鸟粪酸又是一种有机酸，能够促进农作物的生长，但过量使用会影响土壤的酸碱度平衡。"

"嚯，真没看出来，你这个大学生说起鸽子拉的屎来文绉绉的，还一套一套的。"老十一揶揄地说，"难怪鸽子屎喜欢往你脑袋上掉呢。"

"其实我知道的也不多，是因为家里人在养鸽子，尤其是家兄特别喜欢鸽子，听他说过，便记下了。"

那个燕大学生不知道是假装着好赖话听不出来，还是真的有涵养，像在有意谦让着年龄比他小了好几岁的老十一。雷天鸽暗暗地替那个燕大学生抱不平，她觉得古灵精怪的老十一不知道因为什么，似乎对这个燕大学生有着某种敌意。

"欸，小爷怎么从来就不知道鸽子屎还有这么一说？"老十一脸上现出讨好的笑容，对雷天鸽小声地问道，"小姐姐，这鸽子屎叫左盘龙，你是听谁说的？"

"还能有谁，听我爹说的呗。"

"你爹也养鸽子吗？"

"嗯。"

"那鸽子屎在药材里为什么叫左盘龙呀？"

"不知道。"

说着话，雷天鸽和温君怡在城楼高大的擎檐柱的础石旁边打开油画箱，支起了画布。

"哼，我就知道你们不知道，小爷有个铁瓷，问他一准儿知道！"老十一得意地笑了，似乎又占了上风。

"那你快去问，问完了，一定要告诉我们哟。"温君怡一边支起画布架子，一边探过头来，开着老十一的玩笑。

胡大少多少显得有些好奇似的走了过来。

从胡大少的口中，大家得知他和燕大的那个学生今天就是特意来看西直门城门洞南侧墙壁上镌刻的那朵汉白玉水仙花的。

"这有什么稀奇的？"老十一未等胡大少说完，接着说道，"南边阜成门的城门洞里刻的是一朵梅花。"

"梅花？"那个燕大学生认真地问道。

老十一摆出一副好为人师的样子，不客气地说："西直门专走玉泉山给皇上喝的御用水的水车，刻上的标记当然是水仙花；阜成门走的是京西运煤的骆驼队和拉煤的车，城门洞子里刻上的自然是梅花，为的是压住倒霉这个霉字。这四九城好玩的、有典故的地方多了去啦。"

"你人不大，知道的还挺多。"胡大少不由得佩服起来。

"嘻，这才哪儿到哪儿啊。"老十一看似漫不经心地回答着，突然话锋一转，直指站在胡大少身旁那个燕大学生："你跟大家说你是学历史的，怎么竟连这些都不知道？"

"我刚到北平来，是……是从日……"燕大学生显然没有料到老十一的突然发问，回答起来显得有些口吃。

"他是从日本人占着的'关东州'，噢，就是大连过来的，这不是，过完年来北平才入的学。"胡大少连忙将话接过来，有意在打岔，用眼睛紧紧地盯着老十一，"没看出来，你人不大，还挺爱欺生的。"

"他们家挺有钱的吧？"老十一丝毫不为胡大少的话所动摇。

"你是从哪儿看出来的？"胡大少突然显得有些紧张起来。

"还用从哪儿看吗？"老十一皮里阳秋地说，"他胸脯上挂着幌子呢，那一看就是个挺值钱的洋玩意儿。"

"没错没错，你人不大，真还挺有眼力的。"胡大少脸上堆下笑来，打着乌涂语说，"他家有钱，做买卖的嘛，那就请康男同学用这个挺值钱的洋玩意儿来给大家照张相，怎么样？"刚说到这里，又灵机一动："哎呀，我看以后两位小姐给城墙画'遗像'的工作，就由我们这位康男同学用他的这个'挺值钱的洋玩意儿'代劳吧。"胡大少炫耀地招呼大家，继续提出自己的建议："用照相机来拍下四九城的城楼岂不省事，日文里有'写真'两个字，说的就是这个意思。"

"绘画是艺术，就拿油画写生来说，它并不是客观简单的临摹。在油画的画作里你可以感受到画家笔下的温度、聆听画家的心声、生命跃动的韵律。而用照相机拍摄下来的照片虽然保真，但它是客观静止的、冰冷的、毫无生命力的。"

那个燕大学生显然是对雷天鸽颇有好感，因为他说这一番话的时候只看雷天鸽。胡大少将脸转向别处，不再吭声。温君怡颇有深意地瞥了一眼雷天鸽。雷天鸽虽然装作不在意，但她已经感觉到自己的心跳在加速，脸颊好像也微微有些发烫。

"噢，你姓康，家里在大连那边是做什么买卖的？"老十一仍在很不客气地冲着那个燕大学生追问道。

"也是做绸缎布匹生意的。他家买卖做得大，都做到南洋那边去了。"胡大少赶忙回答，"他的老家儿和我们家有多年的生意往来。康男来北平念书，胡家理当照应。"

这时，从南边阜成门方向响起了一片鸽哨声，这是一片酷似横笛洞箫之类的乐器所发出的嗡嗡声，其间夹杂着清脆悦耳的亮音儿。这片呜呜嗡嗡悦耳的鸽哨声引起了大家的注意，不约而同地循声望过去，只见一群鸽子从南边飞了过来，群鸽飞得很高，所以从下面看上去，似乎紧贴在蓝天底下。

"快看呀，这就是四九城里有名的雷家的'飞元宝'。"老十一仰起小脸注视着将要飞过头顶的鸽群，骄傲地说着，"小爷最爱听的就是这鸽铃儿声。"

那个燕大学生连忙摘下胸前挂着的照相机，对着蓝天下翱翔的鸽群，不停地"咔嗒、咔嗒"摁动相机快门。

这一群鸽子飞得很高，飞得很平稳，飞得很抱团……转瞬间，群鸽挂着哨子，拉着混响动听的哨音飞过头顶，盘旋着渐渐向西边飞去。由于强光的作用，盘旋的鸽群仿佛融化在蓝天里……城墙上的几个年轻人简直看呆了。

相机里剩下最后一张胶片，此刻换作纵向构图——取景框下方是层峦重重的黛色西山，山峦之上矗立着挺拔的白色玉峰塔，取景框上方是一群正在横向飞过的鸽群。燕大学生摁下了相机的快门。

"太美了！"温君怡发出一声由衷的赞叹，"我是第一次站在城墙上看鸽子飞，没想到，竟然有了一种要跟它们一起飞的冲动。"

那个燕大学生依依不舍地目送着鸽群消失在远方，将手中的相机收进皮套。他回过头来用探询的目光望向老十一："小兄弟，你刚才说的'飞元宝'是什么意思？"

"就是说雷家在飞鸽子呗，'飞元宝'嘛，说的是吉祥话儿。"老十一说完，嘴角上扬，带着一丝嘲笑对方的轻蔑。

"你怎么知道是雷家的鸽子？"提起雷三爷，胡大少并不陌生，只是这种场景显然他也是第一次经历，所以冲口问了出来。

"四九城里只有雷家的鸽子向北向西'走趟子'，一个来回得三四个钟头吧。你刚才不是也看见了，别人家的鸽子都是转着圈儿地飞，只有雷家的鸽子飞起来就往高了挂，你一看，那鸽子不是在飞，是在天上飘，那叫一个飒！"

"看你人不大，对雷家的事情倒是门儿清。"胡大少见这个衣衫褴褛几近乞丐的孩子说出话来竟然头头是道，不得不恭维了几句。

胡大少这句话显见得是搔着了老十一的痒处，无论何时何地，只要提起雷三爷，提起鸽子，那他就什么都不顾了。

老十一得意地说："那是自然，谁让小爷和雷三爷是铁瓷呢！"

温君怡不失时机地插话说："噢，我知道了，关于鸽子屎为什么叫左盘龙，你要去问的那个铁瓷原来就是雷三爷呀？"

雷天鸽眨着大眼睛，她爹什么时候有的这么一位铁瓷？刚想问问清楚，温君怡连忙使出眼色，向雷天鸽示意不要作声，继续听下去。

看来这个喜欢自吹自擂的老十一并不认识眼前的这位雷家大小姐。

"雷三爷亲口说过，和小爷是忘年交，去他家看鸽子，那可也是雷三爷请小爷去的。"老十一大声地说着，好像声音小了，这件事就不是真的。

这可真是破天荒的一件事。

胡大少听见老十一如是说，心里头嫉妒得要命。养鸽子的人以将对方请到家里来看鸽子为交往当中的最高礼遇。届时说不定主人一高兴，还会让客人上手捉住他的某只爱鸽，摸摸鸽子的龙骨，拉开鸽子的翅膀看看羽条，仔细审视鸽子的眼砂。看完鸽子，主人家或酒或茶着意款待，坐下来推心置腹地互相交换驯养鸽子的心得体会，说到妙处，大有相见恨晚之感，那真是人生一大乐事呢。

四九城里养鸽子的又有谁不想去雷家看鸽子？可那好像只是一种奢望。

"你和雷三爷是铁瓷？这话说得可是有点儿大。"胡大少灵机一动，故意撇撇嘴，装出一副不相信的样子。他要扫听雷三爷那边的动静。

前些日子他找过沈宗尧，提出要和雷三爷再打一场"暗插"。开打的地点却要放在黄河南边的许昌，这和"明插"石家庄的那次相比，给鸽子放飞的空距猛然间增加了一倍。虽说这个主意是那个日本人小津平吉出的，可仔细一想确实不错，难怪大家都管日本人叫日本鬼子，他们就是鬼得很。

哪知道在这件事上，雷三爷居然退避三舍，没给准信儿。但他心意已决，不行就等上秋，再不行就等来年，一定要把那场输在石家庄"明插"的面子找补回来，不然以后自己在这北平城里还怎么玩鸽子。再说还有山内商社的日本人给自己撑腰，提供优良品系的东洋娄鸽——号称日本神鸟的"若大将"和自己棚里的鸽子进行杂交。从遗传学角度看，物种杂交具有很大的优势，杂交后的个体能获得双亲基因的重新组合。其杂交的后代所表现出的各种性状都比双亲更优，最大的特点是抗逆性强，大大提升了对环境的适应能力，这对于放飞在外的鸽子来说就已足够了。他的棚里现在已经作育出第二代和第三代的杂交鸽子了。

智珠在握，胡大少甚至有些急不可待了。他环视四周，顾盼自雄，不禁向上挺了挺自己的胸脯。

"就说眼眉前儿的一件事儿吧。"老十一得意忘形，小手一挥，指着城门楼子宽大破损的滴水檐子说，"一个多月前，就在这儿上面，小爷晚上用抄网挡了一只游棚落野的小鸽崽儿，那小鸽崽儿脚上套着环儿，脚环儿还用密封胶条给裹得严严实实的。想等天亮拿到护国寺的鸽子市上去碰碰运气，卖个好价钱，结果还没等到天亮，在鬼市儿上碰见了雷三爷，三爷接过鸽子一上手，二话没说，立马掏出白花花的十几块现大洋塞进小爷的兜里，还再三地说，'今儿个身上确实没有多带钱，以后缺花销了，尽管来家找我'。什么叫铁瓷？这就是！"

胡大少起了疑心，不相信地问道："什么鸽子，值这么多钱?"

"不知道,许是雷三爷江湖义气,有意周济小爷。"

胡大少悻悻然地说:"喵,老十一,好事儿怎么都让你给碰上了?"

雷天鸽和温君怡重又埋头画布前,准备作画。

那个燕大学生似乎很知趣,拉着胡大少就要离开。临分手时,他毫不掩饰自己,表现出对雷天鸽和温君怡的钦佩和羡慕。他带有歉意地说,刚才只顾着拍摄飞在天上的雷家的鸽子,胶卷已经用完,改天他要专程来这里看她们画城墙,到时一定要用照相机为她们在城墙上拍个纪念照。

胡大少拉着那个燕大学生转身走了。

雷天鸽和温君怡觉察出那个燕大学生分手时有些恋恋不舍。温君怡半开玩笑半认真地模仿着刚才老十一的口吻对雷天鸽提出警告:"小姐姐,你要小心了,那个燕大学生对你可是有点儿一见钟情的意思哟。"

"我怎么没有看出来?"雷天鸽言不由衷,有点不好意思起来,她不知道在为自己掩饰什么,可心里确实是有了一丝慌乱的感觉。

风起于青蘋之末。

少男少女不期而遇,邂逅在乱世之中。那是怎样的一幅图画——初夏有些炙热的透明的阳光,远处逶迤的黛色西山,俏丽的玉峰塔影;近处巍峨耸立的城楼,蓝天白云下飞过的鸽群;古老的城墙上,一对少男少女就这样面对面地站在雉堞前,没有说话,只是默默地看着对方——雷天鸽的脑海里倏然闪过一个念头,她要将这个让人心动的时刻画下来。燕大那个学生举止文雅,刚才他对于油画写生的一番见解,尽管说的是冠冕堂皇的一番大道理，还带有讨好自己的成分，但也令她无可辩驳。尤其是黑色的皮帽檐下那双富有神采的眼睛，确是给她留下了喜欢的理由。

雷天鸽索性不再去想，有些怅然地说："他是懂得油画的。"

"他？"老十一站在旁边搭了腔，"小姐姐，你要小心了，他可是个日本人哟！"

"啊——"温君怡惊讶地瞪大了眼睛，从画布前抬起头，习惯性地向上扶了扶架在鼻梁上的眼镜。

雷天鸽则表现得很镇定，说："哎，你这雷三爷的铁瓷，我问你，你怎么知道他是个日本人？"

老十一没有回答，此刻，他已顾不上回答，因为他正在不错眼珠儿地朝着城里的方向盯着刚才盘旋飞过城墙的那群鸽子。眼下那群鸽子盘旋着向下飞落，正在归巢。

眼瞅着鸽子扑腾着翅膀纷纷落在了很远的几棵树干粗大且枝繁叶茂的槐树后面。确实离得远，有些看不清楚。老十一使劲地揉揉瞪酸了的眼睛，目测着从城墙到鸽子飞落的地方，粗略估算远近，有一里多地，但绝不足两里。如果估算不错，那群鸽子落下的地方应该是在新街口路北那座有石虎的小庙附近。小庙早已荒废，只剩下一个券形的门洞，东边就是惠郡王府，再往东就是北广济寺，寺里的和尚早就跑光了。如此看来，那就是有人在惠郡王府里养鸽子。以前就听说那座王府卖给了什么人，到底卖给了谁呢？回头抽空一定要实地探访一下，那地方究竟是什么人什么时候开始养的鸽子。估摸养的鸽子数量还很多，自己以前怎么从来没有注意到呢？

老十一在走下城墙的时候，猛然想到，那天夜里在这西直门城楼上用抄网捎的那只套着足环游棚的小鸽崽儿，说不定就是来自惠郡王府。

第十四章

惠郡王府里的日本人

惠郡王府落入日本人的手中，也不过就是五年前的事情。

日本山内商社的北平分店打从庚子年成立至今，算起来可是有些年头了。八国联军侵华，中国文物流失严重，随着海外市场对中国古董文物的需求扩大，山内家族把目光投向了历史悠久的古都北平。山内家的长子山内武看准了"商机"，便率人来到大乱初定的古都，建立分店，利用各种卑劣的手段开始了对中国文物的掠夺与倒卖。

山内商社在北平建立分店不只是觊觎中华文物，同时还使出了挂羊头卖狗肉的伎俩——表面上是在做古董生意，私下里却做着在中国各地偷盗古墓这类见不得光的勾当。商社总部在大阪，分店则散布在东京、北平、巴黎、纽约以及芝加哥等地。

说来也是机缘凑巧，惠郡王府为生计所迫，效仿恭王府，也要将府里的古董、家具出售变现，用以度日。照方子抓药，样儿是学了，可惠郡王府这边压根儿就不知道恭王府那边变卖古董、家具换成现银是为了推动复辟，筹集"勤王军"所需要的巨额军饷。

惠郡王府的物件品相虽说不及恭王府那边，但在行里也属尖儿货。可惜索价过高，北平商会的商人实在是无力为之，只好望府兴叹。这时，山内商社闻风而来，一举包揽了惠郡王府所有的古董、家具。后来不知怎么，谈着谈着，竟连王府也让日本人一锅端了。王府的古董、家具被拉走了，漂洋过海去世界各地展销；王府却被日本参谋本部用作陆地测量部和第二部的养鸽基地。

老十一没有想错。那天夜里，在西直门城楼上用抄网捎的那只脚上套着足环的游棚小鸽崽儿，就出自木岛芳雄建立在惠郡王府的种鸽棚，是种鸽配对以后直出的一对子代鸽的其中一只。

这一对子代鸽的父母鸽具有完全的日本鸽子血统，但又是在中国本土破壳的。对于种鸽繁衍后代自然要进行严格管理，严格到新一代雌雄鸽要进入最佳配对年龄时（两岁以后）才允许进行配对。这对父母鸽就是两年多前在王府的院子里破壳，在北平的气候环境中长大的。第一次直出的两羽子代鸽，一雄一雌，幼鸽羽色亮丽，健康活泼。

此时正值日本运作华北自治的方针策略，木岛芳雄认为这两羽幼鸽颇有某种纪念意义，便用铝皮压印出幼鸽足环环号，环号定名为"かほく-1936-001""かほく-1936-002"。环号上的日文假名是"华北"，代指鸽子的出生地，1936指幼鸽出生的年份，后面三位数字则是鸽子破壳出生的顺序编号。

"头窠蛋，金不换"，两只头蛋中必有一枚金蛋。何谓金蛋？孵出的幼鸽中必有一羽为超过父母的优质鸽。必有一羽，其实是只有一羽，不会两羽都是好的。到底哪一羽是由金蛋孵化出来的，是雌鸽还是雄鸽？既看不出也说不准。就在这时，偏偏其中的一羽幼鸽开家后游棚未归巢。

几年前去比利时导入一战时期国际养鸽界著名的戴扶连特鸽

系的鸽子时，木岛芳雄才第一次知道了戴扶连特的第一轮幼鸽都留作自用。第一轮由头窝蛋孵出的幼鸽从不外卖，外卖的不是第二轮就是第三轮幼鸽。这不是戴扶连特的独家规矩，欧洲的养鸽家们作育出的第一轮幼鸽都是留作自用的。这是"头窠蛋，金不换"的一则旁证，尽管这只能算是经验性的认知。

开家初飞，那羽华北002的雌鸽没有归巢。

那天，惠郡王府种鸽棚的这一批幼鸽开家初飞。为了保险起见，特意将幼鸽开家时间定在接近黄昏的时刻。依着鸽子习性，天晚就要归巢，不肯远飞，此时开家的用意就是让幼鸽随着群鸽在鸽棚附近飞转几圈，认认家即可。哪知事与愿违，这只幼鸽自棚内飞起来后，径直向西边一头扎了下去，再无飞返。

几天来分析的结果令人沮丧，虽说鸽子本性合群，但那羽幼鸽被北平城里其他飞着的鸽群裹挟着落入别人家鸽舍的可能性几乎为零。因为开家那天直到日落时分，周围目力所及之处并没有人家在飞鸽子。第二天又遣人严查密访，从西直门郊外直到西山脚下，根本就没有人家豢养鸽子。看着自己手里往常用来观察鸽子飞行的这款偕行社十三年式军用望远镜，木岛芳雄心里明白，剩下来只有一种可能——当天开家不久天就黑了，飞失的那只幼鸽一定要寻找高处落野，多半是落在了不足两里之外的西直门的城楼上。幼鸽被猫扑的危险的确存在，被他人捕获的可能性也同样不能排除。

鸽子和人一样，秉性各异，迥然不同。有的老成持重，有的轻佻活泼。有那聪明伶俐的幼鸽，开家后飞上蓝天，眼前的世界一望无垠，景致大美，颇有流连忘返之意。夜晚来临，天性使然，便要寻找高大树梢或是极高的建筑物落脚过夜，原准备第二天接着飞翔玩耍。无奈天亮后肚饥口渴，只得飞回鸽舍求食。这是一般幼鸽开家当晚不归巢，第二天清晨返回的规律。

一直等到幼鸽开家后的第二天傍晚，华北 002 仍未见飞返。接连几天，始终不见踪迹。木岛芳雄等待那羽幼鸽归巢的心情更加急迫起来。这是一次重大的工作失误。培育出的鸽子亟待长大后择地放飞进行飞返线路的试验，目的就是让在中国本土出生的子代鸽成长后适应中国的各种复杂气候，进一步增强对环境的抗逆性，以便更好地服务于在中国作战的日本陆军的战时通信需要。这样说来，在中国本土，尤其是在古都北平培育出来通信的鸽子就显得尤为重要并且刻不容缓。

木岛芳雄希望华北 002 是被人为捕获了，日后至少还有寻找回来的一线希望。

依据参谋本部的指令，时间的确是最为宝贵的。真是应了中国人说的那句老话，一寸光阴一寸金。

木岛芳雄这位日本陆军大学的毕业生，就是参谋本部点名从陆地测量部兵要地志班所属的"奉天传书鸽育成中心"抽调过来的。

接到命令，木岛芳雄脱下中佐军装，收存起"菊花与星"徽章，穿上老百姓的衣服来北平养鸽子，这却是他很愿意做的一件事情。木岛从小就喜欢鸽子，好像是从娘胎里带来的一种天性。木岛家族生意做得很大，日本全国各地都有木岛家的买卖。不知是因为商业经营上的需要还是出于某种爱好，家里养了很多只鸽子。祖父和父亲即使生意再忙，也总要抽出时间来照顾那些鸽子。祖父和父亲喜爱鸽子的程度给木岛芳雄的心里留下了很深的印记。历经几代人，鸽子融入了木岛芳雄的家族文化中。木岛芳雄从小就耳濡目染，随着年龄的增长，在不知不觉中渐渐精通于养鸽之道并且沉迷其中。他这种终日陪伴鸽子的惬意生活直到考取陆军大学后才中断。

木岛康男拉着胡大少有些恋恋不舍地走下了城墙，他要去新街口那里看望在日本商社任职的哥哥。就在前几日，他接到远在京都的父亲来信，得知哥哥原来也在北平。

远远可以看见西堂尖顶钟塔上面挺立的十字架。他和胡大少一路闲聊着，刚刚走到西堂前面的小空场，胡大少停住了脚步，说："木岛君有多长时间没有见到哥哥啦？"

木岛康男带着些许期待，兴奋地说："应该有两年多没有见到兄长了。"

胡大少很知趣地抬手招呼马路对面的一辆洋车过来。

"就送到这里吧，木岛君，顺着马路一直走，前面不远处应该就是木岛君兄长任职的日本商社了。"胡大少临上车前，对着木岛康男压低了声音，带着一些警示的意味说："刚才在城墙上，木岛君对那个女孩子——"

木岛康男没有说话，只是点了点头。他清楚地知道，自己肩负着木岛家族未来振兴的使命，奉父命来北平就读燕京大学历史系，是不会被允许喜欢乃至迎娶一位外国姑娘回家的，尤其是中国姑娘。

已经坐进洋车里的胡大少探出身来向他挥挥手，算作告别。胡大少坐着洋车忙他的事情去了，留下了欲言又止的半句话。

木岛康男突然感觉到一种无助的孤单，他下意识地仰起头，看着西堂尖形券窗上面蚀刻的教堂玻璃在阳光下泛着彩色的光。木岛康男目迷五色，就在这一刻，竟是有些呆住了。

木岛康男从那个女孩儿扑闪活泼的目光中，看见了人世间的纯真美好。但他又何尝不知道，他们面前是一道深不见底的战争沟壑，无法逾越。可恰恰就是因为这场无法预知结果的战争，他才得以在古老的北平邂逅这位中国女孩。他憧憬着带她回到自己的故乡，她挽着他的手，相互依偎着走在村外河堤旁那条落满樱花的小路上。如果有那么一天,他要将刚才想到的情景讲给她听,她一定会用油画里面最浓烈亮丽的色彩将这个情景画下来。

木岛康男沿着马路独自向东走着。走过有石虎的那座小庙,就看见不远处大门外的那几根拴马桩了。大门两侧有八字的撇山影壁,门洞内左右各有一个券形灯龛及一块抱鼓石。他走上台阶举手敲开了大门。

院内的正房、厢房都是歇山式筒瓦屋顶,房头上的砖雕也极其精致,有刻福禄寿的,有雕松菊梅的,仍然不失当年府邸的奢华气度。

进入大门后沿着西边的走廊可通往花园,那里就是房子主人养鸽子的地方。现在经过改造,花园四围搭建起高大的鸽棚,园子中间的敞厅有一半的地方堆放着整袋的鸽粮。原来园子里水池中的太湖石已经搬出去放在了外面。因事制宜,水池正好用作给鸽子洗澡的地方。浅浅一池清水,水底铺着黄澄澄的细沙。

两只带有黄褐色斑纹的黑色大狼狗伸出长长的前爪,一左一右静静地匍匐在西花园的入口处。

偌大的院子静悄悄。西花园那边传来大量鸽子饲养在鸽棚里所发出的特有声响。

院子方砖墁地,垂花门两侧墙壁上开有什锦花窗。爬山虎的枝蔓带着嫩绿的叶子已经攀上花窗的边沿。

身穿和服浴衣、脚蹬高齿木屐的门房岩井三郎陪同木岛康男走过院子。在就要走过垂花门时,他再次客气地向着木岛康男微一躬身,做了一个肃客的手势,然后,率先抬脚迈过垂花门的门槛。木岛康男随在岩井三郎身后走进院子里。

木岛康男从岩井三郎的口中得知哥哥正在会客。走过院子时,他一眼就看到了靠放在院子东厢房廊下的那辆日本僧帽牌脚踏车。脚踏车宽大的后架上,两边对称地安放着两只粗壮藤条编织的运载鸽子的大箱笼。木岛康男不由得心中一动,莫非兄长是一路骑行着由奉天来到的北平?他忽然想起木岛芳雄在陆军大学所学的专业分野——兵要地志。

正房窗前,木岛芳雄站在那里一动不动。
隔着玻璃窗,他注视着随在岩井三郎身后走向后面院子的自己的弟弟。两年没见,康男显然又长高了,身体变得强壮厚实了一些,隐隐然有了大小伙子的模样。
眼下对华北作战一天天临近。父亲高瞻远瞩,为了家族生意的将来,在这个战争的节骨眼儿将弟弟木岛康男送进了燕京大学去学历史,看来是要把弟弟彻底打造成一个中国通。他在离别京都时,父亲曾嘱咐,如有可能,家族允许康男在中国娶回自己喜欢的姑娘,并且告诫自己不得横加干涉。看来家族对康男的婚姻是有着某种默许的,一切都要顺其自然。婚姻尤其讲求缘分。
看着康男随岩井三郎走进角门,他的目光又无意间停留在东厢房廊下的那辆脚踏车上。在古镇旅店的那天凌晨所经历的一切,至今想起来仍然使他的心里很不舒服。尤其是那个双腿已经残疾的旅店掌柜,坐在椅子上听见脚步声猛然回过头来的一刹那,那如炬的目光至今还令他心悸。

第十五章

谋定而后动

"比战争更早打响的战争是什么?"北平台基厂头条七号院里的主人、华北驻屯军驻北平特务机关长松室孝良在沙发里舒服地调换了一个坐姿,现在,他把目光转向站在窗前的木岛芳雄。他说话的声音不高,似乎是在自己问自己,又像是向前来拜会的木岛芳雄在求教什么。

在他对面的沙发里坐着因为鸽子事也前来造访的山内己之助和小津平吉。此刻,他二人也不约而同地将目光注视在木岛芳雄的身上。

"兵法云,谋定而后动。"站在窗前的木岛芳雄平静地说。他一动不动,并没有转过身来,眼睛仍注视着正在随岩井三郎穿过院子走进角门的弟弟康男。

"行兵作战,关键是先要在什么地方谋呢?"看来松室孝良的确是在虚心求教。几天前,他接到军部命令,就要调任"北满"骑兵第四旅团旅团长一职。即将带兵一线作战,心中充满了兴奋和对以后一切不可预料的惶恐。今天特意抽时间过惠郡王府这边来与老友一叙兼作求教。

"就是在'兵要地志'上的谋划,但这绝非纸上谈兵。一定要对战场情况、敌我态势了如指掌,正所谓知己知彼,百战不殆。"木岛芳雄转过身来，郑重说道，"因此，'兵要地志'将为未来作战的区域提供关于地形、气候、居民、政治、物产、交通等等准确详实的资料。对其即将作战地域'兵要地志'的掌握，无疑对交战双方来说都是至关重要、不可或缺的。"

木岛芳雄一席话，说得在座几人频频点头。

"先于对手了解掌握作战地域的地形地物，大到山川河流，小到村庄水井，事无巨细，尽可能地做到准确详实。这就是敌我双方在战争之前先要打响的一场战争。"松室孝良感悟颇深，接着说道，"谁在这场比战争更早打响的战争中落败，谁就有可能输在真正战争的起跑线上，换言之，在战争开始的那一刻，已经注定了失败的命运。"

木岛芳雄深以为然，赞同地说："战争的胜利取决于谋算，从某种角度上说则取决于细节。战争的胜利是由每一场战斗的胜利累积而成，以小胜积大胜，以时间换空间，因而也就意味着细节决定胜利。细节是准备出来的，战争准备就是细节准备。在这些细节中，有一项至关紧要的——"

"兵要地志！"松室孝良几乎喊了出来。

在异国土地上作战，如果事先不了解对方的地理环境、风土民情、气候变化，那就如同盲人骑瞎马，夜半临深池。这也是日军在侵华战争早期，其一线部队军事主官，大多是精通"支那兵要地志"的"中国通"的原因。

木岛芳雄能在日本军界等级森严的官僚体制中被拔擢而出，完全得力于他在陆大念书时，曾经得到过作为兵要地志学教官的板垣征四郎的高度赏识。在日本陆军大学兵要地志学的课堂上，教官板垣征四郎就详细阐述过中国的人文民俗、自然地理。讲到"北支那"的情况时，他特别提醒学员注意，"关内各道路，能通野炮的少。京津地区地理环境低湿，遇降雨增水，则影响作战"。

课堂上对学员的要求尚如此严格，一线部队的情报细节掌握就要求更加精准无误了。

板垣所讲内容，并非照本宣科，大多是他多次秘密潜入中国实地考察的结果。像他这种掌握作战地域第一手资料的日军前线指挥官大有人在。木岛芳雄骑着脚踏车，有时甚至推车前行，一路从奉天到北平进行勘察，也就没有什么好奇怪的了。

送走了松室孝良，木岛芳雄换上了新沏的茶，和山内己之助、小津平吉又继续谈起了鸽子。

不久前，木岛芳雄从奉天出发，伪装成奉天测候所的工作人员，混迹在关外的一群流亡大学生当中，一路翻山越岭，踏勘观测地形。他一路将随身携带的用来试验在山地飞行的通信鸽子逐一放归，要打通从东北到北平，继而南下的鸽子飞行的路线。资料表明，中国的地势北高南低，西高东低，呈阶梯状分布，并且向海洋倾斜。鸽子放飞后由高向低飞返，有利于增加鸽子的归巢率。不过，如果在战时，又哪里管得了地势的高与低？木岛芳雄想到，只有在中国的土地上尽快培育出更优秀的鸽子，才能解除地理气候带来的困扰。

他那时用脚步丈量过由奉天经山海关、冷口、密云，再沿长城一线直到北平的鸽子飞行的路线，不是不相信地图，只是觉得用自己的脚步来丈量更为稳妥与放心。

鸽子在山区飞行的难度很大。山地会改变风向和气流，气候时常变幻莫测，十里不同天，自不待言；加上鹰隼等天敌，鸽子穿越山地飞行时，一不小心，就会酿成惨祸。再有就是山脉的走向对于鸽子归巢的影响，鸽子是不能像飞机那样自如地翻山越岭的，对鸽子而言，横向难飞，纵向飞行相对容易一些。木岛芳雄非常清楚，战时的山区假若需要用鸽子来通信，那就只有拼羽数，拼血统，拼速度，最主要的是拼稳定，拼鸽子的适应性。这样，从日本国内带过来的具有优秀血统的日本鸽子，就急需和中国本土的优秀鸽子进行配对杂交，作育出含有中国血统的、适应中国地理环境气候的子代鸽，以更加适应在中国作战时的通信需求。

培养一羽优秀的、抗逆性强的鸽子是非常不容易的。一场甚至几场较远距离的放飞也不能完全衡量一只鸽子的好坏。只有通过多次放飞，综合其在不同距离、天气以及其他因素的影响下的表现，才能真正检验一只鸽子的特性。那些在恶劣的天气里能艰难飞行，甚至带伤归巢的鸽子，就可以说是具备超强抗逆性的优秀鸽子。经验表明，抗逆性特别强的鸽子，即使在环境比较差的情况下也很少患病，由于适应能力强，不但能够很好地成长，而且还能保持身体的各项性能指标。

木岛芳雄此次亲力亲为地骑着脚踏车由奉天来到北平，按照出发前在地图上标注好的地点，将鸽子逐次向奉天放归。到了北平后，他立即联系奉天方面，检验此次放飞的结果。出乎意料的是，从避暑山庄到进入密云境内，跨越长城一线放飞的六羽鸽子均未飞返奉天。这么多天过去了，六羽鸽子没有飞返奉天归巢已是不争的事实，可要查找原因却是难上加难。这里面有气候、地理、天敌等错综复杂的客观因素，被人为捕捉的可能性也要考虑在内。然而，最重要的是放飞的这些鸽子自身品质是否存在问题。这似乎又要回到研究的原点：血统决定鸽子自身的品质。这一思考引起了木岛芳雄深深的忧虑。所以最近一些时日，他的心里始终闷闷不乐。

木岛芳雄坚定不移地相信鸽子的品质是最为重要的。鸽子自身的品质，是决定鸽子飞翔速度的根本因素。而在战场上，通信情报传递的速度，往往可以决定一支部队的生死存亡。

于是，木岛芳雄将自己要在北平建立传书鸽育成所的计划和在坊间暗中寻找筛选中国优秀种鸽的任务说与了山内己之助和小津平吉，并请他们务必协助。

"占据丰台的部队正在扩大兵营，在老英国兵营那边的供给基地里，鸽子楼也正在修建，就要开始大量饲养军用通信鸽了。"木岛芳雄如释重负般地说，"惠郡王府这里太过狭小，而且是在城里，四周都是民居，不宜大量饲养。等到那边的鸽子楼建成后，要将在这里培育的种鸽全部移送过去。"

"听说斋田部队的马号也要在那里成立军马研究所呢。"小津平吉说。

"部队圈了老英国兵营东北方向的几个村庄的土地，如此一来，地方大着呢。"山内己之助兴奋地说，"大家都管那里叫东仓库呢，准备发展成为华北最大的供给基地。"

"不用担心，斋田部队的马号在南边，新建的鸽子楼在北边。"木岛芳雄忽然想到，"皇室赠送给山内君的那只流落在外受伤的势山系鸽子找到了吗？"

"寻找这只鸽子的事情已经拜托给小津君了。"提到这只鸽子，山内己之助显得有些怏怏不乐。

"还没有下落呢，寻找的线索在隆福寺鸽子市上就中断了，一定是那些养鸽子的中国人给藏了起来……"小津平吉说道。

"势山系的金星鸽可是日本顶级的鸽子。"木岛芳雄不无可惜地说，"这也难怪，中国人虽然不知道底细，但养鸽子的人肯定看得出来，那是一羽不可多得的好鸽子！"

"就为这，我们的人在北海五龙亭茶社那里还和北平养鸽子的那帮中国人狠狠打了一架。"小津平吉说到最后，声音慢慢低了下来，仿佛没了底气。原本是要震慑那些中国人，所以带了两名国内的摔跤好手去，没想到却被那个看上去有些瘦弱的雷三爷给摔了出去，而那个雷三爷用的什么中国摔跤招数，他竟然没有看清楚，看清楚的只有他带来的那两个人被狠狠摔在地上的惨状。

看着小津平吉说话的神态，山内己之助和木岛芳雄都以为小津平吉是因为皇室的鸽子流落在外而憋闷，所以并未再深问下去。

"国内来信说，前些日子的春季旭川赛是日本首次实施的一千公里赛事。"山内己之助谈话的兴趣仍然在鸽子的身上。

"实际距离九百公里。"木岛芳雄纠正说，"举办该赛事的是东京、琦玉、神奈川三家协会，最初以'一千公里归巢'为宗旨。刚开始定在稚内，因地形不利、交通不便而变更，后作为野边地六百公里之后的赛事列入计划。定在旭川之前，一度认为在函馆周边比较理想，可考虑到这是空距最长的赛事，便下决心要在旭川举办。"

"木岛君由军方得到的消息，当然是准确的。"小津平吉有些恭维地说。

"可惜，最后没有得到响应，结果是六人参赛，共九羽鸽子。"木岛芳雄不无遗憾，"那天的放鸽时间是清晨5点25分。鸽子定向极为迅速、准确。次日午后有两羽归巢，当时作为头条新闻向全国播报。冠军鸽是吉野谦三鸽舍的吉野5号，用时22小时13分55秒，亚军是冈庭正义鸽舍的2926号，用时24小时30分7秒。"

山内己之助凑趣地说道："想起冠军鸽正是我的小学同学吉野谦三作育出来的，真是让人高兴啊。"

"军部提出的口号是'要培养飞得更远的鸽子'。"木岛芳雄脸上现出一种贪婪的表情，"中国幅员辽阔，打两千公里归巢赛，甚至更远，也是没有问题的。"

小津平吉担忧地说："木岛君，不管怎么说，我们手里至少要掌握有远程竞翔的鸽子才可以啊！"

"要创造机会，等到明年秋季的时候，无论如何都要在北平和中国鸽子打一场从武汉到北平的一千公里的赛事，检验一下这里种鸽棚作育出的鸽子。"木岛芳雄不容置疑地说，"听说军部正在拟定的'昭和十二年作战计划要领'中，明确提出在华北作战时的规划，拟沿平汉铁路、津浦铁路向南推进，占领黄河以北各要地；同时向山西及绥东方面拓展。小津君，培育优秀的军鸽，已经迫在眉睫。为了隐蔽军事目的，这件事就要拜托你们东交民巷的赛鸽俱乐部出面了。"

小津平吉有个想法很直接：应该频繁举行与北平养鸽人士的竞翔赛事，正好可以利用侨民商会赛鸽俱乐部的名义，在北平与中国人一较高下。

木岛芳雄想到，关于赛鸽子，要和中国人打通关赛、多关赛，逐步提高每关竞翔的奖金，可以吸引更多的养鸽人前来参赛，广泛招揽，重点挑选，以期达到遴选甄别具有优秀血统的中国鸽子的目的。

衡量赛鸽本身质量的唯一标准是比赛放飞成绩。鸽子参加一次性比赛成绩突出只能算冲击力强，爆发性好，但还不能说发挥稳定。多关赛夺魁的赛鸽，证明其不但速度快，而且稳定性强，本身的质量较高。

最后在告辞离开惠郡王府前，小津平吉向木岛芳雄说起瑞丰祥绸缎庄的胡大少和雷三爷两家的鸽子去年"明插"放飞石家庄，结果输在了雷三爷手上的事情。令人担忧的是，那个胡大少用来"明插"和雷三爷打比赛的鸽子，恰恰就是用自己棚里的日本鸽子和胡大少的中国鸽子配对杂交后作育出的子代鸽。

木岛芳雄认真听完小津平吉的讲述，他的直觉告诉自己，那是因为胡大少的鸽子还不够优秀。他觉得有必要弄清楚那个北平城里被大家称为"雷三爷"的人家中鸽子的底细。随后详细询问了那次"明插"放飞石家庄雷家鸽子用时多少。他很在意鸽子放飞后归巢的时间，以便计算出鸽子归巢时所用的分速。

小津平吉有些泄气地说："那次比赛，胡大少的鸽子比雷三爷的鸽子晚到了17分49秒。"

"因为有试验的性质，是用小津君棚里的'若大将'系的五百公里中程鸽子与胡大少棚里的鸽子配对，所以俱乐部为他们提供了哈马尔和克拉克机械鸽钟，鸽钟的准确性很高。"山内己之助告诉木岛芳雄，"听说雷家祖上是专给皇帝画鸽谱的，几代人下来，想必手里有筛选下来的优良鸽种。"

遴选甄别北平城里优良品种的中国鸽子，这件事情说起来容易，做起来并不简单。一切都要伪装成养鸽人喜好的交流方式——鸽子竞翔。

走在院子里的时候，木岛芳雄想起了什么，突然变得惆怅起来，像是在说给山内己之助和小津平吉听，又像是在自言自语："中国有句老话，说得很有道理，'他山之石，可以攻玉'。"

送走了山内己之助和小津平吉，木岛芳雄回到屋里，顾不得和弟弟康男说些别后重逢的亲热话，只让康男到后面的庭院里先休息一会儿。随后，自己换上防止带入外来病菌的白色隔离罩衣，到西花园的鸽棚来看鸽子。这些天，只要有了空余的时间，他就守候在鸽棚这里，甚至拿着望远镜站在鸽棚前的平台上四处瞭望——他仍然怀有一丝侥幸心理，期盼华北002会在某一时刻突然间飞返归巢。

这一晚，兄弟二人灯下细话别后各自的生活。木岛芳雄说起了他奉调在这里养鸽子的事情，木岛康男则说起自己已经开始在燕大读书了。因为接到父亲来信，方知兄长也在北平，所以今天过来探望哥哥。来之前，白天和朋友在西直门城楼上，偶然见识了在天上"走趟子"的鸽群，他还从一个叫老十一的中国孩子那里听到了"飞元宝"这个和鸽子相关的中国词。

木岛芳雄觉得对于飞翔的鸽子来说，"飞元宝"这个词既形象又贴切。

木岛康男不经意间的一句话，引起了木岛芳雄的警觉。西直门城楼——他骤然想起了游棚至今未归巢的华北002。他紧接着问康男，那个叫老十一的中国孩子在城墙上就是在玩耍吗？木岛康男在这一刻似乎意识到了什么，随便用一句不相干的话轻轻遮掩过去，并没有将老十一炫耀自己曾在城楼上用抄网抄过一只小鸽崽儿的事情告诉自己的哥哥。因为他知道，那只游棚落野的幼鸽一定是从惠郡王府这里飞失的。一旦知道真相，这对于做事一向认真严谨的兄长来说，会是一件极其痛苦的事情。他还知道，哥哥就是从陆军部兵要地志班被特别抽调过来，奉命在这里培育作战时用来通信的军鸽的。

就在这时，负责收发电报的佐藤久将一纸电文送到木岛芳雄的手上。

木岛芳雄接到了参谋本部发来的指令，要他全力协助"新京""御用挂"派来的特使，在北平查实"灰粉鸽"一事。电文里详细补充说明了关东军司令部在档案卷宗里发现的这一记载。明治三十八年，"关东州"都督府收讫大清国送来的三百羽鸽子，交接完鸽子的当天晚上却发生了大清国押运官员误食河豚中毒身亡的事件。事后据当晚住在酒店的大阪商人山内武报告说，大清国在给日本国的鸽子清单上列在第一位的，是在夜里可以照常飞翔的灰粉鸽，据大清国前来押运的官员透露，这种鸽子似乎在送来前已经被调包。电文最后注明，"御用挂"派出的特使会在适当的时候前来和他进行联络。

中国的灰粉鸽，一种能够在夜里照常飞翔的鸽子，这太神奇了，简直是闻所未闻。鸽子的眼睛结构和视觉系统主要适应白天的活动，晚上的视力很差，它们能看见东西，但是只能看见近距离的东西，所以一般来说它们都遵循昼飞夜伏的生理规律。如果有这种天赋异禀的鸽子，那对于作战通信来说岂不是又少了一重障碍，变成了全天候飞行？而且能在黑夜中飞翔的鸽子，会有很强的隐蔽性，借助夜色的掩护，被人为击落的可能性也会大大降低。

中国地大物博，木岛芳雄宁可信其有。

木岛芳雄将电文纸紧紧攥在手里，他有些困惑了。电文上说，甲午海战，中国战败，当年政府借《日清讲和条约》之机曾向中国方面索要了三百羽鸽子。毋庸置疑，这些鸽子必定是要用于军事方面的。想到这里，木岛芳雄狠狠捶了一下自己的脑袋，一定要弄清楚当年这三百羽鸽子的去向——最后它们到底去了哪里，又究竟用于何处？

鸽子自身的品质来源于鸽子的血统。

木岛芳雄不敢再想下去了，现在已经确定的那些令人引以为傲的日本优良品系的鸽子，说不定里面都掺杂着当年那三百羽中国鸽子的血统？在陆军大学念书的时候，以及毕业后在陆军部的陆地测量部兵要地志班服役时，也从未听说或是见过有关这三百羽中国鸽子的资料记载，更遑论还有什么夜里能飞的灰粉鸽了。

鸽子是战时通信有力而重要的补充手段，从兵要地志学角度看问题，对于鸽子的研究，显然有所欠缺。他非常恼恨自己竟然如此粗心大意，在兵要地志科目的研究里忽略了关于鸽子的这一细节。

第十六章

七爷府马号

七爷府在什刹海的北沿,马号就在府邸的东边。

马号占地面积不算小,整个院子坐北朝南,分成东西两路。经历了改朝换代的如磐风雨,王府早已黯然失色,马号自然也失去了昔日的喧嚣与张扬。

东边院子里的马厩房大都已经倾圮,高大的仓房,屋角露着天。墙角处还有一些谷草残渣,那是当年剩下来的喂马饲料。眼下这里看上去哪儿哪儿都是灰溜溜的。也许是长年荒弃的缘故,院中供奉的马王庙也是破败不堪,墙皮被风雨剥蚀得直往下掉渣儿。

"院子荒废成这样,真是可惜。"雷三爷将右手提着的正明斋的点心匣子换到了左手。看着小庙里一左一右两个光秃秃的泥胎底座,不由得有些奇怪,回过头来问老十一:"这里供了两个马王爷?"

"听海大爷说,供的不是马王爷。"

"那供的是谁呀?"

"是关老爷和岳大元帅。"老十一扯着雷三爷的衣袖,示意离开,"庙里的关老爷和岳大元帅都不知道什么时候走的,这档子事儿兹要是提起来，海大爷到现在还生着气呢。"

"嘿，这话儿是怎么说的？"

"海大爷说自打太平湖南府成了'潜龙邸'那前儿，就给马王庙搬到北府这边儿来了，供奉香火这事儿多少年了一直没断过，一块堆儿地住着，怎么走的时候连声招呼都不打呢。"

看着老十一说得很是认真的样子，雷三爷想笑又不能笑，便劝慰说："许是忙着走，忘了跟海大爷打招呼了。"

"也许吧。"老十一重重地叹口气，怏怏不乐地说，"这二位爷一绷子也不知走哪儿去了？"

老十一和雷三爷说着话离开了东边的院子，来到了西院。西院很是宽敞，房屋间架倒还规整，全是硬山合瓦的屋面。

雷三爷一眼就看见了，院内仍保留着那只阳山石的长长的石马槽。马槽从整体上看起来气势浑厚，粗重朴实。马槽一侧上沿凿有一溜圆孔，圆孔分布均匀，那是用来安插拴马环的，喂马时用来拴系马缰绳。石槽的侧立面以浅浮雕的手法镌刻着马和花卉的图案，这些图案只是大体上勾勒出马匹和植物外部的轮廓，并不强调内部的细节，反而显示出古拙、简约的装饰风格。马匹与植物的图案穿插巧妙，马的图案不再是矫健傲慢的姿态，而是多了些许的安定与祥和；植物纹饰线条柔美，简练而不简单，具有一种很强的秩序美感。

一溜三间西厢房，正对着石马槽。雷三爷想，这里应该就是海爷住的屋子了。

海爷名叫海世昌，中等身量，看上去很敦实，他也是个性情中人，说起话来大马金刀的一点儿不含糊。虽说瘸了一条腿，可当年王府护卫的身架还在。年轻时打得一手螳螂拳，真要撕掳比划起来，三四人轻易近不得身。

雷三爷进屋与海世昌见过礼，将带来的点心匣子放在桌上。坐下后打量了一下屋内，看起来海爷生活得很是简朴。

屋内称得上显眼的，就是八仙桌上靠墙的地方有一架和尚头座钟，胡桃木的颜色，周围用铜活装饰。钟的外壳前边有门，上下各有一个直径相等的圆圈，犹如吉祥图案中的双钱。透过上边的圆玻璃可以看到里面的表盘和指针。下边圆圈里镶着一幅富贵牡丹图，恰好遮住钟箱里的钟摆和打簧。这类钟，拉开钟门可以看到里面的出厂铭牌和上弦使用的钟钥匙。座钟迎门而放，左右两边放置有一对瓷帽筒做陪衬，前面是一套茶壶茶碗。

"海大爷，这正明斋饽饽铺的点心匣子里盛的有勒特条、缸炉、藤萝饼还有花糕。"老十一说完，又特意指着旁边的一包带着大红盖纸的点心，"雷三爷听我说您爱吃萨其马，还特意去的北新桥的泰华斋，单崩儿给您买来的。"

海世昌的脸上露出感动的神色，嘴唇翕动着，想说些什么，但始终没有说出来。雷三爷明白，海爷拙于言辞，但是心中有数。

"雷三爷，这是怎么话儿说的，竟让您破费。"看着放在桌子上的点心匣子，须发皆白的海世昌心里老大的过意不去，眼角不由得有些潮湿，"自打王爷去了东北，有个十来年了吧，这院子里除了老十一有时过来跟我做个伴儿，您是第一个提着点心匣子来串门儿的人。"

"海爷，瞧您这话儿说的，来看看您那还不是应该的嘛。再说了，这不是还有求于您哪。"

"说什么求不求的，那天，南城那个打鼓的侯掌柜过来了，可他没说明白，我一急，就让他捎话儿给您，请您来问个清楚。"

"回海爷的话，我家的一个世交哥哥，长我一岁，是在东陵上的一个老陵户。头年回关外老家，拉了一羽海东青的幼雏，我可是还没见着,听他妹子串门来家说,那只幼雏浑身雪白,上下没有一根杂毛……"

"海东青是个稀罕物儿,真要是'玉爪十三黄',那就是稀罕物儿中的稀罕物儿啦!听王爷说过,二百年前,圣祖康熙爷得过一只。"海世昌说完,站起身,一瘸一拐地走进里屋。

不一刻,门帘掀起,海世昌走出来时,手上提着一只精致的黄波罗木制成的两尺来高圆拱形的挎笼,挎笼外罩杏黄色绣着虎头的锦套。雷三爷养鸽子,对挎笼并不陌生,但这种圆拱形的挎笼他还是头一遭见。他知道黄波罗木就是黄檗,此木外皮柔软,对笼中物可以起到保护作用。黄波罗木稀缺而珍贵,这个挎笼非王府而不可得。

"打那天侯掌柜走后,我就把这些个物件儿给归置出来了。"海世昌摘下挎笼外面罩着的杏黄色绣着虎头的锦套,挎笼里装着驯鹰的一整套家伙事儿,其中有牛皮缝制的皮袖——套在手臂上供鹰站立、保护训鹰人的"鹰袖";有用来拴鹰的"五尺子"——一端缠绕在小臂到手腕上,另一端连接鹰脚上的"两开"脚绊儿的长条鹿皮皮绳;还有脚绊儿上用的"蛤蟆"——转接环和鸡眼扣。

海世昌探手慢慢地从挎笼里取出一只锦袋,袋子里是他"把食"过的海东青曾用过的几个精细物件儿。海世昌拉开紧系袋口的丝绦绳,从袋中掏出一个铜铃递给雷三爷。

雷三爷接铃在手,细细看去,铜铃上面铸有老虎图案。

"满语叫哄勿,铃铛上刻老虎图案,取吉祥、凶猛之意。"海世昌有意指点地说,"这就是老百姓只听说没见过的虎头铃,听王爷说起过,这铃铛出自当年养心殿造办处,因是给皇上家用,又怕落下僭越的嫌疑,造办处只做了三只备选。"

雷三爷看着这只铜铃,十分喜爱,隐隐已有不舍之意。

海世昌紧接着又将鹰帽递了过来。

这只给鹰头上戴的锦帽，异常精美而华丽。鹰帽上一左一右缝有两个鼓包，那是为了防止磨伤鹰眼的眼罩。鼓包活像两只金鱼眼，黑幽幽的底漆，上面用细细的鲜艳的红色皮条有如螺蛳转般勾勒出金鱼圆鼓鼓的眼睛。帽顶两侧伸出两根皮条尖，那是用来调节帽围松紧的。传统的手工缝纫，别出心裁地配以金绣，加之彩绘的镶嵌工艺，尤其是帽顶那一簇蓬松的红缨穗子，使这顶鹰帽愈显英姿飒爽。

雷三爷接过锦帽，抬眼注视着海世昌，说："还请海爷赐教。"

海世昌说："这是头罩。生鹰怕人，白天必须戴上帽子，遮盖住眼睛，不让它乱飞，翅尾方能保全。"

放下锦帽，海世昌又将金开裆袢和金裤腿递了过来，说："开裆袢和裤腿为的是保护鹰爪上的鳞片，鳞片也叫瓦。寻常百姓家常用鹿皮缝制，帝王家所用自然是非金即银……这些个物件儿虽说在我手里，可都是王爷的。当年那档子事儿，不怪王爷，怨我自己没有精心伺候差事。这些年，有时看着这些个物件儿，想起来，心里就难受半天，怪对不住那只海东青的。"

老十一在旁边探头探脑的，充满着好奇，从雷三爷手中拿过金开裆袢和金裤腿，用小手掂了掂分量，说："有点儿压手，好家伙，真是金的吔。"

"海爷，这些东西如果您同意出让，随您开个价……"

"欸，三爷，刚才我不是说了嘛，这些个物件儿都是王爷的，哪能就给卖了呢，您说是不是？"

"那依着海爷的意思呢？"

"连挎笼一块堆儿地拿去给您那位世交的哥哥，就是有一样儿，什么时候方便了，把他那只'玉爪'掭饬精神了，带进城来，

第十六章 七爷府马号

让老海瞅瞅就行。"

海世昌话音刚落，院子里就传来了脚步声，紧接着响起了带有浓重东北口音的询问声："院子里有人吗？"

老十一听声推开门，从屋里一步就蹿了出去，瞅着来人眼生，站在门口，不客气地问："你找谁？"

"请问小兄弟，海世昌，海爷是住在这里吗？"来人是个三十岁上下满面于思（sāi）的精壮汉子，头戴礼帽，一袭长衫，是商人的打扮。手里提着一提（dī）搂（lōu）四瓶捆扎在一起的凤城老窖。

"你是谁？"

"从'新京'过来，宫里头有人带好儿给海爷。"

"请，快请进！"海世昌听见外面说话，在屋里就搭了腔。他站起身，朝着外面让着来人，嘴里一边说着，一边将挎笼塞到雷三爷手中，做手势示意雷三爷进到里屋去避一避。

雷三爷提着挎笼，闪身躲进了里屋。

老十一打开屋门，让进来客。

来人进屋后，抬眼略一打量站在桌旁的海世昌，将手里一提搂四瓶的凤城老窖顺手放在门边的柜子上，摘下礼帽，顺手也放在了柜子上。紧跟着上前半步，打下袖口，撩起长衫下摆，当即屈膝给海世昌请了一安，扬声说道："'新京'宫内府近侍处护卫英旺请海爷安！"

现而今是走到哪儿说哪儿的话。见着过去的老侍卫海世昌，来人行的自然是过去宫里头的老礼儿，动作既标准又规范。这种礼俗称"打千"。长衫自然没有了马蹄袖，只有虚拟着用双手比划着打下左右衣袖的袖口，满语谓之"放挖杭"。再将左脚移前半步，左膝前屈，同时左手手心向下自然地放在左膝盖上；右脚后引屈膝，距地不及寸，同时右手下垂，上身稍向前俯，似拾物状。约在一呼一吸的工夫，左脚撤回，随即站了起来。

"腿脚不便，有失远迎。"海世昌受了一礼，举手肃客，"兄弟请坐，你这是从'新京'来？"

"回海爷话，是。"英旺坐了下来。

"皇上大安？"

"回海爷话，圣躬安！"英旺垂着双手，重又站了起来。

海世昌瘸着一条腿，站起身来，面朝东北方向，双膝跪倒，叩下头去，有些动情地说："奴才海世昌叩皇上金安！"

"海爷请起。"英旺过来双手搀扶起海世昌，"王爷想回来了。"

"这是真的？"海世昌喜出望外，眼角有泪光闪烁。

老十一很有眼力见儿地为来人倒了一杯茶。

"除了这趟办差，再就是打个前站，王爷让兄弟回来找海爷扫听扫听北平的情形，要是不行，王爷想先在天津落落脚。"

"日本人从东北天天往过运兵，丰台老英国兵营里的日本兵都住不下了。"

"王爷在'新京'天天骂皇上，说当了日本人给的这个皇上，丢了祖宗的脸，对不起先祖先烈。皇上不吭声，骂急了，就怼王爷说，让王爷去跟日本人商量，让皇上回北平。王爷没法子，也只好作罢。王爷在'新京'待得太憋屈。"

"这次只你一个人过来？"

"回海爷的话，这次从'新京'过来算上我拢共四个人，其中一人是宫内'御用挂'派出的日本特使，宫内府近侍处还派了两个人，已经住进了六国饭店。"

"来办什么差事？"

"小白楼出了档事，禁卫监守自盗，偷出去九件宝物。事发后直追到奉天，截回了八件，只有一件流进了关内，顺着踪迹，追到北平来了。"

"哦,是件什么宝物?"

"臂韝。"

"臂韝?"

"一件玉做的臂韝,打猎时架鹰用的,是辽代陈国公主的驸马萧绍矩的,很是珍贵。"

"鹰爪尖利,用玉石做臂韝,太讲究啦,架鹰时还真是比现在的牛皮袖子坚硬得多。"

"没想到,海爷倒还懂得!"

"年轻时,给王爷养过几天海东青。"

"追查的这块玉臂韝,盗主儿是想在北平脱手,依着海爷怎么看?"

"八九不离十,有鹰的地方在北边儿,往南去,没人认这东西。小白楼里拿出来的,甭管什么,在东北根本不敢出手,北平城里王府侯门、深宅大院多的是,有人认这东西,尤其又是有来历的,货卖与识家,出手应该不难。养不养鹰的另说,就单凭这块玉臂韝的年代,这价码也低不了。"

"海爷见得是。"英旺很同意海世昌的见地,佩服得连连点头。

"就为这块玉臂韝,还不至于一块堆儿地下来四个人吧?"海世昌弦外有音,"想必是还有差事?"

"海爷英明,那个'御用挂'派出的日本特使和近侍处同来的两个人另有一件更棘手的差事要办。"

"说来听听?"

"兄弟知道得也不是十分清楚。在路上,听近侍处的那两个人说,关东军司令部查得一件三十年前的秘辛,好像是与什么一种夜里能飞的鸽子有关,说是当年大清国蒙骗了日本国。那个

'御用挂'派出的日本特使和近侍处派出的两个人来北平就是要查实这种夜里能飞的鸽子。"

"哦，竟有这种事儿？"

"不过——"

"不过什么？"

"说是四个人，一路下来就是我和近侍处的那两个人……那个宫内'御用挂'派出的特使，始终没见着。"

"多大点儿的事啊，弄得还挺玄乎。"

第十七章

肇大年

夏至这天来给小姐儿祝寿的不单单是远在遵化东陵的胜家，还有在西四牌楼南边缸瓦市开杠房的掌柜、杠房行里称为杠房头的肇大年。

肇大年喜欢小姐儿，这是尽人皆知的事情。

肇家和索家都是旗人。肇家的老姓爱新觉罗，属镶黄旗佐领下。肇家的祖上几代为官，早年间牵连进一桩有关贪赃枉法的案子，吃了一个大挂落。死罪虽免，但活罪难逃，举家去了苦寒边地打牲乌拉，肇家家道从此一蹶不振。天可怜见，一个偶然的机遇，肇家终于回到了京城。

回到京城，肇家租赁的房屋恰巧就在索家的街壁儿。安顿下来的肇家大奶奶转身一看，家徒四壁，兜里比脸还干净呢，只剩下丈夫和儿子那爷俩儿身上这把子力气了。肚饥不等人，四处告借，恐遭亲戚白眼。在家闲等着终究不是个办法，肇大年的奶奶一咬牙，索性让自己个儿的丈夫和儿子"下海"入了外边"闲等"的这个行业。

"闲等"是杠房的俗称。坊间管这行业有叫"抬肩的"，也有叫"卖力气的"。这一行素有"花子头"之称，言外之意比叫花子要饭的强不了多少。打从大年记事时起，大年的爷爷和他的父亲将做扛夫积攒下来的钱在杠房入股，成了股东。等到大年高小结业的时候，他的父亲已经成了杠房头。接下来的事情很简单，子承父业，顺理成章，肇大年接掌了杠房成了杠房头。

　　肇大年和小姐儿同岁，从小就与小姐儿家做了邻居。既然是邻居，当然是低头不见抬头见。可是见归见，谁也认得谁，就是不说话。小时候小姐儿在胡同里头和小伙伴们玩耍，肇大年坐在自家门前的石墩上，只是看热闹，愣是一声也不吭。

　　小姐儿的阿玛作古时，发送是肇大年一手包办的。

　　小姐儿的阿玛索德顺是善扑营西营副翼长兼教习，官至六品。按朝廷规制六品官员出殡时，可用称为"大杠"的三十二人抬杠，享满族各种仪仗执事，有在大红缎上用金线、绒线绣花的罩棺材的软片，还有仪仗队用于开道的锣、伞、扇、旗、牌、车轿等一应硬器。

　　人死后要先立幡架子，按照各旗的旗色标志，挂上中间绣一条大龙的本旗的幡，插在幡架子中央。出殡时除大杠外，前面引路仪仗有上三旗下五旗八面满族八旗的标枪旗子领先，另外有高脚官衔方牌随后，"肃静"牌、"回避"牌、三角大龙旗，还有鹰、狗、骆驼、引伞、小轿等一大堆纸活铺排成好大的阵仗，走街串巷，鼓乐齐鸣，风风光光，轰轰烈烈。

　　老北京风俗摔丧盆打幡，只有长子、长孙方可行得。每当家落白事，起灵前，便要将烧纸钱用的瓦盆摔出去，这是死者入土前的最后仪式。

　　习惯使然，似乎忘记或是忽略了索家只有独生女，杠房主持丧仪的喊出"本家大爷，请盆子"，场面上突然静了下来，众目睽睽之下，这一刻显得尤为尴尬与不安。紧接着人群中又是一阵骚动，只见肇大年身披麻衣，分开众人，抢步上前，灵柩前跪倒，举起双手摔盆子。这一举动看得左邻右舍目瞪口呆。

　　肇大年摔盆，只此一摔，摔出了肇大年对索家的真情实感，更是对小姐儿爱的一种流露。小姐儿等大年将盆摔完后，落落大方地走过去扶起了肇大年。只这一扶，却又胜过千言万语。

　　起灵了，肇大年亲握响尺，一路上指挥若定。响尺的声音高昂清脆，全体杠夫及执事前引等起落走步，循规蹈矩，整齐划一。大清善扑营西营左翼长兼教习索德顺的白事办得教科书般庄重规范、风光热烈。

　　这些年来，雷三爷就小姐儿的终身大事劝过她多次，小姐儿总是笑而不答，追问急了，搪塞似的甩下一句话：等大妞儿出阁了再说。雷三爷背地里也曾找过肇大年，连请饭带喝酒的，没少下馆子。而肇大年如同和小姐儿商量过一样，声气相通，桴鼓相应，同样是不置可否。少年夫妻老来伴，一生缱绻，桑榆未晚。这般为对方着想的情感，这么多年来纠缠萦绕、固结不解，着实令人感佩。双方似乎都在等待一个时机，可这个时机在哪里，又在什么时候出现，不得而知。雷三爷知道，只有看天意了。

　　今儿个是夏至，也是雷家的小姐儿五十寿诞的正日子。

　　每逢给小姐儿庆生贺寿都会选在临着什刹海水边的会贤堂。今年自然也不例外。肇大年揣着贺寿随份子的礼包，惴惴小心地走进了会贤堂的院子。小姐儿寿诞他必须来。走进正厅，所幸来得早，挑了一处靠近门边的地方坐了下来。碍于自身所干行当，他不肯上前，生怕招人讨厌犯了忌讳。

　　饭庄子每逢大宴宾客时，照例拆开隔断，变为方正宽敞的厅堂，主座后面的墙上一幅寿字大中堂赫然入目。肇大年的眼睛渐渐有些湿润起来，他在自己的心里默默想着小姐儿的岁数，索彩筠和自己同岁，今年虚岁应当是……

　　掌柜的贾西贝天没亮就起了身，忙前忙后几进院子地来回折腾，吩咐堂头及一众伙计，今个儿可是要眼到手到，小心伺候。大堂散座及所有雅座高间儿眼下已经全部换上了寿宴应有的大红颜色的桌布椅帔。饭庄子的那些跑堂伙计还有后厨的红白案师傅，是有一个算一个，按人头儿答兑，鞋袜裤子单布褂，上下一新，穿戴齐整。

　　罩棚底下的小戏台打发人是擦了又擦，扫了又扫。天刚一放亮又安排人手换上了簇新的大红氍（qú）毹（shū）。只因为是京城梨园行里的名角儿九老板来唱堂会，小戏台上下台栏早在几天前就已请过油漆匠粉饰一新。

　　贾西贝估摸京城里头雷家的亲朋故旧今天来的一定不会少。不说别的，光是招待雷三爷养鸽子的那帮鸽友就够人忙乎一阵子的。他在厨房排好菜码单子后，又出来进去地四处查看巡睃，心里就是踏实不下来，总觉得还有一个地方没有收拾利落安排好，可要说到底是在哪一处地方还差着什么，自己个儿又想不明白说不清楚。他背着手在院子里转圈，抬头看了看天，天蓝得就像水洗过一样。

　　太阳刚刚升起，热气开始蒸腾。贾西贝想到，一准儿又是个大热的天儿。他突然想到饭庄子的招牌冷盘冰碗子还应该再去照看叮嘱一番。

　　这时，一个伙计匆匆走过来告诉掌柜的，说今儿个唱堂会的香帅班九老板的衣箱、刀把箱已经从后门抬进来了。

　　贾西贝听罢，抽身快步向西跨院走去。他不敢怠慢，要亲自去招呼一下，因为他知道雷三爷和香帅班九老板不单单是戏迷和角儿的关系。

第十八章

九老板

香帅班九老板是正工刀马旦,不但人长得标致,戏也唱得好。

说起来,京城里谁都知道,太平王爷的两大嗜好——天上带哨的鸽子,地上唱的戏。九老板从小受到嗜戏如命的阿玛的熏陶,哭着喊着非要学戏。阿玛额娘拗不过她,便随了她的意愿,延师授艺。请的师傅可是大有来头,年轻时曾是长春宫普天同庆班唱在老太后跟前的人。

王爷和福晋原本想着哄她在府里淘淘气也就算了,学戏苦,自不待言;小孩子家没常性,过一阵子,也就不再闹了。哪知九老板自六岁开蒙,为练功,起五更睡半夜的吃得下苦,耐得住寂寞。学戏那前儿就为好玩,可也不尽然,她是性格所致,从小就喜欢花木兰、穆桂英,可从没想过自己要"下海"登台挑大梁。莫之致而至者,命也。没想到小时候学的这点儿傍身的玩意儿,日后竟成了自己安身立命的本钱。

十五岁上,府里唱堂会为阿玛庆寿。那天京城四大戏班子的名角儿悉数到场,热闹非凡。年纪小小的九老板看得兴起,不顾额娘劝阻，悄悄扮上后，登场票戏，一出《乾元山》艺惊四座。她做梦都没有想到，那竟成了自己出道的"打炮戏"，其中武打身段乌龙绞柱和耍三件成为一绝。所扮哪吒俊秀机智，活泼可爱，手中火尖枪和乾坤圈随歌而舞，"踹燕""探海""望月""卧鱼"，身段灵巧，功架优美。枪圈出手尤绝，令人耳目一新，把个初生牛犊不怕虎的小哪吒演活了。

辛亥鼎革，朝廷没有了。王府的屋宇再是高大华丽，一夕间也变成了民居。家道中落，不得已，九老板由少年时的京城名票，最终"下海"登台，挂牌唱戏。这真的是拗不过生活的逼迫，却又抹不开面子的坦荡。

九老板与雷天鸽的母亲古筱凤算是手帕交。九老板还是小姑娘的时候因到古家去买风筝，便在那时结识了古家风筝老铺的大小姐古筱凤。两个女孩儿一来二去的熟络起来，成了闺中密友。

古筱凤出嫁之时，恰逢九老板在上海丹桂第一台唱戏，彼时誉满春申，无暇分身，只得拍了一封贺电，遥祝手帕交出阁大喜，又打发人从南方千里专程送回来一份丰渥贺仪。

世事难料，及至古筱凤生下女儿大妞儿难产去世，九老板心中感伤，遂辍戏七日以示哀悼。雷三爷的岳父古万里痛失爱女，责怪雷三爷呵护不周，不由分说地与雷家反目断亲。初时，九老板也大有责怪雷三爷的意思，但凡雷三爷来府里和阿玛盘鸽子，讲经论道，她从来都不给好脸色，认为雷三爷是个薄幸之人。可是后来发生的一件事情不但改变了九老板对雷三爷的看法，而且还使九老板的心思扑在了雷三爷的身上。

民国十三年，冯玉祥率兵发动北京政变，囚禁曹锟，驱赶逊帝溥仪出宫。一夜之间，直系军阀曹锟、吴佩孚倒台。

变乱突起，北平城当晚乱糟糟的，四处火光，大街上整夜都在过兵车过马队。老百姓紧闭门户,心惊胆战,不敢声张。

王爷一宿未得安枕。等到天亮,听听外面的动静,似乎已经趋于平静,急忙打发府里的人上街打探。老仆回来说皇上已经被撵出宫,仓促间,只得先回了什刹海北沿儿的七爷府暂且容身。王爷听罢,急茬儿立马就要过去给皇上请安。哪知就在这时,有人擂响了王府大门,声言问路。门房不知就里,打开阿斯门,让进来三个身穿便衣腰里别着家伙的趁乱打劫的散兵游勇。

这三人原属曹锟的亲兵护卫。兵变时碰巧他三人在八大胡同吃花酒,吃得是酩酊大醉,一觉睡到大天亮,得以侥幸逃生。主子被囚禁,眼看着兵是当不成了。于是三人脱了军装换上便衣要逃回保定,临走必得弄些钱财。正好路过这里,想来这大宅门的王爷府里随便抄上点儿什么,都能值大钱。三个人商量好掖着枪便闯了进来。看到府内只有老弱妇孺,便不由分说,既要劫财还想劫色。

说巧不巧地赶上雷三爷来给王爷送鸽哨儿,与那三个人前后脚地进了门。雷三爷挺身护住王爷和府里的女眷们。那三个人又哪里知道,对面这个看上去身体略显瘦弱的年轻人得过善扑营散手跤的真传,架势小,出手极快,还未见他怎么动作,三个人都已被打倒在地。

经此一事,九老板对雷三爷自是刮目相看,福晋见到雷三爷时在言语间也变得更加温和起来。人非草木,雷三爷岂有不知。虽说是王爷的鸽友,平辈论交,终究是为了避嫌,索性连王府也不去了。哪知王爷就为这次入府抢劫之事,受了惊吓,竟然一病不起,临终前还纳闷儿雷三爷怎么不过府来盘鸽子了。

王爷薨时,可怜九老板年轻的庶母还正怀有身孕。

三年前,华北、华南十五省遭水灾,四处饥荒,饿殍满地。北平各界发动义举,赈济灾民,梨园行不甘示弱,连唱三天"义务戏"，捐款助赈，以示爱民之热忱。北平城里四处设粥厂，布施灾民，雷三爷的老米碓坊踵事增华，捐粮万斤。这一善举见诸报端，轰动京畿。倘若没有宽厚仁爱之心，又怎能有此作为？

九老板自觉红鸾星动。

九老板是京城梨园行里头牌刀马旦，戏台上横刀跃马，英姿飒爽，翎子一抖，八面威风。戏台下照样拿出穆桂英大破天门阵的劲头，提着点心匣子来雷家看望小姐儿。进门叫声大姐，不等雷三爷说话，坐下后，落落大方，直抒胸臆，说要将自己嫁进雷家。

小姐儿是万万没有想到。

雷三爷也愣在那里，半天没有缓过神儿。

雷天鸽惊异地瞪大了眼睛，看着面前这位听姥爷和姑姑偶尔提起过的，母亲曾经的闺中密友。

九老板和她的香帅班早早就来到了会贤堂。

今儿是雷家小姐儿寿诞。这可是将来过门儿后的大姑姐，自然一切不敢怠慢。九老板精心选了两出武打的折子戏，一出是演当年出道时的"打炮戏"《乾元山》里的哪吒，另一出则是演名扬梨园的《战洪州》里的穆桂英。

西跨院戏台后面的扮戏房里，九老板坐在梳头桌前，她要将心绪静下来。梳头桌师傅为她打开了彩匣子。

就在这时，雷三爷端着托盘走了进来，托盘上放着两只冰碗子。他先给了梳头桌师傅一碗，然后将另一只冰碗子放在了九老板面前，说："趁着凉，先吃上一口。"

九老板端起冰碗子，用放在碗里的小调羹盛起鸡头米，抿了一小口，抬眼看着雷三爷，说："胜家那边来人啦？"

"珍珠自己过来的。"

第十八章 九老板

"我就知道。"九老板有些醋意地嘟囔着。

"嘻,你还多这个心,那是宝琦的妹妹,也是我的妹妹。记得那年我十岁,娘带我去东陵上串门,给珍珠过百天。"雷三爷意在安慰,用手比划着褓褓袋的大小,笑着说,"她呀,那时候也就这么大。"

九老板不由得莞尔,就连站在一旁端着冰碗子的梳头桌师傅也不禁笑了起来。

释然后的九老板自然有些不好意思,低声说:"我想先扮上,回头去给大姐敬酒。"

"随你。"雷三爷掏出老怀表,揿开表壳看了看时间,抬起头来环顾了一下屋里,感觉到些微的暑热,伸手推开了后窗,关切地说,"天儿热,今儿就唱一出吧,意思意思就行了。"

第十九章

夏 至

正午时分,会贤堂内洋溢着一片喜气。

小姐儿在胜珍珠和雷天鸽的陪同下走进正堂。雷天鸽一眼就瞅见了靠窗坐在门边的肇大年,有意地招呼了一声:"大年叔,您来啦。"

肇大年不承想雷天鸽有此招呼,急促间站起身,看着小姐儿,嘴唇嗫嚅着,竟然不知说些什么才好。

小姐儿什么表示也没有,只是默默地走了过去,伸出柔软的手拉起了肇大年粗糙的手,二人手拉着手走向早就为寿星准备好的主桌。知道底里的看见这一情形,由衷地赞同,雷三爷不由得带头鼓起掌来。不明内情的看见别人鼓掌,既来贺寿,必要成人之美,尽管懵懂着,也跟着不甘落后地鼓起掌来。结果,全场掌声雷动。

就在这时,雷三爷的老丈杆子、雷天鸽的亲姥爷,风筝老铺的掌柜古万里气昂昂地走了进来。古万里要来为小姐儿贺寿,事先并没有打招呼。他的到来,未免显得有些突兀。雷天鸽眼尖,看见姥爷走了进来,旋即离座去迎接:"姥爷,您怎么来了?"

雷天鸽一声清脆亲热的招呼,惊动了全场。

她搀扶着古万里来到桌子跟前，依偎在姥爷身旁。

"啊，您来了。"雷三爷赶紧搬过椅子，想请岳父坐下来，"您言语一声，也好用车子去接您。"

古万里对雷三爷殷勤的举动置若罔闻。他抖动着花白胡须，将手掌心里托着的一个明黄色的绸缎包放在铺着大红寿字的饭桌子上。古老爷子并没有要坐下来的意思，看样子是有事儿，交代完就要离开。

他打开绸缎包，里边包着的是一只高不过三寸许、厚不过两寸的乌木框的小玻璃盒子。

盒子里面是一只精美绝伦的油杉纸扎制的掌燕风筝。

四周过来围观的众多宾客中有人发出惊羡的赞叹声。

雷天鸽自然是认得姥爷家的这个物件儿，有些惊讶，脱口而出："姥爷，您怎么把镇店之宝给拿出来啦？"

古万里站在桌旁，没有回答，只是抬起手来，温柔地摩挲了一下外孙女的头顶。转过脸来非常慈爱地对小姐儿说："这个给你，是我老古家的一点儿心意，留个念想吧。这是凤丫头活着的时候，最喜欢的物件儿。这么多年，是你替凤丫头把孩子带大了。"

"亲家姥爷，您的心意我领了。"小姐儿急得双手乱摇，急忙推辞，"这个我可当不起。"

古万里不容分说，将那只小玻璃盒子拿起，放在了小姐儿的手里，神情庄重地说："千万别瞧它小，若放起来，照样吃大风、起飞快，放飞后既高且稳。"

古万里说完，不等众人回过神，转身扬长而去。他向外走着，身后留下了一句话："这东西可有灵性了。记住啦，这只掌燕儿有个响亮的名儿——'趁风万里'。"

一堂寿宴,喜气洋洋。笑语喧阗,宾主尽欢。

西跨院场面上的梆子锣鼓点儿一阵紧似一阵,前来贺寿的亲友们簇拥着小姐儿走向西跨院去听戏。

会贤堂临水高阁。水面风凉,吹散了暑热。

寿宴过后,雷三爷的朋友,四九城里养鸽子号称八大棚的棚主们还有其他数得着的养鸽老户齐聚在此。沈宗尧事前和雷三爷打过招呼,趁着给小姐儿贺寿当天,四九城的鸽友相约过来捧场。祝完寿正好利用这个时机,再次将大家召集起来,商议和东交民巷侨民商会赛鸽俱乐部打比赛的事情。

聊起鸽子,自有说不完的话题。看看时间差不多了,沈宗尧站起身,双手抱拳,转了一个半圆,开口说道:"感谢老少爷们的抬举,沈某不才,忝为赛鸽会的秘书长,操持管理赛鸽会日常庶务。赛鸽一事,为公平公正起见,当务之急应该推选一位中人裁判,只是这位中人裁判的人选为了避嫌,家中是不能养鸽子的,最好是一位局外人。"

沈宗尧说完,临水高阁中突然安静下来,没有人说话。

一切尽在沈宗尧的预料之中。

高阁下面的院子里,传来激越的锣鼓声。

沈宗尧转过身来,兴奋地说:"哎呀,有了!沈某推荐一人,想必是再合适不过了。"

胡大少别有用心地问道:"是沈先生的朋友吗?"

"朋友谈不上,此人应当算是公众人物,如果他同意来做赛鸽会的中人裁判,那可是上上的人选!"

"谁呀?"胡大少追问。

"《北平晨报》的副主编林公冶。"沈宗尧回答,"林先生正在下面听戏呢。"

《北平晨报》的副主编林公冶是个戏迷。

早在几天前,他就得知香帅班在会贤堂为雷家贺寿,有场堂会,九老板挂牌亲唱《乾元山》和《战洪州》,机会不可多得。林公冶听戏有个癖好,不喜戏园子,专好听堂会戏。他讨厌那场子里人头攒动的瞎热闹,堂会自然是清静许多。但真正的缘由是林公冶一直认为角儿在场子里唱是为了挣钱,不肯出大力气,角儿唱堂会才是为自己挣面子。因为来听堂会的都是真正懂戏的主儿,加之彼此之间离得近,看得真切,角儿知道一丁点儿都马虎不得,丢不起那人,所以,必得动真格儿。使的是吃奶的劲儿,亮的是看家的本事,只为唱戏的把名声看得比自己的命还要珍贵。

林公冶不曾与雷三爷相识。今日借人家贺寿的堂会来"听蹭儿",算是唐突,但那也顾不得了。

离开戏约莫还有半个时辰,林公冶在前面随完份子,早早来到西跨院。他喜欢早来,为的是好坐在这里与邻座的人说说戏,阐述几句自己对于某出戏码的真知灼见,抒发一下自己对于戏曲的真情实感。角儿上场前得在后台默戏,为的是上场后戏唱得更好;台下听戏者必得懂戏,方能称得上"听戏"。这里面透着一个讲究,光跟着众人一起叫好喝彩那叫从众,算不得是自己的感受。比如在场子里,有些人其实根本不懂戏,就是找乐子图消遣,附庸风雅地跟着嚷嚷瞎起哄。更遑论戏中那些做人做事的道理,"懂得"二字最是难得。

要想把戏听"深"了,是要费一番功夫的。

林公冶抬手叫过来饭庄子里的伙计,沏上自家带来的香茶,等着自己喜欢的角儿开场唱自己喜欢听的戏。人这一辈子,享受莫过于此,偷得浮生半日闲。

堂会戏《战洪州》中九老板的绝活"打靠旗"打得正到精妙之处，林公冶就被沈宗尧连拖带拽地请到临水高阁上来了。面对着本家雷三爷，挺大的人还真是拘谨得有点儿抹不开面子。没想到雷三爷有如老友一般的热情，又是让座又是倒茶的一通客气。林公冶原想着听完戏赶紧开溜，免得碰见本家，使自己尴尬，最后还是拗不过沈宗尧的盛情邀约，不得不硬着头皮跟了过来。只因林公冶欠着沈宗尧一次大人情。

　　林公冶与沈宗尧有过一面之识，实实在在的只有一次交往。那是林公冶养的一只鹩哥，能学人言会唱歌。它浑身乌黑发亮，眼睛周围有着亮丽的黄黄的眼线，可比画眉的眼睛好看多了。翅尖那里还有一抹白色，只要它将翅膀扇动起来，就像是在大海上飞翔，带起了白色的浪花。那天，鹩哥刚刚逃出笼子，在院子里就被猫给扑个正着，伤得很重，奄奄一息。急得林公冶扎煞着两只手，又是心疼又是着急，不知如何是好。凑巧来访的报社同仁中有知道沈宗尧的，紧急当中去了药业会馆将他搬了来。留德的医学高才生在林公冶的府上完成了一次漂亮的外科手术，救活了林公冶的那只爱鸟。

　　林公冶着实有些局促地朝大家点点头，然后坐了下来。

　　公开公正是报业人的操守，坚守正义与光明，痛砭时弊，无情揭露邪恶和黑暗，不畏强权压迫，主持公道是报业人一贯秉持的原则。林公冶身为报社副主编，出任鸽赛裁判兼公证的中人似乎是不二人选。

　　盛情难却，林公冶只得挺身出任北平赛鸽会裁判中人一职。

第二十章

沈宗尧

沈宗尧从会贤堂回到药业会馆的时候，已是日暮时分。走进后院，几个鸽童正在忙着将刚刚飞过的那群鸽子收拢归棚。

沈宗尧在会贤堂耍了一个滑头，以避嫌为借口，推去了赛鸽会里做中人的裁判工作。肩膀上卸去了容易得罪人的差事，身上感觉轻松不少。赛鸽会成立，这以后少不得要与侨民商会赛鸽俱乐部里的那些洋人打交道，俱乐部里还夹杂着日本商号的人，更何况眼下，日本人正在往华北增兵。

他巧妙地利用上海信鸽俱乐部已经成立了好几年的这一消息，不显山不露水，非常自然地组织成立了北平赛鸽会。以赛鸽竞翔为组织手段，设法把北平城里所有养鸽子的逐步调动起来，集中在一起，从中观察遴选优秀的鸽子，以备不时之需，为日后所用。

进了屋，坐在沙发上，从茶几上的雪茄盒里拿起一根帕塔加斯雪茄，切去茄帽，点燃了雪茄。他换了一个更舒服的坐姿，叫来了外面的一个鸽童。那个鸽童进屋后，立即以标准的军人站姿等候在那里。

沈宗尧弹去了雪茄上灰褐色的烟灰，跷起二郎腿，稍微斟酌了一下用词,发布命令:"电告老板——"

静候长官训话的"鸽童"立即从裤兜里掏出用来速记的纸和笔。

"日本人在北平拟成立'传书鸽育成所',地点尚还有待进一步确认。"沈宗尧继续说着,"另,日军在华北增兵继续,日本华北驻屯军已擅自将兵力由二千人增加到六千人,与二十九军驻丰台的部队相隔仅四百米。两军对垒,气氛十分紧张。"

沈宗尧口述完电报内容,夹着雪茄的手指向外抬了抬。

负责收发电报的那个"鸽童"接收完指令,收起纸和笔,脚跟一碰,倏地转身走了出去。

沈宗尧的真实身份是国民党力行社特务处北平站站长,上校军衔。当初从德国回来,受命来到北平开展工作,他并没有凭公事在身就去向行政院驻北平政务整理委员会要办公场所,而是迂回绕行,按自己设计的那样,以职业为掩护,以嗜好为由头,带着他对外宣称为"鸽童"的五个下属,人不知鬼不觉地在国药业同业公会扎下根,在崇文门外的药业会馆安了家。时至今日,从市长袁良到北平市政办公厅,压根儿就没人知道,复兴社的核心组织力行社在北平已经建立了秘密站点。

国民政府定都南京后,开始着手全方位的军队建设,形成了陆军大学、中央陆军学校和陆军各专科学校三级军事教育体系。但通信专业的教育和发展比较迟缓,通信设备很不健全。军方每次谈及此事,都甚为恼火,因为紧急关头,不时有通信联络中断的情况发生。国民政府在发展无线电通信的同时,也努力借用传统通信手段弥补无线电技术发展迟缓的不足。最初通信部队仅有一个交通团,1931年后改编为通信兵团,下设一个特种通信教导队。这个特种通信教导队比较隐秘,不为外界所知,辖有军鸽队及军犬队。

1933年，国民政府开始筹备通信兵学校。1935年，通信兵学校接训了特种通信教导队，随后改进特种通信教导队军犬、军鸽训练及应用。1936年，开始于各个国防重要地点配置军鸽基地数十处，着重鸽子通信站的建设。

沈宗尧在北平除了日常的站务工作，还兼有另一项任务，那就是要为军政部在各个国防重要地点配置的军鸽基地，搜寻民间有关养鸽的一切可用资源。他在药业会馆的后院建起了鸽棚，规模不小。为了隐藏身份，他有意招摇，以富家子弟的面目混迹于北平养鸽子的这群人当中，看似一个公子哥大玩家，实则肩负使命。

沈宗尧起身走到酒柜前，为自己斟上一杯洋酒。整整一天，他的思绪仍然萦绕在鸽子的身上。

从理论上讲，鸽子囿于先天素质和后天训练的不同，能力会表现出巨大差异。其间，人为干预的程度对鸽子动态训练、身体维护起着决定性的作用。必须重视个体差异，鸽子在自身条件限制的范围内，会有相对稳定的表现与变化。根据有效准确的原则，科学地设定训练路线、训练次数、训练负荷的强度指标，以及体力恢复方式、休息时间、食水调整等各个环节，说到底全部为饲养技术所涵盖。养鸽子，养鸽子，这个"养"可是一门大学问。

雷三爷的鸽子飞得好，不言而喻，他在饲养鸽子方面一定有着与众不同之处。四九城盛传雷三爷手里有一张"魔鬼配方"，可是到头来谁也没有见过。空穴来风，沈宗尧却是相信的。在接近雷三爷的这个问题上，他始终把握着一种分寸，要循序渐进地慢慢接近雷三爷，还有老米碓坊的掌柜杨汉威。雷三爷为了他的那群鸽子的吃食，不惜赔本也要经营这粮麦行，由此就可以看出鸽饲料这个环节的重要性。而真正关键的却是对饲料配比的掌握。

老米碓坊对外出售的杂粮多达三十几种，雷家的鸽子吃的不外乎这些。他几次造访老米碓坊，有意谈起如何饲养鸽子，雷三爷总是含糊其词、语焉不详。至于"魔鬼配方"，那更是无从探听。还是有一次，无意中从掌柜杨汉威口中得知，雷三爷时常给他的鸽子喂老房土。

老房土里究竟有什么？沈宗尧回去后即刻令人去各处找来一些老房土，经过化验，除了土里常见的那些微量元素，再无其他。难道还有什么其他的不为人知的东西？沈宗尧想得脑袋都大了，到底也没想出个所以然来。如果这老房土还要讲究年代和地点，那就真的没有招了。

沈宗尧没有灰心。他一直想方设法地要将雷三爷手里的那张"魔鬼配方"搞到手。上次只是无意间向上峰汇报过这件事，哪知老板却认真起来，电令他最好能为军政部设立在各地的军鸽基地搞到这张最佳的饲料配方。他想到军政部曾下发过《奖励民间通信鸽繁殖及征用办法》。这个文件当中"征用"二字用得是冠冕堂皇，说穿了，不过就是对予取予夺的一种客气的说法而已。

实在不行，也只有抛开情面，由政府出面或由自己亮明身份，拉下脸来"征用"雷三爷手里的那张"魔鬼配方"和他雷家所有的鸽子。

转念想到雷三爷的为人和脾气秉性，沈宗尧又是极不情愿走到"征用"这一地步上来。他简直有些心烦意乱，起身走到酒柜前，再次为自己斟上一杯洋酒。

这时，放在茶几上的电话铃声大振。

沈宗尧端着酒杯走过来，一屁股坐在了沙发上，顺手拿起了电话听筒。听筒那边传来了胡大少略显沙哑的声音——

胡大少口称沈大秘书长，首先谈到赛鸽会成立，他是万分的高兴，还说要做东全聚德，宴请大家，表示庆贺。接下来，谈到所谓的正题。说来说去还是他胡大少的那点儿事——要和雷三爷打七百公里的"暗插"，请沈宗尧从中斡旋，务必要促成此事。最后还打着官腔说，赛鸽会成立，会员之间竞翔，这不正是赛鸽会所希望看到的？最后又再三说明，他并不是要和雷三爷较劲，而是希望赛鸽会组织大家一起参加这次七百公里竞翔活动。只是在其中，他和雷三爷私下约定打"暗插"。

放下电话，沈宗尧端起酒杯，他边喝边思忖，有可能是日本人在利用胡大少，而胡大少却浑然不觉，还很乐意与日本人交往。如果单纯就是养鸽子，这个胡大少还够不上汉奸的罪名。还有一点他也觉得可疑——有可能是日本人在背后鼓动胡大少与雷三爷进行比试，说不定日本人也在觊觎着雷家的鸽子，妄图得到中国本土的优良鸽种。外来的鸽子即使很优秀，也存在一个水土不服的问题，想来日本人也在寻求解决的办法，尽快找到合适的本土鸽子进行杂交，以便使子代鸽尽早更换血统，适应本地的水土气候。如果日本人将鸽子用于军事目的，那以后的事情就很难说了。

沈宗尧想起那日在老米碓坊，雷三爷说过，日本人来中国养鸽子，总让人觉着这里面好像还有什么别的事情。

第二十一章
城墙暗道

暴晒。阳光有些炫目。

木岛康男后悔出来的时候手忙脚乱急了些，忘记戴墨镜。顺着上次走过的马道登上城墙，感觉离太阳又接近了些。空气仿佛在燃烧，城墙被阳光炙烤得有些发烫。

木岛康男背着照相机，用目光急切地搜寻上次遇见的给城墙画"遗像"的那两个女学生。

上次邂逅了雷天鸽，她那俏丽的面容，秋水般的双眸，活泼大方的举止，浑身上下洋溢着的那种女孩子特有的浪漫气息，这一切深深感染了他。雷天鸽身上独有的艺术气质，完全有别于他这个年龄所接触交往过的其他女孩子。这些天，他的心思一直静不下来，在学校也根本无法好好念书。脑子里全是在城墙上那段令他印象深刻的时光，还有雷天鸽那浅笑倩兮的身影。

上次分手时，为了可以再次见到她，他曾自告奋勇地允诺，用照相机为她和她的同伴拍摄给城墙画遗像的工作照。男人是要守信的，尽管这是一个借口，他决定还是要再来一次，给自己一次与天意赌缘分的机会，同时也要给自己一次心理暗示。上次分手时，并没有与对方约定是在哪一天的什么时候来。今天就是突然想到此事，便即刻从燕大起身，匆匆忙忙赶了来。他随意而动，要的就是这种偶然性。偶然性越大，准确性的或然率则越高。如果今天在城墙上还能遇见那天作画的女孩子，那就一定是天意，表明今生缘分未断。如果那个女孩子不在城墙上，那就意味着缘浅情薄，从此不再去想。

放眼四顾，周围一片泛白的强光，亮得刺眼。木岛康男本能地向着城门楼子底下走来，至少那里是阴凉舒适的。

木岛康男唯恐见不到的场景出现了。

远处，那两个北平国立艺专的女孩子站在大太阳地儿里，朝着城门楼子滴水重檐上挥动着宽边的遮阳帽，正在喊着什么。上次那个名叫老十一的孩子，正在城楼"三滴水"重檐上灵巧地攀上翻下，似乎在寻找着什么东西。

她来了，她在城墙上，是天意！

木岛康男心中禁不住一阵狂喜。他放轻了脚步，慢慢向城楼这边走了几步，突然变得小心翼翼起来，索性站住了脚，生怕由于他的到来，破坏了这美丽的瞬间。

他迅速摘下挎在肩上的照相机，要将这美丽的瞬间在胶片上定格下来。取景框内，左侧是高大古老的城门楼子，右侧是两个身穿连衣长裙的姑娘，举着遮阳帽，仰着头。背景是空旷无垠的蓝天下，逶迤向北延伸的古老城墙。

木岛康男摁下了照相机的快门。

雷天鸽和温君怡担心在城楼滴水檐上攀爬的老十一会出危险，连声招呼，让他赶快下来。雷天鸽为了哄老十一下来，拿出糖果，放在手心里高高举起并晃动着，手心里花花绿绿的糖果包装纸在阳光下闪着光。

糖果对于一个孩子来说有着无可言说的诱惑力。老十一离开滴水檐，顺着粗大的柱子攀了下来。

三个人躲阴凉，来到城门楼子底下。雷天鸽和温君怡问明了原因，知道老十一是在查看夜晚栖息在城楼上的游棚幼鸽留下的粪便的痕迹，以便夜晚时偷偷再攀上来，张网捕捉幼鸽。

"鸽粪像个小球儿，粪便中带点儿白色的东西，有时还会有一点儿绒毛掺杂在里面。"老十一说着话，剥开糖果的包装纸，将一粒糖果塞进嘴里，伸出手指比画着像要捏什么东西的动作，"轻轻捏一捏左盘龙，是软还是硬，就可以分辨出哪些是新鲜的，是不是昨儿晚上游棚在这里的鸽子留下的。"

温君怡惊异于老十一的古灵精怪，脸上露出很有兴趣的样子，说："查看鸽粪，这里面还有什么特别的讲究吗？"

"如果游棚的鸽子贪玩儿还不想回家，昨儿晚上待了一夜的地方它会认为很安全，今儿晚上一准儿还会回到这个地方来过夜。"老十一像是很有把握似的说，"小爷正好下手。"

温君怡笑着说："哟，老十一，那天，你还笑话那个燕大的学生，看来你也是鸽粪专家。"

温君怡的话，惹得三个人都笑了起来。

雷天鸽和温怡君奇怪老十一为什么要不顾危险做这件事情。

老十一煞有介事地板正了面孔，告诉雷天鸽和温君怡，西直门里新街口路北惠郡王府那家大宅子，好像被一家什么日本商社给占着，门禁很严。住在里面的日本人，养了很多鸽子，院子里还有两只德国狼狗在看守鸽棚。不用说，这家的鸽子一定很值钱。

雷天鸽和温君怡奇怪老十一怎么知道得如此清楚。

老十一得意地说，他那天爬上惠郡王府北边胡同里的老槐树，藏身在茂密的树叶里，向下窥探，看见几个穿着和服、脚蹬高齿木屐的日本人提着洋铁皮的水桶，正在往王府西花园的池子里倒水,看样子是准备给鸽子洗澡。还有,他发现在王府后院,被整理出好大的一片空场。不知日本人在搞什么鬼,像在场院里晒粮食那样,地上摊了好大一片白色的细小的石头子儿,一直摊到后围墙的墙根儿那里,还用带齿的耙子耙出一道一道细长的沟儿,像是在里面种了什么。在那一大片的石头子儿上面摆放着几块黑乎乎的形状不一的假山石,有高有低,有大有小。

雷天鸽和温君怡觉得老十一的讲述简直是不着边际,有些离奇。温君怡想当然地说:"那些一道道细长的沟儿里会不会是种的什么鸽子喜欢吃的东西呢?"

"管他呢,等到秋天收庄稼的时候,我再过去上树瞜一眼,看日本人到底种的是什么。"提起鸽子,老十一又来了精神,"越是好的鸽子,小时候越爱游棚,上次半夜逮到的那只游棚的小鸽崽儿估计就是从惠郡王府里飞出来的。"

雷天鸽又奇怪了,问道:"你倒是知道?"

"当然,上次逮到的那只小鸽崽儿脚上套着环儿呢,是只带着记号的鸽子。"

"哎,老十一,那只小鸽崽儿呢?"温君怡想知道鸽子的下落。

"给了雷三爷,噢,就是在鬼市儿上的那次,雷三爷把身上带的钱都掏给了小爷。"老十一充满热情地说,"你们是女孩儿,根本不懂江湖上的事儿。今儿就是来看看这两天惠郡王府里日本人养的小鸽崽儿还有没有游棚留下的印儿,谁让雷三爷稀罕鸽子呢,为铁瓷,这事儿可是不能含糊。小爷要卖把子力气,给雷三爷再弄几只日本人养的鸽子!"

雷天鸽听着老十一对她爹的一片忠悃肺腑之言,看着他被汗水和沾在手上的泥土杂糅着弄花了的小脸,不禁有些动容。她连忙又从连衣裙的兜里掏出剩余的几块糖果,一股脑地塞进老十一的手里，说："老十一，没想到你人不大，还真挺仗义！"

"海大爷说得对，人捧人，人才高。雷三爷跟老十一大方，老十一做事可也决不能太小气不是。"老十一说着话，目光无意间扫到从远处正在向城门楼子这里走过来的木岛康男，眼珠一转，不动声色地说，"哼，没想到的事儿还多着呢。"

温君怡不明所以，紧接着问道："那还有什么没想到的事儿呀？"

老十一突然压低了声音说："没想到的事儿是那个燕大的日本学生又来啦。"说完，老十一转身走进城门楼子里面去了。

城门楼子里有数不清的雁么虎，大白天没人的时候，都是头朝下吊在城楼里的木头大梁上。如果有人来了，一不留神惊动了它们，这些雁么虎便会在空中乱飞乱撞，还会发出非常刺耳的声音。它们在昏暗狭小的空间里飞得特别快，还不会碰到任何物件。

老十一的身影转瞬消失在更深处的暗影里……

眼看着老十一走进城门楼子的里面，雷天鸽回过头示意温君怡，二人装作没有看见正在向这边走过来的木岛康男。她俩在城门楼子擎檐柱旁打开油画箱，支起了画布。

自从那天在城墙上与那个燕大学生分手后，雷天鸽的心里好似有了一个人影儿，挥之不去，拂之又来。

无论是温君怡开玩笑般的提醒，还是她自己似乎感觉到了什么，起初这一切她并未在意。直到老十一说出那个燕大学生是日本人，这句话有如当头棒喝，这才使她认真思索起来。温君怡始终不相信，别的暂且不管，就凭那个燕大学生说着一口流利的略带东北口音的中国话，他怎么会是日本人呢？雷天鸽想不明白这个老十一为何如此地执着，并且充满敌意地一口咬定那个燕大的学生是日本人。莫非是因为在城墙上，当他摘下帽子擦去鸽子粪便的那一刻，露出的不同于中国老百姓寸头发式的有些异样的短发吗？雷天鸽想到这里，竟也变得有些将信将疑起来。

温君怡看着渐渐走近的木岛康男，偏过头来小声地问雷天鸽："说，你是不是想着这个人来着？"

"胡说！"雷天鸽轻声反驳，觉得自己心跳在加速。

"人跟人要是有缘分，那是有感应的，你不想他，他怎么会来？"

雷天鸽默然无语。温君怡这话听起来有点儿玄乎，但不像是在和自己开玩笑。是啊，也许温君怡说得对，人跟人要是有缘分，那是有感应的。距上次邂逅已经隔了这么多天，上次分手时又没有任何约定，那个燕大学生临走时只是说了他会再来看自己和温君怡画城墙，可给人的感觉也就是出于客气，泛泛一说，没想到他还真的来了。

是巧合吗？那也太巧了，巧得不能再巧，巧得就像是约定好的一样。

木岛康男走了过来，站在高大城楼的阴影里。注视着那两个画油画的中国姑娘，人近情更迫。由于紧张，出于生活的习惯，他有如鞠躬那样很有礼貌地将身体微微前倾了一下，打招呼说话时也显得有些笨拙："你们好，你们今天也来了。"

"咦，你说的这是什么话？"温君怡反驳道，"你今天也来了，不是吗？"

"是我和老天爷在赌一个结果。"

"你还知道中国有个老天爷？"显然，老十一认定对方是日本人的这句话此刻起了作用，温君怡紧接着又问道，"赌一个什么结果？"

"赌你们今天来不来这里画城墙。"

"来了怎么样，不来又怎么样？"温君怡话里颇有些诘问的味道。

"啊，我和老天爷赌的就是缘分！"

"缘分？"温君怡有所醒悟，她凑近雷天鸽耳边，用极轻的声音嘟囔着："我说什么来着，你还不信，现在明白了吧？"

雷天鸽不置可否，只是点了点头。

木岛康男举起手里的相机，多少带着些腼腆地说："我……我……我是来给两位同学拍照的，因为上次……"

温君怡打断木岛康男的说话，率直地问："你不要吞吞吐吐的找什么借口了，我问你，你是不是喜欢天鸽啊？"

"我——"木岛康男似乎鼓足了勇气，挺起了胸，可就在最后一刹那，他又变得怯懦起来。

"你是日本人？"雷天鸽突然发问，语气温和。

"是。"木岛康男福至心灵，此刻又重新鼓起了勇气，"我是日本人，我的名字叫木岛康男，是在燕京大学就读的日本留学生。我的家在日本的京都，上次同来的胡大少说我从大连来，其实也没有说错，因为我家在大连有买卖。父亲为了让我学习中国文化把我送来，我从小是在大连长大的，很少回京都。也可以这么说，日本是我的祖国，大连是我的故乡。"

"嗬，你倒不隙外。"温君怡明白了，"难怪你中国话说得这么好。"

就在这时，温君怡看见老十一居然大模大样地从城墙的马道那边大大咧咧地走了过来。温君怡很是诧异，不等老十一走近，站起身，用手指着老十一说："老十一，你这是在变什么戏法儿呢……你刚才不是进城门楼子里面去了嘛，怎么又从外边儿回来啦？"

第二十一章　城墙暗道　　153

老十一走过来,这家伙刚才不知上哪儿去了,弄得自己满身满脸全是土。可是看上去却满不在乎,脸上带着不易捉摸的笑容,说:"小爷今儿个才是头回发现,敢情城门楼子里还有一条暗道,里面有一架木头梯子,好高好高,直通下面的瓮城,看来是古代打仗,从下面往城墙上运兵用的。"

"老十一,你说的是真的?"温君怡将信将疑,"这么高大的城墙怎么会有暗道?"

"不信啊,你自己个儿去看看呀。梯子不宽,也没有扶手,一磴一磴的又高又陡。"老十一有些不高兴了,大有嗔怪温君怡的意思,"梯子的磴上落的全是厚厚的尘土,一脚踩空,掉下去,非得把人摔死不可。"

"好,老十一,那你带我看看暗道去。"温君怡有意将时间留给雷天鸽和木岛康男。她转身拽住老十一的胳膊,拉着他向城门楼子里面走去。

老十一被温君怡拉拽着再次向城楼里走去。转身临走时,老十一横了一眼木岛康男,又颇有深意地瞥了一眼雷天鸽,摇头晃脑,活像个教书先生,一字一字地大声说道:"事但观其已然,便可知其未然;人必尽其当然,乃可听其自然。"

外面烈日强光,往城楼里面看进去,昏暗一片。在城楼的昏暗里,传出温君怡的声音:"想不到你小小年纪,还挺能拽的。谁教你的这些话,是你常提起的那个海大爷吗?"

"听给姐姐上课的私塾先生说过,不知怎的就记下了。"

"老十一,你还有个姐姐?"

"姐姐在家里,大排行行九。"

第二十二章

不怕贼偷就怕贼惦记

明治四年,天皇颁布"废刀令",全面解除日本武士阶层的武装。武士没落之日,恰逢明治维新之时。自长崎"黑船事件"肇始,日本的锁国时代宣告结束,幕藩体制也随之土崩瓦解,日本被迫打开国门,西方文明冲击着日本,一时间整个日本被西方思想文化所笼罩,从教育体制到工业体制,全盘西化。不过一二十年,日本国力急速膨胀,膨胀的国力与国土狭小、资源匮乏的矛盾日趋显现。于是,日本仿效西方帝国殖民扩张,"开拓万里波涛,布国威于四方",天皇个人的这一番"豪言壮语"代表了整个日本民族的呼喊,同时也表达了他们对于国际强权政治现实的理解以及扩展势力和影响力的勃勃野心。

在甲午之战和日俄战争中大获全胜之后,日本开疆拓土的企盼已变为不可抑制的向外侵略的野心。这一时代背景给由武士没落为浪人的"失业大军"带来了新的历史机遇,日本间谍和浪人纷纷踏上了侵略中国的不归路。

山内商社的山内武就是在这样的一种背景下,作为其中激进的一分子进入了中国,并在古都北平建立了山内商社北平分店。

那年的事情，也是机缘凑巧。山内武因为一宗买卖来到了"关东州"，下榻在浪速町与高山通交界处的大和美山酒店。两名清朝官员的到来，引起了他的注意。他佯装酒醉，走过去与大家攀谈。从穆松和总督府的那几个人的谈话中他大概知道了这两名中国官员此行的目的，继而又从酒后梅东川纠缠在那几个艺伎身边的放浪行为和言语上，似乎发现了一些有关鸽子的端倪。他当即买通了两名艺伎。在房间里，那两名艺伎在"滚床单"的时候终于套问出了此行交付鸽子的秘密。

山内家在日本世代蓄养鸽子，是名扬东瀛的养鸽大家，但从未听说居然有夜晚仍能飞翔的鸽子。当他那晚在大和美山酒店听得这一消息后，内心受到极大震动，竟然失手将酒杯掉落在地上。中国真是地大物博，于他来说是感叹也是悲鸣。

他来到穆松的房间想进一步打探情况，却碰见梅东川突然遭到击杀的一幕，这确实出乎山内武的意料。山内武看到穆松如此决绝的态度，知道这四羽鸽子轻易间绝不可得，假使以杀人为把柄逼迫他，对方也未必就范。只有先帮助他稳住局面，将他从眼前的困厄中解脱出来，假意成为他的朋友。来日方长，徐徐图之。中国有句话说得好，事缓则圆。

回到北平的穆松，不久便找借口致仕。安顿好家人，自己竟然去了居庸关叠翠书院，过起了隐居的生活。说起来，谁又能相信，他竟然是为了那几羽藏匿起来的鸽子。穆松这种不近人情、有悖常理、不顾性命的做法，却赢得了深知内情的山内武的极大尊敬。山内武从穆松的身上看到了这个民族的伟大与不可征服的品格。

三十年来，为了找寻并最终得到这几羽只听说过没有见过的、夜里仍能像白天一样照常飞翔的鸽子，山内武念兹在兹，无日或忘。后来，这件事竟然成了北平分店的业务之一。

他在临终前，将这件事情的来龙去脉告诉了自己的儿子山内己之助。

　　三十年来，穆松每次离开书院必得兜上一个大圈子，赶一趟隆福寺庙会。庙会上是人山人海，派去盯梢的人跟得近了，担心被穆松识破；远远地缀着，却又无济于事。每次派出去跟踪的人总是被甩脱，眨眼的工夫，穆松便消失在庙会熙攘的人群中。
　　多年来，穆松行事小心谨慎，从不懈怠。每次必以逛庙会做幌子，直到确认自己身后绝无盯梢之人，这才设法转道阳台山，去看望景兰坡和那几羽鸽子。
　　"他一定是去看望那几羽经他手藏匿起来的鸽子了。"山内己之助恨恨地说，"可这鸽子到底藏匿在什么地方，难道真是一个永远都解不开的谜团？"
　　眼下中日交战一触即发，这件事情不能再等，只有抓紧寻找。跟踪了这么多年，分店派出多名人手与之周旋，始终不得要领。不得已，采用了敲山震虎的手段，送出了那颗顶戴上的素金顶珠。令人没有想到的是，穆松性格刚烈，忘身殉国，索性在叠翠书院里以死破局。
　　山内己之助严密部署在居庸关叠翠书院附近的监视人员回来报告，那日只有一辆汽车载着一个人来叠翠书院奔丧。经秘密查访，那人是叠翠书院山长穆松当年的学生——雷皇城。
　　雷皇城，人称雷三爷，北平城里养鸽子大名鼎鼎。看来，穆松有可能将当年藏匿的那几羽鸽子作为后事托付给了这个人。
　　穆松的白事结束后没有几天，监视雷家的人报告说，雷三爷租了汽车行的车，出城向西奔了海淀，因为路远人稀，盯梢的没敢跟上去。回来询问汽车行的司机，才知道后来去了海淀北安河乡的阳台山。车子在山下等了大半天。回来时雷三爷提着一只鸽子拴坐进了车里。司机说，那只鸽子挎四围蒙着布罩子，看不见鸽子，只能听见鸽子"咕咕"的叫声。

如此一来，反而使山内己之助举棋不定。穆松原来将那几羽鸽子藏匿在暗处，如果寻找到了，使个手段，连人带鸽子一起"端"了，倒也省事。现在则不然，雷三爷接手了这个事，那几羽鸽子肯定养在他的鸽棚里，与其他那么多只鸽子混在一起，看似放在明处，实则隐藏更深，反而不好辨识。看来只得另想办法。

小津平吉想到那个雷皇城既然是从阳台山接回的鸽子，就应该追根究底，派人去阳台山寻找到替穆松养了这么多年鸽子的那个鸽童。或许可以从鸽童的口中得知有关灰粉鸽的一切详情，比如鸽子体形的大小、羽毛的颜色、喜欢吃的食料、生活习性，等等。

"若按汽车行那位司机的说法，雷皇城那日装在鸽挎里的鸽子数量应该不多。"小津平吉继续分析，"是其中的几羽还是全部，这就不得而知了。"

"应该是全部。灰粉鸽属于珍稀品种，根据自然界的法则，珍稀品种的存活不易，这么多年下来，那几羽肯定是提纯度很高的近亲交配的回血鸽。"山内己之助不容置疑地说，"我估计灰粉鸽保留的数量最多不超过三对六羽。"

山内己之助有着自己的私心，原本是为自己家族蓄养的鸽子寻求新的外来优异血统。父亲临终前非常希望能寻得此种鸽子带回日本，话里话外多少也有些囤积居奇的意思。由于自己缺乏耐心，贸然出手送出顶珠，结果弄巧成拙，寻找灰粉鸽的事情急转直下。

如若寻求帮助，他只有将此事向军方和盘托出，但同时又担心有朝一日得到灰粉鸽，万一军方认真起来，尤其是日本军部早就有"要培养飞得更远的鸽子"的口号，为了战争，将它们用作军事方面的传书鸽……山内己之助不敢再想下去了。

　　就在这时，电话铃声响了起来。接起电话，听筒那边传来木岛芳雄的声音，是关于山内己之助的小学同学吉野谦三能否同意他鸽舍里的旭川赛冠军鸽被征用为军用鸽的事情。木岛芳雄拜托山内己之助用电报去征询在日本国内的吉野谦三的意见，言明这只鸽子空运来到中国后，只是在这里作为种鸽使用。

　　山内己之助告诉木岛芳雄，今晚侨民商会的赛鸽俱乐部在六国饭店为新近成立的北平赛鸽会举办表示庆贺的联谊酒会，问他是不是可以换个身份前来参加，正好借机和北平养鸽界人士见个面，相互认识一下，尤其是已经引起木岛芳雄注意的、新近成立的北平赛鸽会的那个会长——雷三爷也在应邀之列。

　　听筒那边传来木岛芳雄欣然愿往的回答。

第二十三章

城头铁鼓

六国饭店的二楼走廊顶东头南向的房间,住着"新京"宫内府近侍处派过来公干的英旺、佟祥和额尔格。三个人忠于职守,自打落脚后还真没闲着,从地安门的东吉祥胡同再到西八里庄那边的恩济庄,但凡是住在这两处地方的、过去在宫里伺候过差事的太监和宫女,有一个算一个,摸排查漏般地问了一个遍。最后在恩济庄,他们终于找到了当年在鸽子房伺候过差事的苍震门的小太监水德子。

水德子见了"新京"宫里来的"钦差",眼见着亲近了许多。朝着东北方向给皇上磕完头,站起身,脸上也有了笑模样儿。他开始唠叨起来,告诉他们玉印在宫里是出了名的顶尖的鸽把式,早在光绪爷驾崩的第二年就死了。临死前,迹近疯状,每日里捶胸顿足,时哭时笑,逢人就念叨着鸽子房被人偷换走的那四羽鸽子。最后有一天,苍震门首领太监来看望玉印,他拖着病身子,强挣扎着翻身滚下炕来,趴在地上,给首领太监叩了一个响头,拜托首领太监一定要将那四羽鸽子找回来。至于是什么品种的鸽子,水德子早已不记得了。

水德子那年才十三岁,跟着玉印他们早起晚睡地在鸽子房里伺候差事，他是负责给鸽子喂水和清扫鸽粪的。再问是否还有其他记得这件事的人，水德子指着关帝庙往南那一大片坟头儿，尖着嗓子说，就是有清楚这件事的人，也早就埋在里头了，你们要是再晚来几年，兴许连咱家也见不着了。

追查鸽子的线索眼看着没有了着落。三位"钦差"情绪低落，耷拉着脑袋从恩济庄回到了饭店。英旺决定再去七爷府马号拜望海世昌。海爷这么多年来，想必应该认识一些在北平地面儿上玩鸽子的鸽主儿，或许从他们那里可以扫听到一些有关所要寻找的鸽子的蛛丝马迹。

回到饭店下榻房间，洗漱更衣完毕，无意中又从前来打扫房间的饭店侍应生的口里得知，侨民商会的洋人赛鸽俱乐部今晚在这里为新近成立的北平赛鸽会举办表示庆贺的联谊酒会。说到鸽子，负责此行关内公干的佟祥认为不管怎样，应该趁机去接近那些人，或许可以探听出一些想要得到的消息。临来时，上面有过交代，如果差事不顺手，可以去北平东交民巷洋人赛鸽俱乐部里找一个名叫小津平吉的日本人，他在俱乐部里担任副会长一职。因他在日本山内商社北平分店供职多年，深谙北平地面儿上的事情，说不定对这件事情会有所助力。

事不宜迟，说着话，三人脱去了长衫马褂，换上了洋装革履，顺着楼梯向屋顶花园走去。

酒会办在屋顶的花园里。微醺的夜晚，风中摇曳的灯光变幻着色彩，璀璨迷人。饭店的法国人乐队演奏着爵士乐。侨民商会举办的酒会场面文雅而热烈。

今晚，北平各界人士济济一堂。有穿洋装的，有穿长袍马褂的，还有穿着混搭风的。珠光宝气的女宾眷属在酒会上自然也是少不了的一道风景线，酒会上处处衣香鬓影，浅笑连声。与会来宾相互频频举杯,交谈甚欢。侍者手端托盘,缓步穿行在众宾客之中,托盘上的高脚酒杯泛着五彩的光泽。

六国饭店全楼采用法国古堡式复兴建筑风格,兼具文艺复兴时期意大利建筑和法国哥特建筑的特征,典雅豪华。这里具有引领新潮生活时尚风向标的意义,既是达官贵人的聚会场所,也是当时下台的军政要人的避难之地。

北平新近成立的赛鸽会没承想受到了在东交民巷的侨民商会赛鸽俱乐部的高度重视。在日本人的策动下,由侨民商会出面,举办联谊酒会,表示庆贺。

沈宗尧手里拿着侨民商会派专人送来的请柬,有些委决不下。依着雷三爷的脾气,什么西洋人东洋人,一概不搭理。要是较真章儿,在鸽子飞得快慢上说话不就结了?沈宗尧则认为成立赛鸽会就是要和那些洋人一较高下,要把在北平的洋人赛鸽俱乐部的气焰打下去。不过,与洋人打交道,凡事还得逗拢着来,这个面子总还是要给的。雷三爷想想也有道理,约上林公冶,三人应邀出席侨民商会在六国饭店举办的联谊酒会。

灯红酒绿,杯觥交错。沈宗尧用流利的英语在一群洋人当中应酬,会长法国人吉尔南德斯和秘书长比利时人安特因为临时有事,向中国客人告罪之后,匆匆离去。

坐在法国路易十三风格的羊皮软靠花面的圈椅里,在不甚明亮但很幽雅的灯光中,雷三爷注意到与胡大少同来的竟然还有三个日本人。其中两个是山内商社北平分店的日本人,而站在左边的这个日本人戴着一副金丝边眼镜,很有些斯文气,在沈宗尧看来也很面生。

双方寒暄已毕,重新入座。侍者适时地为大家送上盛满香槟的酒杯。

胡大少当即为雷三爷、沈宗尧和林公冶三人做了介绍："这位小林洋平先生是侨民商会洋人赛鸽俱乐部刚刚从日本请来给鸽子做保健的动物医生。"胡大少说完这句话后，似乎觉得自己的介绍还不够分量，于是又加重了语气，"小林先生可是国际上知名的动物学方面的医学专家哟。"

"哪里，哪里，胡先生过奖。"化名小林洋平的木岛芳雄操着不太标准的中国话，谦逊地笑着，慢慢说道，"昨日刚到北平，就听说北平成立了赛鸽会，可喜可贺。"

小津平吉端起酒杯，笑容可掬地对沈宗尧说："沈先生，再次祝贺你们赛鸽会的成立，我代表俱乐部向你们赛鸽会正式发出赛鸽邀请。"

"好啊，开门大吉！"沈宗尧不甘示弱，"那就来个双关排位赛，如何？"

山内己之助呷了一口香槟，说："哟嗬，这就是你们中国人的下马威吧？"

"沈先生的意思是要打双关赛？"小津平吉显然没有想到对方有此一说，有些惊讶，"具体的竞翔规则还要请沈先生说明。"

"参加双关赛的鸽子全部用鸽钟计时。第一关赛由石家庄到北平，三百公里；鸽子归巢五天后，第二关赛由北边扎鲁特旗到北平，空距约在六百公里，用同一只鸽子。两关赛飞行总距离除以两关赛飞行总时间是这羽参赛鸽的最终成绩，并最后决定排序的名次。"沈宗尧胸有成竹，继续说道，"按规矩，双方各派出中人裁判共同担任司放长，集鸽完毕，由双方裁判共同铅封放飞车，鸽友代表当场销毁比赛翅章并焚毁印油，再由双方派员共同押运放飞车与司放人员开往司放地。"

"唔，双关赛，一南一北，沈先生有想法。"小津平吉随声附和着，下意识用眼睛瞟向木岛芳雄，似乎在征询意见。

"还有一种计算方法。"沈宗尧为自己点燃了一支雪茄,"将参赛的鸽子在双关比赛中的名次相加,和数最小者为胜,不计分速,如果和数相同以第二关先到者为先。"

山内己之助放下手里的酒杯,仰起下颏,注视着沈宗尧,傲慢地说:"你们还要打双关赛,我看不用那么麻烦啦,你们中国的本土鸽子第一关能不能归巢还很难说呢。"

这句话说得很是生硬,带有无礼挑衅的意味。氛围瞬间变得有些不愉快起来。接下来便是短暂的沉默。

不远处,一个穿着西装的男人和一个身穿阴丹士林蓝旗袍的女人正在调情,女人"咯咯"的娇笑声此刻听起来有些刺耳。

山内己之助的这句话说得竟是那样理所当然。严格地说是日本人在中国的地面儿上踩和①中国人。雷三爷哪能受这个气,他表面上却不动声色,淡淡地回应道:"中国有句老话儿,说嘴打嘴,要是你们日本人养的鸽子回不来呢?"

"雷先生说话还真是不客气。"山内己之助似乎感觉到了什么,"谁也不要说硬话,雷先生敢不敢和我打这一场双关赛的'明插'?必须用自家养的鸽子。"

"如果你输了,怎么办?"

"雷先生说怎么办呢?"

"如果你输了,又是在中国的地面儿上打比赛——"雷三爷有意调侃,"入乡随俗,就按中国的老礼儿,你跪下给我磕个头!"

"雷先生如果输了呢?"山内己之助的脸色有些不好看了。

眼看着就要戗戗起来,胡大少赶紧出来打圆场,说:"哎呀,和气生财,不就是看谁家的鸽子飞得快嘛,不然,就定个彩头,

---

① 踩和(hú),北京方言,意即蔑视、看不起对方。

甭管多少，是个意思就行啦。"

"真要说起公平公正，那就得按国际惯例来，两位将自家养的鸽子都带来打公棚赛。"木岛芳雄语调温和地说，给人的感觉并不是因为他也是日本人而偏袒日本人，"幼鸽二十一天下窝，送进公棚，在同一喂养条件下成长，到时又在同一环境条件下放飞，归巢自然是在同一方向的同一公棚。"

"唔，这样听起来，打公棚赛的确比较公平公正。"沈宗尧点头附和，看着雷三爷，"三爷，以为如何？"

"东交民巷的那个公棚是洋人俱乐部的，中国鸽子不去！"雷三爷说罢，抬眼巡睃着在座的诸位。

"按三爷所说，那就另外找个地方单建一座公棚，到时让洋人的鸽子过来参加比赛，如何？"此刻，对于建公棚，林公冶表示出极大的兴趣。

"要建公棚，也算我一个。"胡大少抢着说。

"洋人俱乐部的鸽子送过你们这边来准备比赛，没有问题，公棚赛，双方应该各派出同等人数的职员来管理公棚。"小津平吉向着沈宗尧探过身来，显得很是大度地说，"为尊重北平赛鸽会起见，公棚的地点就由你们来定好了。"

"啊，感谢小津副会长的提醒。"沈宗尧灵机一动，别有用心地说，"沈某正好想起来了，雷会长去年在南边丰台镇看上了一块地，原就是准备建鸽棚的，四周很是空旷，便于鸽子的起落，不过……听人说最近一段时间在丰台，贵国的军队又在增加，小津副会长，依你看这块地能用吗？"

沈宗尧弦外有音，旁敲侧击，但是说出的话也很节制，点到为止。

"关于在北平增加兵力这件事，沈秘书长是多虑啦。"化名小林洋平的木岛芳雄说，"我认识的一位在参谋本部中国课任职的朋友和我说起过,华北的事还是由华北当局自行解决。"

沈宗尧脸上露出相信的表情,连声说:"原来是这样。"

林公冶毫不客气地说:"我看不尽然。据我所知,目前在华北的不断增兵,只能说明,日本方面是想要以武力迫使宋哲元就范。"

木岛芳雄眉头一皱,耸耸鼻尖,望向林公冶,开口问道:"请问,这位先生是在哪里高就?"

"林先生是《北平晨报》副主编。"沈宗尧拿下嘴里叼着的雪茄,回答道,"是我硬把林先生拉进赛鸽会来做中人裁判工作的。"

"为民众服务,本是分内之事。"林公冶谦逊地说。

"林先生对当下的时局倒是有着透彻的理解。"木岛芳雄注意地看着林公冶。

"哪里,哪里,管窥蠡测,随便说说而已。"

就在这时,"新京"来的三位"钦差"坐在了邻近的座位上。侍者很有眼力见儿地走过来送上盛满香槟的酒杯。佟祥对侍者指了指坐在不远处的几个人,又对侍者耳语了几句。

侍者转身走到那几个人坐着的地方,俯下身来,低声说着什么,只见小津平吉立即转头向这边看了看,随即起身走了过来。

"新京"来的三位"钦差"看见走过来的小津平吉,站起身与小津平吉相互鞠躬,算作打了招呼。

"是小津先生吧?"佟祥一口的京片子,客气地说,"不揣冒昧,打搅了。"

"啊,我是小津平吉。"小津平吉举手肃客,像是主人一样,操着比较纯熟的中国话,客气地说,"有失远迎,简直是失礼得很,三位先生是——"

"哪里,哪里,小津先生太客气啦。"佟祥应酬道,"我们三人从'新京'来，受宫内府沈大人的差遣。"

"敝人和宫内府沈大人的交情可不是一天两天的，不知三位上差来北平公干，有什么需要小津效劳的地方，还请不要客气。"

佟祥三言两语将此行目的说与小津平吉。

小津平吉没有想到的是关东军司令部竟然也对鸽子产生了兴趣。看着坐在对面的"新京"宫内府近侍处派过来的三位"钦差"，可以想见，日本军部对这件事情的重视程度。小津平吉突然想到，如果让这三位"钦差"去寻找那位鸽童，中国人去找中国人，岂不是一件很方便的事情？

"刚才听佟先生说，为了这件事，御用挂方面还派有特使？"

"是的，小津先生。"佟祥有意压低声音，有些迟疑地说，"只是那位特使先生始终没有露面，想必是另有打算吧。"

"噢，原来是这样。"小津平吉点点头。看得出，此刻，他似乎已经想到了什么。

第二十四章

丰台事件

眼看着再有几天就要入伏。

一列南下的火车驶出了丰台站的站台。火车在鸣笛,长长的汽笛声如同沉重的呼啸,裹挟着一种摄人心魄的震动,回荡在空气中。

正阳街上的行人来来往往。店铺里面照常做着生意,有主顾在进进出出。门面大些的店铺多开在街道北侧,一家连着一家,说书馆和戏园子也是挨着挤着排列其中。挑着担子卖菜、卖花、卖鲜鱼虾蟹的小商贩在街边摆摊,吆喝着生意。街面上看起来和往常一样,浓浓的烟火气。这里的人们似乎对近日在郊外频频举行的军事演习和火车站构筑的工事毫不理睬。老百姓认为那是军队应该做的事情,哪管是中国军队还是日本军队。

街上,孩子们在追逐嬉闹。有驼队经过。驼队是从西山过来的,驼峰上面驮着煤炭,以及核桃、栗子、大枣等山货。赶骆驼的人,夏天穿单衣单裤,脚踩一双牛鼻子硬帮鞋;冬天头戴一顶狗皮帽子,上身一件又黑又脏的反穿皮袄,下身穿一条又厚又肥不分前后的缅裆老棉裤。赶骆驼的人都是黑里透红的古铜色脸膛,鼻沟和脸上挂满了灰尘,只露出两只坚毅的发着亮光的眼睛和那灰黄的两排牙齿。

"丁零当啷",悦耳的驼铃响了起来,孩子们大呼小叫着去追赶驼队,一直要追出很远很远……

丰台大桥不是直的,看着有点儿怪。南侧的引桥是直的,一直往南通下去;北侧的引桥下来后不是朝北,而是向西。这是地势惹的祸——大桥离大街相当的近,如果引桥直接往北下来势必太陡,之所以往西拐了个弯儿,为的是使引桥平缓一些。

顶着大日头的晒,雷三爷、沈宗尧、林公冶、胡大少还有四九城八大鸽棚的棚主们一行十几人走下了丰台大桥。与经手房屋买卖的中间人约定好今天过丰台来看地方,如果大家中意,雷三爷会盘下这块地皮。一路上,胡大少也是真客气假仗义地嚷嚷着,三爷如果盘下这块地皮建鸽棚,购置地皮的费用他愿意承担一半。雷三爷知道胡大少人前好面子,喜欢听别人夸他有钱。话到心到,也只能感谢他的一番好意。最后还不得不说,到时如果银钱不凑手,必定请他解囊相助。

正阳街是一条商业街,东起火车站,西到菜市口。因为大买卖家的店铺多在街的北侧,所以街面上住户很少,住户主要在街北侧的胡同里。附近的胡同有很多,街旁的胡同和正阳街直接相通的胡同大致有十几条。

雷三爷一行人下了桥,迤逦西来。天热,又是走了半天,早已大汗淋漓。胡大少喊着口渴,见着同盛胡同口上的同盛茶馆就要进去请大家喝茶。哪知茶馆不知因为了什么今天却关板歇业,落了胡大少好一顿的埋怨。不得法,只好再往前走,不一会儿便走到了正阳街的紧西头丰台镇的菜市口胡同。

胡同很宽,实际上是一条窄街。一行人走进了当地人称"大菜市"的这条窄街。走过"大菜市"纷乱嘈杂的菜市场,再往前又经过了几家铺面,便走到这条窄街的尽头,拦腰和杨家园子胡同相接的丁字路口上。

杨家园子胡同是沿着园子长长的围墙而得名。胡同一侧是园子夯土的围墙,另一侧则是一长溜民居房屋的后山墙。

雷三爷一行人要相看的这片地场就在这条窄街尽头的路北。车马大店的大门却是抹着角坐西北面东南,斜么歪儿地对着杨家园子胡同。站在这里,大家这才看清楚车马大店位置上的优势。原来晚间前来投宿的大车和牲口都是从杨家园子这条胡同过来,大车和牲口不用拐弯,直接就进了院子。

车马大店门口,高大的木栅栏门上缠绕着手指般粗细的铁链子。

早来一步,等候在这里的"纤手"掏出钥匙,打开挂在粗铁链子上的大铁锁,费力地推开车马大店依里歪斜摇晃着的高大的木栅栏门。

这块地场可是不小,院子似乎已经平整过了,显得很是空旷。北边是一排泥顶的平房,房屋简陋,是没有隔断墙的大通间,里面不过是车把式们投宿睡觉的大通铺。土炕上散乱地丢弃着烂席片子。地上有几个翻倒干涸的煤油灯盏。

好事的胡大少问起,究竟是何原因口外人回了口外,站在大门口的"纤手"也是支支吾吾,语焉不详。不是他不肯说,实在是所知不多。

在院子的中央,有一口直径约三尺、丈余深的水井。连接着井台有一个长长的饮牲口用的石槽子。扶着井台上的辘轳架,探头一看,井壁光滑,井水清澈,水波粼粼。

雷三爷利索地转动辘轳,打上来一水斗子水,斗子是尖底。雷三爷提着水斗子,将里头的水倒进石槽子,算是将水斗子涮了一遍。再一次打上来满满一水斗子的井水,雷三爷停止了辘轳的转动，将水斗子吊在井口上。用挂在辘轳架上的水瓢舀了满满一瓢井水，自己先喝上一大口，抹抹嘴，然后有如传觞一般，随手递给身旁的沈宗尧，沈宗尧依样画葫芦，喝完一大口，递给站在身旁的林公冶……炎炎夏日打上来的井水清洌甘甜。喝上一口，凉气直透心底。

雷三爷对跟来的大家伙儿说："咱这老话儿说，打春的饼，夏天的井，说的就是夏天的井水拔凉。讲究把锅挑的手擀面条儿，用这井水过上几道，拌上用牛肉和虾皮儿炝锅的六必居的黄酱，再拌上黄瓜丝、青豆嘴儿、豆芽儿菜、芹菜末儿、焯韭菜、莴笋片儿、小水萝卜儿等时令蔬菜的菜码，三伏天，吃一碗井水拔凉拔过的炸酱面，那叫……"

"浇上山西老陈醋，还得配上几瓣狗牙蒜，那才叫地道呢。"喝完井水的康长岭接着雷三爷的话茬儿，一边说一边把手里的水瓢传递给八大棚主的另一位。

众人七嘴八舌地说笑着，对这地方作为以后的公棚颇为满意，似乎都忘却了眼下日本兵已经进驻丰台，战争一触即发的危险。

胡大少挥动手里的折扇，眉飞色舞地指点着说："把北边那一溜儿的泥顶子房全扒了，坐北朝南建成鸽棚，鸽棚前面的降落台一定要宽大，要前方视线开阔无阻挡，所以赛鸽棚要放在最上层，采用国际上'三分开'的饲养方法，下面是……"

正在这时，窄街上传来一阵急促混乱的马蹄声，同时夹杂着日本人似乎在追逐马匹的呼喊声，打断了胡大少说话的兴头。众人循声望向外面。"泼喇喇"，一匹脱了缰绳的棕色白鼻梁高大的"东洋马"直闯了进来。这匹马没有配鞍鞯，只戴着马笼头。仔细看上去，这是一匹盎格鲁诺尔曼马和欧洲佩尔什马的杂交马，或许还掺有阿拉伯马血统。马的身上汗水淙淙，阳光下闪着亮晶晶的光点。

那匹马轻捷矫健地在院子里兜了一个圈子，绕开人群，径直跑到水井旁的石槽子跟前，低头狠劲地饮起水来。看来那匹马是渴极了。

紧随其后，同时又有两匹高头大马跟着闯了进来。马上是两名日本骑兵，穿着土黄色军装、棕色高筒马靴，戴着白手套，挎着骑兵刀，背在身后的是一支骑枪和一顶兜着防反光网状头盔罩的钢盔。

众人一阵慌乱，头一次与日本兵如此近距离接触。

这两名日本骑兵显然是在追赶刚才那匹脱缰的马，没有想到在这个空旷的院子里居然还有一群不知道在做什么的中国人。他们急勒住马缰绳，胯下的马原地踏动着四蹄，"气咻咻"不停地打着响鼻。

林公冶急忙伸出双臂护住众人，说："大家不要慌，看样子，这应该是驻扎在丰台的斋田部队的骑兵。"

"中国人'骑驴找驴'，日本人'骑马找马'。"胡大少不失时机地说了一句俏皮话。由于平日里养鸽子常与日本人接触，看上去，他并没有那么胆怯。

骑在马上的一个日本骑兵对另一个骑兵叽里咕噜呜里哇啦说了几句话，说完，翻身下了马。这个日本骑兵个头不高，身体粗壮敦实。他手里攥着一根马缰绳，旁若无人地走到井台上，将吊在井口上的那只水斗子里的水倒入石槽中，好让那匹脱缰的马饮足水。

他走下井台，用手里攥着的那根缰绳，熟练地在那匹饮水的马的笼头上将拴马扣重又系好，然后拍了拍马背，准备将那匹马带离井边。

胡大少注视着那个走来井边牵马的日本骑兵的举动，用不太高的声音有些紧张地说:"三爷,咱这事儿看样子要褶子了。刚才这个日本兵说院子很宽敞,院子里还有水井,可以用来做他们养马的地方。"

雷三爷有意提高声音,对胡大少说道:"你去说,让这俩小鬼子趁早滚蛋!"

雷三爷话音刚落,还未等胡大少上前翻译,没有想到的事情发生了——隔着水井的辘轳架,那个攥着缰绳拉着马匹就要离开的日本骑兵突然抬起头直视着对面站着的这群中国人,抬起另一只胳膊指着外面,呜里哇啦地用日语在说着什么。

隔着井台的辘轳架,大家伙虽然听不懂日本话,但是根据那个日本骑兵的手势和说话的神态,也能八九不离十地猜出他说话的意思。

林公冶扬声问胡大少:"日本人是不是想霸占这个地方?"

胡大少低声说:"那个日本兵要咱们统统离开,说这里已经是大日本帝国皇军的马号了。"

雷三爷有些动怒,虎目圆睁,说:"小鬼子找死!"

"三爷不要动气,我来跟他说。"胡大少向前走了一步,对拉着马匹的那个日本骑兵用不太纯熟的日语说道:"你们赶快离开,这里是私人的地方。"

手里攥着缰绳、拉着马匹的那个日本骑兵冲着胡大少,趾高气扬地继续用日语说着什么。

雷三爷问胡大少:"那个小鬼子又在胡嗳什么呢?"

胡大少有些不太愿意翻译,但又不得不翻译给大家伙儿听,他只好嘟囔着说:"那个小鬼子说整个丰台,都是他们日本人的地方。"

与此同时,靠近大门那边,另一名骑在马上的日本骑兵突然翻身跳下马来,横向一步靠近"纤手",冷不防劈手夺过他手里提搂着的铁链和铁锁。他大概的意思是想等同伴将这群中国人轰走后,由他来锁上大门。

"纤手"着实被这个日本骑兵突如其来的举动吓坏了,他求救似的大声叫了起来:"雷三爷,雷三爷!"

雷三爷沉稳地走了过来,他从衣兜里掏出一张折子,交到"纤手"的手里说:"这处院子我要了,这是盐业银行的折子,即取即兑,大洋一百七十块,不多不少,就是之前谈好的房价儿。"

"纤手"接过折子,颤声说道:"谢谢三爷,谢谢三爷。"

"您走吧,这里没您的事儿了。"雷三爷嘱咐说,"照老规矩,'成三破二',您回头把房契送家里去,顺带再拿那三成的佣金。"

"纤手"感激涕零,这时似乎缓过神儿来,冲着站在水井旁边的众人拱拱手,算作告别。他揣起银行折子,转身挤过不知什么时候在车马大店的大门处已经聚集起来的前来看热闹的人群,匆匆离开了这个是非之地。

大热的天儿,歇业很久的车马大店突然来了一群人,要干什么已是引人好奇。紧跟着还跑来了一匹脱缰的东洋马,又跟来了两个骑着东洋马的日本骑兵,这一阵的响动,早就惊动了周围。来看热闹的人越聚越多,眼下是人头攒动。围观的人群就像约定好一样,止步在车马大店进门的地方,但绝不往前再走一步。有几个淘气的孩子,已经攀在木栅栏的大门上在看热闹。人群中有几个看热闹不怕事大的人在相互搭讪着,就着眼前的事在议论——

"前些日子二十九军在当街遇见日本兵,互不让道戗戗起来,看情形,今儿个在这儿又要顶上啦?"

"那天就听说是城里边有一个什么叫三爷的,要在这里盖鸽棚养鸽子。"

"养鸽子又没招谁惹谁,也真就邪了门儿了,日本人怎么跟腔儿又来了呢?"

"可说呢,还派了骑兵过来。"

"我看啊,这块地儿最后也得让给日本人。"

"你这是怎么说话呢?别净他妈的长日本人志气,灭咱中国人的威风!"

"嘁,别说这几个城里来的人了,二十九军来了又怎么样,到了(liǎo)不是照样还得给日本人低头让路。为了找补面子,报纸还管上次当街争道那事儿叫什么'丰台事件'。"

"看着吧,保不齐今儿个在这儿又得闹出个'丰台事件'来。"

雷三爷眼看着"纤手"挤出了外面看热闹的人群,回过身,看样子并没有打算走回水井那里去。雷三爷向刚才抢过铁链子和铁锁的日本骑兵走了过去,现在,他要拿回属于他自己的物件。

雷三爷的想法很简单,这个院子他当众买下,这么多人都是他这笔买卖的见证人。"纤手"拿着买房钱已经走了,这个院子从现在起已经是他的了。他要拿回铁链子和铁锁,一会儿回城,他还得把大门锁起来不是。

那个手里提搂着铁链子和铁锁的日本骑兵站在那里,身后是两匹高大的训练有素的战马。此刻,它们很安静地靠在一起。

那个日本骑兵有恃无恐地站在那里,浑身放松,并没有感到有什么特别不对的地方。东三省占了,热河占了,眼下的丰台也占了,仅以日军的几千人对二十九军十万人,二十九军还得唯唯诺诺地给日本皇军让路道歉呢。对面这个看起来略比自己高一些、有些瘦弱的中国男人居然敢走到自己面前,他要干什么?他又敢干什么？

雷三爷站在这个日本骑兵的对面，二人之间的距离已经很近了，甚至连这个日本骑兵脸上长的粉刺都看得一清二楚。雷三爷不会说日本话，压根儿也不想跟这帮小鬼子废什么话，心想直接把铁链子和铁锁拿回来就成了，这个小鬼子刚才也是趁人不备瞅冷子一把给抢到手的，不过是日本人惯用的伎俩。想到这里，雷三爷的嘴角浮起一丝轻蔑的微笑。他突然抬起左手往对方右上方一领，日本骑兵的注意力不由得随着雷三爷的手势向自己的右上方看去，仅在这目光移动的瞬间，雷三爷欺前半步，用右手一掠，对面那个日本骑兵拿在左手上的铁链子和铁锁已经到了雷三爷的手中。

雷三爷一招得手，不再纠缠，掉头回身向水井那边走去，对那个日本骑兵连看都没有看一眼。雷三爷从日本骑兵的手中取回铁链和铁锁的举动，快捷而轻灵。在车马大店进门处看热闹的人群中，发出一片赞扬的嘘嘘声。

众目睽睽之下，雷三爷的举动，无疑激怒了那个日本骑兵。他在嗓子里发出了一声嘶吼，从背后猛地向雷三爷扑了过来。

雷三爷清晰地感觉到身后传来一股由于强烈动作带来的冲力，他并没有回头，只是等那个日本骑兵双手的指尖触碰到他后脖颈的一刹那，向左略微闪了一下，偏过身来，将右手里的铁链和铁锁交到左手，用腾出的右手一把抓住背后那个日本骑兵伸过来的一只臂膀，同时上步、低头、屈膝、弓腰、用力蹬腿，借着背后来人的冲劲，顺势将那个日本骑兵从自己的头顶上向前摔了出去。雷三爷的动作连贯有力，一气呵成，用的是大清善扑营的一记散手跤的招数"过背摔"，将那个日本骑兵四仰八叉地狠狠摔在了地上。

围在车马大店进门处看热闹的人群中突然爆发了一阵"噼里

啪啦"的掌声,其中夹杂着类似戏台下听角儿唱戏唱到精彩之处时的叫好声。

俗话说外行看热闹,内行看门道。康长岭康爷不愧是在天桥跤场上量活儿的,他一拍大腿,由衷地赞叹:"嘿,爷们儿这趟可真是没白来!三爷这手'过背摔'讲究的就是人不沾身,太地道啦!"

木岛芳雄、山内己之助和小津平吉三人穿着中式便装,骑着脚踏车,悄悄跟着雷三爷一行人前后脚地来到了丰台。木岛芳雄一身中式对襟米色杭纺绸的裤褂,一路骑来,衣袂飘飘。

在老英国兵营那边看着鸽子楼的修建,三个人推着脚踏车走在丰台镇里,混迹于市井当中,感受着浓烈的烟火气。

早在几天前就应该到丰台的老英国兵营供给基地里视察鸽子楼的修建情况,木岛芳雄因为忙一再耽搁。从小津平吉那里得知,北平赛鸽会一行人今天过丰台来相看他们要建立鸽棚的地方。不知怎的,他的心里就是踏实不下来,觉得今天必须要和那些中国人一道来丰台,他要第一时间知道那些中国人将他们的鸽棚建在哪里。

三个人坐在一家老字号的面馆里吃着凉面的时候,山内己之助派去盯梢雷三爷一行的手下急急回来报告说,北平赛鸽会一行人进入"大菜市"的车马大店院子里不久,就有两名日本骑兵为了追赶一匹脱缰的战马也跟着进入了这个院子。里面不知因为什么好像发生了争执,那两名骑兵并没有立即离开。现在,已经惹来了许多围观的中国老百姓。

"看看,幸好今天我们跟着过来了。"木岛芳雄又急又气,埋怨着,"这个斋田,不好好约束部下,弄不好,要打乱军部的计划呢。"他从身上掏出纸和笔,急速写下一行字,交由山内己之助的手下，命他赶快骑车到老英国兵营，找到斋田长官，请他火速派人来平息这场有可能扩大的争斗事件，让他的骑兵即刻退出车马大店的院子，将那里留给中国人。

山内己之助的手下领命而去。

木岛芳雄推开吃剩了一半的面碗，倏然起身，他要马上去车马大店那里，看看事态的发展。他嘱咐山内己之助和小津平吉，千万不能让来为鸽棚选址的那些中国人看见他们，否则不好解释，天底下可没有那么多碰巧的事情。

大太阳晒得院子里的地面白花花的，有些刺眼。

车马大店的院子里很安静。没有人去躲阴凉，在场的人都紧紧盯着院子里，竟连大气都不敢出。

刚才被雷三爷摔出去的那个日本骑兵眼下好像缓过一些，已经站起来了。他用手拢着三匹马的缰绳，站在靠近大门的地方，其中一匹马的鞍子上挂着另一名日本骑兵的骑兵刀、枪支、钢盔和脱下的军装。

雷三爷站在院子当中，阳光有些刺眼，他不得不将自己的眼睛眯缝起来。他的对面站着那个身体粗壮敦实的日本骑兵。那个日本骑兵很聪明，他打着赤膊，裸露着前胸后背还有两臂滚圆的肌肉。下身仍然穿着马裤和高筒皮靴。现在，日本骑兵身体前倾，两臂抬起，摆开架势，虎视眈眈地注视着雷三爷，他身上的肌肉紧绷，随时准备发力。

雷三爷明白，交手撕掳起来，对方的上身汗津津、滑不出溜的，根本抓不住，他的下身又有高筒马靴护着腿脚，看来只有想办法锁拿住他的手腕子才可以制服对方。

那个身体粗壮敦实的日本骑兵和雷三爷对峙着，并不敢轻易出手。他是知道厉害的。就在刚才，他只听见了同伴的一声吼叫，当他抬眼看时，他的同伴已经被摔在了地上。究竟是怎么被摔出去的，他没有看清，依稀记得那个中国人不过是弯了一下腰而已。

雷三爷背着手，泰然自若地站在那里，身上自有那种独步天下的气韵。他没有摆出任何动作的起式——他要以静制动，见招拆招。此刻，他只有一个念头，在这里，决不能失了中国人的脸面。

就在这时，从外面街上再次响起一阵急促的马蹄声。紧接着，在车马大店门口处看热闹的人群猛地向两旁分散开来，三匹大洋马排闼直入，火急火燎地闯了进来。为首骑在马上的是一名日本骑兵的少佐军官。那个军官勒住坐骑，跳了下来，缀有五芒星的军帽压在眉头，笔挺的土黄色军装，黑色的高筒马靴擦得锃光瓦亮。他径直走到雷三爷面前，双脚一碰，毕恭毕敬地给雷三爷鞠了一躬，操着生硬的中国话说："对不起，实在是给您添麻烦了。"

那个少佐军官说完，转过身走向不知所以、错愕地站在那里的日本骑兵，不由分说，左右开弓掌掴两记耳光，用严厉的语调叽里咕噜呜里哇啦一顿责骂。打着赤膊的日本骑兵，两只手紧贴裤缝，笔管条直地站在那里接受处罚。不知那个少佐军官又咕噜了一句什么话，只见那个日本骑兵向前走了一步，双脚一碰，也同样向着雷三爷毕恭毕敬地鞠了一躬，表示道歉。

木岛芳雄混在看热闹的人群中，看见斋田派来处理这件事情的骑兵少佐带着人已经赶到，这才放心地离开了车马大店。

不一刻，日本骑兵在那个少佐军官的带领下，服服帖帖很快地离开了车马大店。一场风波似乎就这样有惊无险地平息了。

看热闹的人群议论着刚才发生的事情，多少有些舍不得似的慢慢散去。

第二十四章　丰台事件

事情急转直下，背后指不定有什么原因，沈宗尧想道。虽然当官的管当兵的，天经地义，自己的部属行事如此横霸强梁，自不待言，但这个日军少佐，就像事前知道详情一样，骑马进来，问都不问，下马就给雷三爷鞠躬致歉。如此想来，确实有些蹊跷。可看着大家兴致很高，沈宗尧又不便在此刻质疑。

在往回走的路上，胡大少高兴地说："趁着今天老少爷们儿都在，胡某做东，请大家赏光，去前门外肉市大街的全聚德吃烤鸭。一来，庆贺北平赛鸽会成立，二来，庆贺雷三爷置下了新的产业，新的赛鸽棚就要落成。"

林公冶开着玩笑说："三爷，搞不好，明天北平的各大报纸头版头条会登出一则消息，标题是——《又一个'丰台事件'，车马大店，雷三爷怒摔日本兵！》。"

第二十五章

金波出雾迟

走在山上,太阳晒得让人简直头昏脑涨。

漫山遍野地去找一个还不知道姓甚名谁的人,乍一听,这就是一件没头没脑的事情。唯一可以掌握的只有方向和时间——根据上次车行那个司机在山脚下等待雷三爷的时间,再将一般人上山的步行速度、往返山路时驻足小憩的短暂工夫统统计算在内,大致可以推算出从山脚往上走的距离,而这差不多就是到金山寺的距离。

日本人安排得很是周到,照方抓药,雇用了上次雷三爷来阳台山时乘坐的那辆车和那个司机。司机一路上很少废话,径直将车子准确地停在了上次停车的地方。

英旺、佟祥和额尔格三人顺着古香道一路走上来,差事压身,根本无心观看山中景致。走走停停,时近中午,三个人已经站在金山寺的寺院中了。四周是早已倾圮颓毁的殿宇,空空如也。院落杂草丛生,但红墙灰瓦,古刹遗风犹存,颇具荒凉禅韵之美。待久了,这里的寂静令人有些心慌。

三个人在寺里寺外绕了一大圈,简直是一筹莫展。当再次回到山门前面的时候,英旺提议索性再往山上走一走。额尔格却渐渐不耐烦起来,连声催促下山。佟祥也认为不如先回去,再从长计议。

这时,英旺无意间一抬头,看见几只鸽子低空飞掠过寺院,向寺后飞去。鸽子飞得很快,一闪即没。

三个人连忙循着天上鸽子飞过的大致方向,顺着寺庙围墙走到了寺后。回过头,站在这里可以清楚地看见庙里的那两株古银杏树的树梢。

顺着山坡向下,可看到一处小小院落。竹篱柴扉,收拾得很是整洁。

院子里,有一个人在喂鸽子。他手里端着鸽食盆儿,扬起手来,将盆儿里的鸽饲料一把一把撒向地面。十几只白身子、黑尾巴的鸽子在争相啄食。

三个人站在山坡上,踟蹰不前。自上山伊始,及至来到这个位置所需的时间与之前估算的大致相同。院子里正在喂鸽子的那个人,看来就是日本人要他们寻找的鸽童。

几个月前,雷三爷将那四羽鸽子接走了。景兰坡突然觉得自己一下子变得无所适从,很不习惯。他心里开始有了一种失落的感觉。多年来,虽说只与那几只鸽子相伴,但毕竟是有所寄托。那四羽鸽子极有灵性,时常飞落在他的头顶或是肩头,伸出喙来亲昵地啄啄他的头发或是耳朵。飞出去时,只要他一声唿哨,便会从半空里猛地一头扎回来。鸽子因品种稀缺而愈显珍贵,他又因秘密喂养不为人知而更加神秘。老友穆松的突然离世,说明事情并没有结束,也许正是事情的开始,说不定哪一天危险就会迫近。他选择留在此处,并非出于随意,而正是要对老友有一个最后的交代。

他打算去护国寺的鸽子市,买几只幼鸽,重新开始喂养,用来打发剩下的时光，于是悄悄进了城。他无意惊动过去那些养鸽子的故交旧友，掐算着日子来赶隆福寺的庙会。

庙会上自然是人山人海，熙熙攘攘，百货纷呈，琳琅满目。这充满人间烟火气的地方，已有三十年未见了，对景兰坡来说，此刻，简直是恍若隔世。

景兰坡打听了一下，这才知道鸽子市已经挪到庙后去了。

来到庙后的鸽市上，这里也和前面的庙会一样的热闹。景兰坡放眼望过去，脚下远近、周围摆放在地上的各种鸽挎比比皆是，鸽挎里面自然是各种各样用来交换或是出售的鸽子。逛了半天，竟然没有一只他看得上眼的鸽子。看看已经过午，估计不会再有新的卖家了，景兰坡不免有些失望。无奈饥肠辘辘，他站起身，想到前面的庙会上去喝碗油炒面、吃盘炸灌肠，打个尖，然后还要赶回阳台山。

他有一搭没一搭地和一个卖鸽哨的在闲话，得知有一个叫兰嫂的女人，她手里可是有好鸽子，"五爪龙"的大"点子"。物以稀为贵，价格自然不菲，而且是一口价，爱买不买，给人的感觉她不像是来卖鸽子的，而是为了显摆。景兰坡大为惊疑：真是世事难料，这么多年过去了，居然还有人能养活"五爪龙"？

旁边几个卖鸽子的也都在说，那个兰嫂每逢庙会上的鸽子市必来，多少年了，风雨无阻。可是今天不知因为什么直到过午这前儿了，也没见她人影儿。

景兰坡用手将戴在头上的草帽帽檐再次压低，盖住眉眼。他多少有些不舍地离开鸽子市，举步向前面的庙会走去。

"鸽子他爹？"一声亲昵的称呼，就像老百姓的家里头，妻子指着孩子在叫自己的丈夫一样。这一声当年曾无比熟悉的称呼，清晰地自背后传来。景兰坡浑身一震，站在原地，动弹不得。他做梦都梦不到，居然在这人声嘈杂的鸽子市上，三十年前弃他而去的媳妇竟然将他认了出来。

景兰坡喉头哽咽着,有话却说不出来了。隐隐听得不远处有人在说——

"哎,哎,那是兰嫂吧,怎么这前儿才过来?"

"刚才还有一个戴着草帽的老头儿,说是要买好鸽子呢。"

"欸,那不是,兰嫂已经碰见那个戴着草帽的老头儿了。"

三十年的岁月时光,足以改变人世间多少的事情,更不要说是人的相貌了。岁月催人老。如今,在这纷杂喧嚣的庙会上,在摩肩接踵的人群中,看背影便能一眼认出你,只能说明这个人对你有着一种刻骨铭心的记忆。

景兰坡慢慢地转过身来。他的对面站着一位鬓发皆白的老妇人,虽老但身体强健,腰板挺直。那老妇人手里提着一张长方形的白茬儿竹挎,里面是一对俗称"五爪龙"的大"点子"。这对鸽子白身子、黑尾巴,腿脚粗壮,有着表示窝分正的五爪;算盘子儿的大圆脑袋,白眼皮,被叫作金眼的红眼睛;阴阳墩子嘴;脑门上是黑色荷花苞形的凤头。这对鸽子,要个头有个头,要模样有模样,行家一看就知道绝对可以上谱。

景兰坡一眼就认出这是他三十年前"套"出的"五爪龙"的"点子",甭管这已经是第几代的子代鸽,一看窝分就正,没有走样儿。他低头看着挎里的这对既熟悉又陌生的鸽子,抬头看着面前站着的既陌生又熟悉的自己的媳妇。

相望无语,一切尽在不言中。

在一起的生活一个样。不在一起的生活,一准儿不一样。

当年,景兰坡义无反顾地走了,连同那需要他看顾照料的四羽鸽子藏匿在阳台山中,三十年来不曾露面。

兰嫂知道自己的丈夫行的是义举,不容反对。在与执意要走的景兰坡分别那一天，她假意发了一通大脾气，闹得家里昏天黑地，从此回了娘家一人寡居。兰嫂知道，只有用这种近乎决绝的分手方式，才可以使景兰坡心无旁骛地完成朋友对他的重托。兰嫂知道景兰坡要去照看的那几只鸽子在他心里的分量。她回娘家时还带走了景兰坡精心"套"出的"五爪龙"的鸽子。用不着"鸽子他爹"托付，她也要替他把它们养起来。

她相信有一天一定会和丈夫相见，她期冀着景兰坡完成了朋友的托付后会回来找她，她要给他一个交代。就这样一天天地在孤独中企盼，在苦辛生活中煎熬。时光倥偬，一晃儿三十年，景兰坡音信杳无，她的记忆似乎开始变得有些模糊起来，她不再有所记挂了。这几只经由景兰坡之手"套"出来的"五爪龙"的"点子"，竟成了兰嫂唯一的念想。

没想到，与朝思暮想的丈夫突然邂逅竟是在隆福寺庙会的鸽子市上。兰嫂二话没说，回家简单地收拾了一下铺盖卷，还有随身换洗衣物，带上喂养的十几只留种的"五爪龙"的大"点子"，随景兰坡上了阳台山。

站在山坡上的佟祥思忖着，直到抽完自己手里的那支烟，他用鞋底狠狠地将烟蒂踩灭。然后，率先走下山坡。

其他两人跟在后面。佟祥抢先一步走进了院子。

正在吃食的十几只鸽子受到了惊扰，噼里扑噜地纷纷飞到了房顶上。

景兰坡表现得很是镇定。他知道这一天迟早是要来的。他沉静地注视着对面这三个闯进来的不速之客。

景兰坡抬头看了看日影，天色还早。他很庆幸，兰嫂此时回了城里家中去取蚊帐，即便回来，最早也要在太阳落山的时候。

第二十六章

断　后

景兰坡渐渐有了知觉。他慢慢睁开了眼睛，发现自己的双腕被捆绑在一起，双脚悬空，直直地吊在房梁上，全身的关节似乎就要被拆散架。他费劲地转动着脖颈，想弄清楚自己到底在什么地方。这是一间废弃的仓房，房顶很高。人字形房顶铺设的柚木檩条根根可见，墙壁上散乱零星地挂着马缰绳、马嚼子之类养马的用具，墙角还堆放着很多喂马的谷草。景兰坡根据房顶的柚木檩条判断，这是一个大户人家养马的地方。

抬眼向外看去，透过破旧的和合窗上的冰裂纹棂格，可以看到外面是一个很大的院落。对面是一间连着一间倾圮的马厩房。院子很空旷，一片败落的景象。

夕阳的余晖扫过对面的墙头，光照里有几只小麻雀在玩耍跳跃。

景兰坡回想起他晕倒前的情景。记得当时他没有说话，只是沉静地盯着对面的来人。有一个人与他擦肩而过，大概是要去看看他身后屋内的情形。然后，他突然感觉脑后受到了重重一击，便失去了知觉。

由于被长时间吊着，他的脖颈有些酸痛。让景兰坡想不明白的是，他在寺后小院被击昏后，这三个人是怎么将他弄来这里的。他现在想起了自己的媳妇和那些鸽子。

这时，院子里传来了轻微的脚步声。继而，一个看上去十二三岁大的孩子，探头探脑地出现在仓房的门口。

大热的天，那个孩子浑身上下破衣烂衫。

"要我把你放下来吗？"那个孩子有些迟疑，并没有走过来，一副拿不定主意的样子。

"根本用不着。"

"嗬，没看出来，你这老头儿还挺硬气！"

"怕连累你不是。小兄弟，这儿是哪儿啊？"

"你连这儿是哪儿都不知道，难怪让人把你吊起来。"那孩子走进了仓房，一屁股坐在了门口那张破旧八仙桌子旁边的板凳上，跷起了二郎腿，"这里是什刹海的北沿儿，七爷府的马号。"

这孩子说出的话，听起来有点尖酸刻薄。景兰坡尽量保持着和善的语气，说："你是谁呀？怎么知道这里有人？"

"我在西院儿海大爷的屋里。最近来了三位'新京'下来的'钦差'，里头有一位叫英旺的，前些日子就已经来过。海大爷原先以为老王爷要回来，他们是打头站的人。后来才知道是皇上家的宝贝让人给偷了，他们顺着踪迹追了下来。今儿是借马号这地方办点儿他们的事儿。是你偷了皇上家在小白楼藏的东西吗？"

"我怎么那么稀罕皇上家的东西呢？"景兰坡气哼哼地说，"头晌午，正在家里喂鸽子呢，就被他们逮来了。"

"你还养鸽子哪？"

"养得不好，瞎养，没事儿解个闷儿。"

提到了鸽子，那孩子来了精神，急忙问道："老头儿，你都养的什么鸽子，是挂高儿的，还是放远儿的？"

"是几只'点子'。"

"窝分正吗?"

"那还用说。"

"口气不小,那小爷描你一道,你知道有五爪儿的'点子'吗?"

"四爪为蟒,五爪为龙,你说的就是那'五爪龙'的点子吧,在以前,宫里头的鸽子房养有,后来听说绝了种。"

那孩子不由得站了起来,走近被吊着的景兰坡,仰起小脸,说:"听家里的人说起过,我家原来就养过'五爪龙'的大'点子'……可惜,我从没见过。"

"你家原来也是宫里头的?"

"这你管不着!"那孩子说完,又退了回去,坐在板凳上。

"想见'五爪龙'不难,我家就有几只。"景兰坡见这孩子虽然顽皮,却是一脸天真烂漫,不由得心动,便多说了一句。

"你……您,您刚才不是还说绝种了吗?"

"那是早些年的事情了,后来,那'五爪龙'又让我给'套'出来了,算盘子儿的脑袋,金眼,阴阳墩子嘴儿,荷花苞形的黑凤头。"

"喵,照您这一说,这鸽子可就太边式①啦!"那孩子眼睛骨碌一转,"您是鸽把式?"

"就算是吧,四九城里提起来还算有一号。"

"我知道啦。"那个孩子突然高声起来,"'新京'那边的鸽子房请您去'套'鸽子,您不去,所以那三位'钦差'把您逮来了,要押着您过去?"

"还有这么请人的?"景兰坡生气地说,"刚一见面儿,上

---

① 边式,多见于北方方言的口语表达,形容人物装束、体态漂亮俏皮。

阳鸟

来就把我打晕,带到了这里。"

"那您家在哪儿啊?"

"北安河阳台山。"

"噢,在海淀镇那边儿。您就住在山里吗?"

"金山寺的后面。"

"我有一个铁瓷,养鸽子,也是四九城里提起来没有不知道的,听他念叨过,阳台山里有他特服气的一个人,叫景……景……"

看样子,那个孩子在努力回想着一时记不起来的那个人名。

"你的铁瓷,就是雷三爷吧?"

"您是怎么知道的?"那个孩子着实被吓了一大跳,倏地站了起来,快步走到景兰坡面前,仰起小脸,急着说,"我叫老十一,您是——"

"景兰坡。"

"啊?"老十一快速回过身,抄起门口的板凳垫在景兰坡的脚下,"哎呀,景爷爷,您不早说,大水差点儿冲了七爷府的马王庙。"老十一说完,踮起脚就要去解斜系在抱柱铁钉上的绳索,想把景兰坡放下来。

"住手!"景兰坡赶快叫住老十一,"老十一,你这么做救不了我,还要连累你那海大爷。要当你没来过,快去找雷三爷言语一声,他们抓我来了这里。"

景兰坡一句话提醒了老十一。

老十一重又将景兰坡脚下的板凳撤了回来,放在门口:"景爷爷,我去找雷三爷来救您!"

"孩子,你闹拧了,不是让你去找雷三爷来救我,是让你去告诉雷三爷一声,他们把我抓来这里了。"

"您老人家再扛一会儿。"老十一说完,冲着吊在房梁上的景兰坡抱起小拳头拱了拱,便头也不回,一溜烟儿似的跑出了马号。

老十一慌忙跑出七爷府,来到街上。想到兴许只有雷三爷能救下景爷爷,便觉事情紧急,恨不能插翅飞到雷三爷的身旁。突然,他急中生智,伸手拦下一辆洋车,飞身跳上洋车,根本不顾拉车的在想什么,大声喊着:"快去鼓楼东大街的汽车行,到地方,付大洋一块!"

重赏之下必有勇夫。

拉车的瞪大了眼睛,紧盯着老十一手里挥舞着的现大洋,心想,这要饭的孩子八成是在哪儿发了财。他不再犹豫,拉上老十一,脚下开始撒了欢儿地跑起来。

车轮辚辚,车老板拉着洋车沿着后海在飞奔。两个轮子的钢条、瓦圈在夕照中闪闪发光。

便道上,过往的行人大都不由得停下脚步,观望这奇怪的一幕:一辆飞奔着的洋车,车上坐着一个孩子,看上去像是个要饭的,那孩子头上戴着一顶实地六合纱的瓜皮帽,手里举着一块现大洋。

抄近道,穿过烟袋斜街,大概一袋烟的工夫,也就到了鼓楼东大街的汽车行。老十一跳下洋车,将捏在手里的那块现大洋交到气喘吁吁的车老板手里,转过身来急步走进汽车行,与汽车行的经理简单交涉了几句。车行经理自然是见过世面的,并未势利眼地以貌取人。几分钟后,一辆别克牌轿车开出了汽车行车场的大门。司机旁边的座位上,坐着给司机指路的老十一。

天色渐渐暗了下来。

那三个去过阳台山的人从马号的西院走回了仓房,站在景兰坡的面前。

"你醒了?"佟祥没话找话。他将摆放在门口的一条板凳扯过来,放在了景兰坡的脚下。

他回身用手指了指抱柱,英旺上前将斜系在抱柱铁钉上的绳索解开,慢慢地将景兰坡放了下来。

景兰坡坐在板凳上,举起被捆绑的双手,示意对方解开。

佟祥只是摇摇头。

"你们是谁?"景兰坡喉咙干涩,费力地开口问道。

佟祥没有理会,他退后一步。额尔格将刚从西边院子里带过来的一只铁丝提梁的白瓷茶壶塞到景兰坡的手里。早已渴极了的景兰坡两手捧着这只茶壶,仰脖"咕嘟咕嘟"一气猛灌。

"告诉你,省得你觉得委屈,我们是从'新京'过来的。"佟祥说话了,操着一口的京片子,"我们是宫内府近侍处的,奉旨过来办差。"

"你们皇上是要请我去东北'套'鸽子?"景兰坡揶揄地问道,喝足了水,立马来了精气神儿,"你们请人,就是这么个请法吗?"

"你也太抬举你自己啦。"额尔格劈手从景兰坡手里夺回茶壶,一下子蹾在了门口那张破旧的八仙桌上,"等会儿有人过来问你话,你老实回答完了,还用车把你送回去。"

"去大门口看看人来了没有?"佟祥对英旺吩咐说,"别让他们走差了,去了海爷那边。"

佟祥话音刚落,外面大门口就传来汽车按喇叭打招呼的声响。英旺没有吭声,转身立即迎了出去。

不一会儿,英旺引着山内己之助和小津平吉走进王府马号东边的院子里来。他们身后还跟着四个日本随从。山内己之助停住脚步四下里巡睃,由衷发出赞叹:"亲王府和郡王府就是不一样,可以想见,亲王府的马号当年一定很气派。"

小津平吉催促说:"山内君,赶快吧,眼看着天就要黑下来了。"

进了仓房,英旺点起了并排放在窗台上的几盏带玻璃罩的马灯,是以前马夫半夜起来喂马用的。马灯挂在墙上,周围立刻变得亮堂起来。

山内己之助的随从很有眼力见儿地从门边拉过一条板凳,放在了景兰坡的对面。然后,掏出手绢掸去了凳子面上的灰尘,请山内己之助坐下来。

站在山内己之助旁边的小津平吉向着景兰坡俯下身来,用纯熟的中国话开口问道:"请问老先生贵姓?"

"景。"景兰坡懒懒地答道。

"知道景师傅在山里养鸽子。"小津平吉说,"景师傅,请你来,没有别的事情,只是想问问景师傅养的那几羽鸽子的情况。"

"我在家养的那几只鸽子,你们的人今儿去不都见着啦。"

"是当年景师傅的朋友穆松委托景师傅替他照料的另外几羽鸽子。"小津平吉索性直接挑明,"那几羽鸽子是当年穆松利用职务之便,从皇家的鸽子房调包出来的。"

"哦,还有这种事儿?"景兰坡眉头一皱,佯作不知。三十年前的事情,日本人仍然锲而不舍地在追查。如此看来,他和老穆这三十年的光阴真是没有虚度。

"景师傅,那几羽委托你照看的鸽子呢?"

"这都多少年啦,那几只鸽子早就死了。"景兰坡故作回想状,不经意地随口敷衍着,"记不清了,鸽子最多也就活个十几年吧。"

"皇家鸽子房调包出来的珍贵的鸽子,你们不可能不留种。"小津平吉逼近景兰坡,"再说了,你是鸽把式。"

"越是好的鸽子越难养活,原本也想留种,可惜没留住。"

"有没有留种先不去管它，大家都是喜欢鸽子的人。"小津平吉温和地说，"我们想向景师傅讨教一下景师傅替朋友照看的那几羽鸽子的详细情形。"

"照看嘛，也就是每天喂食喂水，又有什么好说的。"景兰坡索然无味地将目光投向外面。外面黑黢黢的，不见一丝光亮，天色完全黑了下来。

"景师傅，我们想请教一下你照看过的那几羽鸽子的羽色、体形的大小、眼砂和翅膀的形状，还有生活习性什么的。"

"也就是几只鸽子，没有什么好说的。"景兰坡的眼睛依然看着窗外，"当年，受朋友之托，不过是忠人之事罢了。"

"那好，既然景师傅不愿说，那我只问一个问题。那几羽鸽子夜晚是不是可以像白天一样飞翔？"

听得出来，小津平吉已经有些不耐烦了。

"说什么胡话哪，那鸽子还有鸟什么的，不都是雀（qiǎo）蒙眼嘛，一到晚上看不清，就都不动弹了。"景兰坡转过头来，没好气地说着，直视着对面的几个日本人，"你们这些日本人是真不懂啊，还是装糊涂？"

"啪"的一声脆响，小津平吉突然抬起手来，狠狠地扇了景兰坡一记耳光。他有些近似低吼般地说："你为什么不好好回答？有这么难吗？"

山内己之助一挥手，身后站着的那四个日本随从中的两个立即走上前去，对景兰坡拳脚相加。被打倒在地的景兰坡由于双手被紧紧捆绑着，只得举起双臂，本能地勉强护住面孔，而前胸后背任凭日本人踢踹。刚才坐过的板凳也被打翻在地，四脚朝天。

看看差不多了，山内己之助嘴里咕噜了一句日本话。那两个随从停止了对景兰坡的殴打，一个随从将打翻在地的板凳重新放好，另一个随从将景兰坡从地上硬给拽了起来，强行按坐在板凳上。

景兰坡似乎还很扛打。他坐下来,用被捆绑着的双手手背擦去了嘴角流出的鲜血,然后竟然像没事人一样举起被捆绑着的双手,轻蔑地说:"就为这点儿事儿啊,还用得着费这么大的劲?"

"景师傅,今天你一定要说出些什么来,请不要再固执下去了。"山内己之助做了一个手势,他的随从立即上前,撩起衣襟,从腰间皮带处抽出一把锋利的匕首,割断了捆在景兰坡双手上的绳索。

景兰坡知道今天的事情一定不能善了。看这架势,日本人也绝不会就此罢休。为了老穆的那几只鸽子,他们也同样等待了三十年。

看来是到了让这件事情有个彻底了结的时候了。景兰坡不再多想,倏然起身,他的双手已经可以活动。趁着那个日本随从拿着匕首的手尚未收回,他迎着匕首锋利的尖刃一挺胸就撞了上去。"扑哧"一声响,那把匕首的尖刃不偏不倚地插进景兰坡的胸膛。鲜血直涌出来,景兰坡慢慢地倒了下去。

那个手拿匕首的日本随从未曾提防景兰坡有此一举,吓得倒退一步,扎煞着两只手,说不出话来。

眼见着日本人恣肆无忌地折磨拷打逼死一位须发皆白的中国老人,即使有公务在身,一直站在边上的英旺也实在看不下去了,胸中爆发出一股说不出来的闷气。他一个箭步上前,双手揪住那个日本随从的脖领子,大吼:"你他妈的混蛋!谁让你杀了他,不就是问点养鸽子的事情吗?"

"英旺。"一声低沉的喝止,海世昌出现在仓房门口。

英旺没有想到这边的事情居然会惊动海世昌。他心有不甘地松开了日本人的脖领子。

海世昌瘸着腿慢慢走了过来,他低头看着瘫软着身体倒在地上的景兰坡，俯下身，伸出手按在景兰坡颈部，已经感觉不到脉搏的跳动。看着景兰坡胸前插着的那把尖刃没胸及柄的匕首，海世昌慢慢站直身体，突然一伸手，一记猛拳打在那个日本随从的身上。那个日本随从甚至来不及哼一声，便闷声不响地摔了出去，狠狠跌落在墙脚边。

"这笔账怎么算？"海世昌嗓子沙哑，沉重地说。他转过身来，面色铁青，凶狠地盯着在场的日本人。

山内己之助情知不妙，不想再节外生枝。他站起身，以进为退地说："我知道你是你们皇上的父亲的侍卫，今天就不与你计较了。"

山内己之助说完，扭头率先溜出了仓房。

老十一坐着车行的车赶到雷三爷家里的时候，天刚擦黑儿。好在胡同很宽，车子可以开进来直接停在门前。老十一让车子等在门外，自己推开大门，一步就蹿进了院子里。

雷三爷刚刚端起饭碗，看见老十一进了院子，心知一定是有大事发生。放下饭碗，一边听老十一说，一边随老十一出了门。

路灯亮了，又正是吃晚饭的时候，路上行人车辆疏疏落落。车子很快就回到了什刹海北沿的七爷府马号。

雷三爷和老十一疾步跨进马号的东院。

东院里静悄悄的。院子空旷，深邃的黑暗中弥漫着一丝血腥味。景兰坡静静地躺在仓房的地上，脚边放着点亮的马灯。

海世昌颓唐地坐在仓房门口，正在发呆。

"三爷认识他？"海世昌抬起头，看着雷三爷。一声沉重的叹息。

"景爷是我的朋友。"雷三爷面沉如水，"我来晚了。"

海世昌郁闷地对雷三爷说："那个叫山内的日本人来过了，

是为了一件什么事在逼他。"

"景爷仗义!"雷三爷哽咽着,想将事情的原委讲给海世昌听,可又不是一两句话能够说得清楚的。他踌躇了一下,从兜里掏出一方折叠整齐的雪白的手绢,抖搂开来,俯下身,将手绢铺开在手上,攥紧插在景兰坡胸膛上的那把匕首的手柄,慢慢地将匕首拔了出来。他动作很慢,生怕惊动了仿佛正在熟睡中的景兰坡。

"小时候,记得善扑营的师傅说过,'该忍时忍,不能气短;该狠时狠,不能手软'。"雷三爷像对自己又像是对海世昌在说着话。他将拔出的那把沾有景兰坡血迹的匕首用白手绢包裹起来,揣进裤兜,抬起头:"海爷请回吧,景爷的后事我来料理。"

"三爷,打算怎么办?"

"天热,不能等,趁车子还在大门口,我想连夜直奔关沟,景爷有位朋友已经在叠翠峰那里等他了。"

雷三爷说完,俯下身用双手抱起身体尚未凉透的景兰坡,说:"我替景爷和他的那位朋友谢谢海爷!"

"听见响动,我从西院儿过来,屋里屋外,差了一步。"海世昌说。

"海爷,就此别过。"雷三爷抱着景兰坡走出仓房,向外面大门口走去。

老十一顺手抄起地上的马灯提在手里,颠儿颠儿地跟在雷三爷的后面,也向外面走去。随着老十一轻巧的步履,马灯前后轻微甩动着,玻璃罩内的光焰被晃动得一闪一闪。

雷三爷悲愤不已,他离开时没有回头,只在身后留下了一句话给海世昌:"海爷放心,这笔账我来和日本人算!"

事急从权。

雷三爷要连夜去关沟料理景兰坡的后事。他已想好，就将景兰坡葬在穆松的坟茔旁边，让景爷和山长做个伴儿，免得冷清。

天热，一定要尽早入土为安。雷三爷让汽车拐了一个弯儿，先去了缸瓦市肇大年的杠房。肇大年自然是大包大揽。杠房里的人全给撺掇起来，一夜没睡，就在杠房内开设灵堂，为景兰坡烧落气纸，净身穿衣，入殓，还有准备纸活纸扎等一应送殡的家伙事儿。

天刚蒙蒙亮，雷三爷乘坐的汽车在前，肇大年杠房连夜租用来的三辆大卡车紧随其后，车上拉着景兰坡的棺木和出殡所需的一应物品，直接奔至关沟叠翠峰下。

景兰坡的后事，由于有了肇大年杠房的帮衬料理，虽说场面没有那么大，匆忙中办得倒也庄重。

料理完景兰坡的后事，城里头的事儿便由小姐儿出面安排，要将兰嫂接回家里来给她养老。兰嫂执意要重回娘家居住，说这么多年，一个人生活早已习惯。无奈，只得随她。雷三爷不放心，和小姐儿商量，去遵化东陵接胜珍珠过来照顾兰嫂起居。

阳台山金山寺后的那处竹篱柴扉的小院，暂且落了锁。待有一天金山寺香火重炽，香客满山，也好用作歇脚饮茶之处。

从关沟叠翠峰安葬完景爷回来的那一晚，雷三爷摸着黑，站在后院鸽棚中间安置那四羽灰粉鸽的地方，不忍离去。月色朦胧，雷三爷脸上的神情无法看清。

后来听小姐儿说，那一晚，雷三爷一动不动站在那里，直到鸡叫头遍。

第二十七章

见心斋

　　樱桃沟在十方普觉寺的西北方,是两山夹峙中的一条溪涧,明代于山涧两旁遍植樱桃树,由此得名樱桃沟。后以富于野趣而著称。

　　盛夏时节,只见山花烂漫,溪水淙淙,宛若世外桃源。

　　从樱桃沟出来,告别了"民先队"那几座军事夏令营的营地帐篷,那些在山谷里受训的营员演练军事科目的呐喊声,也越来越远了。接替而来的是那些山里头不知名的鸟儿的啁啾声,使人觉得山里的景致越发清幽静谧。山间小路,弯弯曲曲。雷天鸽和温君怡走在前面,木岛康男亦步亦趋地跟在后面。

　　这天过来樱桃沟,雷天鸽和温君怡是来报名参加"民先队"的夏令营的,木岛康男跟来算是观摩。临来前,雷天鸽特意嘱咐木岛康男绝对不能带那惹眼的照相机,免得被误认为是日本间谍,到时就是浑身有嘴也说不清楚了。鉴于木岛康男的身份很是敏感,温君怡在路上还再三叮嘱木岛康男,让他到了营地最好少说话。

　　看看时近中午,杨汉威盼咐人要给他们安排午饭。雷天鸽不好意思再添麻烦,执意要走。杨汉威一直将三人送出沟口。分手时，雷天鸽注意到杨汉威在用一种别样的目光审视着木岛康男，然后又颇有深意地看着自己。自己已经走出了几步远，杨汉威仍然站在那里，还在大声地叮嘱她早点回城，免得东家担心。

告别了樱桃沟，顺着木兰陀山上小道依次经过四棵树、打鹰洼、懒汉坡、静福寺，三个人一路说说笑笑地来到了香山静宜园。从樱桃沟来静宜园，此行也是应木岛康男所请。木岛康男在学校图书馆偶然翻阅《日下旧闻考》，得知距樱桃沟不远有一处行宫御苑——香山静宜园，便想考证游历一番。雷天鸽和温君怡也乐得让他见识一下北平的园林胜景。

雷天鸽和温君怡事先商量好，今天是有意带木岛康男过来领略一下"民先队"军事夏令营的风采，观察一下这个日本年轻人对时局的看法。

走在去往静宜园的路上，木岛康男说："去年的《告全国民众书》中有一句话，给我留下了深刻的印象……"

"是哪一句啊？"温君怡认真问道。

"'华北之大，已经安放不得一张平静的书桌了'。"木岛康男有些激动地说，"这句话说得很尖锐，又是那么的振聋发聩。抵抗是一个民族必须做的事情，你们一定会胜利的！"

雷天鸽郑重其事地问道："木岛，你说的是真心话？"

木岛康男作为日本人，负罪羞耻心使然，低声说道："我为我的国家给你们的国家带来巨大的伤害，表示认罪。"

温君怡不客气地说："假仁假义，再怎么说，你也是日本人。"

"我是反对战争的日本人！"木岛康男正色说道，"不然，我们不会一起来樱桃沟的。刚才，从那些夏令营营员的身上我看到了一种不可战胜的力量。"

"那是他们身上的浩然正气！"雷天鸽有意补充似的说道。

"浩然正气,那是你们国家的先贤孟子说的。"木岛康男展示出他在燕大的学习成果,一字一字地说道,"其为气也,配义与道。"

"你还知道这个?"温君怡感到很新奇,称赞地说,"你们家送你来北平念书,看来这个钱没白花。"

"孟子说,做人要行天下道义,养浩然正气;直道而行,问心无愧;以一身正气立于天地之间。"雷天鸽有些神往,"从我小的时候起,我爹就跟我说,做人应该仰不愧于天,俯不怍于人。"

此刻,山顶方亭的周围极其幽静。木岛康男深深吸了一口气,动情地说道:"这时是山气最佳的时候。"

"看你好像一副很懂的样子。"温君怡多少带有一丝调侃的味道。

"我是一知半解,兄长倒是深谙山林之妙,尤其是在枯山水的造园方面,悟性很高,是一位很有灵性的人呢。"木岛康男一本正经地回答。

"枯山水?"温君怡感到很新奇,"这也是属于园艺方面的吗?"

"你们都是学画西洋画的——"木岛康男迟疑着,他不知道怎么说才可以使面前的这两个中国姑娘明白,"我也不懂,只知道日本的枯山水园艺和你们中国的宋画有着很深的关系。"

"宋画?"温君怡冲口而出。

"听哥哥说,他很喜欢王希孟的《千里江山图》。"木岛康男意犹未尽地说,"哎呀,这样吧,哪天有时间我带你们去看看兄长在这里造的枯山水园。"

"那就说定了哟!"温君怡高兴地说。

"你哥哥也在北平?"雷天鸽追问,"他在北平是做什么的?"

"啊——"木岛康男停顿了一下,他不知道应该如何回答这两个中国姑娘的提问,但他本能地想到最好不要说实话。形格势禁,说不定哪一天战端一开,中日两国敌对的立场便会泾渭分明,此时此刻,善意的谎言,总还是要有的。以后即使雷天鸽知道了兄长的真实身份,想必也能够体谅他今天不以实相告的苦衷。他忽然想到惠郡王府是山内商社名下的产业,于是搪塞道:"兄长是在山内商社里做事,具体做什么我还不大清楚,应该就是一些有关商贸的事情吧。"

"你很佩服你的哥哥?"雷天鸽问道。

"当然,兄长喜欢园艺,喜欢写诗,更喜欢……"

"更喜欢鸽子。你上次在西直门城楼上的时候已经说过了。"雷天鸽记得很清楚。

木岛康男偷眼看过去,似乎雷天鸽对他的回答并没有觉察出有什么不妥的地方。

离开山顶方亭,站在见心斋的院子里,可以看见昭庙后山伫立的琉璃万寿塔。木岛康男环顾四周后,指着琉璃万寿塔脱口而出:"这个景借得好。"

见心斋听起来像是一座斋房,实际上是一处结合山石的具有江南建筑风格的庭院。亭台楼榭依山而建,地势西高东低。院外的东南北三面都有山涧环绕,院墙随山势和山涧的走向自然弯曲,逶迤高下。整个庭院布局精巧别致,雕梁画栋,彩绘精美。传说这是皇帝鉴证大臣对他是否忠心的地方,故名见心斋。

院内半圆形水池三面环以围廊彩画,正殿见心斋正对知鱼亭,斋后为正凝堂。这里山石嶙峋,古松翠柏掩映其间,环境幽雅。月河源出碧云寺内,注入正凝堂池中,复经致远斋而南,由殿右岩隙喷注,流绕墀前。

"朱子说,圣人说话,开口见心,必不说半截,藏着半截。"雷天鸽似有所指,看着眼前一池清水,拉着温君怡,在游廊的栏凳上坐了下来,"成语'开口见心'即由此而来。"

坐在游廊的栏凳上,木岛康男注视着池中自己模糊的浅浅倒影。水中怡然自得、游来游去的红鲫锦鲤将自己的倒影弄得褶皱凌乱起来。他忽然有些触动,说:"书上说,之所以将此处建筑定名为'见心斋',是因为你们中国的乾隆皇帝曾经站在这里说'一片波光拟见心',佛也说过,世间万物万缘皆由心见。"

隔着一个廊柱,和温君怡坐在一起的雷天鸽,同样注视着池中自己模糊的浅浅倒影,说:"虽然此处水池以'见心'为名,但你心若不在此处,千万不要将水中的影子误作心之所在。"

温君怡诧异道:"天鸽,你这话说得老气横秋,怎么像老和尚在斗机锋?"

木岛康男陷入沉思,好一会儿才喃喃说道:"哦,这句话大有禅意。"

第二十八章

饵

外面的天阴沉得厉害,看样子,暴雨将至。

房间里,光线昏暗,坐在沙发上,觉得更加闷热。尽管这样,谁也没有想到去打开电扇还有电灯。

"用中国人的话说,这是杀鸡取卵、一锤子买卖。"木岛芳雄开口说话,语气中,带着鄙夷的成分,"山内君,你这一招,用来对付中国人手里的鸽子,只能用一次,要用在最后一次,而不是现在。"

山内己之助最初的谋划是让在通辽的关东军派出骑兵,连夜突驰,赶在天亮前,趁着放飞鸽子的鸽笼没有打开,出其不意地劫持运送鸽子到扎鲁特旗的放飞车。可是,接下来被劫持下来的鸽子如何安置,还是一个大问题。目前,丰台老英国兵营里的鸽子楼尚未竣工,无法安顿好几百只甚至千余只鸽子。更何况,在这么多的鸽子当中,肯定会有准备用来做种的优秀鸽子,因此还要慎重甄别,区分对待。再说,一旦鸽子被劫持,东交民巷俱乐部里的那些欧洲人肯定不会善罢甘休,恐怕还要引起国际方面的纠纷。看来,使用劫持手段的条件目前还不具备,切忌轻举妄动。

"木岛君,按你说的用在最后一次,那是要在什么时候啊?"小津平吉急切地问道。

"说不准,我想是在明年的五六月间,或者是再往后的几个月当中。总之,不会拖得太久。"木岛芳雄说完,脸上露出不常见的诡谲笑容,"中国有句老话说得好,'香饵之下必有悬鱼'。"

"这不就是我们常说的用虾米钓大鱼。"小津平吉嘴里嘟囔了一句。

"对,这个意思也对,一定要把虾米这个饵放下去。刚刚开始和中国人比赛鸽子,要用我们棚里淘汰下来不太好的鸽子参加比赛。慢慢来过几次,给中国人一些甜头,最后打一场精英赛,奖金一定要特别丰厚,一定要诱使中国人舍得拿出最优秀的鸽子来参加比赛,到那时肯定能钓上大鱼来。"

木岛芳雄说完,做了一个伸出五指,又迅速握成拳头的很有把握的手势。

山内己之助听罢,掏出手绢擦去额角上的汗珠,说:"按木岛君所说,上次在六国饭店,幸好没有和那个雷三爷打赌,不然的话真要去给他磕头了。"

说到那个雷三爷,木岛芳雄想起了前不久在丰台车马大店那帮子中国人和斋田部队的骑兵发生冲突的事情。那天,在得到消息后,为了不打乱计划,情急之下,他只好以军部的名义迫使斋田的骑兵收敛和退让。那个斋田算是给了一个面子。他想到这里,说:"也不知道中国人的公棚开始建造了没有?"

"应当还没有。"小津平吉说,"已经派人又去看过了,一点动静也没有,车马大店的门仍然被锁着。"

"上次在丰台的车马大店,看见那个雷三爷和斋田的骑兵在对抗,丝毫没有胆怯的样子。虽然斋田派来的人约束了自己的部属,但总还感觉这件事情在中国人的心里并没有结束。"木岛芳雄有些忧虑地说。

小津平吉说："在人群里，听见有人说，那个雷三爷已经摔了一个斋田的骑兵。我们赶到时看见的骑兵，应该是斋田长官的另一个部下。"

"他一定是中国摔跤的高手，如果另一个骑兵再被他摔倒，那可真是丢尽了帝国军人的脸面。"木岛芳雄转过头来大有深意地望向山内己之助，"山内君是嘉纳治五郎的'大日本武德会'的会员，是这样的吧？听说山内君的段位是白色的腰带子？"

小津平吉抢着回答："那还用说吗，若不是来中国做买卖，山内君的段位就要升到可以围褚色腰带了。"

"啊，如果是这样，真是了不起！"木岛芳雄由衷地佩服。

"后来觉得柔道只用于比赛，不太实用。"山内己之助说，"和父亲商量后，就去了夏威夷，在那里，跟日裔摔跤名手冲识名学习了摔跤，因为日本摔的风格更偏向于格斗。"

木岛芳雄没有再说话，他起身打开了电风扇。风扇转动，一阵凉爽的风扫了过来，山内己之助精神为之一振。

北平赛鸽会与侨民商会赛鸽俱乐部的双关排位赛已经开始。

双方裁判共同验看鸽钟、评判比赛排位的名次，并将集鸽的地点定在了东交民巷侨民商会后面的院子里。院子很大，主要为方便集鸽和运送鸽子。

双方约定，此次双关赛排位名次只取前三十名，前十名的排位附带奖金，第一名到第十名的奖金数额不等。同时约定，一方鸽子拿到名次，则根据事前约定好的相对应的奖金数额，由另一方鸽会或是俱乐部进行发放，提升了此次赛鸽竞翔的激烈程度。

此次鸽赛因为是首届由两个俱乐部共同举办的比赛，且奖金数额可观，无形中产生了轰动效应。众多鸽友争相参加，参赛鸽子的数量激增，超出了预期。不得已，大赛临时又增加了运载鸽子的鸽笼和放飞的车辆。

这场双关排位赛前后大约历时十天，圆满结束。日本人的鸽子全部落败，不用说，名次靠后，已经跌出二十大几的排位。中国方面的鸽子可谓取得了佳绩。胡大少那儿，与小津平吉棚里"若大将"系杂交的子代鸽一举成名，夺得了双关赛的冠军。沈宗尧棚里的鸽子屈居次席。在前十名的排位中，侨民商会赛鸽俱乐部法国人和比利时人，还有英国人的鸽子仅占了四、九、十的名次排位。其余名次排位的奖金则被北平城里的八大鸽棚分润。

这场赛事，对于北平赛鸽会来说可谓初战告捷。鸽友们奔走相告，期盼着秋季赛事的举行，对于日本人的谋划丝毫没有察觉。

"怎么样，这次中国人尝到了甜头。要继续保持下去，对于秋季的赛事，同样要做好准备。"

再次碰头的时候，坐在惠郡王府的客厅里，木岛芳雄对山内己之助和小津平吉这样兴奋地说。

"很遗憾，这次的双关赛，那个雷三爷的鸽子并没有参加。"小津平吉说。

"怎么，那个雷三爷的鸽子居然没有参赛？"木岛芳雄充满着疑惑。

"接下来怎么办？"山内己之助在询问。

"什么怎么办？"木岛芳雄的眉头拧在了一起，转而问道，"'新京'宫内府近侍处派来的三位'钦差'走了没有？"

"应该还住在六国饭店。如果回'新京'，临走前，那是要来辞行的。"小津平吉肯定地说，"近来他们正在忙着追寻小白楼里失窃的一件玉器。"

"近侍处派他们来不是要追查有关鸽子的线索吗？"

"那三位'钦差'虽说帮助我们在阳台山寻找到了养鸽子的那个景姓鸽童，但那个老家伙什么也不肯说，索性自戕而亡。接下来，对于追查鸽子的线索，他们那边似乎再没有什么新的进展了。"

木岛芳雄有些忧虑地说："军部对这件事也表示了极大关注，通知我'新京'的'御用挂'为此还派了一位特使过来，查找这种夜里可以飞翔的鸽子。"

"那位特使来了没有？"小津平吉问道。

"不知道什么时候过来，现在还没有和我取得联系。军部电令，要我务必协助查找这种夜里可以飞翔的鸽子，命令中语气很坚决，看来是确有其事呢。"

"真是没有办法。"山内己之助试探地说，连连给小津平吉使眼色，暗示他不要多说话。关于灰粉鸽似乎已经转移到那个雷三爷手上这件事，他并不确定木岛芳雄的了解程度。他顾忌的是，以木岛芳雄为代表的日本军界如果插手此事，自己将灰粉鸽据为己有的目的便不能实现。

"那个景姓的鸽童死前就没有再说些什么吗？"木岛芳雄很不甘心地追问。

"什么也不说，死硬到底。"山内己之助有些放心了，看来对方并不知道详细的情形，紧接着又补充了一句话，"看样子，追查的线索真的是中断了。"

"那个景姓的鸽童，是那三位'钦差'找到的？"木岛芳雄问道。

"是这样的。"小津平吉回答。

"哦，看来，用中国人对付中国人，是个很好的办法啊。"

木岛芳雄似乎想到了什么，很有兴趣地说，"小津君，由你出面，请那个胡大少吃饭，对他的鸽子拿了冠军，一定要表示祝贺。"

"明白了。"

"在那个胡大少的身上，要把功课做足。他对去年放飞石家庄'明插'那件事不是一直耿耿于怀吗？"木岛芳雄慢慢地从沙发上站了起来。

"在什么地方请那个胡吃饭呢，六国饭店？"小津平吉看着在房间里来回踱步的木岛芳雄问道。

"不，在六国饭店后面，你们商社平日里用来招待客人的那家名叫平安京的居酒屋。"正在踱步的木岛芳雄转过身来说，"因为那里更富有情调。"

第二十九章

北平城里的居酒屋

六国饭店后面有一条不起眼的胡同，平安京居酒屋便开在其中一处平房院落里。走进胡同，首先映入眼帘的是砖构的日式"唐破风"雨搭和漆封门楼下挂着的那只大个的红灯笼，灯笼上面写着三个汉字——居酒屋。

胡大少后悔自己如此的粗心大意，竟然一直没有注意到这家日本老店，甚至连它什么时候开在北平也一无所知。胡大少埋怨小津平吉为什么不早点带他来这里。跨进大门时，他甚至伸出手来，轻轻触摸了一下这只带着日本江户时代气息的大红灯笼。

院子经过改建，四面都是木结构的房屋，在房屋前面依照日本式样搭建着"缘侧"，即日本宅院的走廊。

廊上的移门正开着，坐在铺有榻榻米的房间里，可以看见庭院中的小桥流水、石灯笼，还有青草坡上只露出头部的地藏菩萨石像。

店里的装潢陈设极具日本特色，简直就是将日本最经典的居酒屋直接搬过来一样。

店内墙上贴满代表江户时代"俗世之美"的浮世绘和樱花的图案。靠墙放有一幅镶在镜框里的大判竖轴的美人绘，展现了身着云龙纹样和服的回首女子。

店内墙上还贴有几幅啤酒广告，招贴画上穿着旗袍、烫着大波浪卷发的时髦女郎妩媚地笑着；犄角旮旯四处摆放着招财猫，还有穿着江户时代和服、撑伞舞扇的歌舞伎人偶和穿着盔甲的武士人偶。那些人偶制作精美，神态各异。

店里整体看上去杂乱无章，花花绿绿。外面散客大堂，客人坐下来后挨挨挤挤，吵吵嚷嚷，活动空间狭窄逼仄。其实这一切都是店家精心布置、刻意为之，为的是追求一种近似于遥远江户时代的氛围。

店里的"加利福尼亚"牌子的转盘电唱机，正在循环播放着渡边滨子和藤山一郎的歌曲《东京之夜》。歌曲缠绵而轻快。

"京都古称平安京，这也是这间居酒屋名字的由来。"小津平吉对胡大少说。

"这就难怪了。"坐在单间榻榻米上的胡大少一副恍然大悟的样子。他扭过头端详起摆放在身后的金唐纸屏风。

身穿江户时代和服的老板娘跪在单间外的走廊上，轻轻拉开单间的福司玛门，亲自送上几样小菜。

送上小菜，是店家表示欢迎的一种方式。在老板娘的推荐下，与老板娘用日语简单地应酬后，胡大少嘴里嚼着鱼肉块，卖弄地说了一句夸赞这道小菜的日本话："お通し，うまい[①]。"

老板娘很是惊讶地看着这位年轻的中国人，继而热情推荐店里的好酒。胡大少选了产自新潟越山的一款吟酿，禄乃越州。据老板娘说，这是日本国内本季的限定款。

酒端上来的时候是冰镇的，口感清洌不涩，有大米的微甜。

随着酒水端上来的是一盘"冷奴"。胡大少一看，其实就是

[①] お通し，うまい：中文意即小菜好吃。

凉拌豆腐，上面加了青葱和木鱼花。

小津平吉说："不施油盐的豆腐，仔细抿一口，真的能尝到豆香味呢。"

这块豆腐根本就是取材于当地，而且是经卤水点过的，哪还有什么豆香味，这不过是小津平吉对家乡味道的一种思念罢了。胡大少调皮地学着小津平吉待客的样子说："请小津君感受中国豆腐的豆香味吧。"

喝着酒，小津平吉将话题渐渐引到胡大少去年和雷三爷打的那场"明插"的比赛上，谈起来，胡大少仍然有些不服气，声称还要和雷三爷一较高下。

就在这时，山内己之助和为了隐藏自己、仍旧化名小林洋平的木岛芳雄相继走了进来，彼此之间免不了又是一番寒暄。坐下后，宾主频频举杯，相互致意，三个日本人对胡大少此次双关排位赛的夺冠说着一些恭维的溢美之词。

胡大少不觉有些飘飘然。

经过攀谈，胡大少终于知道了盘腿坐在对面榻榻米上、戴着金丝边眼镜的"小林洋平"不但是一位动物医学方面的专家，而且还是一位养鸽大家。听起来，他对于饲养鸽子的种种分析精辟深入，尤其是对于鸽子眼砂和翅膀的见解确有独到之处。面对这位侃侃而谈的专家，胡大少自心底油然升起一种钦佩之情。

大家谈起了鸽子，兴趣盎然。木岛芳雄像导演在现场指导演员拍戏一样，用语言一直在引导着胡大少的感受，谈话在不知不觉中再次说到了雷三爷。

"胡先生应该知道吧？你们赛鸽会会长的鸽子这次没有参加比赛。"木岛芳雄明知故问。

胡大少心下明白，日本人的这句话，言外之意就是假如雷三爷的鸽子参赛，这个冠军是不是他胡某人的还很难说。

"听说,这个雷三爷养鸽子在北平名气很大。"木岛芳雄看出这个年轻人瞬间的尴尬,"他家里养的鸽子很能飞,用你们中国话说,叫'飞元宝'。"

"啊?"胡大少大为惊讶,"小林先生,您,您怎么连这个都知道?"

木岛芳雄没有回答,他低头向自己的杯子里再次斟满了酒水。

他很佩服自己的临场发挥,看来对方已经有所触动。那还是弟弟木岛康男第一次来惠郡王府看望自己时,告诉他在西直门城楼上,从一个叫老十一的中国孩子那里听到了这个新的有关鸽子的词汇——"飞元宝"。他觉得用来形容飞翔的鸽子,这个词汇既形象又贴切,让人一下子就记住了。

"小林先生既然知道'飞元宝',自然也知道那个叫老十一的孩子啦?"胡大少果然来了兴趣,紧接着追问。

"老十一?"木岛芳雄记起弟弟康男确实和自己提起过这个叫老十一的中国孩子,于是,不置可否地笑了笑,"胡先生,你也认识老十一?"

"这个孩子也就十一二岁的样子,可是不简单,和雷三爷是铁瓷。"

"铁瓷?"木岛芳雄继"飞元宝"之后,又听到了一个新的中国词汇,"铁瓷是什么意思?"

"是比朋友还要好的朋友。"

"铁——瓷——"木岛芳雄咀嚼着这个词,阐述了自己对于"铁瓷"这个中国词汇的理解,"在战场上,铁瓷可以为铁瓷付出生命。"

"小林先生理解得太正确啦!"胡大少眉飞色舞地称赞着,向在座三人做了进一步的说明:"前些日子,那个叫老十一的孩子，在城门楼子上用抄网挡了一只游棚的幼鸽，那只幼鸽套着脚环儿，老十一自己说给了雷三爷，而雷三爷呢，立马掏出十几块大洋硬塞给老十一，据老十一讲，那钱他不要都不行。"

"真是铁瓷啊！"小津平吉似乎在鼓励胡大少继续说下去，他用目光扫了一下木岛芳雄，"男人之间的交往，不在乎钱财，是真朋友！"

"那只套着脚环的幼鸽，说不定是东交民巷侨民商会赛鸽俱乐部里谁家飞丢的鸽子。"胡大少想当然地说。

山内己之助问："胡君为什么会这样认为呢？"

"中国人养鸽子一般不讲究给鸽子的脚上套环儿做什么记号。"胡大少说，"倒是听我爹说起过，在我爷爷那辈儿上养鸽子，有钱人家给鸽子脚上套金环儿，也就是像人手上戴金戒指一样，表示那只鸽子值钱或特别喜欢的意思。"

"若按胡君所说，雷三爷给了那个老十一十几块大洋，那么多的钱，足以证明那是只好鸽子，值钱的鸽子。"山内己之助追问，"这是什么时候的事情啊？"

"应该是三月份的时候吧？"胡大少不太确定地说着，"那天在西直门城楼上，和我家的一位世交，噢，是从日本来燕京大学留学的学生，我们一起先去看了城门洞里的水仙花，后来在冷饮店遇见了那个叫老十一的孩子。"

"呃，胡先生怎么会有一位日本的世交？"木岛芳雄故作不相信的样子。

"小林先生不相信吗？"胡大少睁大了眼睛，"他家和我家做了多年的生意，他家的少爷来北平念书，我们胡家理应照顾。"

胡大少只顾说，并未留意坐在身旁的那三个日本人相互心照不宣地交换眼神的举动。

小津平吉欠身为胡大少斟酒，装作漫不经心地说："这么说来，那只鸽子是在雷三爷的手里？"

"欸，小津君，怕不是你棚里飞失的幼鸽吧？"胡大少忽然想到了什么，"你别不好意思承认哟，尽管中国人养鸽子自古就有鸽子谁逮了就归谁的老规矩，如果真是小津君的鸽子，我去跟雷三爷求求情，让他还给你。"

"我棚里的鸽子没有飞失。"小津平吉不假思索地回答，然后转向山内己之助，同时使了一个眼色说："山内君，你棚里养的鸽子多，应该好好去检查，真要是你棚里飞失的鸽子，到时候，还真要拜托胡君出面替你讨回来呢。"

"谢谢胡君的好意。"山内己之助随机应变地回答，"我回去一定要仔细地查看一下。噢，说不定是俱乐部里欧洲人养的幼鸽游棚，这种事情也是有的。其实，看看鸽子脚环上的字码，就可以知道鸽子的来历。"

木岛芳雄暗暗松了一口气，终于知道了华北002的下落。可是如何从那个雷三爷的手里取回鸽子，这却成了一个难题。难道真让眼前的这个胡大少去卖面子求情？根据中国人养鸽子的规矩，人家给不给还是一个未知数。即便发还，也是不可避免地丢了大日本帝国的颜面。想到这里，他不由得有些烦躁，端起面前的酒杯，一饮而尽。

这一刻，木岛芳雄很想念那只第一次飞出鸽棚就再也没有飞回来的华北002。

"那个雷三爷为什么没有参加这次的比赛呢？"木岛芳雄仍然放心不下，他要探寻究竟，将话题又拉了回来。

"身为会长，也许是为了避嫌？"对于这件事，胡大少的确有些吃不准，只得说，"原本打算着，利用这次双关赛，和雷三爷先打一场'明插'，然后，等到来年秋天，和他再打一场'暗插',哪里知道,沈秘书长传过话去,雷三爷还是不吭声。"

"不吭声是什么意思?"山内己之助问道。

"不吭声嘛——"胡大少琢磨着如何解释这句话给日本人听,"就是对你提出的问题,没有一种肯定的回答。"

"在我看来,没有明确的回答,就是一种怯懦的表现。"小津平吉生怕胡大少就此作罢,撺掇地说,"看来胡君还要继续向雷三爷提出打一场比赛的要求。"

"那是当然。"胡大少应声回答,心有不甘地说道,"雷三爷要是认怂了,他就得摆酒请客当众服输,就像上次在玉华台饭庄,雷三爷为九老板摆酒席庆生那样的排场。我和雷三爷打石家庄'明插'就是在那次酒席上说定的。"

"哦,什么九老板,怎么没有听说过?"山内己之助很是在意地问,"也是雷三爷养鸽子的朋友?"

"原来是王爷府的一位格格,后来下海唱戏,成了角儿,现在是北平城里的刀马旦头牌。听说她要嫁给雷三爷,好像已经到了谈婚论嫁的地步。"

"唔,那位九老板一定长得很漂亮。"小津平吉似乎很感兴趣,嘴里嘟囔着。

"无论是打'明插'还是'暗插',都不要有所顾虑,可以向雷三爷挑战空距更远的比赛,千公里,或者一千五百公里。"山内己之助不怀好意地说。

"啊?"胡大少一时间没有反应过来。

"告诉胡君一个好消息。"山内己之助说,"刚刚结束的北海道旭川千公里的冠军鸽就要运抵北平了,鸽舍的主人是我的小学同学。"

"北海道旭川千公里的冠军鸽,山内君是要用来做种鸽的吗?"胡大少急不可耐地问道,"看起来,山内君的这位小学同学一定是山内君的铁瓷。"

小津平吉凑趣地说:"山内君,到时候,你可要和你的小学同学好好说说,让我和胡君棚里的鸽子都要沾沾光,留个种。"

"哎呀,这还用说吗,养鸽子的人是不分彼此的。"山内己之助非常大方地说,"欸,胡君,你们中国养鸽子的人不也都彼此之间很亲密吗?"

"当然是啦。"胡大少说,"中国有句老话,天下养鸽子的是一家。"

"我看未必呢。"小津平吉撇撇嘴说。

"何以见得?"胡大少又补充说,"但是,鸽子打起比赛来是另当别论的。"

山内己之助突然单刀直入地向胡大少发问:"胡君,抛开你和雷三爷的比赛,平日里你们的关系真的也很好吗?"

"那还用说。"胡大少为了面子,多少有些违心地回答,"我和雷三爷应该也算是铁瓷呢。"

"那你和雷三爷'过鸽子'吗?"小津平吉有些咄咄逼人,"怎么从来没有听胡君说起过呢。"

山内己之助意有所指,打趣地说:"小津君和胡君'过鸽子',看起来是真正的铁瓷呢。"

话说到这份上,胡大少无言以对,只得低下头喝起闷酒来。

小津平吉看到胡大少情绪有些低落,生怕场面冷下来,故作亲热地拿起细脖敞口的白瓷酒壶为胡大少将酒斟满,压低了声音说:"胡君,不知道你听说过没有,你们中国有一种夜晚照样可以飞翔的鸽子?"

胡大少抬起头,有些惊诧:"夜晚照样可以飞翔的鸽子?"

"嗯,是灰粉鸽。"小津平吉肯定地回答说。

"灰粉鸽？"胡大少一脸茫然。

山内己之助万万没想到小津竟然当着木岛芳雄的面提起了"灰粉鸽"。他有意干咳了一声，向着小津平吉投去了极为不满的目光。但转念一想，这种事根本瞒不过木岛芳雄，也就听之任之了。

"是的，这种鸽子很是珍贵！""小林洋平"似乎对小津平吉的话并不在意，他注视着胡大少认真地说，"据调查，这种鸽子存世量极为稀少。"

"啊？"胡大少疑心自己听错了。

"雷三爷的家里就有这种鸽子。"山内己之助为了表现自己，紧接着又找补了一句。

胡大少用力地晃动着脑袋，怀疑自己真的喝醉了。

酒足饭饱，宾主尽欢。

告别了顾盼流盼、风韵犹存的老板娘，沿着地板铺就的日式廊子向外走，在拐角处的一个包间门口，胡大少无意间似乎从门缝中瞥见了林公治和几个日本人坐在那里喝酒的身影。胡大少停住脚步，想拉开那个包间的门看个清楚，至少也要进去打声招呼。走在后面的小津平吉却从背后催促他快走，此时车子已经等在门外。从包间门前倏忽而过，胡大少恍惚了，兴许是自己看错了？继而又想到若没有日本人的邀请，这家居酒屋中国人是根本进不来的。

微醺中的胡大少甩开了这个念头，坐进了日本人送他回家的汽车。

第三十章

堂　会

立秋过后,又接连下了几场雨,天气转凉,秋意渐浓。长空寥廓,澄澈明亮。

这天,九老板打发包车来到雷家,要接雷三爷去怀仁堂听堂会。

这场堂会是北平地方首脑,冀察政务委员会委员长、二十九军军长宋哲元为招待日本华北驻屯军的应酬活动。委员会盛邀在北平的军政高官、社会名流、各界贤达参加。

明眼人嘴上不说,私底下心里清楚,这是宋哲元在奉行南京方面让他"忍辱负重"的要求用以敷衍日本人的一种做法,也是宋哲元"不说硬话,不做软事"的策略之举。

小姐儿接过司机送过来的附在请柬后面的戏单。纸质的戏单,一页一页折叠起来,制作精良,装帧考究,戏码剧目用毛笔小楷端端正正地书写在上面。

仔细看去,这场堂会不得了,戏码算是硬到家了:参演者包括杨小楼、尚小云等京剧名角。演出的剧目涵盖《连环套》《武家坡》《秦良玉》等经典戏码。虽说都是折子戏,但梨园行里有一个算一个,名角联袂,精英荟萃。

"这次的堂会戏,千载难逢,过了这村,怕是再没有这店啦。"小姐儿举着请柬和戏单对雷三爷说,"大轴子是九老板的《乾元山》,这你就不能不去看了。"

"得,听小姐儿的。"雷三爷说着话,抬腿就要往外走。

"你俩这婚事,我看也别再拖着啦。这是当爹的事儿,大姐儿嘴上不能说,看得出,孩子心里也是愿意的。"小姐儿借着去听堂会戏的时机劝说道,"过年咱就把事办了,九老板也说了,你俩成了亲,她就把班子散了,好好在家教子相夫。"

"我怎么觉得您像是在说戏文。"雷三爷"扑哧"一声笑了,他仍在踌躇着,"这兵荒马乱的,日本人都到了丰台,真要没了国,哪还能有家?再说了,人家台上那么好的功夫,真扔了,就在家天天跟我喂鸽子,她不在乎,我还心疼呢。"

"那就过阵子再说?"小姐儿迟疑着,雷三爷说的也不是没有道理,只是再见了九老板不知如何说与她知道。

九老板的包车来接雷三爷时,小姐儿正打算要到德胜门的绦儿胡同去看望住在娘家的兰嫂,还有在那里照顾兰嫂起居的胜珍珠。雷天鸽正要整理画作,自愿留下在家看鸽子。自打接回灰粉鸽以后,小姐儿的心里就装上了事,始终踏实不下来。于是定规,无论因为什么事出门,家里必须留人。

雷三爷陪同小姐儿坐车顺路先去了德胜门的绦儿胡同。

绦儿胡同在德胜门附近,离北市不远,在鼓楼西大街北侧,早在明代的《京师五城坊巷胡同集》中即有记载。

北京城里有句老话儿——穷德胜门,恶果子市,不开眼的绦儿胡同。"不开眼"是老北京方言,形容一个人没见过世面。绦儿胡同这里住的都是穷人,拉洋车的、拾破烂儿的、捡煤核儿的、缝穷的、要饭的，还有用捡来的砖头瓦块盖成房子出租的，不开眼就是形容这些人的。话说回来，生活在城边子的最底层的人又能上哪儿去开眼见世面呢？

绦，说白了就是布带子，形容这条胡同蜿蜒细长。这条胡同真的很长，横贯东西城，从鼓楼西大街北侧的西口进去一直往东，能到北锣鼓巷。由于太长，分成了西、中、东三段，到晚清时简化成西绦胡同、中绦胡同和东绦胡同，不过仍能连通。"不开眼"说的就是西绦胡同这一截子。

小姐儿没让车子开进胡同，是嫌太过招摇，好在兰嫂娘家住的地方离胡同西口并不远。下了车，雷三爷跟在小姐儿后面，两个人从西口往胡同里面走。小姐儿手里提搂着买给兰嫂的点心匣子。

进了院子，看见老十一站在房顶上用力挥舞着绑缚红布条的长竹竿，正赶着鸽子绕着圈儿地飞。老十一看见雷三爷，乐得蹦了高儿，顾不得再轰鸽子飞了，慌不迭地顺着梯子下了房。

进屋坐下后，胜珍珠赶紧烧水沏茶，一通忙乎。小姐儿见着兰嫂自然是嘘寒问暖，继而，又和珍珠拉起家常。

雷三爷站在院子里的鸽棚前，看着老十一在喂鸽子。十几只"五爪龙"的大"点子"竞相啄食。老十一见着雷三爷，说起了夏天他爬树打探惠郡王府，看见惠郡王府里有日本人在养鸽子的事情。听老十一说完，雷三爷这才对上榫卯：半年前老十一晚上在西直门城楼上用抄网㨄的那只游棚的幼鸽，从距离上推测，很可能就是来自惠郡王府日本人的鸽棚。看来有日本人在惠郡王府里养鸽子，这一点是确凿无疑的。

据老十一打探，惠郡王府早在几年前就被山内商社给买了下来。山内商社只有两家养鸽子的日本人，又都住在东城。那么，是什么样的日本人在惠郡王府里养鸽子？这件事雷三爷上了心，他想起应该去问问沈宗尧，说不定他知道一些情况呢。

去怀仁堂听堂会戏，雷三爷问老十一要不要跟他一起去。哪知老十一撇撇嘴，一副见过世面的样子，声称"别说那些戏码了，小爷就连香帅班九老板的《乾元山》和《战洪州》也早就看过不止一次呢"，并坚持说自己要在这里替兰嫂侍弄鸽子。

雷三爷知道老十一喜欢鸽子，不再强求，任由老十一去跟鸽子玩耍。

九老板的包车行至新华门。司机没有下车，只是摇下窗玻璃，出示了临时管制出入的证件。卫兵放行后，汽车沿水岸西行转向北，直至怀仁堂前。雷三爷走下汽车。包车司机懂规矩，立马将车开了出去。

豪华轿车一辆接一辆地不断驶来又开走。前来这里听戏的人们，个个穿戴入时，衣着光鲜，下车后，谈笑风生，陆陆续续地向里面走着。

天色向晚，太液池水波光潋滟。风从水面吹过，微微有些凉意。就在这一刻，怀仁堂里外的灯光全都亮了起来。

按北平旧日习惯，唱堂会戏时要在院子里搭个天棚。怀仁堂院子里用钢铁架子搭起的高大的天棚，称为罩棚。罩棚将来薰风门到两卷殿的整个前殿院落罩住。罩棚东西坡面上开有天窗以利采光。戏台坐南朝北，整个院落能容纳近千人。

戏台旁边立有一面大大的水牌，黄纸红字写着今天堂会戏的戏码。角儿的名字不分上场先后，全部"躺着"写。戏台前面有几排属于主宾席的软面带背的座椅，整齐地摆放在那里，座椅左右分开，中间留有入场的过道，过道直通戏台。这是为中日双方的来宾分开来坐而预留的座位。座位两边已经有军士站在那里维持秩序。后面还有一片散座，宾客们自然是先来先坐。

台子一侧，顺着墙边摆有一长溜餐桌，雪白的桌布垂到地面。餐桌上摆满了西式糕点和酒水，供客人取用。

宾客们正在三五成群地寒暄交谈。

雷三爷走进来的时候，一眼就看见沈宗尧和林公冶还有其他几个人聚在那里闲话。在这几人当中，林公冶眉飞色舞，滔滔不绝，谈论所及不外是京戏与角儿的一些趣闻逸事。

就在这时，从戏台后面走出一位催场人员，手里拿着一张重新写好的水牌贴纸，贴在先前一张的水牌上面。有几个好信儿的立马围上来瞧究竟。那个催场的大声说道："九老板把自己的戏码《乾元山》改成《碰碑》了，反串戏，诸位回头瞧好儿吧。"

催场的说完，走回了后面。

聚在一起侃戏的几个戏迷当中，有一个说："得，今儿个算是来着了，堂会戏改义务戏了，九老板反串，难得一见！"

《碰碑》一折是"靠把"带英武而"衰派"见老弱两者兼而有之的戏，很吃功夫，一般的角儿很少能拿得下来。此剧中杨令公虽身陷困境，而犹有余勇可贾，却连遭厄运，在竭力挣扎后，终入绝境。最后在李陵碑前痛斥卖国贼后奋力一撞——就这样，九老板把一个威武不屈的老令公形象立在舞台上。

沈宗尧说："今天这戏日本人真要看懂了，还不知要作何感想呐。"

其中一个人接话茬儿说："日本人都是棒槌，他们来了，也就是看个热闹。"

"那倒未必，日本人不见得都是棒槌。"林公冶很是不以为然地说，"艺术是没有国界的。"

"九老板在今天这种场合下改戏，合适吗？"其中也有胆小怕事的，有些畏难犯怵地说。

"有什么不合适，你这话说得让人奇了怪了，中国人在自己的家门口唱戏，难不成还要看日本人的脸色？"林公冶说。

"依我看啊，九老板的戏码改得好。"雷三爷朗声说道，"这折戏暗含着投身抗战的决心，以死报国的情怀！"

外面忽然响起一片杂沓的皮靴步履的声响，接着拥进来一群日本华北驻屯军的年轻佐官。他们穿着挺括的呢绒面料的军装，擦得锃亮的高筒皮靴。腰间佩戴着九四式将佐军刀，军刀的刀绪是由红色和茶色的丝绢混在一起的编织物。刀绪上的流苏在不断晃动。

这些日本年轻佐官相互之间并不说话，他们故作纪律严明、目不斜视地坐在了过道靠左半边的那几排预留的座椅上。

日本人的到来，使这里热闹的场面一下子安静了不少。

紧接着，从外面又走进来一批身穿崭新灰布军装、打着绑腿的二十九军营团级的年轻军官。他们列队进来，步履整齐划一，有如在操场上列队行进一般。这些军官同样敛声屏气，没有人说话，安静地坐在了过道靠右半边那几排预留的座椅上。

突然，怀仁堂内灯光大亮。中日双方的军事长官和政界要员正式登场。他们身后，自然簇拥着一群各大报刊的记者。在几个副官围前跑后、紧张忙碌的安排下，主宾们一一在前排就座。

堂会开始了。

这是别开生面、具有"鸿门宴"性质的堂会。怀仁堂台子前面一排一排坐着的中日双方那些虎背熊腰的军人，还有站在四周负责警卫安全的全副武装的士兵，北平城里堂会戏特有的气氛早已一扫而空，剩下来的只有忐忑不安的心情。场面上的锣鼓点儿打得让人心烦意乱，听起来全似催征的战鼓，谁还有那份闲情雅兴继续在这里听戏？来时一睹名角儿风采并与大师们近距离接触的兴奋之情，此刻已化为乌有。观众们眼下真的是无心听戏，只盼望堂会早点儿结束，也好尽快归家。

第三十一章

打炮戏

看着堂会已过大半,雷三爷实在是有些耐不住性子了,趁着大轴戏上场还有一段时间,便悄悄将沈宗尧叫到来薰风门的外面。他有事要和沈宗尧商量。

怀仁堂里传出阵阵场面上激越的锣鼓声。

雷三爷将惠郡王府有日本人在养鸽子的事情原原本本地讲给沈宗尧听。他从老十一半夜在西直门城楼上用抄网挡了那只游棚的小鸽崽儿讲起,一直讲到老十一上树窥探到惠郡王府里面的种种情形。

沈宗尧听着并不作声,他只是从风衣外面的兜里抽出一根帕塔加斯雪茄,用另一只手的拇指指甲在茄帽上灵巧地转着圈,然后将划出印痕的茄帽轻轻抠掉,再掏出打火机将雪茄点燃。

不远处的路灯下面,站着荷枪执勤的士兵。

沈宗尧很佩服雷三爷的先见之明。日本人在北平养鸽子,果如其然,这里面有事情。他立刻联想到惠郡王府很有可能就是他命令部属已经侦察多日的"传书鸽育成所"。

沈宗尧告诉雷三爷,惠郡王府那里很有可能就是日本人的"传书鸽育成所"。在那里培育出来的鸽子,是以后日本军队在中国作战时要用来通信的军用鸽。

雷三爷没有说话。在这初秋的夜晚，他隐隐感觉到一股严冬的肃杀之气。

怀仁堂里场面上的锣鼓声骤然停了下来，雷三爷和沈宗尧同时感到一种很不适应的突兀，不由得对望一眼。紧接着隐隐又传来一阵骚动的声音。正要走回去看个究竟，胡大少跑了出来，人已经变了脸色，急急说道："三爷，事情来得太突然，两个喝醉酒的日本浪人上台捣乱，非要看老令公是男还是女。林先生已经在台上了，拦都拦不住。"

雷三爷再也顾不得其他，一个箭步蹿进来薰风门。雷三爷疾步向台子那边赶了过去。

怀仁堂院子里，此刻，台子下面反而显得平静异常，没有人说话。坐在后面散座里的中国人大多着急地站起来，观望着台子上的动静，他们瞪大了眼睛，攥紧拳头，敢怒而不敢言。台子前面左右分坐的中日两国的军人挺直了上身端坐着，竟然无视台上的一切举动。坐在前排的双方主宾对台上发生的事情居然也是视而不见，对台上的胡闹听之任之。明眼人一看就明白，冲突一触即发，你不动则我不动，你动则我动。

在场的中国人心里都跟明镜儿似的，知道那是日本人有意在挑衅，是要给北平的地方行政长官和二十九军军方制造事端。

这次，宋哲元以堂会这样一种中国传统的最高规格的表演活动来表达对日本的友善之情，日本人却无视中方所表达的一切良好的愿望，尤其是在规格如此之高的北平官方举办的堂会上进行搅扰，打断正在进行的演出，并对台上的演艺人员肆意纠缠。公然违背了最起码的公序良俗，是可忍孰不可忍。

雷三爷用眼睛扫视全场的一瞬间，全然明白了眼前的态势。无论怎么说，台上是中方在蒙受屈辱，台下实则是双方杀机暗伏，一触即发。

九老板应政府之邀出演怀仁堂的堂会戏，说起来应当算是公事。日本浪人上台对九老板调戏非礼，致使演出中断，而政府方面却无人出面给予制止，这种屈辱感带来的更是心理上的一种戕害。

就在这一刻，雷三爷彻底明白，敢情这是雷家的家事，只能自己出面来解决。他血脉偾张，跳上了戏台。就在跳上台子的一刹那，一股酸涩的兴奋胀满胸膛，雷三爷感觉心脏受到了压迫，嘴里有了一些苦味，这是危险来临前的应激反应。

戏台上，两个空酒瓶子被撇在台口。一个穿着和服的日本浪人和林公冶互相扭打着，纠缠在一起。另一个穿着和服的日本浪人围着"老令公"就要搂抱，并且双手胡乱摸索，非要看看"老令公"是男还是女。眼看着台下所有人坐在那里纹丝不动，任由这两个穿着和服的日本浪人在这胡作非为，无奈"老令公"手中大刀已被"苏武化身"接走到后台，九老板实在气不过，左支右绌中举手狠狠地掌掴了那个纠缠她的日本浪人。

那个日本浪人恼羞成怒，嘴里咕哝着污言秽语，对九老板的举动更加粗野，抬手一巴掌，将"老令公"挂在脸上的髯口打掉在地。当他举手还要再打时，举起的手却被后面伸过来的一只手紧紧攥住。那个日本浪人转过身来，看见一个略显瘦弱的中国人站在自己面前。只见雷三爷怒目圆睁，不等对方有所反应，左掌猛击对方的右肩窝处，并趁机揪住对方的衣服，一个漂亮的中国式的"大背跨"，将那个日本浪人从背顶方向直摔了出去。

台子一侧站立着的北平各大报社的记者出于职业习惯，纷纷举起相机，记录下这珍贵的瞬间。一时间，镁光灯乱闪，按动快门的声响此起彼伏。

那个日本浪人被狠狠地摔在了台下，四仰八叉躺倒在地。站在一侧的宋哲元的侍卫立即走上前来，毫不客气地拉胳膊拽腿地将摔倒在地的日本浪人直接拖了出去。

坐在台下前排的中日双方的代表,对眼前突然发生的尴尬局面也只有采取静观其变的态度。双方似乎形成共识——台子上发生的一切纯属民间的事情,只好任由民间人士自己来解决。

正在台上和林公冶扭打在一处的另一个日本浪人,突然感觉到有些异样,停下手,猛地回过头,看见雷三爷站在自己身后。他转过身,来不及细想,伸出拳头朝着对方的头部猛击。雷三爷瞅准对方的拳头就要打到自己脸部的一刹那,突然伸出双手握住对方的手腕,侧身顺势用手一带,使出了剁腕弹拧子的招式,只此一下就将那个日本浪人摔倒在台口那里。紧跟着他又大步向前,照准刚要爬起来的那个日本浪人的面部狠狠一脚,将那个日本浪人踹下了台子。

台子一侧的镁光灯再次闪亮。台下站在一侧的另外两名宋哲元的侍卫,同样毫不客气地将被摔下台子的第二个日本浪人直接拖了出去。

雷三爷在令人忍无可忍的情况下,登台为九老板解围,出手极快,连摔两个日本浪人,替他未过门的媳妇完成了在怀仁堂堂会上大轴戏的"演出"。

这是雷三爷的"打炮戏",竟然一炮而红。这一刻,怀仁堂里坐在后面散座里的中国人站了起来,掌声雷动。

第三十二章

台基厂头条胡同七号

东交民巷台基厂头条胡同七号,日本华北驻屯军驻北平特务机关。

宽敞方正的办公室里坐着三个人。坐在宽大办公桌后面的是即将卸任日本华北驻屯军驻北平特务机关长一职、前往奉天履职的松室孝良,坐在对面皮沙发上的是刚刚从东京飞过来接替松室孝良的松井太久郎,他侧面的沙发里坐的是和他同机抵达的送鸽子过来的吉野谦三。

长方形茶几上放着一个可以折叠的长方形的木笼,里面是一羽看上去相当健壮的鸽子。这只鸽子很是精神,挺胸抬头,机警地观察着周围陌生的环境。

事务官进来给在座的每个人又换了一杯新茶,然后悄悄带上门,走了出去。

看着放在办公桌上的今天的各大报纸,松室孝良大为光火。这些报纸详尽报道了昨天晚上在怀仁堂堂会上发生的事情的始末,同时毫不吝惜版面地刊登了大标题和日本浪人被摔下台子后狼狈不堪的大幅照片。

昨晚在怀仁堂,松室孝良看见水牌上戏码被调换,便心下冷笑：真是欺负日本人看不懂你们中国的戏曲？他当时立即起身离座出去安排人手，亲自设计了"醉酒浪人"在堂会上制造事端这一出，他要进一步试探中方忍耐的底线。这一做法不承想被一个不知名姓的中国老百姓一记横炮打得粉碎不说，而且丢尽了日本人的脸面，真是弄巧成拙。此刻，他这个中国通想到了中国的一句俚语，光着屁股推磨——转着圈儿丢人。

松室孝良从日本陆军士官学校毕业之后，便进入日军参谋本部负责情报工作的第二部的"中国情报担当课"，成为一名谍报人员，主要研究与中国相关的情报及战略战术。他是一个有名的中国通，会说一口流利的汉语，对于中国的文化、历史了如指掌，甚至对于中国的政治局势，也研究得相当透彻，有着独到的见解。早在1924年，直奉大战时他就被派遣在冯玉祥身边担任军事参谋，一直为冯玉祥出谋划策。后冯玉祥回到北京，发动政变，直接软禁曹锟，将溥仪赶出了皇宫。这一系列的军事行动与松室孝良都有直接干系。

驻北平的特务机关下设军事、外交、经济、建设和交通各部门。松室一上任，就表示了设立此机关的目的："我们是代表国家驻扎在北平，担任冀察政权的指导工作。尽力做到对他们亲密提携，深入对方的内部吸引他们靠近日方，环境恶劣时保持绝对中立。如果把冀察当作对立面，机关存在的意义就没有了，我们工作的价值也就为零了。"

现在他就要调任"北满"骑兵第四旅团团长一职，在临行前的最后交接，松室孝良仍在叮嘱说："一定要加紧对冀察政务委员会的控制，我们应尽全力谋求与冀察亲睦提携，打入其中心，诱导其成为日本的伙伴。只有占领了华北，才能进一步打开市场。国民党的军事力量如同散沙，现在全华北各界约十分之七不能精诚团结，联合起来应付日本的力量还远远没有形成。"

松井太久郎说:"前辈对宋哲元研判后得出的结论,参谋部表示赞同。参谋部已认定宋哲元不可能再被利用,不再对宋哲元抱有任何幻想。其存在对我们吞并华北将是一个阻碍,临行前,职下已经获得对他采取行动的授权。"

"共产党的主力,现虽返回了陕北,仍然有袭入察哈尔和绥远进而联苏抗日的可能,这种可能性帝国绝不可以忽视。"松室孝良深有感触地继续说道,"共产党的红军,实力雄厚,战斗力极强,而其苦干精神,又是近代军队所少有的那种难能可贵的品质,其思想极能浸澈民心。"

"前辈看得非常透彻。"坐在皮沙发上的松井太久郎很是钦佩地说,"共产党的红军此次侵入山西,获得相当的物资,实力又行加强。"

木笼内的鸽子忽然"咕咕"叫了几声。

松室孝良从办公桌后面走了出来,他慢慢走到靠近茶几的沙发那里,坐了下来,下意识地注视着木笼里的鸽子,说:"共产党善于利用时势,抓住中国人的心理,鼓吹抗日,将来的实力不容小觑。将来一旦扩大充实,必是帝国最大的敌人。"

事务官再次走了进来,他走到松室孝良身旁,俯下身对松室孝良耳语了几句。

"那好啊,快请他们进来。"松室孝良抬起头看向门外说,"看来这只鸽子很有灵性呢,它知道新的主人就要接它回家,所以刚才还高兴地叫了起来。"

事务官再次悄悄走了出去,带上了房门。

不一刻,木岛芳雄、山内己之助、小津平吉三人走了进来。

吉野谦三自打接到山内己之助的求助电报,又在军部慰勉下,得到允许,将北海道旭川千公里赛的冠军鸽亲自送来北平。

当然沿途照料这只鸽子的饮食,也是一项专人才能胜任的工作。最后,在军方的安排下,得以和前来接任北平特务机关长的松井太久郎同机抵达北平。

大家寒暄已毕。山内己之助和吉野谦三自然又有一番怀念小学同学往事的唏嘘和对于时光流逝的感叹。

木岛芳雄感谢吉野谦三对于培育军用鸽方面的建设做出的努力。他深深知道鸽子主人对于鸽子的那份难以割舍的情感,尤其又是这样的一羽冠军鸽。他盛情邀请吉野谦三去惠郡王府盘桓几日。无奈吉野谦三下午就要随松室孝良的专机飞往奉天,然后转乘其他军用机飞回日本。回去后要抓紧时间继续训练鸽子,准备明年的全日本长距离的赛事。吉野谦三预祝木岛芳雄在北平培育出更多的"飞得更远的鸽子"。

"已经听说了在怀仁堂发生的事情。"几人围绕着报纸说起昨晚发生在怀仁堂的事情,山内己之助不无可惜地说,"昨晚确实因为商社有事,和小津君未能到场,否则绝不可能让那个雷三爷出尽风头。"

"知道山内君在日本摔方面属于高段位。"松室孝良如释重负般说,"那就拜托山内君啦,找机会去和那个雷三爷较量一番,一定要为帝国洗刷这次的耻辱。"

木岛芳雄说:"这个叫雷三爷的,用他们中国话说,有点混不吝。夏天的时候,在丰台,他连过来寻找马匹的斋田的骑兵都敢摔呢!"

松室孝良很是自责,说:"我太大意了,只考虑到是非官方的联谊会,即使有些胡闹,中国方面也不好制止。这样做的主要目的,就是为了测试中方对这件使他们受到侮辱的事情的反应。没有想到的是,戏台下面的一个中国老百姓会贸然上场。中国方面同样也不制止。这就在无形中替宋哲元解决了一个难题。派出的化装成'醉酒浪人'的那两个人虽说是机关军事部门樱井少佐的部下，可都是文职人员，军事格斗的素养很差。那两个人让那个中国人摔得可是不轻呢。"

松井太久郎严肃地说："以后机关内的工作人员一定要抽出时间来习武，就请山内君过来做他们的老师吧，教授一些日本摔的功夫。"

松室孝良说："以山内君的功力，摔那个雷三爷应该没有问题吧？"

"那还用说，不过，总要找个借口，找个场合才好。"小津平吉抢着说道。

"这次失手，并不代表什么。"松室孝良眯缝起眼睛，他整个人的感觉变得更加阴鸷，"给北平再来一次柳条湖事件[①]，那也是说不定的事情呢。"

事务官走了进来，提醒松室孝良，动身的时刻就要到了，送他去机场的车子已经等在了外面。

松室孝良不再说话，他站起身，慢慢走到高大的拱形落地窗跟前，看着窗外小花园中的那棵古银杏树。满树深绿色的叶片，似乎还看不出变黄的迹象。偶尔有一两片早枯的叶子飘落下来，无声无息地落在草地上。

就要离开北平了。松室孝良想到再过几个小时，飞机将把他带到奉天，那里应该是一片飞雪的景象。

---

① 柳条湖事件，即"九一八"事变，日本在中国东北蓄意制造并发动的袭击事件，是日本帝国主义侵华的开端。

第三十三章

步步生风

宽敞的大雅间,中午的阳光透过槅扇的窗棂照射进来,形成明亮的斑块投映在地上。顺着槅扇的窗棂望出去,海子边上一片芦苇在秋风中摇曳。有几只野鸭在凫水嬉戏,不时拍打着翅膀,激起水花。一只野鸭突然跃出水面,向前滑翔了一段距离,重又笨拙地跌落水里。

雷三爷在什刹海会贤堂饭庄的临水高阁上设饭局,请林公冶吃饭,答谢他在怀仁堂台子上紧急时刻挺身回护九老板的仗义之举。在这里请林公冶吃饭有个意思在里头:夏至那天就是在会贤堂,九老板唱堂会,林公冶过来"听蹭儿",被沈宗尧拉来这里出任鸽会裁判,从而结识雷三爷。

十二人的大圆桌,上面摆满了丰盛的菜肴还有酒水。今天,不遑多让,自然是请林公冶坐了主位,余下的诸位绕桌而坐。在作陪的人里面,除却沈宗尧,自然少不得胡大少。

席间,大家谈得最多的话题当然还是怀仁堂的这场堂会。初时两个日本浪人突然从后台闯入,致使中国方面措手不及。日本人糟蹋中国,大的方面暂且不说,小的地方已经糟蹋到听戏的堂会上来了。雷三爷从正面跃上戏台,接连将两个日本浪人摔下台子，从容地以扬眉吐气的方式为宋哲元解了围，扫了日本人的颜面。

那天，坐在前排的宋哲元表面上不动声色，心中却暗暗叫好。这位不知名姓的中国老百姓委实是抗日的英雄，宋哲元慨叹不已，想到这是继长城喜峰口一役之后，几年来又一次令人振奋的举动。

雷三爷在怀仁堂的戏台上怒摔两个日本浪人，名动北平。

杯箸交错，酒至半酣。

胡大少在微醺中再次向雷三爷提起赛鸽之事。雷三爷本不想答应，但想到怀仁堂发生事情的时候，胡大少的通风报信帮了自己，加之林公冶又是从旁劝说，有意促成此事，雷三爷最终还是碍于情面答应下来。众人决定以"暗插"的形式进行鸽赛，空距七百公里，从许昌到北平。关于运送鸽子等事宜，胡大少自然大包大揽，一力承担。

双方"暗插"的比赛日期定在第二年秋季八九月间。到时以林公冶为中人裁判，待双方按约定在春季将幼鸽孵出，林、沈二人届时到雷、胡两家鸽棚为各自指定的幼雏验棚封环。

说到雷、胡两家就要以充满戏剧性张力的"暗插"形式进行空距七百公里从许昌到北平的鸽赛，众人的眼中流露出一种兴奋的期待目光，临水高阁中氛围一时很是热烈。胡大少几次话到嘴边，想当众提出如果自己胜出，要雷三爷拿出一对"灰粉鸽"作为酬谢的彩头，可转念又一想，大庭广众之下，这样做岂不是打草惊蛇，告诉大家世间还有此异种的鸽子？万一雷三爷矢口否认，诘问自己又是如何得知，该怎么办？这个消息来自日本人，那是打死也不能说出来的。如此操之过急，自己岂不麻爪，连个退身步也没有了。想到这里只好悻悻然作罢，反正来日方长，日后慢慢再琢磨到手。

沈宗尧自然而然地又谈到了月底即将举行的一场鸽赛。这场鸽赛是由东交民巷侨民商会赛鸽俱乐部发起、日本山内商社冠名赞助的"山内商社北平首届秋季金风杯赛"。

此次鸽赛，同样是空距七百公里，线路同样是从许昌到北平。虽说此次鸽赛奖金丰厚，但是参赛有门槛，参赛者必须承诺至少安排自家棚里十只鸽子出赛，方能获得参赛资格。同时北平赛鸽会必须至少筹集一千羽赛鸽，方可参加此次鸽赛。

沈宗尧的话刚刚讲完，在座的八大棚的棚主们立即有了反响，其中一位棚主耿星河说："真是小菜儿一碟，别说每家棚里出十只，就是二十只、三十只也是不成问题的。"

坐在他旁边的康长岭接口说道："上次双关赛，小鬼子的鸽子飞栽了，这是不服气，还惦记着较劲不是？"

沈宗尧说："侨民商会俱乐部里的其他洋人的鸽子也不能小瞧，这次鸽赛的奖金很高，想必洋人棚里的精锐鸽子也要倾巢而出呢。"

林公冶想得比较细致，说："是啊，北平赛鸽会到时候集一千羽鸽子应当没有什么问题吧？"

问题提得突然，但很切合实际。众人一下子冷了场。别看说得热闹，真要较起真儿来，平心而论，能参赛的一千羽鸽子也不是那么好筹集的。看来对方是有意在刁难。

沈宗尧为自己点燃了一根雪茄，他挥挥手，驱散了面前的烟雾，说："城外二十九军和占据丰台的日军天天在演习，侨民商会赛鸽俱乐部发起的上千只鸽子大放飞，他妈的，这简直就是一场鸽子大会战。"

雷三爷说："这次照样不能让日本人给叫短了，老少爷们儿放心，大家尽量出赛，如果集的鸽子数量不够，剩下的我来想办法。"

沈宗尧说:"兜底的事儿算我一个。"

胡大少倏然起身,说:"也算我一个。"

二顺子说:"有用得着兄弟的地方,说话!"

林公冶端起酒杯,说:"来,让我们敬北平的鸽子!"

众人纷纷举杯。

第三十四章

三个女人

　　自从在怀仁堂的堂会上发生了那件事情，九老板对这世道有了新的认识。几天来，便有些心灰意冷，萌生退意。有来请唱堂会的，该回戏的回戏，该拒绝的一句话也不多说。戏园子那边，该打招呼的也都打了招呼，梨园行里则引起了一片不小的动静。

　　她知道雷三爷今天为她搭人情在会贤堂做东请林公冶吃饭，按理她这个正主儿应该到场，再说了，林公冶上台回护她还挨了日本人的老拳。但想想大家见了面，终是绕不过在怀仁堂堂会上发生的事情，毕竟是女流之辈，说起来肯定还是尴尬。雷三爷了解她的心境，没有强求，就代她去了饭庄子。

　　雷三爷走了，九老板想找小姐儿商量就此把班子散了，一了百了。中午在家吃了饭，坐着车来雷家串门儿。

　　九老板跟着小姐儿来到后院，看小姐儿喂鸽子。

　　看着满院满棚"咕咕"叫的鸽子，飞上飞下，好不热闹。忽然，有几只鸽子，扇动着翅膀，轻巧地飞到蹲在地上给鸽子布食儿的小姐儿的头上、肩膀上，迟迟不肯离开。九老板突然被其中的美好纯真所触动了，似乎眼前的这一幕跟周围的这个世界是那样的格格不入。九老板一下子来了兴致，当场说要改行养鸽子。

小姐儿直起腰来认真地连说罪过罪过，如果让梨园行里刀马旦头牌来养鸽子，到时候，北平城里那些捧角儿的戏迷们还不得闹得让人不得安生。

九老板仰头看着湛蓝的天空，此一刻，默然无语。

喂完了鸽子，二人聊着天，顺着廊子走回到前面院子里。小姐儿正要将九老板让进上房，雷天鸽提着油画箱从东厢房走了出来。她告诉姑姑，自己要和温君怡一起去画城墙。就在和小姐儿说话这会子，雷天鸽惊异地发现了一身精致装束的九老板，不由得叫了起来。九老板身着镶绲花边米白色里子的旗袍，岭南沉香龟裂纹香云纱的面料，束颈高领，无袖，下摆长至脚面几乎曳地，配上黑色的丝巾和高跟皮鞋，显得既古典又内敛。人在秋光里，莞尔一笑，愈显潇洒妩媚，风姿绰约。

这一刻，如此近距离地观察，雷天鸽才突然发现九老板作为女人的那种娴淑温婉的独特气质。平素九老板给雷天鸽的印象就是戏台上穿大靠、扎靠旗的威武不让须眉的巾帼英雄，两相对照，反差太大了。她忽然想为九老板画一幅大尺寸的人物肖像画，定能彰显民国女性的风采。她相信自己的绘画功力，这样一幅画即便是拿到国外去参展，也是一件毫不逊色的艺术品。

她亲热地推着九老板来到上房，一定要说服九老板同意自己为她画像。小姐儿看着她二人好似姐妹般亲密无间的举动，只是抿着嘴笑，在旁边又是沏茶又是摆置果盘。

雷天鸽近来又添了一桩心事，她和温君怡还有"民先队"夏令营里的另外几个青年学生已经决定要奔赴延安。但是她不想让爹爹和姑姑过早地为自己担心，这个"通知"她也只能是拖一天算一天。知道内情的柜上的杨掌柜事先也是嘱咐好了的。姑姑为雷家已经辛劳了大半辈子，也该让她去和杠房的大年叔过上自己的日子。

自古忠孝不能两全。国难当头,只有为国尽忠,顾不上自己在爹爹跟前尽孝了,她希望把爹爹拜托给九姑姑来照顾。娘不在了,娘年轻时的这个手帕交长得漂亮不说,看来还是真的喜欢爹爹。雷天鸽不再去想了,她决定趁着爹不在家,先和姑姑还有这位九姑姑将自己的心事和盘托出。

"九姑姑,到时候给您画像时可一点儿都不能动,得忍着。"雷天鸽接着给九老板讲肖像画的话题,"您要是站累了,言语一声,我给您搬把椅子坐下来歇一歇。"

"不用你操心,我一动不动,兹当练功了。"九老板欣然说道。

"想起一出是一出,大妞儿在家,三爷就惯着她,你来了,也这么惯着她,还是想起一出是一出。"小姐儿从旁唠叨着,"九老板,趁着三爷不在家,背着三爷,当着孩子的面,有句话要和你商量。"

"大姐,您说。"

"那天你让车来接大妞儿的爹去听堂会,临出门时,我心里惦记你俩的婚事,劝三爷过年的时候就把事儿给办了,哪知三爷的意思是……"

"大姐,三爷的意思我明白,他跟我说过,眼瞅着日本人打到了家门口,干脆就再等等,也不是什么坏事情。"

"你能早一天进雷家的门,我就能早一天放下这悬着的心。"

"哎呀,姑姑,还是九姑姑和爹说得对,日本人都打到丰台了……"

"日本人要是一时半会儿的打不走,那婚事还不办啦?"

"不能这么说,要对未来有信心,要抱有美好的希望,就像我和……"话赶话,雷天鸽一下子说漏了嘴。尽管她想说些什么,但绝不是这种开场白。

"你和谁啊？"小姐儿紧盯着问道，"别以为姑姑不知道，这些日子看你有时神不守舍，我就知道你心里有事。"

"我喜欢上了一个日本男孩子！"事已至此，雷天鸽大眼睛忽闪着，索性落落大方地承认，"在燕大留学，读历史专业的，家在京都，家里人好像是做买卖的。"

"啊？"小姐儿和九老板吃惊地瞪大了眼睛，两个人被雷天鸽的话惊得呆坐在那里，一动不动，不知所措。

上房里出现了短暂的安静。

小姐儿稍微平复了一下紧张的心绪，起身走到雷天鸽住的东厢房，须臾，拿过来一个木制的人偶，放在桌上，说："这是放在你床头的，是他送给你的？"

"嗯。"

"那天给你收拾房子，一进屋我就看见了，还纳闷呢，这是从哪儿来的？"小姐儿着实有些头疼起来，"大妞儿啊，你可真会挑时候，要不怎么说，什么叫褃节呢……还没敢和你爹说，对不对？"

"这不是瞅着我爹没跟家，又看着九姑姑也来了，想先和你俩言语一声。"

"哟，这只小人偶做得还挺好看。"九老板将那只日本小芥子人偶①拿在手上，端详着，"看这人偶的神情，还真和我们家的大妞儿有几分相像呢。"

小姐儿稳住心神，一本正经地问道："你和他是什么时候认识的？"

---

① 小芥子人偶，是日本江户时代中期以后诞生的木芥子人偶的一种，指圆头圆身的小木偶人，梳着童花头，额前是整齐细密的刘海，短发紧贴脸颊。

"就是今年春上，抗日青训班刚解散，我和君怡去画城墙，在西直门认识的。"

"他不是学历史的么，怎么也去画城墙？"

"他是去看西直门城门洞里的水仙花，后来遇见就一块上了城墙。噢，对了，在城墙上，我第一次看见咱家的鸽群带着哨子'走趟子'，君怡还激动地说，她想和咱家的鸽子一起飞呢。"

"咱家的鸽子你认识？"

"我刚才不是说了么，是第一次在城墙上看见咱家的鸽子飞。鸽子飞得那么高，怎么能认识。我是听一个叫老十一的孩子说的。"

"哦，老十一你认识？"

"在城墙上，就是老十一告诉我'走趟子'的鸽子是雷家的，北平城里独一份儿。那个老十一真的是古灵精怪，看样子和爹还很熟。不过，老十一虽然知道雷家的鸽子'飞元宝'，可不知道我是雷三爷的闺女。"

九老板忍住笑，说："看来那个老十一还没有精到家。"

"噢，那个老十一是你爹在鬼市儿上认下的一个忘年交，是你爹的铁瓷。"

"难怪那个老十一提起爹来就特得意呢。"

"大妞儿，九姑姑问你，你喜欢那个日本男孩儿，是属于哪一种的喜欢呢？"

"九姑姑的意思我明白。"雷天鸽踌躇着，显然这个问题她还没有认真地想过，"如果……如果没有这场战争……"

第三十五章

来今雨轩

秋雨缠绵,细腻冰凉。微风夹杂着雨丝,如烟似雾,天地间一片朦胧,仿佛进入了一个梦幻的世界。

雨丝纷飞。撑着油纸伞,从公园正门进入,沿东侧长廊曲折北行,在古柏树群落的旁边,有一座古朴典雅的四梁八柱式传统建筑——"来今雨轩"茶社。茶社为满足茶客的需要,在建筑外又搭了七间罩棚,每间棚子里摆放了十几张藤桌藤椅的茶座。

由于来今雨轩地理位置优越,环境优雅,历史文化底蕴深厚,因而在很长一段时间里,成了古都重要的社交场所。这里吸引了各界名流纷至沓来——喝茶就餐、交流信息、休闲聚会,来今雨轩因此见证了现代史上许多的文人茶事。

来今雨轩独在公园东面,公园西面的茶座还有春明馆、长美轩、上林春、柏斯馨几处,平日里也都是高朋满座。来者多为大学教授、医生、记者、画家等。说来也怪,这些茶座的客人都是经年的老客,大概与茶座所售茶叶有关。

雨滴打在天棚上,叮咚作响。

两边的抱柱上,有清人书写的楹联——莫放春秋佳日过,最难风雨故人来。

"楹联虽是古人所写，风雨二字的意境却与当下十分贴切。"雷天鸽说着话，将手中收起的油纸伞斜倚在栏杆上，接着在罩棚下面的一张藤椅上坐了下来，向着木岛康男继续说，"一大批进步的中国青年正是在这里不断求索，与志同道合的新朋旧友一道，向着中国光明的未来勇敢迈进。"

"唔，旧雨来，今雨不来。"木岛康男紧紧盯着雷天鸽，看着雷天鸽浓密头发的发梢上挂着晶亮的雨滴，从衣兜里掏出一方手帕递给雷天鸽，动情地说，"瞧这秋雨连绵的天气，我这'今雨'可是来了啊。"

雷天鸽说："你在家也这么耍贫嘴吗？"

"从小到大，我很少和家人在一起。只是见了你，不知为什么，什么都想说，可又什么都说不出来。"木岛康男难为情地摘下帽子，露出了上圆头的短发，伸出手胡噜着头顶，将目光转向了外面。

坐在罩棚底下，偶有雨丝飘进来，滴落在脸上，带来了沁人心脾的凉意。放眼向西看过去，湿漉漉的步行道上，泛着淡淡的黄色。枯黄的叶子被雨滴打湿，贴在树干上，仿佛在哀怨雨中秋风带来的寒意。

木岛康男突然发起愣来。雷天鸽有所察觉，擦完发梢上的雨水，将那方手帕隔着茶座的藤桌还给了木岛康男："你想家了？"

"这种天气，到处都是湿漉漉的，突然想起了在京都去过的桂离宫。"

茶房送来了两杯热茶和两笼屉热气腾腾的冬菜包子。笼屉不大，是圆形的，底部铺了一层软软的松针，松针散发着清香。茶房临离去时，注意地看了一眼穿着学生装的木岛康男。

木岛康男似乎感觉到了什么，戴上了帽子。

"临来北平念书前,回到京都与家人辞行,父亲带我去了一趟家附近的桂离宫,算是数得着的父子在一起相处的时间吧。"木岛康男幽幽地说道,"原以为父亲要跟我说些什么,可后来他并没有说太多。就连让我在燕大好好读书这类勉励劝学的寄语都没有。就这样和父亲徜徉在园子里,偶尔说上一句话,似乎也都是非常客气的。也是在秋天,在和现在一模一样的天气里。下着雨,地上有些滑,天气有些冷,父亲担心我感冒,带我在一间有火炉的叫松琴亭的茶室里喝茶,吃了一些点心。"

雷天鸽用筷子夹了一个冬菜包子放到木岛康男面前的小碟子里,说:"快吃吧,尝尝来今雨轩的冬菜包子,有没有你那个桂离宫松琴亭茶室的点心好吃?"

"谢谢。"木岛康男很是客气。但是他说完后并没有动筷子,只是端起茶杯,呷了一口茶水,好像陷入某种沉思,大概是在回忆那天他和父亲在一起的情景。

"桂离宫整个院落是茶庭风格,宁静空灵,引人凝神遐思,追求一种简单、洁净的情趣。园内大部分建筑是茶室,形态却又各不相同,大部分为草庵风式。有的有火炉,有的没有;柱子是弯曲的,还带着树皮;屋顶是草顶,有些连脊和宝顶也没有;植物造景以绿色为主,色彩上讲求纯净质朴,创造能让人放松灵魂、安静思考的氛围。"

"听你这么描述,那个园子一定很静、很美。"

"那个园子是日本人自己造出来的,纯净质朴,简单洁净。简直让人不能相信,怎么竟然在别的国家里却杀人放火、无恶不作呢?真让日本蒙羞!"

木岛康男忽而激愤,说话的声音不由得猛然提高了起来,引得周围两三桌喝茶赏雨的客人偏过头来向这边张望。

在细雨迷蒙中，一切喧嚣都已消失。撑着油纸伞走在公园深处，周围一片宁静。远处的雨中，晃动着撑着雨伞的身影。

两个年轻人紧紧依偎着漫步在雨中的世界里，在一把黄色的油纸伞的下面，似乎另有一番浪漫的情调。

雷天鸽喜欢木岛康男，她也奇怪，自己对他简直就是没来由的喜欢。也许是这么多年在雷家就她这么姐儿一个，自己未免显得太过孤单，在她的潜意识里总希望自己有个弟弟或是妹妹。用温君怡的话说，她和木岛康男这才是无关任何社会背景、阶级地位，没有任何功利目的纯真的爱情。在最近的一些时日里，她会独自或者和温君怡一起带着木岛康男，逛北平城里城外的名胜古迹、僧院寺庙，还有各大庙会上的小吃摊。

和木岛康男的问题，自从那次和两位姑姑谈起之后，雷天鸽确实颠过来倒过去地细细想过。她越想越觉得自己对他更像是姐姐对弟弟的那种喜欢，甚至还掺杂着一丝母爱的成分。

雷天鸽就是在这种感情的煎熬中开始长大。

站在筒子河边，看着灰蒙蒙的天空中如织的雨丝，雷天鸽轻声告诉站在自己身旁的木岛康男，说："侧耳细听，你会听到雨丝洒落在筒子河水面上的极轻微的声响。"

木岛康男果然悉心在聆听。

雨丝落在水面上，荡起了一圈圈密密的浅浅的涟漪。思绪在不知不觉中被放大，似乎时间可以被看见，可以被听见，也可以被触摸，而这时只有沉浸在这份天与地的湿润里，用心才能感受到。

透过漫天雨丝看筒子河对面的故宫角楼，巍峨的角楼和朱红色的宫墙在雨水的浸润下加深了色调，有着油画般的韵味。雨丝给这巍峨的角楼平添了一层淡淡的雾霭，水汽氤氲。

"哎呀，我真后悔没有带画具来，应该把角楼的这一时刻画下来。"雷天鸽不无遗憾地说，"第一次感觉到，雨中的故宫竟然这么美。"

"好，如果明天还下雨，或者下一个雨天，我和你再过来画角楼。你画，我给你撑伞。"木岛康男体贴地说，"我们还可以叫上温君怡，你和她画城墙，对面的角楼也是皇城城墙的角楼。"

"雨中的延安宝塔山会是什么样子？"雷天鸽忽然喃喃自语。

木岛康男为雷天鸽没头没脑的一句话所惊诧。

雷天鸽突然转过身来，面对着木岛康男。因为站在伞下，两个人彼此离得很近，几乎就要贴在一起，可以感觉到对方的呼吸。木岛康男举着伞，担心雷天鸽淋雨，所以只能一动不动。

雷天鸽忽闪着两只大眼睛，直视着木岛康男，郑重其事地说："康男，今天约你出来，是有一件重要的事情告诉你，我和温君怡准备奔赴延安的抗日前线，希望你能和我们同去。"

木岛康男显然没有任何的思想准备，诧异之下一时语塞。

只有一点，木岛康男是清楚的，她离得如此之近，是想说些悄悄话，说明她很喜欢自己。女人一般只有和自己亲密的朋友，或者她爱的人说话，才会这样贴近——康男不记得曾经是在哪本书里看到的，女人是用耳朵谈恋爱的。虽然，不少情话能打动人心，但耳鬓厮磨时的浪漫话语或是轻轻吹气，绝对比花前月下的海誓山盟还销魂。

但这一刻，木岛康男没有这么做。他放弃了这个耳鬓厮磨的机会。他犹豫了。两国就要交战的大背景阴霾般笼罩着他，他感到自己的心在撕裂。他需要时间，需要思考，无法一下子决定未来的一切。

秋雨如丝。北平的雨夜，空蒙而寂寥，宁静而从容。

微黄的街灯灯光在雨中闪烁，映照出一片迷离。油纸伞下，雷天鸽和木岛康男就这样并肩默默地走着，谁也没有再说话。两个人似乎都能听见彼此剧烈的心跳声。

雨声淅沥，雨意深沉。

第三十六章

一封来自三宅坂①的电报

站在惠郡王府西花园鸽棚前面宽阔的降落台上，木岛芳雄手拿望远镜在向四处的空中瞭望。雨后晴空，一碧如洗。

德胜门再往东那一带有两盘鸽子在飞。那两盘鸽子好像是在各飞各的，互不相扰。它们盘旋着忽高忽低，相互追逐着不离不弃。在阳光的影响下，即使通过望远镜也无法仔细分辨出鸽子羽毛的颜色。

丰台老英国兵营供给基地里的鸽子楼已经完工，因此王府里的种鸽棚有一部分的子代鸽就要移送过去了。昨天，木岛芳雄接到了老友陆大同学濑岛龙三私下拍来的电报。这封来自东京三宅坂的电报上说军部正在筹备再次成立大本营，筹备期大约为一年，目前正挑选军队中的精英人物进入作为核心的参谋本部作战部作战课作战班。濑岛龙三已获得预定的任命，负责给最为核心的人物参谋总长做秘书。据濑岛龙三透露，大本营参谋本部预

---

① 日本陆军省、参谋本部都位于紧靠皇宫西南侧的三宅坂台地上，陆军大臣的官邸亦在其附近，这里实际是日本陆军的中枢要地，因而在日本国内，素来将"三宅坂"作为军方的代名词。

计，到开战时，陆军部所用军鸽应该发展到一万两千只，海军部方面至少也要准备八千只。

看完这封由东京三宅坂发来的电报，尽管北平已是深秋天气，木岛芳雄的额头仍然渗出一层汗珠。

按照濑岛龙三所说，陆军部和海军部在战时至少需要两万只鸽子，这是一个庞大的数字。这两万只鸽子并非只是能飞的普通鸽子，而是在战场上可以准确无误地识别方向，勇敢无畏地穿过战火硝烟、枪林弹雨，去拼死完成通信任务的军用鸽。

木岛芳雄再次陷入苦苦思考中。

山内己之助和小津平吉相约来到惠郡王府，向木岛芳雄通报十月底从许昌到北平的鸽赛的准备情况。

"一切已经准备就绪。"小津平吉说，"这次鸽赛的奖金数额比上次双关赛的奖金数额提高了一倍。参赛门槛相对提高，参赛者的出赛鸽子数量不得少于十只，目的是要挖掘出更多更好的中国鸽子。特别是针对北平赛鸽会，要求他们筹集鸽子的数量在一千只以上方可参赛。"

"商社负责这次比赛所需要的全部奖金。"山内己之助说，"为了更好地完成木岛君的计划，吸引更多北平养鸽人家参与，这次奖金全部由我方发放。"

"为了扩大影响力，这次比赛采用冠名的方式"小津平吉进一步说明，"名为'山内商社北平首届秋季金风杯赛'。"

"好，好，想法巧妙，投其所好。"木岛芳雄表示赞同，"中国人一定喜欢，类似于金风送爽这样的字眼。"

"木岛君真是中国通。"山内己之助有些奉承地说，"这次商定的参赛鸽子司放的翅章印记正是'金风送爽'四个字。"

"此次比赛用的特比活动足环正在加紧赶制中。"小津平吉说着，从兜里拿出两个已经做好的特比环的样品递给木岛芳雄，"制作特比活动足环的工厂还是北平赛鸽会那个沈秘书长给联系安排的。"

木岛芳雄将那两个特比活动足环拿在手里，反复看着，说："考虑到鸽子飞翔时的问题，活动环的卡扣做得非常小，不错，不错，想得很是周到。"

"这次特比环的重量3克不到，很轻。"小津平吉补充说，"为了防止作弊，卡扣是一次性的，扣好后再打开便不能再继续使用了。"

"这次我打算随放飞车一起到许昌。"木岛芳雄说，"仍然是以保健医生小林洋平的身份。"

"保健医生小林洋平是山内商社重金聘请，来为这次鸽赛服务的。"山内己之助一本正经地说，"木岛君仍然是要亲自踏勘一下地形地貌？"

"是啊，如果这次跟着车去，应当比上次从奉天回北平骑着车在路上要舒服很多。"坐在沙发上的木岛芳雄将身体向后靠了靠，说，"这几年，一直在东北线和北线考虑放飞的训练。越过黄河，从南边往北的训放这还是第一次，很是令人期待呢。"

"这次放飞是从河北到河南，各地驻防的中国军队应该不会阻挠或者是找些不必要的麻烦吧？"山内己之助不无担心地说。

"这是民间活动，和军队可是一点关系都没有呢，不会有什么事情的。"小津平吉不以为意地说，"大不了，车队停下，接受检查就是了。上次俱乐部和中国人打双关赛，不是什么事情也没有发生吗？"

山内己之助没有再争辩下去。

木岛芳雄说："主要是想趁着这次放飞，将这边棚里的一年鸽和半年鸽各放一百羽，只盖翅章，不挂特比环，混在其他鸽子当中，目的只是检验一下惠郡王府种鸽棚出来的鸽子的质量。首先检查归巢率，其次再考量分速。这次训放归巢的，准备放在鸽子楼那边用作种鸽。"

"听说在丰台老英国兵营里的鸽子楼已经竣工了？"小津平吉问道，"什么时候从这里全部搬过去呢？"

"可以考虑把那些已经出窝可以飞的子代鸽先移送过去。鸽子对于稳定的生活环境有着强烈的依赖性，搬迁对鸽子来说是一种巨大的压力。每一次搬迁，鸽子都可能会感到迷失和不安，甚至产生分离焦虑。那些父母鸽如果现在就换地方，极容易引起情绪不安，如果造成鸽子生理上的应激反应，会直接影响产出鸽蛋的质量。所以老的种鸽目前不挪动为好。还得抓紧时间进行孵化。"木岛芳雄深感忧虑，"三宅坂来电已经在催促了，预计开战以后，需要的鸽子数量很大。"

"是多少？"山内和小津几乎同时发问。

"大约需要两万只。"木岛芳雄忧心忡忡地说，"我已经下令让奉天那边所有的育成所开始六十公里以内移动车巢的鸽子训练，用来补充将来华北战场上需要的军用鸽数量。"

第三十七章

危机下的隐秘身份

下午一时许，一行四辆车准时开出了东交民巷侨民商会的院子。前面一辆黑色的轿车和跟在后面的三辆大卡车鱼贯而行，车队安静地驶出了永定门后向南，朝着华北平原的腹地驶去。

后面的三辆大卡车当中，头两辆是放飞车，为了运送放飞的鸽子，还特意加高了车帮。车厢里满满当当码放着一层又一层长方形的铁制放飞笼，每只放飞笼里都装满了待放的鸽子，两辆卡车共装载了两千余只鸽子。

最后面的那辆押后的大卡车是带着车篷的，车厢里面坐着几名侨民商会赛鸽俱乐部派出的司放人员。车厢里紧贴着驾驶室并排放着几只大汽油桶，桶里注满了供鸽子饮用的清水。此外还堆放着几条装满鸽粮的大麻袋。车厢尾部还有几大捆狭长的用来给鸽子投食喂水的铁皮槽子，长度与放飞笼相同，宽度较小，可以直接塞进放飞笼的栅栏间。

随队的保健医生"小林洋平"坐在第二辆放飞车的驾驶室里。他背后的车厢里，是混进此次鸽赛的惠郡王府鸽棚那两百羽鸽子。这就是木岛芳雄坚持要随这辆车而行的理由，他要近距离守护着他精心培育出来的这些等候检验的鸽子。

此刻，他将目光探出车窗，贪婪地注视着华北平原广袤的田野。田野是灰色的，雾蒙蒙的。从车窗里看出去，远处有两排纵列看不到头的杨树，他觉得这场景和他看过的法国摄影家布列松的一张照片构图很是相似。他想到那两排杨树下应该是用来灌溉庄稼的沟渠。深秋时节，田里的庄稼已经收割进仓，田野里到处都是秫秸秆堆和老玉米秆堆。距公路不远处的田野里，在瑟瑟秋风中，几个小女孩儿挎着篮子低着头正在寻找地里未刨干净的小块红薯。

这一段路面平整，车渐渐开得快了起来。纵目远眺，远处的村庄似乎在向后转着。天上铅色的云块压得很低，仿佛已经压在村庄房舍的烟囱上了。

过了石家庄，车队停在了路肩，进行放飞途中只有一次的工作——给放飞笼内的鸽子喂食、喂水。跟车而来的几个司放人员车上车下地足足忙乎了一个多小时。

远处，隐约传来平汉线上火车驶过时发出的高昂嘹亮的汽笛声。

车队继续行驶，驶过了邯郸县城。这一段路况不是很好，一路上有些轻微的颠簸。为了照顾车上的鸽子，车辆尽可能地躲避路面坑洼的地方，车速自然慢了下来。

天色向晚，车队根本没有要停下来休息的打算。因为要保证明天清晨赶到许昌司放鸽子，所以大家决定过了黄河再做短暂的休整。从地图上看，车队已经行进到河北省的最南端。暮霭中，隐约可以看见前方磁县县城的灯火了。就在这时，前面的车辆忽然停了下来。

木岛芳雄收拾起放在膝盖上的地图，摇下车窗探出头去。这一段公路开始变得狭窄细长，路面的宽度让来往的车辆错车都很勉强。路两旁临时设置了军绿色的尖顶小方窗的木制岗亭，中间横着一根长长的道闸杆。

原来是车队要经过这个哨卡,被拦截停车检查。

暮色中,前面哨卡那里有几道手电筒的光柱在晃来晃去。

木岛芳雄忽然发现,公路两侧哨卡上的军人全副武装,头戴M35德式钢盔,配冲锋枪,军服颜色不是灰色而是黄绿色。他意识到,这里已经进入中央军的防区了。车队从北平出发,一路上也经过了十几处二十九军的哨卡,车队几乎都是呼啸而过,给人一种畅通无阻的感觉,并没有被拦停的事情发生。

前面似乎传来了让下车接受检查的声音。木岛芳雄虽说不便上前,但他还是打开了车门,跳下车,站在车门处观望。

其他几名司放人员也跳下车来,站在车厢后面,探头探脑地向前窥视着。

放飞的车队被拦停,坐在前面黑色轿车中的沈宗尧也是没有想到。他让林公冶不要动,在车里陪着小津平吉。这个特殊时期,在这个敏感的地区,他生怕军方一旦知道有日本人随行,事情会因为说不清楚而变得无法控制。中央军已全面撤出华北,估计这里是黄河南边刘峙下面的中央军前哨阵地的哨卡。

沈宗尧推开车门,钻了出来,一副神情自若、满不在乎的公子哥儿的派头。

"你们这是要去哪儿啊?"带班的是一个肩头扛着上士军衔的士兵,他将冲锋枪的枪口朝着地面,说起话来还算客气。他一边说着话,不等回答,径直走向后面的卡车查看,身后跟着的另一个士兵为他打着手电。手电筒的光柱在鸽笼上面来回晃动着,引得一些鸽子发出不安的"咕咕"叫声。

那个带班的上士走了回来,冲着沈宗尧说:"你们长途贩运这么多的鸽子,是不是要卖给河那边修工事的部队?"

沈宗尧回答道:"这位长官,这些鸽子不是卖的,都是用来比赛的，是从北平过来要运到许昌，然后在那里打开笼子放飞。"

"你他妈的瞎说呢吧？"那个上士立马瞪起了眼睛，"人跟人比赛老子倒是知道，你让鸽子比赛，它们能听懂你说的话吗？"

沈宗尧一看，秀才遇见兵，这件事要想跟他说清楚，估计得说到天亮。他伸出手，看了一下腕表，时间不能再这样耽误下去。他猛然计上心来，抬起头，装出很委屈的样子，说："长官，我想见一下你们的长官。"

"我就是长官。"那个上士说，"老子不管你的鸽子是比赛还是长途贩运卖到哪儿，你给老子留下十笼鸽子，劳军，老子给你们放行。"

"长官，别说十笼鸽子，就是一只也不行！"

"河那边，可是我们中央军为打日本正在修工事，谁知道你过河去干什么，是不是替日本人打前站过河去侦察？告诉你，在这里设检查站，就是要防止日本奸细过河。说不好，老子就当你是日本人派来的奸细，把你……"

"啪"的一声脆响，带班上士的话还未说完，脸上已经结结实实挨了沈宗尧一个掌掴。沈宗尧觉得这个掌掴抽得自己的手掌都在隐隐作痛。被掌掴的那个上士捂着脸"哎哟，哎哟"地直叫唤。上士身后站着的几个士兵拉开枪栓，子弹上膛，稀里哗啦的一片忙乱，纷纷举起枪来对着沈宗尧。

沈宗尧对那几支指着自己的枪表现得倒很淡定，大声吼叫着："耽误了老子的事，你负得了责吗？带我去见你们的长官！"

沈宗尧突然强横的态度，大概震慑住了那几个哨卡当值的士兵。那个带班的上士只得用手捂着被扇得火辣辣的脸大声命令着："看住这些人和车，不许他们乱动，我带他去见长官。"

上士手下的一个士兵赶忙跑到岗亭后面，开过来一辆军用的敞篷吉普车。沈宗尧在那个上士和另一个举枪顶着他后背的士兵

第三十七章　危机下的隐秘身份

押送下,一起上了那辆敞篷吉普车。吉普车离开公路,沿着斜下方的一条土路行驶了一段,转过一片小树林,便看见一个带有围墙的大院子。大门两侧的围墙上用红油漆刷写着"精诚团结""戡乱救国"的大字标语。吉普车直接开进了院子。院子里盖有几排砖房,房顶上架设着通信天线。房前空地上停放着几辆军车。房前屋后立着电线杆子,电线杆子上的带着灯伞的灯泡已经亮了起来。搭眼一看就知道,这是临时搭建的兵营。正是晚饭时间,满院子穿梭来往着去伙房打饭的士兵。

沈宗尧被命令等在吉普车车旁。那个上士跑步进了头一排顶头的房间。不一刻,上士从屋里走出来,站在门口,向这边挥动着胳膊,招呼他们过去。站在沈宗尧后面的那个兵士用枪顶了一下沈宗尧的后背,示意他走过去。

沈宗尧就这样被带进了头一排顶头的房间。

这是一处处理日常军务的地方。正对门口摆着一张办公桌,桌上有三四部电话,办公桌后面的墙上挂着一幅大大的军事地图。地图两侧的墙上一左一右照例钉挂着青天白日旗和国民党党徽。桌后坐着一位有着少校军衔的年轻军官,看模样像个文职人员,挺括的将校哔叽军装在灯光下闪着光泽。沈宗尧知道,对方那身军装的面料是德国进口的。

屋里的气氛有些紧张。

年轻军官的周围还站着几名军衔低于他的尉级军官。所有人都在充满敌意地盯着沈宗尧。

"先生,从哪儿来?"对方发问的语气还算温和。年轻的少校坐在办公桌后面,用眼光上下打量站在对面穿着风衣、立着领子,头戴礼帽的沈宗尧。

"北平。"

"拉着这么多的鸽子是要去哪里啊?"

"许昌。"

"先不管要去干什么，听带班的上士说，先生一直嚷嚷着要见长官。"年轻的少校毕竟是在官场上见过世面的，在没有彻底搞清楚来人的身份之前，说出的话不失客气，是一种探询商量的口吻，"不知我这职衔够不够呀？"

沈宗尧决定不再废话。他慢慢从西服的里袋掏出一本蓝色的证件举在手中。站在旁边值班的上士接过证件，双手规规矩矩地将这蓝皮证件放在少校面前的办公桌上。少校用狐疑的眼光紧盯着站在对面的沈宗尧，手里将那本蓝皮证件慢慢翻开。少校低头一看，倏然起身，原地脚跟一碰，举手向着沈宗尧规规矩矩地行了一个军礼。在他周围站着的几个尉级军官一见自己的长官向这个穿着风衣的人敬礼，自然也立即齐齐向着沈宗尧举手敬礼。

"长官好，请问您有什么训示？"少校惶恐地问道。

"不知者不罪。"沈宗尧接过那位少校递过来的蓝皮证件，重新放回西服里袋中，"为了南京方面特种通信的军务，马上送我回去，我要带着车队过河。有一样，不要让我带过来的人看出我在这里发生过的事情。"

"遵命，长官。"少校毕恭毕敬地回答，躬身做了一个手势，请沈宗尧走在前面，然后解释说，"现下在豫北构筑工事，上峰让悄悄进行，怕刺激日本人。近日听说日本人又要求在郑州开设领事馆。这不是要防着日本人的侦察，所以扩大范围，在河这边设哨卡，主要查从北边下来的日本人，不想冒犯了长官。"

沈宗尧向外走着，身旁跟着还要送他回去的那名带班的上士。看着上士被自己扇肿的半边脸，有些过意不去。他随手从风衣的外兜里掏出几块大洋塞进那名上士的手中，说："刚才没办法，只有借你老兄的脸来办这件事。你拿这钱去集市上买几只普通的鸽子来补补吧。"

上士受宠若惊,哪敢要长官的钱财,吓得直往后躲闪,唯恐避之不及。

少校在后面打着圆场,说:"这是长官的馈赠,赶快拿着,还不谢谢长官?"

上士收起大洋,忙不迭地表示感谢。

天色完全黑了下来。被中央军送回来的沈宗尧,率车队重又向前进发。在车里,林公冶察言观色地问道:"沈先生,去见他们的长官,没有发生什么吧?"

"沈某人不是好好的?林先生刚才也看见了,他们是用车送我回来的。"沈宗尧顿了一下,继续说道,"我要见他们长官,是打算把赛鸽的事情讲清楚。刘峙的中央军在这里设卡,就是在查日本奸细。我只有喊着要见他们的长官,引开检查的士兵。担心一旦检查起证件来,小津先生和后面车里的小林洋平医生估计现在就不能和大家在一起了。要知道,你和下面的那些兵是讲不清楚道理的。"

"沈秘书长想得很周到。"和司机并排坐在前面的小津平吉表示赞同。

"沈先生真是福星高照,一见他们长官,便能逢凶化吉。"林公冶庆幸地说。

"谁又能想得到,他们的长官当兵前,在马鞍山也是在家养鸽子的,还没等问上几句话,光谈鸽子啦。还说,以后有时间,他一定要来北平来找我,让我送他几羽好的鸽子呢。"为了掩饰自己的真实身份,沈宗尧开始胡诌八扯起来,"我心想,先顾眼前吧,便满口答应下来。"

汽车前大灯的灯光在黑夜里投射得很远,四围显得愈加黑暗。

车灯灯光扫过河滩地。轿车猛地颠簸了一下,后面卡车的大灯强烈的光线跳跃着从后车窗扫过车厢。在光影里，坐在前排的小津平吉回过头来说："前面已经看见渡口了。"

沈宗尧说："是啊，就要过黄河了。"

第三十八章

讲义里放大的照片

木岛康男腋下夹着一本厚厚的学校讲义，特意从学校提早出来。抬腕看看手表上的时间，距离与雷天鸽约定下午见面的时间还很长，便先来惠郡王府看望一下兄长。记得上次来拜望哥哥，还是在天气就要热起来的那个时候。

木岛康男在门房岩井三郎的陪同下走进客厅的时候，兄长木岛芳雄正背对着他，很是专注，甚至连头都没有回过来一下。还好，他与自己说话的语气倒很温和。

木岛康男拘谨地坐在客厅的沙发上，将随身带来的那本厚厚的学校的讲义放在膝盖上。每次见到兄长，内心总有一种说不出来的恐慌，到底是因为什么而如此这般，竟连自己也说不清楚。回答着兄长的问询，他的目光一直在注视着条案前兄长的背影。

木岛芳雄一边询问康男的学业情况，一边擦拭着他那支心爱的狙击步枪。

这是一支德国毛瑟98K狙击步枪。这款狙击步枪采用了德国栓动步枪标准的旋转后拉枪机设计，具有快速打开保险的功能，非常适合狙击手使用。它使用5发式弹仓供弹，配备着6倍的瞄准镜，最远可射杀1000米处的目标。

此前，这支狙击步枪一直放在一个三尺多长的用厚帆布包裹着的木匣子里。这是去年春天的时候，他从奉天带过来的。那时候，他为了实地踏勘，推着那辆经过改装的僧帽牌脚踏车，混迹在一群逃进关内、誓死不当亡国奴的东北流亡学生当中，步行来到北平。脚踏车上管横梁的一侧绑缚着这个三尺多长的木匣子，从外表看上去，给人的感觉里面应该是三脚架之类的配套用具。

现在，木岛芳雄将擦拭完毕的狙击步枪小心翼翼地放在条案的枪托架子上，硕长的黝黑色枪管隐隐泛着烤蓝的光泽。他从裤兜里抽出一方洁白的手帕擦了擦手，心情愉悦地转过身，走到桌子那边去，亲自动手，转动咖啡研磨器，为自己和弟弟各做了一杯手冲咖啡。

不一刻，木岛芳雄端着咖啡走了过来，将其中一杯咖啡递给康男。

拘谨中的木岛康男赶紧起身去接咖啡，竟然忘记了放在膝盖上的那本厚厚的讲义。讲义从木岛康男的膝盖上一下子掉落在客厅的地毯上，不想从里面滑出两张放大的同样尺寸的照片。

木岛芳雄将咖啡递给康男，然后弯下腰替弟弟捡起讲义和那两张照片。康男端着兄长递过来的咖啡，看着滑落在地上的讲义和照片，一时间手足无措。

木岛芳雄示意康男坐下喝咖啡，自己则坐在旁边的沙发上，将讲义放在茶几上，端详起那两张照片来。照片上，两个穿着连衣裙的身形苗条的中国姑娘站在城墙上，似乎在向着城楼上看着什么。照片中的两个姑娘裙裾飘动，楚楚可人。

木岛芳雄敏锐地察觉到，康男一定在谈恋爱了，对象一定是照片里这两个中国姑娘中的一个。不难判断，应该是离镜头最近处不戴眼镜的这个姑娘。仅从侧面的轮廓看上去，就觉得这个姑娘长得一定很漂亮。

"康男，你老实告诉哥哥，你是不是喜欢上这个中国女孩子了？"木岛芳雄举着放大的照片，微笑着，指着照片上雷天鸽的侧影问。

"嗯。就是她。"康男有些羞涩地低下头去。

"照片上的这两位中国姑娘也在燕大读书吗？"

"是在北平国立艺术专科学校学习画西方油画。"

"那你和她们是怎样开始认识的呢？"木岛芳雄用审视的目光重新打量着自己的弟弟，实在想象不出康男是在一种什么样的情形下与那两位中国姑娘相识，他尽量放缓口气，试探地问道，"比如说在学校与学校的联谊会上，或者是在图书馆偶然碰见的呢？"

"哥哥，你的想法太老套了，简直像是电影里面的情节。"木岛康男听见哥哥如此说，不禁哑然失笑，紧张的情绪一下子得到了缓解，"我和她们是在城墙上认识的。"

"什么，是在城墙上认识的？"木岛芳雄隐约猜到了什么，"噢，想起来了，上次你跟哥哥说，在城墙上你从一个中国男孩子那里第一次听到'飞元宝'这个词，那天她们也在城墙上，是这样的吧？"

"是。"

"她们也在看鸽子飞吗？"

"不，她们用油画写生，在画城墙。"

"为什么要这么做？"

"她们说，这么做是在给北平这座古城画'遗像'，她们担心，一旦北平打起仗来，这些城墙和古老的建筑……"

"是啊，战火是无法顾及这些的。"木岛芳雄放下照片，站起身，拍了拍坐在沙发上的康男的肩头。康男感受到这是哥哥在安慰自己——一种无力的安慰。

木岛芳雄走了出去。

康男坐在沙发上发着愣怔。由于自己的不小心，兄长过早地知道了这件事，结局真是吉凶未卜啊。

不一刻，客厅的门被推开，木岛芳雄手里端着一个托盘走了进来，托盘里的每只瓷碟各放着一样京都特有的点心。木岛芳雄将托盘放在茶几上，端出点心碟子放在康男面前。三只点心碟子里各放有生八桥饼、抹茶大福、薄片羊羹。

"吃吧，这几样都是你爱吃的点心，近期特意托人从京都带过来的。"

康男伸出手拿起一块点心，另一只手在下面托着，咬了一小口，生怕点心渣儿掉落在客厅的地毯上。

"这件事，你还没有写信给京都的家里，告诉父亲吧？"木岛芳雄有些担心地问道。

"还没有。"木岛康男不好意思地小声说，"因为与她的交往才刚刚开始，并没有把我的心意完全告诉对方。"

"噢，原来是这样。"

"因为考虑到有可能要发生的战争，所以爱慕的话一直没有说出口。"木岛康男对自己的兄长只能说这么多了。至于其他的事情，他告诫自己真的不能再说。如果自己最后决定跟随雷天鸽奔赴延安，那也只有等到了延安以后，再设法告诉兄长和其他家里人。

客厅的门突然被推开，门房岩井三郎走了进来。他告诉木岛芳雄，运送鸽子去丰台老英国兵营鸽子楼的卡车已经等在外面了。

等到岩井三郎退下后，木岛芳雄站起身，嘱咐康男，他马上要去丰台，不能陪他了，要他在这里吃过中午饭再回学校。刚好就在昨天，机关这里收到从日本本土直送过来的一些土特产，其中还有金泽的杜父鱼,希望康男品尝一下,刚才已经吩咐厨房去做了。木岛芳雄最后说,等他忙完这一段,要找时间和康男好好谈谈有关那个中国姑娘的事情。

深秋天气,早晚温差变得很大,不过午后的太阳还是能让人想到夏日时光。

雷天鸽和温君怡挎着油画箱顺着马道重又走上了西直门城墙。城墙上城砖缝里野生的酸枣棵子在秋风中摇曳。

距离今天下午在这里与木岛康男会面的时间还有一刻钟,她俩多少有些不踏实,想知道木岛康男是否同意和她们一起奔赴延安。昨天在电话里,木岛康男坚持要在西直门城墙上会面,因为这里是他和雷天鸽初次相识的地方,对他来说有着特殊含义。

站在城墙上,温君怡仍在喋喋不休地追问那天"雨中行"的结果。

"好像有点儿悬,他没有立即回答我,可能是战争给他的压力很大。"

"是啊,他去了延安,在日本的他的家人肯定要受到牵连。"

"从公园出来,他送我回家,不知怎的,我俩兴致都不高,一路上,谁也没有说话。"

"那后来呢?"

"送我到胡同口,分手时,我要把伞给他,可他坚持让我打着伞回家,他自己转过身就这么淋着雨走了。"

"你目送着他,想追上去将这把油纸伞塞进他手里。"温君怡调皮地有如朗诵般缓缓说道,"可是你一动不动地站在那里,继续目送他慢慢走远,最后他的身影消失在茫茫的雨雾中。"

"你说的一点儿都没错,我就这么一直站在胡同口目送着他,直到看不见。"

"在雨中，那一定是一个极其落寞的背影。"

"谁又说不是呢，丁香空结雨中愁。"木岛康男接了一句话，用的是五代十国李璟的一句词。不知是什么时候，木岛康男手里拿着讲义，已悄然来到她二人身后，雷天鸽和温君怡竟然毫无觉察。

木岛康男是在兄长处用过午饭才过来的。刚才他并不知道她俩是在谈论他的事情，只看出她俩并没有发觉自己已经走近。她俩如此的专注，是在说什么呢？他灵机一动，决定不打招呼。他悄悄走近她俩身后，才知道了那天在雨中分别后雷天鸽的举动。木岛康男彻底被感动，眼眶湿润了，不禁脱口说出了李璟的那句词——丁香空结雨中愁。

尽管见到了想见的人，康男仍是一半欢喜一半愁。他仍然没有决定好与她俩一起奔赴延安，他还在犹豫，还需要一段时间来印证。先前他接到从京都父亲那里寄来的信，信中父亲谈到了一件事情，最后在信的结尾处，父亲还再三叮嘱，这件事情就连对他的哥哥也要守口如瓶。

为了掩饰不能启口的尴尬，木岛康男首先转移注意力，将夹在讲义里的那两张放大的照片送到她们手里。看着雷天鸽和温君怡手拿照片十分高兴的样子，康男几次想横下一条心，干脆就豁出去，答应和她俩一起奔赴延安。

终于谈到康男去不去延安的这个问题了。康男却只是低下头，说不出话。刚才想象中的勇气在这一瞬间又消失殆尽，不知跑到哪里去了。

"好啦，好啦，你也不要太为难。"雷天鸽安慰他说，"人之常情，可以理解。今天我们不讨论这个问题了，时间还有，让康男回去再好好想一想。"

第三十九章

机　谋

　　北平城里，山内商社冠名的秋季金风杯赛总算圆满结束，就连东交民巷侨民商会赛鸽俱乐部里的那些欧洲人也都对此表示满意。

　　惠郡王府种鸽棚混入比赛的鸽子经受住了木岛芳雄严苛的检验。鸽子从许昌开笼后，或早或晚的几乎全部归巢。站在老英国兵营里新落成的鸽子楼宽阔的降落台上，看着刚刚安顿下来的那些放飞归巢的子代鸽，木岛芳雄已经开始谋划下一年春季从武汉到北平的千公里鸽子竞翔的事情了。

　　他对随行帮助转移鸽子的山内己之助和小津平吉说："现在就应该着手明年春季和风杯赛的准备工作了。"

　　"第二届叫春季和风杯赛？"小津平吉顿感新奇，兴奋地问道，"和风二字，木岛君想得甚是绝妙。"

　　"明年春季是要举行武汉到北平千公里的赛事。"木岛芳雄说，"'和'字有惠风和畅、风和日丽等词语，是中国人喜欢的字眼。这个'和'，同时也是我大和民族的'和'。"

　　"好，尤其是'和风'二字。"山内己之助说，"明年春季举行的这场赛事，如果加以报道，足以上各大报纸的头条了。"

"明年如果可以顺利将这场春季赛事完成，接下来——"正走在鸽子楼扶梯上的木岛芳雄停下脚步，回过头对跟在身后的山内己之助和小津平吉说，"在五六月份，就可以和北平城里的中国人连同侨民商会赛鸽俱乐部里的欧洲人再打一场双关赛，和那次与北平赛鸽会共同举办的赛事一样，比赛的时间和地点不变，而且要将鸽赛的名次奖金提到最高，鼓励他们倾力参与。"

"木岛君的计划很完美，到时候……"山内己之助的话还未说完，就被木岛芳雄用话接过去了："到时候，就可以请关东军在通辽的骑兵来帮助我们啦。"木岛芳雄若有所思地继续说道，"这需要请在三宅坂的我的陆大同学濑岛龙三君出面去协调，因为三宅坂给我的时间已经不多了。"

回到惠郡王府，吃过晚饭，三个人坐下开始喝茶。看起来，木岛芳雄好像又想到了什么，突然问起"新京"近侍处派过来的那三个人的近况。

"啊，三位'钦差'前几天就已经走了，临走时还特意来商社辞行。"小津平吉说，"追查灰粉鸽的事情目前估计也无法进行下去了，想到关东军司令部似乎对这件事很重视，他们还发愁回去没有办法交差呢。"

"'新京'那边的'御用挂'派出的特使和木岛君联系了没有啊？"山内己之助表示关心。

"已经和我有了联系。"木岛芳雄多少有些伤脑筋地说，"这位特使是突然打来电话的，电话里说，对于那位雷三爷，让我们暂时不要惊动，他有办法最后确定所要寻找的灰粉鸽是不是在雷三爷的手中。最后，当我提出是不是可以和他会面时，他没有回答，立即挂掉了电话。"

"这位特使，看起来很厉害。我们对雷家的举动他似乎知道得很清楚。"山内己之助说,"真是叫人捉摸不透啊。"

"我们在北平这么多人都感觉这件事难以调查,很是棘手,这位特使即使来到北平,他从何处入手,也令人很难想象。"小津平吉撇撇嘴,看着木岛芳雄说,"我曾经问过那三位近侍处派过来的人,从'新京'出来,他们就没有看见过也不知道这位特使到底在哪里,给人的感觉很是神秘呢。"

"从这位特使给木岛君打来的电话内容分析,他来北平的日子已经不短了。"山内己之助忽然有了些许的心得,"这位特使能准确地提出来,要我们这边暂时不要惊动雷三爷,看来一定是他掌握了什么接近事情真相的线索。"

客厅里安静下来。有好一阵子,三个人不再说话。那特使神龙见首不见尾的做法,引起了他们再一次的揣测。

第四十章

鸽子市上那五爷

正月十五,大地回春。虽说天天刮风,毕竟已是春风,吹在脸上已经少了些刺骨的寒意。

人们坐在棚子底下,吃着油炒面,看着庙会上熙熙攘攘赶庙会的人群,说着笑着,兴致盎然,仍然沉浸在过年时候的热烈氛围中。

老十一跟着雷三爷和沈宗尧他们一起来赶正月十五隆福寺的庙会。老十一脚边放着一只鸽子挎,挎里一对"五爪龙"的大"点子"。

"上次帮忙筹集鸽子这事,多亏了这位那五爷。不过他不让提钱,提钱就不干了,这是什么道理?"坐在桌边条凳上的沈宗尧吃着油炒面,觉得这件事有些匪夷所思。

"旗人,反正旗人都有那么股子让你说不上来的劲儿。"雷三爷嘟囔了一句,端起镂花青瓷小碗,用那长把的小铜勺舀了一勺油炒面,放进嘴里咂摸着滋味,"那五爷仗义,景爷拜把子这帖子换的,值了!"

棚子前面,那把闪着清亮光泽的龙嘴大铜壶,呼呼冒着热气,铜壶盖旁的小汽笛"呜呜"响着。大铜壶足有七八十公分高,外层烧炭，内胆终日烧着滚水。油的香气、麦粉的香气、芝麻的香气、核桃的香气、水的滚滚热气，还有小铜勺那种淡淡的铜的气味，合在一起就构成了油炒面那种别处没有的特别香味。

大案子上摆着青花大瓷盆，里面像小山一样高高地堆着炒面粉和茶汤料。盆上有六角形的玻璃罩子，隔尘挡土，讲究干净。

老十一吃完一碗，似乎余兴未尽。雷三爷看见，抬头招呼掌柜的再给这孩子来一碗。

店家一手端碗，一手掀起铜壶，壶嘴向下倾斜，一股沸水直冲碗底，这便是卖油炒面招揽顾客的绝活。炒面冲好以后，撒上白糖，便送了过来。

三个人吃完油炒面，从棚子底下出来，挤过人群，向庙会后面的鸽市走去。

鸽市原本不是像雷三爷这样的养鸽大家需要经常来的地方，只因鸽市上买卖的鸽子大都是在家门口飞挂高儿的鸽子。不过，也不能一概而论，偶尔也有卖主逮到了别人家放远儿的好鸽子，为了变卖成现金拿来鸽市上出售。经常来这里淘换鸽子的主儿，也有捡漏的时候。

正月十五是隆福寺庙会的大日子，人山人海，鸽市自然也是不甘落后。放眼望去，人声鼎沸，好不热闹，卖鸽子的、卖鸽哨的、卖掺好的鸽粮的、卖鸽挎的还有卖草编巢盆的，凡是与养鸽有关的周边用品比比皆是，应有尽有。

雷三爷和沈宗尧身后跟着提着鸽子挎的老十一，他们不是来逛鸽市，而是来给鸽市上的那五爷送钱的。

北平城里的旗人都好点儿什么，或养鸟，或玩虫儿，再不然养狗养猫斗蛐蛐。那五爷不养鸽子，可偏偏喜欢鸽子。祖上留给他俩糟钱儿，至少不用为吃喝发愁。那五爷乐得无事一身轻，整日里泡在鸽市上，看鸽子、聊鸽子，不养鸽子过干瘾。

那五爷家住东城史家胡同，老一辈上可是镶白旗的汛地。说起来，北平城里养鸽子的主儿提起那五爷来，没有不知道的。直到后来，雷三爷为了打比赛筹借鸽子凑数的事情求到那五爷门下，这才知道，那五爷的名头岂止响彻北平城，早已蜚声京津冀三地。

去年十月底的金风杯赛，北平赛鸽会这边为筹集一千羽鸽子，忙得不可开交。最后统计下来，还差二百七十羽。就在这时，兰嫂告诉雷三爷，景爷年轻时有个换帖的把兄弟那五爷，虽说不养鸽子，但在鸽子这一行里应该有办法。这么多年，景爷不在跟前儿，兰嫂还时常得到那五爷的照应。

去年就在隆福寺庙会的鸽市上，雷三爷和沈宗尧拜会了那五爷。五爷二话没说，满口答应。条件是管一不管二，意思就是看模样都是上路放远儿的鸽子，至于能不能飞回来他可概不负责。谈到买这些鸽子的价钱，那五爷说如果谈钱，这事儿他就不管了。最后他说："既然你们心里这么过不去，那就请老嫂子送我一对'五爪龙'，我养在家里，就算是景爷留给我的念想。"五爷破了自己个儿多年的规矩，要在家里养鸽子了。

三天后，赛鸽会如约收到那五爷筹集来的三百羽鸽子。事后才知道，这些鸽子是那五爷卖面子，从天津、廊坊还有保定三处鸽子市上为北平赛鸽会调集来的。

离开鸽市不远的一处茶棚子底下，雷三爷从兜里掏出一张盐业银行大洋三百块即取即兑的钱票存单，放在那五爷面前。

雷三爷冲着那五爷一抱拳，说："谢谢老哥哥援手，这次鸽赛没毛病。人做事得讲究有里有面儿不是，还请老哥哥收下。这钱不是给您的，是给上次筹集来的那三百羽鸽子鸽主儿的谢付钱，请老哥哥代为转达北平赛鸽会的谢意！"

"好，话说到这份儿上，我要是不收下，那就显得太矫情，谢谢三爷啦。"那五爷说着话，揣起了存单。

"欸，看五爷说的，应该谢谢那些没见过面儿不知名姓的鸽友们的捧场。"雷三爷回头示意老十一将鸽子送到那五爷跟前，说，"五爷，兰嫂知道您的意思后，特意选了景爷当年'套'出来的窝分最正的一对'五爪龙'送给您。"

"景爷死在日本人的手里，这口气难咽呀！"那五爷低头看着挎子里的那对"五爪龙"，不由得老泪盈眶，抚今追昔，不胜感慨，说，"去年那档子事儿知道是要和日本人较劲，别的话再说就见外了不是，以后但凡是有用得着老哥哥的地方，还请千万不要客气。"

第四十一章
葫芦里到底卖的什么药

春分这天,林公冶和沈宗尧来到雷家。

去年在会贤堂的饭局上,雷三爷与胡大少约定,等到今年上秋时候,打一场从许昌到北平,空距七百公里"暗插"的比赛。林、沈二人如约来到雷家,为鸽子比赛一事,按照"暗插"的规矩前来验棚封环。

小姐儿一看有客人来,让座后寒暄几句,为客人沏好茶,便走了出去。

"怪事年年有,今年特别多。"靠窗坐在太师椅上的沈宗尧脸上一副百思不得其解的样子,"听说了吧,就在前几天,日本华北驻屯军送给二十九军一个炮营的装备,整整十二门三八式野战炮。"

"黄鼠狼给鸡拜年,日本人又要出幺蛾子了。"坐在八仙桌子旁边的雷三爷说着话,端起茶杯呷了一口茶水。

"三八式七十五毫米野战炮的战斗全重为九百四十七公斤,发射的炮弹重六公斤,炮口初速每秒钟五百一十米,最大射程八千三百五十米,射速每分钟八到十发。"隔桌坐在一侧的林公冶同样端起茶杯呷了一口茶水,继续说,"这炮打起来应当很厉害。"

"没看出来，林先生对武器倒很精通。"沈宗尧有些诧异地看着林公冶。

"哪里，哪里，报社发稿子，有些事情是要弄清楚的，就是这些数据，也是派出好几拨记者才搞到手的。"林公冶淡淡一笑，掏出手绢擦擦额头，"沈先生还是见怪不怪的好。"

"林先生，这话怎么说？"

"一月底，日本稳健派参谋本部第一部长石原莞尔以参谋本部的名义向政府建议，要改变对华政策，以互惠互荣为目的，将主要力量投入经济和文化建设中。"

"听林先生这样一说，就不奇怪了。"沈宗尧恍然，"看报纸上说日本一个大型歌舞代表团访问济南，日本驻济南总领事西田耕一和山东省主席韩复榘出席了演出。"

"七天前，日本政府派出了由日华贸易协会会长儿玉谦次率领的经济代表团访问中国，商讨两国邦交调整和经济提携问题。日本来华经济考察团一行十三人乘轮船抵达上海，当晚即乘车赶赴南京。近几日的消息，儿玉谦次频频与国府蒋主席、张群等人会晤。"林公冶呷了一口茶水后，继续说道，"如此看来，局势有些缓和了。广田内阁倒台，林铣十郎启用佐藤尚武为外相，看起来，真的要奉行'不尚武'的佐藤外交了。"

"希望日本人言行一致吧。从去年'西安事变'以后，全国抗战形势是为之一变，'停止内战，联共抗日'的局面已经形成。西安事变的和平解决将成为由国内战争走向抗日民族战争的转折点。"沈宗尧为自己点燃了一根雪茄，继续谈出了自己的看法，"这个转折点不得了。"

"这有什么不好吗？"雷三爷说，"连老百姓都知道，那共产党是带着头儿打日本的！"

在雷三爷的陪同下，沈宗尧和林公冶站在了雷家高大的鸽棚前。看着后院里三大棚的鸽子，沈宗尧惊呆了。看这鸽棚的架势，雷家的鸽子养得太讲究了。无论是鸽子的毛色还是鸽子的精气神都是上等的，雷家的鸽子的确名不虚传。就连不懂鸽子的林公冶，看着这些鸽子也不由得喜欢起来。

　　在林公冶的仔细检视下，雷三爷由中间死棚里端出一只草编的巢盆。宽大厚实的巢盆里面，两只还没有拳头大的刚刚出壳六天的幼雏紧紧依偎在一起。沈宗尧从兜里拿出两只脚环分别给两羽幼雏套好。然后，林公冶用黑色胶布将两羽幼雏脚上的脚环密封起来。验棚封环的程序完成后，雷三爷将巢盆送回原来的巢箱里。

　　林公冶将视线投向两边的鸽棚，说："三爷，现在棚里养了多少只鸽子？"

　　"有三百只左右吧。"

　　"这三百只鸽子，一天得消耗不少的鸽粮吧？"沈宗尧紧接着问道。

　　"那还用说。"雷三爷反问沈宗尧，"沈先生棚里的鸽子一天得消耗多少鸽粮呢？"

　　"是啊，是啊，我的两大棚鸽子总共有五百只左右，每天消耗肯定比三爷您这边要多得多哩。"沈宗尧摘下礼帽，抬手挠挠头皮，"具体多少，我还真没留意过，回头是得好好问问我那几个鸽童。"

　　沈宗尧和雷三爷相互询问，说了半天，谁也没有说出具体的数字来。林公冶趁着雷三爷和沈宗尧只顾说话没有注意他这边的间隙，迅速弯下腰，从鸽棚的栅栏边上抓起一把风干的鸽粪，揣进自己的外衣口袋里。

第四十一章　葫芦里到底卖的什么药

第四十二章

海东青

雷天鸽给九老板画肖像,从去年秋天开始,断断续续地一直画到了春天。这期间主要是雷天鸽太忙,又是上学,又要去樱桃沟"民先队"的营地训练,所以时间上不能得到充分的保障。有时九老板来了,刚刚对着画布坐下,雷天鸽又因为外面发生了什么紧急的事情,扔下九老板就走了。好在就要进雷家的门了,这里也是自己的家,九老板乐得和三爷还有小姐儿在一起,听三爷侃鸽子,再和小姐儿一起喂鸽子。

今天就是这样,九老板刚刚在画布前坐好,不想雷天鸽就被突然跑进来的温君怡给拉走了。

"这孩子,整天都忙些什么呢?问也不说,你看看,都要吃午饭了,又跑了。"

"大姐,大妞儿和那个日本男孩子到底怎么样了?"九老板觑着雷三爷不在家,凑过来还不敢大声地问着小姐儿,"三爷是不是还不知道这件事儿呢?"

"是呀,我也正发愁呢,唉——"小姐儿一筹莫展地叹着气说,"三爷那脾气,真不知道怎么开口和他说这件事儿呢。"

"大姐,不然由我瞅机会来跟三爷说。不直说,先探探口风,您说好不好？"

"这样也好。你说说这个大姐儿，还真会挑时候，可也得分什么事儿不是？"

小姐儿和九老板正在说着话，院子里有了响动。小姐儿探头一看，老十一慌慌张张跑进了院子。

小姐儿急问："老十一，出了什么事吗？"

"海大爷躺在床上已经有好几天了。"老十一接过小姐儿送过来的茶，一口气喝了半杯，抹抹嘴说，"也请大夫来西院儿里看过了，抓的都是西鹤年堂药铺里的药，今儿个看样子又有些不大好了。"

老十一说着话，眼圈见红。

"你先别着急，眼下雷三爷去了崇文门外兴隆街的药业会馆。"小姐儿告诉老十一，"你去那里找他吧。"

九老板问小姐儿："这是谁家的孩子？"

小姐儿说："这就是老十一，是三爷在鬼市儿上认下的一个忘年交，是三爷的铁瓷。"

九老板迟疑了一下，说："既是有急事，又是三爷的铁瓷，让这孩子坐上候在门外的汽车去报信儿，然后直接拉着三爷去西院儿里看那海大爷。"

老十一因为听小姐儿说自己是雷三爷的铁瓷，表现出一副很是得意的神情。转身离开时，故意调皮地向九老板挤了挤眼睛，一脚门里一脚门外地赶着说："那小爷就谢谢您啦，我在长安戏院听过您的戏，您就是唱穆桂英的九老板。"

老十一坐着九老板的车赶到崇文门外兴隆街药业会馆的时候，正赶上沈宗尧送雷三爷和林公冶还有胡大少出来。沈宗尧今天请他们过来，是商定赌金彩头的事情。事情进行得很顺利，基本上是胡大少一锤定音。赌金彩头任凭胡大少说多少就是多少，雷三爷只是微笑，并无异议——原本就是图一乐儿的事情，又何必较真儿呢。

大家说笑着朝外走，迎面碰上了老十一。雷三爷得着老十一送来有关海爷的信儿，心下着了慌，即刻向众人拱拱手，便跟着老十一坐车先走了。

二人赶到七爷府马号，雷三爷让九老板的车子等在了门外，随即同老十一进了西院，掀起门帘，一步跨进了海爷住的那三间西屋。

海爷从里屋炕上强撑着坐了起来。雷三爷说车子已经等在门外，要拉海爷去协和医院看西医瞧洋大夫。

海世昌摇摇头，费力地喘着气说："不用麻烦啦，我自己的病自己知道。油尽灯枯，怕是等不到王爷回来……老海伺候不了王爷啦。"

听着海世昌的唠叨，雷三爷心里很是难过。风烛残年，担心海爷将不久于人世。他猛然间想起一件对于海世昌来说极为重要的事情，忙掏出几块大洋放在桌上，安顿好海爷和老十一晚上这顿的吃喝，留下老十一在此照料海爷，自己快步走出了马号的院子。

雷三爷一头钻进汽车，直奔遵化的东陵去接胜宝琦和那只海东青。他曾答应过海爷，一定要让海爷看看捯饬过的"玉爪十三黄"。

汽车出了朝阳门，一路颠簸，忽快忽慢地择路而行。当远处巍峨的陵寝明楼已变成影影绰绰的轮廓时，雷三爷的汽车摇晃着驶进了东陵裕大村。胜宝琦一看雷三爷火急火燎地过来，一杯茶都未等喝完，就将那只海东青装进挎笼，给挎笼罩上虎头锦套，问都不问地跟着雷三爷连夜坐车进了北平城。

两人披星戴月，马不停蹄，总算又赶回了什刹海北沿七爷府马号。打发走了司机，两个人刚刚走进西院，就听见西屋里传出海世昌不停的咳嗽声。雷三爷心里惦记着海世昌，急急掀起门帘，先一步走了进来。

屋内，灯光昏暗。雷三爷看见老十一坐在里屋的炕沿上，海世昌躺在炕上，仍在咳嗽不止。老十一看见雷三爷赶回来，自然是欢天喜地，将海世昌扶起，坐在了外间屋的八仙桌旁。放在八仙桌子上的和尚头座钟此刻响起了打点的声音。

钟敲十一下。

看着拱形挎笼里通体洁白、拴系着虎头铃、摘下鹰帽的"玉爪十三黄"，海爷再一次湿润了眼睛，说："谢谢胜爷，让我老海居然还能见着海东青，见着'玉爪十三黄'！羽中虎，真是神骏哪。"

看着海世昌或许将不久于人世，在雷三爷的安排下，胜宝琦决定暂时在这里住下，尽可能地让海东青陪伴海爷一段时间。

老十一说："宝琦叔，老十一明天就去绦儿胡同，珍珠姑姑要是知道您也来了城里头，一定特高兴。"

第四十三章

画猫画虎难画骨

北平四月天,气清景明,草长莺飞。

老十一知道这正是孵化小鸽子的最好季节。记着去年春上惠郡王府鸽棚的小鸽崽儿落野游棚的事情,因此老十一最近往西直门城楼上来的次数勤了,趟数密了。眼看着惠郡王府后身儿那几株老槐树渐渐又枝繁叶茂起来,老十一心下暗喜。再等些时候,又可以攀上树去对惠郡王府一窥究竟了。

连续几天在城门楼子滴水檐上摸爬,用手一捏那些干硬的鸽粪,就知道是前些日子鸽子拉的。虽然这不能说明什么,但是根据连续几天的守候观察,可判断出惠郡王府近些天来没有再飞鸽子,老十一想知道原因。

这天,背着抄网的老十一终于按捺不住,悄悄爬上了惠郡王府后身儿那几株老槐树,躲在树干枝杈间,透过密密的树叶,向着西边花园里张望。南向那几座应该是种鸽棚,里头的鸽子似乎没有什么变动,与上次来时看到的大致一样。老十一发现原来靠近西面围墙的那几座高大的"活棚"里养的鸽子已经不多了,眼下鸽棚里变得冷冷清清。小鬼子把那些鸽子都给弄到哪儿去啦?老十一犯了猜疑。无意中转过头来,在下面惠郡王府的院子里，忽然看见了一个人。一刹那间的恍惚，老十一觉得与这个人似曾相识，可一时又想不起在哪里见过。

那是一个中国人，从他的装束上一眼就可以看出。那人穿布鞋、一袭长衫，戴着礼帽，挺胸抬头，跟在一个穿着和服的日本人的后面，向上房走去。在前面引路的那个穿着和服的日本人反而俯首躬腰，显示出十分恭谨的样子。

木岛芳雄再次接到那位特使打来的电话，要来惠郡王府面晤。按照约定好的时间，木岛芳雄、山内己之助和小津平吉早早便等候在惠郡王府的客厅里。就要与这位神秘的特使见面，几个人心里未免既紧张又期待。

客厅的门被推开，门房岩井三郎首先走了进来，他躬身站在一侧，伸手做出"请"的手势，让进身后的客人。

出于礼貌，木岛芳雄、山内己之助和小津平吉三人一齐站了起来，做出非常恭敬的样子。

"新京"方面"御用挂"派来的特使终于露面了。

特使进门后，顺手摘下头上戴着的礼帽，交给躬身站在一侧的岩井三郎。岩井三郎回身将那顶礼帽挂在衣帽架铜制的挂钩上。

特使向等候在客厅里的三个人走来，彼此看得很清楚。等候在客厅里的三个人不免同时大吃一惊：这个人他们认识！特使穿着中式长衫，脚蹬礼服呢面圆口布鞋，地道的中国人打扮——竟然是《北平晨报》的副主编林公冶。

林公冶面带微笑首先落座，双方自然又是一番多礼的客套与寒暄。

"诸位一定奇怪我究竟是日本人还是中国人。"林公冶坐下后，紧接着做了自我介绍，"我和刚刚调离去'北满'履新的台基厂七号院里的松室孝良,是同一年由参谋本部派到中国的,松室君当时去了西北军冯玉祥那边,我就留在了城里。已经十三年了,真的很想回到日本去啊。"

林公冶说完,坐在沙发上的三个人同时站了起来,面对着林公冶再次行了鞠躬礼。可以想见,林公冶的职衔一定很高,不过不方便问而已。

"原来是前辈,以后请多关照!"木岛芳雄恭敬地说。

山内己之助和小津平吉也连连说着"关照"之类的话。听得出来,他二人不是泛泛的客套,而是真实情感的流露。

林公冶举手示意大家坐下来。

"事情从时间上来讲似乎有些紧急,所以不揣冒昧过来与诸君会面。"林公冶环顾左右,"自接到东北方面的命令已有半年多的时间,关于中国的'灰粉鸽'一事,我利用在北平的职务之便查遍了中国有关鸽子的典籍,确实未见记载。就目前我个人的研判,关于夜晚也可以照样飞翔的灰粉鸽只能算作是传说,并准备向'御用挂'和关东军司令部做一个总结报告。"

"先生,这边的情报表明,北平赛鸽会会长雷皇城确实从阳台山接回了几只鸽子。"山内己之助说,"有理由相信他接回的鸽子就是灰粉鸽。"

"山内君,你说得没有错。利用验棚封环的机会我进入了雷家,有四羽灰粉鸽就养在那些鸽子中间,不注意是看不出来的。那是四羽高纯度的回血鸽,长得简直就像是一个模子刻出来的一样。"

"真应该设法将那四羽灰粉鸽搞到手。"山内己之助心有不甘地说。

"我说话的意思山内君恐怕还没有完全理解。"林公冶说,"灰粉鸽对于我们来说已经不重要了。即便获得了那种鸽子,培育出夜晚能飞的鸽子，充其量也就是对战时的通信起到一些帮助的作用而已。"

看到坐在沙发上的三个人不再说话，林公冶继续说道："眼下就连在平安京居酒屋里的人都知道，东京朝野流行着这样的传言，'华北不一定什么时候，什么样的事件就要爆发'……"

"前辈常常去平安京居酒屋吗？"小津平吉问。

"是呀，坐在那里，喝着清酒，可以缓解一下思乡之情呢。"林公冶说着话，从长衫的口袋里掏出一个小纸包放在茶几上，望向木岛芳雄，"你可以打开它。"

木岛芳雄不知所以，探过身去，小心翼翼地打开纸包，里面是一撮风干的鸽粪。木岛芳雄抬眼看着林公冶。

"这是雷家鸽棚里的鸽粪。"林公冶说。

木岛芳雄托起纸包凑到鼻子下面嗅了嗅，抬手捏起几片风干的鸽粪放入口中有如品尝般地细细地咀嚼起来。

林公冶向站立在客厅门口的岩井三郎一招手，岩井三郎急忙去洗漱间倒了一杯清水拿了一只唾盂送了过来。

木岛芳雄将口中咀嚼过的鸽粪吐在唾盂里，漱完口，用手绢擦了擦嘴，说："一点儿异味也没有，看来那家伙真的很懂得怎么喂鸽子。"

"是啊，一点儿异味也没有，感觉这里面还稍稍带有一丝苦涩。"林公冶点点头，赞同地说道，"那个雷三爷的鸽子喂得就是好，鸽子看起来很强健。"

"如此说来，前辈也是尝过的了？"木岛芳雄指着放在茶几上纸包里风干的鸽粪说。他大为惊奇，林公冶居然懂得饲养鸽子。

"不过是年轻的时候，在军部的育成所养鸽子时攒下的一点心得而已。"林公冶谦逊地笑一笑，"目前国内日本军鸽的品种多为耐飞型的，追根溯源，主要有比利时戴扶连特系和法国西翁系两个品系的鸽子来做鸽种的支撑，后来形成了日本的合西系、松风系还有势山系。不可否认，这其中肯定掺杂有中国鸽子的血统。经过这么多年的训育，这些旱鸽已经完全适应了日本本土的地理气候，还被称为'天皇神翅'。由于中国地理气候与日本截然不同，如果战争开始，亟需一大批适合在中国这么辽阔的地域里飞翔的鸽子，所以军部提出'要培养飞得更远的鸽子'，意义就在于此。"

"前辈教导得是。"木岛芳雄急急说道，"我这里也很着急，时间紧迫，三宅坂的电报上说如果开战，陆军部和海军部加起来预计需要大约两万羽鸽子。而适应中国地理气候的鸽子，还远远不够，育成所目前的种鸽数量也还差得很多。"

"看来需要一大批中国优秀的鸽子和'天皇神翅'来共同培育适合在中国飞翔的鸽子。"林公冶说，"你们想到什么好的办法没有？"

"计划在五六月份再启动一场双关赛，和那次北平赛鸽会一样，比赛的时间和地点不变，而且要将鸽赛的名次奖金提到最高，鼓励他们为争夺高额奖金而拿出自己棚里最优秀的鸽子来参赛。"木岛芳雄胸有成竹地说，"到时候，想请在通辽的骑兵过来帮助我们，在扎鲁特旗将这一批待放的鸽子全部扣下，然后转移到丰台的鸽子楼里面。"

"唔，那就这样做吧，为了'圣战'必须竭尽所能！如果通辽的骑兵华北驻屯军无法调动，我可以去和关东军方面协调。"林公冶说，"上次我作为裁判到过扎鲁特旗司放地，那里距离通辽大约160公里，路面情况很不好，用骑兵来实施这次计划，比较机动灵活。事先不要惊动当地，出动一小股骑兵也就够了。计算好时间，从通辽进行长途奔袭，赶在拂晓时分，在鸽子未开笼前,到达司放地,立即控制住开卡车的司机。"

"谢谢前辈。"木岛芳雄倏然起身,再次对林公冶行鞠躬礼。

"好啦,好啦,都是为了国家,请不要客气。"林公冶换了一个话题,"听说木岛君深谙侘寂之美,在这王府里造了一个枯山水的庭园,是否可以让我领略一下木岛君眼中的山水?"

"请!"木岛芳雄高兴地躬身相让,陪同林公冶向王府的后面走去。

"时间过得真快呀,再有几天,就是天长节了。"走在王府抄手游廊里的林公冶边走边和大家说着。

第四十四章

雷三爷和老十一

最近这几天,雷三爷的心绪坏到了极点,险些到了崩溃的边缘。

九老板好心办坏事,她自告奋勇,为大妞儿与那个日本男孩子交往的事情在雷三爷面前探口风。不想一不留神说漏了嘴,被雷三爷紧紧追问,不得已,道出了实情。

姑娘大了,有些话当爹的碍着闺女的面儿是说不得的,甚至是不能说。在小姐儿的劝说下,雷三爷稍稍平息了心中烦躁的情绪,决定先要找到老十一,把这件事情的来龙去脉好好地问问清楚。

雷三爷到绦儿胡同兰嫂家来找老十一。只见十几只"五爪龙"安静地待在鸽棚里。胜珍珠告诉他,老十一眼下见天儿地往西直门城楼上去,不知在干些什么。

雷三爷听罢,抽身往回走。走出了胡同口,在德胜门的城门楼子底下,叫了一辆洋车,直奔西直门。

洋车将雷三爷直拉到西直门的城墙根儿那里,雷三爷下了车,开付了车脚钱。抬头看看,城墙遮断了大半的阳光。雷三爷在大片的阴影里,顺着马道上了城墙。

春日午后的阳光很是柔和。城墙上很安静，近处不见一个人影。极远处，层峦起伏逶迤的西山变成了暗绿色。天上一朵浮动的云遮住了半个太阳，一刹那，逶迤的西山仿佛被阳光切割，一半明亮一半阴暗。春风和煦，云影山光。玉泉山香积寺的玉峰塔还有北边白色的锥子塔都笼罩在那一半的阴暗里。

雷三爷收回目光，掏出怀表，揿开表壳看了一下时间。他知道小姐儿在家，自己家的鸽子就要"飞元宝"了。

说实话，自己还是第一次站在西直门的城墙上等待着自家的鸽子飞过这里。这一刻，雷三爷有着一种奇妙的感觉。站在这里，确实可以使人感到胸怀大畅。

这时，从南边阜成门方向响起了一片鸽哨声，酷似横笛洞箫之类乐器所发出的嗡嗡声，其间夹杂着清脆悦耳的亮音。雷三爷知道这是鸽子哨尾子上挂的"葫芦"还有"十三太保"合在一起的混音。他随着这片呜呜嗡嗡悦耳的鸽哨声望过去，一群鸽子向北边飞了过来。鸽群飞得很高，所以从下面看上去，似乎紧贴在蓝天底下。

雷三爷一直看得眼睛发酸，他目送着自家"飞元宝"的鸽群，向着北边去"走趟子"。

"三爷，三爷，快上来。"

雷三爷突然听见老十一好像是在一个不太远的地方招呼他，他转过身环顾四周，并没有见到老十一的身影。

"哎呀，三爷。"老十一的声音再次传了过来，"三爷，您抬头往上看。"

雷三爷终于看清楚，老十一站在城门楼子破旧的滴水檐上。高大的城楼遮挡住阳光，老十一就站在城楼的阴影里。

雷三爷不由得童心大炽，腿脚利落地上了城门楼子的滴水檐头,和老十一并排坐在一起。坐在这里望向四面,感觉自然又是不同。

"欲穷千里目,更上一层楼嘛。"老十一老气横秋地念了一句诗,"三爷,下次来要坐在这里看'飞元宝',比在下面看还要带劲呢。"

"嗯。"雷三爷心里有事,随意应了一声。

"三爷,您过来也不言语一声。刚才离得远没看清,还纳闷呢,这是谁啊,大下午的一个人上城墙。您一抬头盯着鸽子飞,老十一就反应过来了。"老十一不好意思地笑着,奇怪雷三爷因何到此,"三爷是来找我的吧,有什么事儿吗?"

"你们都在城墙上看过'飞元宝',我也来看看。"雷三爷知道老十一喜欢吃糖,他从兜里掏出一把特意带过来的糖果塞进老十一的手里。他有事来找老十一,这件事又确实不太好张口,显得有些踌躇,"老十一,我今天来找你——"

"三爷,老十一猜您一定是遇上难缠的事情了?"老十一看出雷三爷似乎有为难的地方,"三爷,您跟老十一还有什么不好说的,咱们是铁瓷,没得说!只要是老十一能办得到的——"

"大妞儿的事儿你知道吧?"

"三爷,谁是大妞儿呀?"

"嘿,瞧这话儿问的,三爷的闺女呀。"

"三爷有闺女,只是那次在兰嫂家听珍珠姑姑提起过,老十一可一直没见过,您刚才一说,这才知道您闺女的名字叫大妞儿。"

"大妞儿是小名,大名叫雷天鸽,在学堂里学画画。"

"哎呀!"老十一猛地叫了一声,惊诧地僵坐在那里,手里刚刚剥开糖纸的糖块掉落在滴水檐上。

"这回你认识了吧?"

"姐姐还有一位同学，也是画画的，还戴着眼镜，和她一起画城墙。"

"那是大妞儿的同学，叫温君怡。"

"三爷，闹了半天，她是您的闺女呀，老十一一直没对上号。上次就在这城墙上问那位姐姐'左盘龙'的时候，她只说过她爹也养鸽子，嗐，老十一就没往别处想。这都到跟前儿了，就差多问一句话的事儿，您看看，这是怎么话儿说的？"看表情，老十一真的是懊悔不迭，"一直觉得那位姐姐说话行事像一个人，老是觉得挺熟悉的，就是想不起来像谁，今儿个想起来了，像您，敢情原来就是三爷的亲闺女呀！"

"老十一，今儿过来找你，是因为……"

"老十一知道了，您是因为在燕大念书的那个日本男孩子的事情。"古灵精怪的老十一不等雷三爷说完，抢着说。

第四十五章

风　筝

日本天长节这天，在北平的日本人准备放飞鸽子表示庆贺。没想到早晨起来一望天，立马傻了眼。虽说是晴空万里，可目力所及，天空中到处都挂着风筝。风筝看得见，风筝线却是不易看清的。飞翔中的鸽子若剐蹭上风筝线，非死即伤。

一水儿胖的瘦的"黑锅底"的"沙燕"飘荡着，就挂在天上。

北京人称之为"黑锅底"的沙燕风筝有着一种特殊的画法，只用单一的黑色，是用黑锅烟子调胶来画的。用黑烟子作画，风筝放飞在天上，活像一块黑锅底。风筝大块着色，豪放粗犷，远观极具艺术效果，尤其是在阳光较强的天空中，效果极佳。

老十一有担当，以一夫当关的气势，独自一人在西直门城楼上放起了风筝。

原来，老十一提前纠合了市井里的一帮半大小子，要在日本人的天长节那天来放风筝。要求是从早晨一直放到晚暮晌，并许愿事后的酬劳是到宣武南横街小肠陈的老店吃卤煮，管够。

西城和东城都布置了人手。风筝放飞的地点最好选择在胡同里，要离养鸽子的日本人家不远但也不能太近，因为鸽子一般都是绕着圈儿地往起飞。

那天，和雷三爷在西直门城楼滴水檐上的一番交谈，老十一深感愧疚。雷家大姐儿的事情，老十一自认为是有对不住雷三爷的地方。既然自己看出那个男孩子是日本人，就算没有下狠心去阻止这件事情的发生，至少也要去跟雷三爷言语一声，可谁让自己那时没有对上号，不知道那位小姐姐就是自己铁瓷的闺女呢。

看得出，雷三爷很生气，也很伤心。

老十一一夜都没有睡踏实，辗转反侧，觉得对雷三爷要有一个交代。

望远镜里，清晰地看见西直门城楼上放风筝的那个中国孩子，头上戴着一顶中国的瓜皮帽，帽子后面拖着一条红幔。顺着那个中国孩子扯动风筝线的方向向天上看过去，一只硕大的"黑锅底"的风筝似乎正在向着这边飘过来。转过身，望向城内，德胜门那边有风筝挂在天上，东直门和朝阳门一带影影绰绰的，似乎也有风筝在飘荡。稍近些的地方，大概是在什刹海那里，也有人放起了三四只风筝，同样是那种中国人称为沙燕的风筝。

站在惠郡王府种鸽棚降落台上的木岛芳雄在用望远镜观察远近周围的情形，看得是清清楚楚。

木岛芳雄拨通了《北平晨报》副主编办公室的电话。听筒里的电话声一直在响，没有人接。他想问问林公冶，今天是中国人的什么节日，为什么这么早就有这么多的风筝放在天上。低头一看手表，晨时八点还不到，原来是还没有到上班的时间。如果电话打去前辈的家里，应该是一件很失礼的事情。木岛芳雄的手指很不情愿地离开了电话上的号码拨盘。

木岛芳雄刚放下听筒，电话却即刻响起了铃声。电话里小津平吉询问，今天还放不放鸽子庆祝天长节了，如果放，怎么放？风筝线在天上鼓荡，鸽子如果剐蹭上风筝线，那将是致命的。

第四十五章 风筝

木岛芳雄恨恨地说:"请先忍耐一下,想到就要来临的扎鲁特旗的放飞,你心中的气就会平复下来。"

雷三爷早晨起来,刚刚洗漱完毕,还是小姐儿过来告诉他,不知怎么回事,这个钟点儿,天上远近放的都是风筝。雷三爷听罢,爬上房顶一看,果不其然,远近天上挂着风筝。

他匆匆扒拉了几口早饭,在胡同口叫了一辆洋车,直奔古家风筝老铺而去。

那天在西直门城楼的滴水檐上,从老十一那里总算搞清楚了闺女是在什么情况下认识的那个日本学生。令他感到意外的是,那个日本男孩子居然也知道"左盘龙"这味中药。老十一还告诉他,好像那个日本学生的哥哥在日本也是养鸽子的。这就难怪了,应该是因为了鸽子,闺女和那个男孩子才很快地熟悉了起来。

眼下日本人占了丰台,对着北平城虎视眈眈,这仗早晚得打。大姐儿赶在这日子口上还和一个日本孩子有了交往,真是让人不省心。不然瞅着机会,让小姐儿来古家老铺把这事情说一说,让孩子姥爷劝劝自己个儿的外孙女。说总比不说强。孩子娘不在了,让孩子姥爷知道这件事情也是应该的。

进到古家老铺,铺面不太宽,是进深很长的筒子房。两壁挂满各色的风筝:蓝锅底的肥燕、三多九如的瘦燕,万福流云、天女散花、钟馗、连年有余,还有扇形的福寿双全、花篮形的群芳争艳……

迎门的槅扇正中挂有一架百蝠会聚的风筝,已达到精与美的极致。它的周围挂有精细小巧的掌燕及小福寿拍子、鱼龙拍子。睹物伤情,雷三爷思绪一沉,心里感到一阵刺痛,猛可里想起了亡妻古筱凤。

铺子里的伙计不明就里,看见来了主顾,张口就让其就座,而且还端出茶来招待。

柜台里面挂着的隔帘掀起,古老爷子走了出来,朝着雷三爷翻着白眼,没好气地吩咐店里伙计说:"你可真是勤儿得慌,把茶端回去。"

伙计挨了掌柜的呲儿,感到委屈,尴尬地端着茶盘,站在那里进退失措,不知道自己办错了什么事。

"爹。"雷三爷开口了。

"你少叫我,我不是你爹。"

"您是大妞儿的姥爷,我来是想和您说一件事,说完就走。"

"不是已经都说了吗,这钱我不收!"

"您说的是什么钱?"

"三十只'黑锅底'沙燕儿的钱。"

"什么时候的事情啊?"

"你真不知道?"

"知道什么?"

"应该是四五天前,鬼市上那个侯奎,侯掌柜带了一个叫……叫老十一的孩子来。一进门,那个叫老十一的说了,他是雷三爷的铁瓷。"

"我是认得这孩子。"

"这孩子要定做三十只'黑锅底'的沙燕儿。价钱多少铺子里说了算,交货日期他们说了算。就是昨儿个晚暮晌儿,那个叫老十一的带了几个半大小子来,把那三十只沙燕儿取走了。铺子里一个大子儿也没收。"

"三十只'黑锅底'的沙燕儿算起来应当不少钱呢,铺子里一个大子儿也没收,您因为什么呀?"雷三爷说着,作势就要从兜里往外掏钱,"就因为那孩子说是我的铁瓷?"

第四十五章 风筝

"你也太拿自己当根儿葱啦。"古老爷子大声说,"那个老十一说用这风筝是去和日本人较劲!今儿个是小鬼子的一个什么节,咱一整天就是不让北平城里养鸽子的日本人飞鸽子庆贺。那孩子没说瞎话,你出门抬头朝着天上瞅,眼下三十只沙燕儿全在天上飘着哪。"

"就为的这个?"

古老爷子不再理会,转身走了进去,将雷三爷晾在了外面。

雷三爷本想和大妞儿的姥爷说说大妞儿的事,看样子算是白来一趟。

第四十六章

扎鲁特旗的枪声

沈宗尧在玉华台饭庄设饭局，摆了几桌，请了大家来赴席。吃饭事小，更重要的是谈刚结束的春季日本人赞助的"和风杯"鸽赛，以及讨论即将到来的双关赛。

席间，沈宗尧只是劝酒，鼓励大家多放出棚里的鸽子来参赛。八大棚主热烈响应。胡大少唯恐天下不乱地说："先不说东交民巷的那些西洋人准备得如何，听说这次日本人也要倾巢而出呢。"

"听说这次前三名的奖金数额，可以买下一座四合院哪！"八大棚主其中一位一副虎目豕喙的样子，"养了这么多年的鸽子，这才知道，靠鸽子还能挣到钱。"

"敢情，这回呀，我也豁出去了，万一能进前十名，挣到奖金，也省得我那老丈杆子一见面就啰啵我玩物丧志。"其中一位养鸽子的老户也是深有同感。

"瞧您这话说的，真给咱旗人丢脸。"二顺子说，"有些事儿啊，一提钱就没劲了不是。这世上，赚钱的路一百条，没听说过，靠养鸽子还能赚钱。还是三爷说的那句话洒脱，养鸽子'就是图一乐儿'。"

沈宗尧再次端起酒杯，巡睃全场，说："来，我敬大家！"

大卡车在坑洼不平的石子路上颠簸着。车灯笔直地照向前方，在车大灯的灯光里，可以看见前方弯弯曲曲仿佛没有尽头的石子路。过了张北，路况就越来越差。现在，车两旁是无边无际的草原，沉浸在暗夜中，黑黢黢的茫茫一片，不见一点光亮。透过夜色，隐隐约约间可以看见远处零星散落的蒙古包，还有蒙古包旁边的围栏。围栏里面应该是羊群，沈宗尧这样想着。

沈宗尧后悔去年第一次打双关赛时自己没有跟来，他根本不知道这条路这么难走。难怪林公冶这次请假，说报社有事分不开身。也许报社真的有事走不开？沈宗尧决定不再去想这个问题。要是知道这条路这么难走，他一定可以想到别的办法将这两车鸽子搞到手。

他摇下副驾驶室的车窗，车外的冷空气吹了进来，他不由得打了一个冷战。低头看了一下手表，手表夜光盘上那根短的时针就要指向"3"了。

开车的司机也是上一次来过的司机，他很有把握地告诉沈宗尧，按照现在的路况和车速，再有一个多钟头就可以到达司放地了。

沈宗尧摇上了车窗玻璃，顺手又悄悄摸了摸佩在腰间的手枪。他将头向后靠在车厢厢壁上，轻轻闭上了眼睛，想休憩一会儿，养精蓄锐。

同车的胡大少早已昏昏入睡，脑袋歪着再次搭向他的肩头。放飞车刚刚驶离北平，这个胡大少就喋喋不休地和他讲起了灰粉鸽的事情，并且声称雷三爷家里就有这种世间珍奇夜晚照样能飞的鸽子。看胡大少说话时一本正经的神情，绝不像是在说瞎话。可问到胡大少是从何得知这一消息时，胡大少却又守口如瓶，目光中似乎流露出一种说不清楚的紧张。这又是个没头没脑的消息，却勾得人在心里起急，看来也只有等这趟任务完成后，回到北平再设法将雷三爷这边的情形摸清楚。

沈宗尧在前几天刚刚接到上峰电令，是关于南京特种通信方面军用鸽数量急需扩大的指示。电令最后附带说明时势，日本内阁提出的策略是，将华北变为亲日的"特殊地带"，以便日本"获得国防资源和扩充交通设备"，实际就是企图掌控华北的经济命脉，掠夺资源以加强其侵华的力量。

当前的形势简直不容乐观，一天紧似一天。

接到电令，沈宗尧几天来茶饭不思，头脑中渐渐酝酿了一个大胆的计划：让站里的人手作为赛鸽会工作人员，随同放飞车北上，利用这次双关赛第二关的放飞，劫持这两辆放飞车上的千余只鸽子，随后再运往南边。但是考虑到华北的局势和军事力量的部署，路上看起来不宜动手，免得打草惊蛇。他计划等到了扎鲁特旗司放地，那里似乎已不在华北的势力范围以内，再突然将放飞车劫持下来，这样即使北平方面得知消息，恐怕也是鞭长莫及。得手后星夜兼程，只需十几小时，便可摆脱北平方面的追踪。他在地图上也反复计算核实过，避开城镇，沿通辽、赤峰、围场一线，绕道天津，直接驱车赶往石家庄，继而转道南下，是可行的。

南辕北辙，有意兜个圈子，却可以取得出其不意的效果。上次放飞许昌沿途的所见所闻，使他做到了心中有数。这次劫持，只要过了黄河，就算大功告成——郑州那里的军鸽基地会派人前来接应。想到千余只经过通关赛筛选过的出类拔萃的鸽子，即将服务于南京方面的特种通信，此刻，沈宗尧的心情忽然开朗了起来。

随着汽车的颠簸，他渐渐睡得沉了。

正如那位司机所估算，拂晓时分，北平开出来的三辆放飞车终于到达了双关赛第二关位于扎鲁特旗的司放地。

随车而来的药业会馆里的几个鸽童跳下卡车，正在跺脚伸腿地活动着一路上坐得僵硬的身体。

有人在卡车车大灯的灯影里，指挥着将三辆卡车首尾相衔地一字排开。

后面两辆运载放飞笼的卡车已经将两侧车厢板放了下来。等待时间一到，司放长一声令下，司放员会立即将鸽笼两侧的栅栏门迅速打开，让鸽子急速飞出来，飞向蓝天。

沈宗尧从最前面的那辆卡车的驾驶室里跳了下来。他伸了一下懒腰，从风衣口袋里抽出一根雪茄，照例抠掉茄帽。一个鸽童凑过来，颇有眼力见儿地为上司点燃了雪茄。沈宗尧抽着雪茄，本能地抬头观望了一下四周的情形。

在拂晓的微明里，沈宗尧感觉到司放地像是在一个镇子的外面，又似乎离那个镇子很远。说是镇子，是因为朦朦胧胧看见的是房子而不是蒙古包。管他呢，反正这里四野空旷，倒是适合鸽子的起飞。前方不太远的地方，隐约看得出是一带起伏的山坡，坡度很平缓。

呼吸着拂晓清新的空气，沈宗尧狠狠地吸了一口雪茄。

跟着沈宗尧跳下车来的胡大少，揉着惺忪的睡眼，打着哈欠，说："沈先生，一会儿就能看见林先生说的千鸽竞翔的令人震撼的场面了。"

就在这拂晓的微明中，前方一带起伏的山坡后面，忽然响起了一片杂沓的马蹄声，夹杂着一句半句似有似无的日语交谈声……

胡大少简直不敢相信自己的耳朵，由于紧张，下意识伸出手拉住沈宗尧的胳膊，惊疑地说："沈先生，好像是日本人？"

"嘘——"沈宗尧左手夹着雪茄,用右手食指压住自己的嘴唇,示意大家不要出声。

紧接着,山坡后面出现了十几个日本骑兵的模糊身影。

沈宗尧在急速地判断,这里怎么会突然有日本骑兵出现?恰恰又是在这个时间里,鸽子即将放飞的时刻?

这十几个骑兵似乎有所准备,准确地说,他们就是策马平稳地往这边走过来,看上去并不是那种急于要过来干什么的举动,好像是在做一件很有把握的事情。

沈宗尧一刹那间反应过来。百密一疏,他竟然忽略了在通辽的日本关东军。扎鲁特旗距通辽百多公里,组织骑兵进行奔袭,轻而易举。看着这些骑兵不慌不忙的样子,对方肯定是获得了情报,并且掌握了此次放飞的情况。日本人这是早有预谋,要劫持这批鸽子。他忽然明白了:北平城里日本山内商社设置高额奖金竞翔的真实目的,就是要诱使中国人参赛,通过竞翔,进一步筛选出优秀的鸽子,然后伺机将北平城内的中国鸽子一网打尽。日本人欲劫持这批优秀的鸽子用于军事,和他的想法如出一辙,这真是"贼手摸着了贼脚"。决计不能让日本人的阴谋得逞,沈宗尧这样想着,最后做出了破釜沉舟的决断。

他抬手将几个鸽童召唤到身边,低声说道:"情况有变,现在来不及说那么多了。我去把日本骑兵引开,你们几个不但要负责其他人员的安全,还要记着,不管怎样,一定要坚持到黎明晨光的出现,到那时,天上有亮,鸽子就能飞起来了。把这两车的鸽子全部放掉,你们几个就算完成了任务。"

"是!"几个鸽童齐刷刷地举手敬礼。

站在一旁的胡大少彻底懵圈了,他明白这是一个紧急的时刻,但他弄不明白沈先生带过来的这几个鸽童在这紧急的时刻里,怎么会突然以标准的军人姿势齐刷刷地向着鸽会的沈大秘书长敬着军礼。看着沈宗尧向车子走去,胡大少习惯使然,一步就跟了过去,嘴里还在大声地说着:"这也算我一个!"

沈宗尧回过身,狠狠地一把将胡大少推了回去。

没有时间再考虑其他,沈宗尧嘴角叼着雪茄,猛然转身跳上第一辆司放人员乘坐的卡车,他转动挂在仪表盘上的车钥匙,车子发动了。卡车的前大灯照亮了前方,他踩下离合器,排上挡,卡车启动了,向前驶去。沈宗尧在极短的时间内,再次换挡,踩足油门,将卡车猛地朝着那些灯影里的日本骑兵开了过去。

沈宗尧左手握住方向盘,右手撩开衣服,拔出手枪。他看得很清楚,车灯灯光里的日本骑兵被这突如其来的刺眼的灯光弄得手足无措,连同胯下的马匹似乎也变得很难驾驭了。卡车快速地冲向日本骑兵,日本骑兵惊慌地勒马进行躲闪。

沈宗尧生怕日本人不来追赶自己,一瞬间,他记起在药业会馆听到过的一句话:不用重药,不能治本。他一手扶住方向盘,一手举枪,扣动了扳机,子弹穿过副驾驶一侧的窗子射了出去,击中了离车门最近的一个躲闪不及的日本骑兵的胸部。卡车冲过去了,势不可挡。他从后视镜里瞥见那个中枪的日本骑兵从马上一头栽了下去。

清脆的枪声划破了扎鲁特旗拂晓时分的宁静。

从通辽奔袭到扎鲁特旗司放地来的日本关东军骑兵得到的情报无非就是在这里有几个司放鸽子的中国工作人员,还有两辆放飞车上的千余只鸽子。同时得到的命令是驱赶中国司放人员,扣押两辆放飞车上的鸽子,控制住司机先将放飞车开回通辽,然后等待下一步的命令。

奔袭了好几个小时,终于在拂晓时分到达了命令中指定的地点。看来情报相当准确,就像是约定好的一样,山坡那边果然传来了卡车引擎转动的声音和卡车大灯晃眼的光柱。

看着胯下汗水涔涔，奔跑了大半夜的坐骑，领头的少佐抖动缰绳，让马匹缓缓地走过山坡。他抬头看看天色，离天亮还有一段时间。

就在这时，让日本人想不到的事情发生了。一辆卡车开足马力竟然向他们冲撞过来，卡车大灯晃得人睁不开眼睛，马匹也开始慌乱起来。

冲撞过来的卡车可以形容为风驰电掣。更叫人想不到的是，车上居然还有人开了枪，枪法极准，一名骑兵就这样被射杀。带队的骑兵少佐勃然大怒，刚才还在心里夸赞来自北平的情报准确，现在看来也不尽然。这哪是什么司放鸽子的中国工作人员，明明是不折不扣的反满抗日分子。

眼下还谈什么扣押鸽子，捉住或是消灭车上的反满抗日分子才是首要。日本骑兵少佐勒转马头，"唰"的一声抽出佩刀，向前一挥，脚镫一磕马肚子，率先向卡车追了过去，在他身后的十几名骑兵也跟着一拥而上。

卡车在颠簸中向前开着，方向应该没有错，因为就在前方，沈宗尧看见了极远的天边已经露出了一线鱼肚白色。后面车厢里响起乒乒乓乓被子弹打中的声音。"嗡——"耳畔响起子弹崩离钢板螺旋切割空气的回音，沈宗尧知道，这一枪肯定是打在驾驶室的铁壳子上，弹头滑趺了。

从卡车两边的后视镜里看到，卡车两侧日本骑兵渐渐迫近，马蹄声也越来越大了。沈宗尧一脑门子想的就是尽可能再拖延一些时间，黎明就要来到，天将破晓。

子弹变得更加密集，沈宗尧可以清楚地感觉到子弹从车旁呼啸而过。副驾驶一侧的后视镜竟然被一颗流弹击碎。

卡车在颠簸中仍然继续向前开着。前面出现了一条河，河面很宽，深浅无从得知。从地图上了解，扎鲁特旗境内有九条河流，没想到，这么快就碰上了一条。突然，沈宗尧左边肩膀后面肩胛骨那里猛地一麻，他知道自己中弹了。他脚底用力，将油门踩到底，驾驶着卡车向河里冲去。

卡车在冲向河里的一刹那，前车轮准确地压上了河边一长溜凸起的土坎儿。高速行驶中的卡车猛然被这处土坎儿垫了起来，卡车腾空飞向河中间。就在卡车滞空的短暂瞬间，沈宗尧看见天边绯红色的晨曦染红了草原。

天已破晓。

狂追一路赶到河边的日本关东军骑兵一齐下马，举枪射击，密集的子弹准确地射向落在河水中间的卡车。

沈宗尧在最后的时刻里，想起北平赛鸽会去年打双关赛，从扎鲁特旗放飞回来的林公冶对他说过，一望无际的草原上，在天边绯红色的晨曦中，千余只鸽子迎着即将升起的太阳，振翅翱翔。那是一幅令人震撼的、壮观的景象。

第四十七章

念　想

　　林公冶手拿电文纸，气得在惠郡王府的客厅里走来走去。

　　通辽关东军方面给予的答复老实说是很不客气的。在扎鲁特旗司放地发生的实际情形与北平方面提供的情报简直是大相径庭。所谓的在扎鲁特旗司放地的中国司放人员中，突然出现了一名反满抗日分子，关东军一名骑兵被其射杀。该名抗日分子在追击中已被击毙。骑兵队由于全力投入追击，贻误了时间，以致千余只鸽子得以照常放归，遂使此次行动失败。关东军司令部对这次行动要追究情报来源人的责任。

　　"这个沈宗尧，怎么会是反满抗日分子？"林公冶摇摇头，表示很难理解，"他是留德学医的，好像医术还很高超。"

　　"前辈好像很知道他呢。"小津平吉说。

　　"我养的一只鹩哥，很是可爱，被猫给扑了。就是沈大夫给鹩哥动的手术，救活了它。"林公冶一声叹息，坐了下来。

　　"事情怎么会变成这样？商社这次真的要赔进去很多钱了。"山内己之助心疼地说，"计划是在扎鲁特旗一锅端走了事，所以把奖金提得很高，原本打算对外不过是说说而已，谁知竟然弄成真的了。"

"事已至此，不可声张。"木岛芳雄劝说道，"这次的失败未必就是坏事，等到秋季，索性再来一次'金风杯'，打千公里赛，武汉到北平。有了前两次鸽赛的诱惑，等到秋季，中国人一定会更加深信不疑！"

林公冶说："中国人有句话，'塞翁失马，焉知非福'。"

"好吧，也只有这样了。"山内己之助悻悻然地说。

"山内君，你以为木岛君不生气、不痛心？"小津平吉说，"木岛君比谁都着急。等到秋季，集完鸽子，只要向南出了北平城，就不再拖延，放飞车直接开到丰台老英国兵营里的鸽子楼去。木岛君，我没有说错吧？"

"已经没有时间再同中国人周旋下去了。"木岛芳雄平静地说。

雷三爷心情很压抑，他有着一股说不出来的沉重，这股沉重的感觉简直压得他有些喘不上气来。他独自站在药业会馆的后院里，来送沈宗尧最后一程。

会馆里的气氛同样很压抑，大门口停放着几辆黑色的小轿车，还有一辆前来搬运东西的大卡车，一看颜色就知道是军车。车旁站立着几名身穿黄绿色军装、头戴钢盔、胸前挎着冲锋枪的人，大概是跟来押车的中央军，他们目光警觉，脸上毫无表情。

院子里进来五六个一水儿的身穿灰色中山装、留着小平头的精干的年轻人，他们彼此间并不多话，只顾低头将棚里的鸽子小心翼翼地装进笼子里。几百羽鸽子要分装进那些鸽笼内，是需要时间的，因为这是一件细致的工作。这些鸽子看来是要被运走。

棚里有些正在等待装运的鸽子感到不安，在"咕咕咕"地叫着。

一个"鸽童"走过来，面带戚色，颇有礼貌地向雷三爷一躬身,说:"雷三爷,长官有请。"

在那位"鸽童"的引导下,雷三爷第一次走进沈宗尧的起居室。

西式风格的起居室内杂乱无章,但很富有生活气息。卧室的房门打开着,可以看见宽大的席梦思的一角。床上蒙着绿色的军用毛毯。

沈宗尧的"鸽童"嘴里所说的这位长官实际年龄也不是很大,在四旬左右。他看见雷三爷走近,表示客气,便站了起来。这位长官身材微胖,剃着平头,同样穿一身灰色的中山装,领扣紧紧地系着,脚上一双咖啡色意大利切尔西皮鞋。看得出,这是一位说话行事一丝不苟、作风严谨的人。

"雷先生请坐。"这位长官伸手肃客,"沈长官殉国,南京震悼,怆怀曷极之痛,无以言表。"

"平日只知道沈秘书长在国药业同业公会里任职,住在药业会馆。"雷三爷有些拘谨地回答,"因为志趣爱好相同,在一起养养鸽子,也就是这些。实在不知道沈秘书长在政府里还有任职。"

"为了国家,有些事情在民间也是不便说明的。兄弟只能告诉雷先生,沈长官在政府的军队里职衔很高。兄弟此次奉命过来料理沈长官身后事——"这位长官说到这里,搓搓手,面有难言之色,"先生,有一件事不知当讲不当讲?"

"长官请讲。"雷三爷答道。

"啊,是这样。"长官抬起头,微笑着说,"沈长官生前为了国家在南边的军鸽基地,曾多次向上峰谈到雷先生手里有一张饲养鸽子的'魔鬼配方'——"

"长官,你们闹误会了。"还未等对方这位长官说完,雷三爷苦笑了起来,连连摆手,"喂鸽子,讲究的是要搭配些豆类杂粮,没有条件的,比如小孩子养鸽子,一把高粱米即可,又哪里来的什么'魔鬼配方'？这不过是北平城里养鸽子的鸽友们开我的玩笑而已。要知道，这喂鸽子和人吃饭是一个道理，膳食是否合胃口，也是要因人而异，饲养鸽子也是同理。对每只鸽子要仔细观察它的表现，区别对待，万不可一概而论。只管喂，不管别的，那可不叫养。"

对面坐着的这位长官，此刻脸上一副恍然大悟的表情，说："兄弟是外行，不过听雷先生一席话，胜读十年书，胜读十年书。"

长官说完，站起身，脸上赔着笑又说："等外面鸽子全部装完笼，兄弟也就带人告辞了。只是不知何时再见先生。"

"世事无常，人生也是不可预料的。"雷三爷只得说。

"先生是沈长官生前好友，兄弟也为沈长官生前有这样的朋友感到高兴。这样吧，兄弟擅自做主，您在沈长官遗物中选取一样物品，可以用来留作纪念。"

雷三爷拿起了那盒帕塔加斯雪茄。

那位长官躬身弯腰，毕恭毕敬地将雷三爷送出了会馆的大门。

雷三爷手里捧着那盒帕塔加斯雪茄，绕过停在门前的那辆军用大卡车和站在车旁持枪押车的卫兵，向街口走去。

"哎呀，三爷，您果然在这里，林先生还真没说错。"胡大少迎面兴冲冲地打着招呼，跳下了洋车。

"与沈先生朋友一场，过来送送沈先生！"雷三爷抬头看过去，胡大少坐的洋车后面还跟着一辆空拉着的洋车，"你这是——？"

"我是奉林先生之命来接三爷的。日本人小津平吉代表东交民巷洋人赛鸽俱乐部为沈先生殉国表示沉痛哀悼，特在全聚德请三爷和林先生吃饭，林先生已经过去了。"胡大少回过身抬手招呼后面跟着的那辆空拉着的洋车赶紧过来,"三爷,电话打到您家里,您家里人说不知道您去了什么地方,还是林先生说得对,打发我叫了车直接来会馆这里接您。"

"为了北平城里的鸽子,沈先生就这么走了。"雷三爷手里捧着那盒帕塔加斯雪茄,哀惋地说。

"三爷,您是没瞅见,那天拂晓在扎鲁特旗,放飞车刚到地方,那十几个日本骑兵跟着也就到了。沈先生平常看起来那么文绉绉的一个人,事情到了紧要关头,真是不含糊,瞬间就像变了一个人。"胡大少说着话,目光越过雷三爷的肩头,向不远处会馆大门口的军车和站在车旁的卫兵瞄了瞄,"三爷,当时我真的蒙了。说也奇怪,跟着沈先生在会馆里喂鸽子的那几个鸽童,平时瞅着好像也没什么,可就在那一瞬间,好么,那几个鸽童忽然间就挺直了腰,还齐刷刷地向沈先生敬着军礼。沈先生跑过去开车,我还傻乎乎地也要跟着去,是沈先生一把将我推了回来……现在知道了,原来沈先生他们都是公家的人。"

"为国家民族舍生易,为个人名节取义难!"雷三爷说完这句话,捧着那盒帕塔加斯雪茄坐上了胡大少带过来的洋车。

前门外肉市街上的全聚德烤鸭店。

二楼包间,宽敞明亮,陈设雅致。地当间儿的大圆桌蒙着雪白的台布,上面摆满了酒水菜肴。

雷三爷手里捧着雪茄盒子走进来的时候,坐在靠墙的长沙发上的小津平吉和山内己之助连忙起身相迎,表示出极大的热情。林公冶与雷三爷打过招呼后,在日本人非常客气的催促下,拉着雷三爷入了席。

说到请客,宴请的菜码是九个彩拼冷盘、十一道热菜、一套烤鸭、一个汤,外加一道甜品。满桌菜品,琳琅满目,色香味俱全。雷三爷知道,这是全聚德宴请的最高规格,随便拎出哪一道菜来都是富贵逼人。比如菜谱里有一道"飞燕穿星",据说只取用鸭舌中间那一条舌蕊,一碗就要足足用掉八十只鸭子。

雷三爷坐在主位,回过头冷眼看着并排站在窗前的四个身穿西服的日本随从,他们双手背后,挺直地站立着,一动不动。雷三爷想到,景爷应该就是死在他们的手上。

尽管陪坐劝酒的日本人脸上堆着笑,可桌面上的气氛却是冷清压抑,令坐在饭桌边上的人很不自在。

雷三爷坐在林公冶的旁边,杯盘碗筷一概不碰,仅仅是将手里捧着的那盒帕塔加斯雪茄放在自己面前的桌边上。

胡大少为了冲淡饭桌上僵持尴尬的气氛,有一搭没一搭地在极力寻找着与鸽子有关的话题。

林公冶闷着头是一杯接一杯地在自斟自饮。

小津平吉干咳了一声,再次开口说话:"雷先生,贵会的沈秘书长此次为了放飞鸽子,在扎鲁特旗不幸以身殉职,俱乐部方面表示十分的悲痛与遗憾。为了表示诚挚的友谊,俱乐部方面准备向贵会赠送三十羽品性优良的鸽子,作为对沈秘书长的特别悼念。"

"听回来的人说,沈先生是被不知从哪儿来的日本骑兵打死的,我倒要问问,沈先生的死,这笔账又该怎么算?"雷三爷一脸遒悍之色,抬眼怒视着坐在对面的两个日本人,冷冷地问道。

"应该是通辽去执行任务的关东军骑兵,路过司放地,不慎引起了沈秘书长的误会,最后导致了流血事件的发生。"小津平吉使用了低沉的语调诉说着,极力想表示出对这件事的惋惜与痛苦。

"据调查这次事件的人员回来报告说,是沈秘书长先向关东军骑兵举枪射击,并且打死了一名骑兵,从而被误认为是反满抗日分子而被关东军击毙的。"山内己之助不客气地说，"无论怎样，事情已经发生了，还请雷会长向贵会的诸位同仁进行说明。"

"你们日本人少跟三爷我玩这哩格儿楞。"雷三爷不愿意听了，扬声说道，"那些关东军骑兵要过来劫鸽子，沈先生举枪示警不是应当的吗？别忘了，这是在中国的土地上！"雷三爷说完，将桌子边上的那只雪茄盒子交到坐在旁边的胡大少的手里，然后，猛然站了起来，双手扳住桌子边，用力向上一掀，将整张桌子掀了起来，满桌子菜肴连盘子带碗地散落一地。坐在对面的山内己之助和小津平吉想不到雷三爷有此一举，根本躲避不及，被掀翻撒落的汤汤水水溅了满身满脸。

"爷没工夫陪你们这些小鬼子吃饭。"雷三爷从愣在一旁的胡大少手中拿过那盒帕塔加斯雪茄，对着惊愕中的山内己之助和小津平吉说，"这是沈秘书长留给你们日本人的念想！"

雷三爷说完，转身扬长而去。

第四十八章

错进错出

木岛康男如约来到西直门的城墙上,他在等雷天鸽和温君怡的到来。今天,他要带她俩去看兄长造的枯山水庭园。

去年在香山见心斋的时候,木岛康男就曾答应过雷天鸽和温君怡,要找时间带着她俩来看兄长木岛芳雄的枯山水庭园。最近几天机会来了,木岛芳雄要住在丰台老英国兵营的鸽子楼那边给种鸽配对,一时半会回不到城里这边来。时间上对于康男来说应该是充裕的。

他选择今天陪同雷天鸽和温君怡参观兄长的枯山水庭园,是有着自己的算计的。听兄长说过,忙完这一段时间,他要和那个中国女孩子见见面,谈一谈。不用说,兄长肯定是要替代父亲并代表木岛家族来进行类似于相亲这种事情。木岛康男总有一种不好的预感,假若兄长见了雷天鸽,一定不会同意他再继续和她交往,不管有没有将战争这个因素考虑进去。尽管那天哥哥拿着放大的照片对他说起雷天鸽时,态度也很温和,可他就是放不下这个令人担忧的念头。所以,木岛康男趁着兄长不在惠郡王府这边,选了今天这个时间来完成对于雷天鸽和温君怡曾经的许诺。至于兄长打算什么时候约见雷天鸽,那是以后的事情,见得到见不到还另说呢。

木岛康男带领雷天鸽和温君怡来到了兄长的住所。

"咦，这里不就是惠郡王府吗？"走近大门的时候，温君怡不由自主地嘟囔了一句。

雷天鸽迅速地用眼色制止了温君怡。因为她想起了老十一曾经说过的话。

大门打开了一条缝，开门的正是身穿和服的门房岩井三郎。木岛康男用日语和岩井三郎简单地交谈了几句以后，只见大门打开了一半，岩井三郎非常客气地躬身让进了木岛康男、雷天鸽和温君怡。

穿堂过室，木岛康男径直将雷天鸽和温君怡带到后面的枯山水园子里。结合中国的古建筑，在向南一面布置了长长的木制门厅。坐在改造过的日式的"缘侧"的廊子里，雷天鸽和温君怡惊呆了。在老北平的偌大的惠郡王府里面，居然有这么一个地道的日本庭园。

那个日本门房跟着就给送来了沏好的茶水和一些日式的糖果，然后躬身垂手退到了后面，但似乎一直在留意着他们。

"这就是兄长造的园子。"木岛康男介绍说，"这园子里所用的材料都是从日本运过来的。枯山水所用的白川利砂是产自京都的一种含铁较高的花岗岩碎石白川石。"

雷天鸽和温君怡开始仔细地观察着，细细耙制的白砂石，叠放有致的几尊石组，构成了微缩式园林景观。

"枯山水并没有水景，其中的'水'通常由砂石表现，而'山'通常用石块表现。有时也会在沙子的表面画上纹路来表现水的流动。"木岛康男在尽自己所知地讲解，"枯山水字面上的意思为'干枯的景观'或'干枯的山与水'，这通常出现在室町时代、桃山时代以及江户时代的庭园中。"

"整体风格宁静、简朴，甚至是节俭的。看来是深受宋画影响。"温君怡表示赞同地说道。

"地面铺着一层细白砂石，表面梳着极整齐的波纹，石组象征海中岛屿，圆锥形的砾石置于铺满白砂的地上，白砂象征着大海，而砾石上砂砾制造出的纹理则代表着万顷波涛，构成一幅极为抽象的风景画。"雷天鸽好似在自言自语。

看着天色不早，木岛康男要留雷天鸽和温君怡便饭，雷天鸽婉拒了。木岛康男面上流露出不舍的神情，执意要雷天鸽和温君怡用过一些点心再走。为了不使木岛康男过分难堪，雷天鸽总算答应下来。

走进客厅，岩井三郎便为客人端来了茶水和几样摆在精致碟子里的日式点心。

首先令人好奇的就是靠墙放着的那张条案——案子上面的枪托架子上稳稳摆放着一支安有瞄准镜的狙击步枪，硕长的黝黑色枪管隐隐泛着烤蓝的光泽。

温君怡刚刚坐下来，便向着木岛康男发问道："这支枪还带着望远镜呢，一定能打得很远吧？"

"是的，听兄长说可以打到一千米处的目标呢。"木岛康男只顾殷勤招待雷天鸽和温君怡，竟然忽略了在客厅里摆放着哥哥的这支狙击步枪。听见温君怡在追问，颇有些难为情地补充道，"是哥哥那年代表政府去德国购买鸽子，一位德国朋友送给他的。这支枪应该是为了保护鸽子，用来射击鸽子的天敌鹰隼的。"

"说得真像是那么一回事儿似的。"对着木岛康男，雷天鸽劈面抢白，冷冷地说，"你是不知道还是在装傻，这是狙击枪，其实是用来射击人的！"

木岛康男一时语塞。场面略显尴尬地沉默下来。

出于礼貌，象征性地用了一些茶水和点心后，雷天鸽倏然起身要走，木岛康男只好送她二人出来。走在院子里根本看不见其他人，整座宅子安静得有些瘆人。她们感觉，这里不像是什么商社，更像是一种什么部门的特别机关。

走出垂花门的时候，西花园那边隐约传出鸽子的声响。雷天鸽停住脚步，侧耳听了一下，有些好奇："噢，敢情你哥哥的鸽子就养在这里啊。"

温君怡拉着雷天鸽就要走过去。

木岛康男急忙伸手阻拦，说："天鸽，对不起，兄长有规定，他不在的时候，任何人不得进入。"

"哎，你至于吗？"温君怡撇撇嘴说，"天鸽就是想看看你哥哥养的鸽子有没有她家的好。"

"不，不是这样。"木岛康男再次急急分辩说，"因为外人进入，还要穿白大褂，好像还要洗手换鞋什么的，兄长怕有外来的病菌带给鸽子。"木岛康男委委屈屈地接着说："我过来这里看兄长，也还从未进去看过鸽子，因为知道有这个规定，是想避免给兄长添麻烦。"

"好，不看就不看。"雷天鸽拉着温君怡向外走，"你们日本人养的鸽子，又有什么好稀罕的。"

温君怡突然甩脱开雷天鸽拉着她的手，回过身来，对跟在后面的木岛康男大声地说："康男，你还记得在西直门的城墙上看见过的'飞元宝'吗？"

"记得，当然记得！"木岛康男连连点头，"我还拍过照片呢。"

"那'飞元宝'就是她雷家的鸽子！"温君怡说。

"啊？"木岛康男一下子愣在了那里。

送雷天鸽和温君怡走出大门时，木岛康男很有些难为情。本来看看鸽子这么一件小事，不知怎么，到了自己这里却好像就成了一件了不得的大事。是因为兄长的严厉，还是因为西花园里被铁链拴系着的看守鸽子的那两条军犬？或是自己违背了兄长的叮嘱——外人绝不可以进入这里的机关重地？竟闹得气氛如此僵硬，真是糟糕透顶。木岛康男忽然自怨自艾起来。

也许是看见那个门房早已经将大门打开，一直躬身静候客人离去，雷天鸽和温君怡没有再说话，默默走着。

当惠郡王府的大门在雷天鸽和温君怡身后慢慢关闭的时候，温君怡搂着雷天鸽的肩膀说："等回头一定要告诉老十一，这回总算是弄清楚了，惠郡王府后面的院子里，那一大片白色的一道道细长的石头子儿耙成的沟儿沟儿里根本没种什么鸽子喜欢吃的东西，而是日本人眼中的大海。"

这几天，雷天鸽和温君怡为奔赴延安在悄悄做着准备。杨汉威借着给东家过来送鸽粮的机会告诉她们，此次的行动已经得到组织上最后的批准。组织上正在安排交通线，动身的日子就要到了。

雷天鸽想到，在这几天，要赶紧完成给九姑姑的肖像画。早在决定奔赴延安时，她就已为爹爹和姑姑画好了像，那两幅肖像画的尺寸不是很大，主要是为了携带方便，便于装在行囊中带走。可是九姑姑这幅是全身像，看来是带不走了。只有抢一点时间，可以借机先给九姑姑画一幅小像。

正在屋里整理着画稿，温君怡来了，是来商量请老十一吃饭的事情，也算是和老朋友告别。奔赴延安，眼下虽然不能明白告诉，但想必老十一以后知道了也不会怪罪。温君怡主张请老十一吃饭还有另一番用意，是想请这人小鬼大的老十一帮忙给出出主意，对木岛康男应该怎么办，说不定又会有让人意想不到的"鬼"主意呢。

"哎呀，这多不好意思，跟比咱俩还小的孩子说这事儿。"

"又有什么不好意思的，人家老十一早就看出来了。"温君怡说，"那次在西直门城墙上，老十一走进城门楼子里时说的话，你都忘记啦？"

"老十一说的什么话啊？"

"事但观其已然，便可知其未然；人必尽其当然，乃可听其自然。"

"啊？"

"我当时也很惊讶，老十一居然能够说出这么一番话来。在城门楼子里，我就问老十一，老十一说是听他姐姐的教书先生说过的话，不知怎的就给记住了。"

中午，两人在柳泉居饭庄请老十一吃了饭出来，三人一看天色还早，老十一极力提议还要去西直门城墙上看雷家"飞元宝"。雷天鸽和温君怡欣然同意，那里毕竟是她俩第一次跟老十一看鸽子的地方。

城墙上，初夏的阳光已经有些晒人。三个人向着城门楼子底下的阴凉地走来。

老十一开始还很奇怪，这两位姐姐好模当央儿地请自己吃饭，这如何敢当。继而转念一想，她俩一定是有事，只是还不知道如何开口，不然，吃饭的时候就已经说了。于是，老十一装出一副混江湖熟谙世事的表情，说："两位姐姐今天是有事要和老十一说，对不对？"

"哎呀，老十一，你真不愧是老江湖。"温君怡不由得佩服起来，"你是从哪儿看出来我俩找你有事儿要说？"

"是那个在燕大念书的日本学生的事情吧?"老十一说完,在雷天鸽和温君怡的脸上看过来看过去。

"是又怎么样?"温君怡看了一眼站在身旁的雷天鸽,试探地问道。

"当断不断,反受其乱。不胡说,三爷前几天可是找过小爷。"

"在哪儿啊?"雷天鸽急急问道。

"就在这儿啊。"老十一说完这句话,用手指着上面城门楼子的滴水檐,继续说道,"三爷找来了,从绦儿胡同坐着洋车过来的。我和三爷就坐在上面,看着雷家的'飞元宝'飞过去。"

"那我爹和你都说什么啦?"雷天鸽急不可待地追问。

"刚才不是说了吗,当断不断,反受其乱。"老十一一本正经地强调说,"遇见这事儿,三爷能不生气吗?"

"哎呀,我爹到底都说些什么啦?"

就在这时,一群鸽子压着城墙从头顶上盘旋着飞过,老十一顾不得回答雷天鸽的问话,几步跑到城墙边向远处张望。老十一看见那群飞翔的鸽子里有两只幼鸽自鸽群中突然蹿飞出来,在空中忽上忽下地拧动着身体撒欢儿,然后又急忙飞回鸽群里。

鸽群盘旋着缓缓落下,消失在惠郡王府那边的老槐树后面。看来惠郡王府日本人手里又有一批小鸽崽儿要开家了。老十一心中有了计较。

"嘿,老十一,你看什么哪?你刚才的话还没说完呢。"雷天鸽在向这边招呼着,"我爹那天到底和你还说什么啦?"

"先问我你和那日本学生怎么认识的,我就把'左盘龙'的事儿讲给了三爷。"老十一走了回来,不假思索地接着说,"反正看样子,你爹特生气。我跟三爷解释,只怪老十一以前没有对上号。"

"没有对上号?"雷天鸽问道,"老十一,你说这话是什么意思?"

"老十一要是早知道姐姐就是三爷的闺女,那老十一早就出手制止你和那日本学生来往了。"

"你也是反对这件事儿的?"

"那还用说,谁让他是日本人呢!记得我姐姐的教书先生说过一句话——非我族类,其心必异!"

"嗬,真是没看出来,你才多大点儿,还想管着这事儿?"温君怡倒是睁大了眼睛说着老十一。

"两位姐姐,你俩儿自己玩儿吧,老十一有事儿要走了。"

"你要去哪里呀?"

"你不等着看'飞元宝'啦?"

"顾不得了,先去新街口吉庆堂老铺买上几个二踢脚,看看还有没有麻雷子。刚才看见惠郡王府里鸽子又飞了起来,小爷要在王府西边的石虎小庙里等到晚暮响儿,王府里日本人再飞鸽子,老十一就崩它几下。这突然的大响动,尤其是刚开家的小鸽崽儿肯定害怕,一定会飞散,不敢回家。晚上老十一再摸回来,说不定这城门楼子上就会有游棚落野的小鸽崽儿呢。"

老十一临走时,看着雷天鸽和温君怡又说了一句话,一字一字地说得很清楚:"江湖事江湖了,江湖人江湖老。"

老十一说完,又悄悄凑到温君怡耳旁,不知嘀咕了几句什么,然后,仰起头,挥挥手,掉头跑下了城墙。

望着老十一匆匆离去的背影,雷天鸽若有所思,扭过头来问温君怡:"老十一鬼儿了咣叽①的,又和你说什么啦?"

温君怡笑笑说:"到时候再告诉你。"

---

① 鬼儿了咣叽,满语。指人突发奇想地行事,不讲规则,不按常理。

第四十九章

暗　杀

最近几天，惠郡王府种鸽棚里的鸽子又孵化出一批幼鸽，木岛芳雄决定这批子代鸽不再迁移到丰台鸽子楼那边去了，他要把这里建设成为"北平传书鸽育成所特种种鸽中心"。这里的种鸽要少而精，源源不断地将优秀的种鸽提供给以后建立在中国其他地方的军队中的"传书鸽育成所"。

下午，种鸽棚里的老鸽子带着幼鸽飞了一阵子，西花园的人进来报告说效果还是不错的。原本想亲自拿着望远镜到降落台上去看鸽子飞，偏巧又有些别的事情给耽搁了。他决定傍晚时分，再加进去十几羽幼鸽，进行一次开家的练习。他要亲自监督这次幼鸽的开家飞行。

夕阳的余晖斜斜地照进院子。站在降落台上的木岛芳雄举起了望远镜。他慢慢转动着身体，在向四周瞭望，突然觉得此时的情景非常熟悉。他猛然记起这和华北002飞失那天的情形一模一样，周围目力所及，没有人家在飞鸽子。

木岛芳雄示意开家的鸽子可以飞起来了。

鸽群盘旋着飞了起来，飞得很平稳，很有节奏，兜着圈子在飞，不紧不慢。木岛芳雄悬着的心渐渐放了下来，他手持望远镜追踪鸽群的盘飞。果然是因为黄昏,鸽群不肯远飞,就在周围低空盘旋着。

忽然望远镜里出现了一个身影,是个孩子。那孩子爬上了西边石虎小庙大殿的殿脊,是要干什么?木岛芳雄开始疑惑起来。

石虎小庙大殿殿顶绿色的琉璃瓦反着光。

木岛芳雄再次轻微地转动望远镜中间的调节目镜聚焦的旋钮,他要清楚地看见那个孩子爬上殿顶究竟要干些什么。

望远镜里,骑在殿脊上的孩子仰起头在看鸽子飞。那孩子头上戴着一顶中国的瓜皮帽,帽子后面拖着一条红幔。

盘旋的鸽子飞过小庙,从那个孩子的头顶上飞掠而过。只见那个孩子从外衣口袋里掏出一根红色牛皮纸做的雪茄粗细的圆柱体拿在手里,紧接着又点着了一根卷烟。显然那孩子不会抽烟,因为在望远镜里看得很清楚,那孩子被烟呛得咳嗽。孩子抬起头来望着天上,似乎在追寻刚刚从头顶上飞过的鸽群。

鸽群在南边兜了一个圈子,再次飞了过来。只见那个孩子把嘴里的烟卷拿在手中,凑近拿在另一只手里的那个红色的圆柱体,圆柱体的下部突然爆出了闪烁的火花。就在木岛芳雄明白过来这是怎么一回事的瞬间,鸽群正好飞临那个孩子的头顶上空。"砰——啪——"接连两下爆竹震耳的响声,孩子手中的圆柱体在天空变成了破碎的纸屑,纷纷扬扬。鸽群受到猛烈响声的惊吓,急惶惶四散飞开来,只剩下几片零散的羽毛飘浮在空中。

木岛芳雄带人追到石虎小庙,从里到外将小庙翻遍,早就不见了那个孩子的踪影。木岛芳雄在回去的路上猛然记起了康男还有胡大少曾和他说起过的那个叫老十一的中国孩子。

一定是那个中国孩子,木岛芳雄愤恨地想。

今晚的夜色还算透亮，天上有浮云飘过，一弯蛾眉月挂在天边。

搬来椅子，支起一张小桌，木岛芳雄坐在鸽棚前的降落台上，喝着咖啡，在等待着什么。小桌上横放着那支毛瑟98K狙击步枪。

这就足够了，从这里目测西直门城楼应该不到一千米。木岛芳雄这样想着，拿起枪，开始给弹仓压进子弹。

他看了一下手表，已经将近凌晨两点钟了。距离不足一千米的西直门城楼上，透过毛瑟98K配备的夜间可视6倍瞄准镜，所观察到的景象相当清晰。

傍晚时分被爆竹惊散的鸽群大部分陆陆续续飞了回来，有几只幼鸽没有飞返。眼下，透过瞄准镜可以观察到，西直门城门楼滴水檐东北角上果然落着两只落野游棚的幼鸽。木岛芳雄猜想华北002大概也是落在这个东北角上。如果不出意外，天一放亮，幼鸽也就自然飞返，因为落野幼鸽会记着鸽棚的方向。

木岛芳雄呷了一口咖啡，然后放下咖啡杯子，再度举起狙击步枪，横向慢慢移动着枪管。透过瞄准镜，他看见了一个黑影在滴水檐上匍匐着慢慢向东北角蠕动。黑影蠕动得很慢，几乎令人察觉不到。他明白，那是为了尽可能地不惊动那两只落野的幼鸽。

木岛芳雄将右眼紧紧贴在瞄准镜上，屏住呼吸，毫不犹豫地扣动了扳机。

最近这些时日，雷三爷因为大妞儿的事儿心烦意乱。晚上吃饭的时候，也没见大妞儿回来，小姐儿不放心，电话打到温家，温家的佣人说小姐和雷小姐都去学校了，说学校晚上有个纪念什么的联谊会。就在这时，大妞儿从学校打了电话过来，小姐儿这才放心。吃过饭,收拾碗筷的时候,小姐儿催促雷三爷不要再拖了,趁着事情才刚刚开始,现在不管和闺女说什么都还来得及。

小姐儿泡了壶茶,和雷三爷索性就坐在厨房的饭桌旁,聊着天在等雷天鸽。哪知一直等到凌晨一点钟,大姐儿这才进了门。

雷天鸽进门后,还未等坐稳,倒先开口说起了自己和那个日本男孩子的事情。就这样,憋闷了好些天,雷三爷终于等到闺女和自己面对面地摊牌了。

闺女的脾气秉性随他,雷天鸽爽快地将自己和那个燕大的日本留学生木岛康男交往的事情一五一十地告诉了父亲和姑姑。而且不等雷三爷再说些什么,雷天鸽就坚定地说,民族大义她是知道的。至于和木岛康男的事情,她知道应该有个决断,绝然不会拖泥带水。

"爹,您和姑姑就放心吧。"雷天鸽说,"老十一说得对,江湖事,江湖了。"

"好,好,是我雷皇城的闺女。"雷三爷放心地笑了,"怎么,闺女见着老十一啦?"

"是啊,中午和温君怡还有老十一在外面一起吃的饭。吃完饭,老十一要看咱家'飞元宝',我和温君怡就跟着又去了趟西直门的城墙。在城墙上,老十一看见惠郡王府飞鸽子,就走了,说是要到新街口吉庆堂老铺去买二踢脚和麻雷子,琢磨着去崩那些飞着的鸽子,然后等到晚上那些被爆竹崩散的鸽子落野,还要去城门楼子上逮鸽子呢。"

哪知道雷天鸽刚刚说到这里,雷三爷噌地站起身,说了一句:"你们先去歇着吧。"

雷三爷几乎是夺门而出。他要去西直门城楼那里叫回老十一,他知道老十一一定是为了他这个铁瓷,在半夜时分来逮游棚落野的鸽子。

第四十九章 暗杀

小姐儿情知不好,吩咐大妞儿:"快跟着你爹去,看看怎么回事儿!"

夜深人静。应该是从城外的方向,隐隐约约偶尔传来一两声枭鸟的鸣叫。雷三爷掖起衣襟,撩开大步,沿着顺城街,向西直门城楼子急急赶来。

在他身后,闺女大妞儿一路小跑着也跟了过来。

雷三爷快步走上了西直门城墙的马道,雷天鸽也气喘吁吁地跟了上来。他回头瞧了一眼闺女说:"你多余跟来,又没有什么大事儿。爹是担心老十一这深更半夜黑灯瞎火的,为了逮鸽子再给摔着了,不值当的。"

此刻,雷三爷毫无倦意,四下里巡睃着,快步向着城门楼子走来。

前些日子,为了闺女的事情,他来这城门楼子上找过老十一。滴水檐子已经破败不堪,人在上面很是危险,如果看不清楚脚下,一脚踩空,掉下来便有性命之忧。他现在过来就是要制止老十一,再不要为了几只鸽子如此的玩命。他知道老十一讲江湖义气,就是因为知道自己喜欢鸽子。当然,老十一也喜欢。

站在可以看见城楼滴水檐子的地方,雷三爷极力睁大了眼睛,仔细搜寻滴水檐子上面有没有人。他在薄暗中终于看清楚了,在滴水檐子靠近东北角的地方,果然是老十一匍匐在上面。雷三爷举手刚要招呼老十一,就在这时——

一声枪响划破了岑寂的夜空。

雷三爷浑身一震。他看见匍匐在滴水檐上的老十一身体似乎抖动了一下,随即开始顺着滴水檐子的斜坡向下翻滚……老十一从滴水檐上滚落下来!

跟在雷三爷身旁的雷天鸽不由得一声惊叫:"哎呀,爹,是老十一——"

老十一头上戴着的那顶后面缀着红幔的瓜皮帽被身体的滚动带落,一直窝在瓜皮帽里的那一头乌黑的长发"唰"的一下被甩了出来。垂落的长发,在夜风中飘拂……

雷三爷大步冲了上来,伸出两臂,在下面稳稳地将滚落下来的老十一接住在怀里。尽管是个孩子,老十一落下时的身体重量,那也是震得雷三爷倒退了一步。

雷三爷彻底震惊了,老十一竟然是个女孩儿!

站在雷三爷身后的雷天鸽冲上一步,用双手从后面扶住雷三爷,脑子里竟然一片空白。她使劲闭了闭眼,然后睁开,又是一声惊叫:"爹,老十一怎么是个女孩儿?"

老十一肯定是中枪了,伤在了哪里?子弹是从什么地方射过来的?急切间,暂时都顾不得细想。老十一受伤后的鲜血染红了雷三爷的衣服。

夜色中,老十一的头枕在雷三爷的臂弯里,一头长发垂落下来,面色苍白,呼吸急促。雷三爷急声呼唤:"老十一,老十一!"

雷天鸽也在急声呼唤:"老十一,老十一!"

"三爷,您来了。"老十一慢慢睁开眼睛,费力地说,"对不起,那两只游棚的小……崽儿今晚上是……捎不着了。"

雷三爷抱着老十一快步向着城墙下面走去,他急忙安慰着抱在怀中的老十一,说:"老十一,你别怕,三爷带你去医院……"

"三爷,不用去了,我有几句话要跟三爷说。"

"好,三爷听你的。"雷三爷只好停住脚步,"老十一,你伤在哪里了,到底要不要紧啊,咱们先去看大夫好不好?"

"好像伤在了腰上。"老十一喘着气说,"三爷,因为姐姐喜欢三爷,所以我托……鬼市儿上的侯奎打听过三爷,后来就认识

第四十九章 暗 杀

了三爷,是要看看三爷人品,替我姐姐把把关,谁让……阿玛额娘死得早。"

"啊?老十一还有个姐姐?"雷三爷颤声问道。

"就是九老板啊,以后拜……托三爷来照顾了。您别说我姐姐,是我不让她告诉你们的。"老十一气息变得更加微弱起来,"三爷,您别怪我没跟您说实话,听额娘说,我阿玛这辈子就喜欢男孩儿……我是梦生①,没见过我阿玛。"

"老十一,你姐姐的事儿,三爷不怪你!"

"老十一,老十一,你听姐姐说,我爹真的喜欢你,你不是我爹的铁瓷吗!"雷天鸽哽咽着,"咱不说了,咱还是先去医院看大夫好不好?"

"谢谢大妞儿姐姐,老十一认……识你……其实挺早的,可知道你是三爷的闺女……又……又太晚了……"

雷天鸽已经泣不成声……

"三爷,您以后抽空去绦儿胡同看看'五爪龙'……再跟海大爷说,老十一怕不能再去马号看他了。"老十一相当吃力地伸出小手,看样子是想摸摸雷三爷的脸。雷三爷把脸低下来,就着老十一的小手。老十一的小手摸在雷三爷的脸颊上,雷三爷感觉到,老十一的小手是冰凉的。

"老十一这辈子有……雷三爷这个铁瓷,值了!"老十一气息微弱地说,"三爷,别忘了,那抄网还在滴水檐子上呢……"

雷三爷哽咽着:"老十一,你说的,三爷都记下了!"

老十一摸在雷三爷脸上的小手突然垂落了下来……雷三爷再也抑制不住自己的悲愤,倘若他要早来那么一步,倘若他从来就

---

① 梦生,北方说法,指孩子还没有出生之时,孩子的父亲就已过世。这种情况下出生的孩子属于梦生。

324 ◂ 阳 鸟

不喜欢鸽子——

雷天鸽失声痛哭起来……

雷三爷站在西直门的城墙上，抱着老十一，身体震颤着，向着夜空大声地嘶吼……

忙乱了一夜，从协和医院回来时，天已大亮。

雷家上房的八仙桌上，放着那颗从老十一腰部取出的子弹头。

老十一是腰部中弹，不治身亡。根据从老十一中弹部位取出的子弹，还有协和医院大夫根据距离的推断，这一枪来自惠郡王府是确凿无疑的。

晨光照射进来，立在桌上的那颗射杀老十一的子弹头此时在晨光里显得亮铮铮的有些耀眼。

得知老十一死讯赶来雷家的温君怡早已泪流满面。雷天鸽瞪着红通通的双眼看上去有些怕人。小姐儿私下里跟肇大年嘀咕，大妞儿的眼泪在昨晚儿就已流干。

九老板哀哀地抽泣着，从怀中掏出一个用手绢包裹着的物件儿，她手心里托着这个手绢包，哆哆嗦嗦地送到雷天鸽面前。

雷天鸽不明所以，接过手绢包，慢慢地打开来，手绢包里一枚祖母绿的翠扳指赫然入目。刹那间，屋子里的人都惊呆了。

"九姑姑，您这是——"雷天鸽惊疑之余，身子不觉晃动了一下。温君怡见状，赶紧上前扶住雷天鸽。

"这原是老十一给大妞儿准备的见面礼儿。"九老板尽量抑制住自己的抽泣，慢声说道，"那天晚上，老十一钻进我被窝，对我说，姐，你就嫁给三爷吧。我说为什么呀，她说，姐嫁给雷三爷，她和三爷就是一家人了。"

小姐儿蔼然说道："这个老十一，为了自己，连姐姐都不顾了。"

屋子里悲伤的氛围被小姐儿一句话说得愈显凝重。

雷三爷嗫嚅:"老十一,三爷和你就是一家人!"

九老板收泪,掏出手绢擦了擦哭肿的眼睛,说:"不知老十一从什么地方翻腾出来我阿玛的这枚翠扳指,让我揣在身上,说等有机会给了大妞儿,算作是她的见面礼儿,还再三嘱咐说,姐,咱这礼数可是不能缺了呀。我说,要给你自己给,她说,她是属萝卜①的,虽说是长在背上了,可是个儿太小,不好意思。"

九老板说完,屋里顿时沉静下来。一种使人说不出来的压抑氛围已经到了极致,如此古灵精怪活泼可爱的老十一,就这样说走就走了。温君怡突然"哇"的一声大哭起来,她将立在桌上的那颗子弹头紧紧攥在手里,随即夺门而出。

雷三爷见状,站起身,伸出手来一把没有拦住,雷天鸽倏地转身追了出去。

在胡同里,雷天鸽三步两步追上了温君怡并紧紧将她抱住。温君怡力图挣脱,大声哭着说:"就是惠郡王府客厅里的那支枪打死的老十一,我要去惠郡王府替老十一报仇!"

雷天鸽激愤地说:"老十一说得对,非我族类,其心必异!"

---

① "萝卜不大长在背(辈)上"是一句中国民间谚语,字面意思是萝卜虽然不大,却长在了一个较高的位置(如土畦或垄背)上。常用来形容一个人年纪不大、资历不深,由于某种原因(如家庭背景、社会关系等)却获得较高的地位以及影响力。一般用作调侃语。

第五十章

至大至刚

满天的晚霞，红得耀眼。

夕阳的余晖笼罩在城楼上，涂上了一层血红色。雷天鸽独自一人就站在这血红色的余晖里。

凝望着西边天际，晚霞亮得有些刺眼。她满腔悲愤，她在等待，等待一种结果。

木岛康男再次如约来到西直门的城墙上，他沿着马道走上来，一眼就看见雷天鸽等在那里。他的心里开始忐忑起来，见了面，和那个心爱的中国姑娘说些什么呢？背叛自己的祖国，这种分裂的感受，使人痛苦万分。民族血统与根深蒂固的传统观念也使他备受煎熬。

干脆，告诉她这么多天来他一直在苦恼中度过，告诉她父亲从京都的来信。一切最好都要再等等，这场战争也许最后会消弭。如果在没有了战争这个背景下，他就可以继续在北平完成学业，她也不必再去延安，可以继续在北平画她的油画，然后他可以陪着她去欧洲深造。木岛康男就这么想着，走了过来，刚要抬手打招呼，忽然看见雷天鸽向城门楼子的里面走了进去。木岛康男感到奇怪，加快了脚步。

夕阳最后一抹余晖从城楼上面箭窗的缝隙投射进来，城门楼子里显得有些朦胧。他看见了雷天鸽站在靠近里面的地方，低着头，好像在向着地面上看着什么。

城楼的角落里杂乱地丢弃着修缮城门楼子的木工的下脚料和一些用剩下的砖石，地上积了厚厚一层灰白色的尘土，绵软而松弛。尘土极轻，脚踩上去，"扑哧""扑哧"，给人一种迈出去下一脚就要踩空的感觉。尘土受到步履的压迫，从鞋底四周腾起，飘荡在空中，有些呛嗓子。

雷天鸽听见脚步声，抬起了头说："刚才等你不来，我是想进来看看，不小心，一低头，把戴着头花的发卡掉下去了。"

"掉到哪里啦？"木岛康男边说边走了过来。

"就是上次老十一说的暗道。我看盖板开着呢，想探头看看，不想发卡就掉下去了。"

"我给你捡上来。"木岛康男说着话，走到暗道口的边上。探头一看，一架陡直的木梯，从很深的下面架了上来。下面昏暗一片，根本看不清楚。木岛康男心中一紧，有些胆怯起来，继而一想，话已说出口，又怎能反悔，岂不惹人耻笑。他想到这里，将背着的书包递给雷天鸽，自己反过身来，双手扶住木梯两侧，用脚试探着向下踩去。

"你要小心。"雷天鸽向着下面叮嘱着。

"放心吧。"木岛康男下了几级木梯，感觉没有什么可怕，于是胆子也变得大了，满不在乎地抬头向上面回答着。哪知，他刚刚回答完这句话，忽然感觉下一步右脚踩的梯板一下子翻了过来，身体往下一沉，他心中一慌，双手离开了木梯。木梯两侧原本很宽，很平滑，实际上上下木梯时两只手要同时向里用力，用来帮助支撑身体的移动和平衡。

"啊——"木岛康男大叫一声，失去了重心的身体急速下坠。

"轰——"沉闷的声响从下面传了上来，那是身体由高处摔落到地面的声音，随后归于平静。下面由于重物砸下后激荡起来的烟尘，直呛人咽喉。

雷天鸽含着眼泪在想，一定是他的血统和教育，让他在中日之间摇摆不定。这并不是他的错。自己又何尝不是陷入这种难堪的境遇呢。

她将手里木岛康男的书包顺着陡直的木梯也扔了下去，然后费力地将暗道的盖板重新盖好，步履有些踉跄地走出城门楼子。

晚霞落尽，暮色沉沉，远处景物都成了剪影。晚风吹来，不由得心怀一畅。居高临下，放眼四顾，雾霭从四面升腾起来，分不清是雾气还是炊烟。城中远近万家灯火闪闪烁烁，明灭不定。

雷天鸽从兜里掏出一大把糖果，奋力向城楼滴水檐子抛去。她声音有些嘶哑，大声地说："老十一，你等着姐姐把日本人赶出中国的那一天，再回来看你！"

忙了几天，雷三爷亲自安葬了老十一。

西郊太平王爷的陵寝园子里，紧挨着王爷坟又多了一座小小的坟茔。墓前的石供桌上，是两只用黑白嵌色玉石雕刻而成、和真鸽一般大小、惟妙惟肖的"五爪龙"的大"点子"，黑尾巴白身子。

众亲友在嘤嘤哭泣中舍不得离去，九老板自始至终没有哭出声来。雷三爷愣是没有一句话。

回到家后，大家仍在伤痛中唏嘘不止。

九老板紧紧攥着老十一曾经背过的那只抄网，是雷三爷从西直门城楼滴水檐子上面取回来的。她泪眼婆娑地看着那顶放在桌子上的六合纱瓜皮帽，帽后缀着红幔。

"这顶帽子是我阿玛的,因为大,正好能把老十一那头长发窝在里面。"九老板哽咽着,对雷家的人说,"这孩子从小就古灵精怪的,我二娘在老十一七岁上殁的。这以后我是又当姐又当娘的,倒了(liǎo)没看好她。"

"第一次在冰食铺子里认识老十一的时候,她自称是小爷,谈起宫里和老太后的事儿,头头是道,就跟她经历过似的。"雷天鸽伤心地说。

"我还纳闷呢,宫里头的事儿,她怎么这么门儿清呢。"温君怡说,"现在知道了,敢情咱们老十一还是位格格。"

"那些事儿吧,应该都是听我二娘说的。别说她了,连我都没赶上进宫里去过呢。"九老板收了泪,掏出手绢擦了擦眼睛,"后来在鬼市上认识了三爷,她高兴得好几晚上都没睡着觉。"

就在这时,院子里冒出一种抬着重器的大响动。只见肇大年领头,倒着走了进来,冲着外面嘴里还不停地说着:"慢点慢点,哎,都看着点儿脚底下。"

六个大小伙子,抬着一具蒙着大黑布罩的棺材慢慢地走进院子。一看这副棺材就沉,压得六个大小伙子龇牙咧嘴。在肇大年的指挥下,这具蒙着大黑布罩的棺材最终被稳稳当当地放在了架子上。

"三爷,按您说的,都做好了。"肇大年说。

"好!"雷三爷说,"肇大哥辛苦,回头还得让您受累呢。"

"三爷,小姐儿知道吗?"

"这不是等着棺材抬来了,才好说。"

"您打算往哪儿抬?"肇大年指着棺材问道。

"您回去等着听信儿。"雷三爷平静地说。

"得嘞,回去等着听信儿。"肇大年说完,一甩手带着杠房的人就走了。临走,跟站在廊子底下看动静的小姐儿都没有打声招呼。

尽管雷三爷没有明说，但在肇大年的心里，已是隐隐约约感觉到有一件大事要发生，而且就在眼前。

晚暮晌儿，雷三爷来到了粮麦行。

掌柜杨汉威连忙将东家让到柜上。在上房坐下后，杨汉威又吩咐人赶紧着给东家沏茶倒水。

"汉威，你来柜上也有几年了吧？"

"回三爷的话，来柜上有四年了，整整四年零两个月。"

"想家了吧？"

"是啊，有时还真是想。"

"来，坐下说。"雷三爷指着八仙桌另一侧的椅子说，"不要客气。"

"三爷，有事儿您吩咐。"杨汉威说，站着没动地方。

"啊，我记得你老家是在江苏盐城？"

"是。"

"汉威，三爷有件事儿要托付你。"

"您说。"

"三爷最近家里有点儿事情，万一哪天我不在了，家里那三百羽鸽子就托付给你了，至少，给这些鸽子找个好的去处。"

"好的去处……三爷……三爷，您这托付太重了。"杨汉威紧张之余，说话都有些结结巴巴的，"您这鸽……鸽子都是鸽子当中的上品，先不管您府上有什么事，三爷要去办什么事，这……这托付……"

"欸，杨掌柜怎么跟三爷还客气起来啦？"雷三爷一脸凝重，"我的意思是杨掌柜干脆带着这三百羽鸽子回了南方，说不准这些鸽子会有一个正经的用途。先不管北平城外头在丰台的日本兵怎么样，就是眼下北平城里侨民商会里的日本人也是白天黑夜地惦记着我这几棚鸽子。尤其里面还有四羽回血鸽，那可是四羽有人用命换来的灰粉鸽。"

"三爷说的汉威记下了。"

"你知道，老来咱柜上的北平赛鸽会的沈秘书长——"

"您说的是沈先生，他的事我听说了。"

"看起来像个公子哥儿，行的事儿可是条汉子。"雷三爷幽幽地说，"那天我去会馆送沈先生最后一程，没想到，南京方面居然派来专车将沈先生养的那两棚鸽子都给接走了，我心里一动。后来就想明白了，其实沈先生养的一直是军鸽。"

"三爷说的意思汉威明白了。"

"说实话，沈先生一腔热血，路走对了，门进错了。"雷三爷啜了口茶，"要让我看啊，打日本，还得靠共产党！"

"啊？三爷，您这是——"

"行了，汉威，你们有纪律，我就不计较了。朋友相处，要肝胆相照才是！"

"三爷，您——"

"汉威，别的三爷就不多说了，几年下来，喂鸽子的饲料配比我也从来没有瞒过你，你也都懂得怎么喂了。我这三大棚鸽子交到你手上，鸽子不会受委屈。"

"三爷，您这是要——"

"我就问你，这几棚鸽子是去樱桃沟的'民先队'，还是奔南方八省游击队？"

"三爷，我得请示上级。"

"好，要尽快。那就说定了，打从今儿起，我这三大棚鸽子外带四羽回血灰粉鸽就归共产党了！"雷三爷停顿了一下，突然抬起头，说，"大妞儿和她同学昨天走的，什么时候可以到延安？"

"三爷……您都知道了？"

"要不怎么说我是她爹呢。大妞儿走时，不辞而别，想想也对，担心她猛地一说，从小把她带大的姑姑受不了，我索性也装作不知道。"雷三爷啜口茶，眼睛有些湿润，"国家兴亡，匹夫有责！"

杨汉威转身从抽屉里拿出一封信和一个四寸长的老榆木的楔形插栓，放到雷三爷面前，说："这封信是给您和大姐的。西直门城门楼子里那条暗道中，有架直通下面瓮城的木梯。木梯很陡，很高，在离暗道口往下第七级的梯板一侧，有一个插栓的机关，就是这个插栓。拔出插栓，那蹬板就变成了翻板，一脚踏上去，蹬板一翻，人等于踏空，便会摔下木梯。十几丈高的木梯，掉下去必死无疑。临走时，大妞儿让我交给您，是她自己的一件事，说是要给您一个交代。"

雷三爷拿起那个老榆木的楔形插栓，翻转看着："这是什么时候的事儿？"

"老十一去世后的第二天，看得出来，小姐心里很是悲愤！"

"嗯，是我雷皇城的闺女。"

"小姐还让我告诉您，走时，她还偷偷带走了四只鸽子，说是怕自己想家。"

雷三爷慢慢将闺女留下的那封信抽了出来，慢慢打开，不禁笑了起来。原来信纸上没有文字，只有图画——画上是一个酷似雷天鸽的女孩子，穿着校服，正对自己，跪在那里伏首叩头。信纸左侧，从上到下，笔意昂扬，竖着写了一行字：自古忠孝不能两全。

小姐儿手里攥着雷天鸽奔赴延安前留下的那封信，她心潮起伏，难以平静。小姐儿眼里没有泪，泪在心中流。看着她一手拉扯大的大妞儿留给她和她爹的那幅《自古忠孝不能两全》图，感慨不已，她不是不明事理的人，国仇家恨，大妞儿为国去尽忠，此举不让须眉，没给老雷家丢人。她扭过头来，看着北屋东墙上贴着的两张年画，那是大妞儿去年腊月二十八买回来的，刚一进屋，兴冲冲就给贴在了墙上——这是两张一对的喜庆吉祥的年画。

左面那幅《号响三军令》画的是一个大胖小子，手持长号作吹号状，脚下有一锭金元宝，身后是一盆荷花；右面那幅《鼓振万人惊》画的也是一个大胖小子，双手各执一根鼓槌正在击南堂鼓，身后是一盆梅花。这两个大胖小子身着花袄，圆润饱满，神情喜庆，憨态可掬，一派天真无邪的模样。两个大胖小子，一个吹喇叭，一个击鼓，显得既祥和平安，又寓意深远。

这两张年画大俗大雅，画中色彩艳丽，布局虚实有致，夸张合理，着实令人赏心悦目，印象深刻。年画题字"号响三军令，鼓振万人惊"，反映出中华民族力争图强、尚武不屈的精神。

看着这两幅年画，小姐儿心下骇然。冥冥中难道是有着一种玄机的暗示？

夜凉如水。雷三爷夜不能寐，午夜当庭，扪心自问，久久不能释怀。

自书院山长穆松以死破局之后，事情便接踵而来：景兰坡在马号为了断后赴死，沈宗尧在扎鲁特旗忘身殉国，老十一在城楼滴水檐子上被射杀，更重要的是闺女舍家为国奔赴延安。

就在老十一死在他怀里的那个时刻，雷三爷在心里已经下了决断。

鸽子的事情已经安排给了杨掌柜，小姐儿余生还有肇大年来照顾，只是苦了九老板。可人生不外生离死别，远有一些事情比儿女情长更为重要，雷三爷视九老板为知己，相信她一定能理解自己。

西屋有了响动，随即亮起了灯，房门开处，小姐儿走了出来，手里拿着一件褂子。

"师姐，还没歇着哪？"

"和你一样，睡不着。"小姐儿将手里的那件褂子披在了雷三爷的身上。"真的想好了？"

"是。"

"想一想，还是我阿玛那时候说过的话：该忍时忍，不能气短；该狠时狠，不能手软。"小姐儿对雷三爷说："这跤里最厉害的招数是三倒腰、德合勒①，在早年的跤场若有使这样绊子的，都是两个人摔出仇来，拼了命啦，才能使那两个厉害招数，平常日子轻易见不着。对付日本人不用客气，你可着劲地招呼就是。"

"师姐嘱咐，我记下了！"

天亮了。看这天儿又是一个响晴薄日。

早晨起来，也就五点刚过，肇大年率领着杠房的人来到了雷家。这时，胡同里早已塞满了送殡的队列和前来看热闹的人们。

肇大年走进院子，身后跟着听着信儿赶来的胡大少。胡大少是第一次跨进雷家，惊奇地四下张望。

肇大年看见小姐儿站在棺材那里，说："三爷呢？"

小姐儿刚要答话，上房房门豁然大开。雷三爷一身缟素，头系白绫，捧着一张镶在相框里的自己的大照片走了出来。相框照片是按照遗照的规格制作的，绝不走样。

---

① 三倒腰、德合勒，满语的摔跤术语。

"三爷,您怎么穿上——"肇大年突然意识到了什么,他问不下去了。

"大哥,以后这院子就归您照看了。"雷三爷对肇大年安顿后,走过来将捧着的遗照暂时交到小姐儿手里,说,"师姐,我就走了!"

小姐儿含泪点点头。

雷三爷说完,上前一步,掀去了蒙在椁套的阴沉金丝楠木棺材上的黑布罩子。棺材的椁套两侧刻下的两行遒劲的魏碑体大字赫然入目——国家兴亡,有一人,应有一人之责;抵御外辱,生一日,当尽一日之力。

胡大少怯生生地上前一步,从小姐儿手中接过遗照相框,捧在胸前,对雷三爷大声说:"三爷,算我一个!"

雷家出殡。

出殡的队伍浩浩荡荡沿着北沟沿通衢一直向北,向着新街口进发……

绝不胡说,事后据那天在场的人说是四九城的杠房聚齐儿了都来帮场子。雷三爷带着送殡的队列绕过王府围墙的西北角,顺着王府后罩楼外的围墙继续向东走到北沟沿南北通衢的大街上的时候才发现,马路两侧早已站满了黑压压的四九城各个杠房派来参加送殡的队伍。

雷三爷乐了。

这是北平城里有史以来最高规格的大丢纸的阵仗——松活、纸活、花圈、口联、匾额、满汉响器、五半堂执事,一应俱全,应有尽有,外加遮天蔽日的招魂白幡旗……

送殡的队伍沿街浩浩荡荡,逶迤而来。街道两旁人们驻足争相观望,有那光着屁股的小孩攀上电线杆子前后张着神儿在看,也有那剃了秃瓢儿的半大小子，爬上临街铺面还有民居的瓦房顶，跟着送殡的队伍蹿房越脊地向下瞅着……

雷三爷为自己出殡，当仁不让地走在出殡行列最前面，他的身上依然是那种舍我其谁、独步天下的气韵。跟在三爷身后的是胸前捧着雷三爷遗照相框的胡大少。紧跟他们身后的，就是那具六人抬的带着椁套的阴沉金丝楠木棺材。三爷身后的队列雄赳赳地行进着，庄严肃穆，队列整齐划一，步履沉稳而从容。

这是一支绝对正宗地道的中国传统的出殡行列，简直可以载入中国殡葬文化史册，可以称之为殡葬的经典范例，也是前无古人后无来者的这么一次。

送殡的队伍在行进。雷三爷一腔孤勇、气势沛然地前行。

送殡的队伍终于在惠郡王府门前停了下来，那具六人抬的带着椁套的阴沉金丝楠木棺材放在了王府的门前。雷三爷回身举了举手，送殡的队伍瞬间安静下来。

雷三爷从胡大少手中接过自己的遗照，上前去敲门。

大门打开一条缝，露出门房岩井三郎穿着和服的身影。雷三爷顺着门缝将自己的遗照递给了门里的这个穿着和服的日本人。

岩井三郎不明所以，接过相框，本能地低头去看。雷三爷趁势推开门，一步跨了进去，紧跟着，惠郡王府的大门在雷三爷的身后无声无息地关上了。

早晨八点钟不到，北平警察局接到日本山内商社惠郡王府打来的求助电话。半个小时后，北平警察局派出警长还有巡长带领着警察乘车急速赶往惠郡王府。哪知汽车到了新街口的时候，就根本开不动了。看到一街筒子的送殡队伍，没闹明白这到底是怎么一回事，别说汽车开不过去，就连人也挤不到前面去，不管你是吹哨还是挥动着警棍破口大骂，全都无济于事。后来惠郡王府西花园起了大火。还有人听见了一声枪响。直到救火车拉着警笛过来，这才冲散了送殡的队伍。

救火队迅速冲进了惠郡王府，这才发现仅仅是西花园的日本人的鸽子棚着了大火。火势虽然凶猛，但好在过火面积不算很大，因为中间隔着水池，还未殃及其他房屋建筑。不过，鸽子棚里那么多只鸽子因为鸽棚上锁，没有来得及飞出去逃避，都变成了"烤鸽子"。花园里充满着鸽子毛烧焦的气味。看守鸽棚的两条德国警犬，因为铁链拴着，也未能幸免，葬身于大火之中。

警察局的人是跟着救火队的人才得以进入惠郡王府。两拨人各司其职，救火队抱着水枪，拉着水管子奔了起火的地方；警察局的人自然是端着枪奔了有人在的地方。

客厅里，横七竖八躺着三具日本人的尸体，其中一人手里还握着一支南部十四式手枪。有一人仰面朝天地躺倒在地，胸口处深深插入一柄匕首。经过德、法、日三方的法医的共同查验，这支手枪曾经击发过一颗子弹，却找不到这颗子弹。查遍另外两个人的尸体，证明系被摔死，根本找不到被子弹击中的痕迹。房间内也是同样，除了可以看出这里曾有过剧烈打斗，连墙壁在内，也根本找不到弹痕。

经过藏在后面一个房间床底下的佐藤久和厨师的指证，死在客厅里的三个日本人，一个是他们的上司木岛芳雄，一个是门房岩井三郎，还有一个是日本山内商社北平分店店长山内己之助。事发时，佐藤久确实看到过一个白色的"幽灵"在和三个人进行缠斗，他很害怕，为了保命，也不敢多看，给警察局打完求助电话，便拉着厨师悄悄跑到后面躲了起来。

"他妈的，要照那个叫佐藤的日本人说，凶手是一个白色的幽灵？"警长为自己点上了一根烟，"仨打一个，手里还攥着把枪，愣没打过，这事儿透着点儿邪。"

"您别忘了，这儿可是王府。"巡长讨好地说，"老宅子，年头儿长了，难免有那个狐啊仙儿啊什么的。"

"可说啊，西花园子那把火着得也挺怪，这狐仙儿是想把日本人养的鸽子烤熟了吃呀。"警长听巡长说完，心里有些发毛，不由得四下里张望，说："快去看看那几个外国来的法医查验现场弄完了没有，咱们就别在这儿磨蹭啦。"

巡长掉头就要向外走去，结果又被警长给叫住了，说："别忘了再问问他们，听说一大早起来，这王府门前就停着一口带椁套的大棺材，咱们带人进来时，怎么没看见呀？"

"嘿，您这一说，倒提醒职下了，好像是有这么一回事儿。"巡长似乎想到了什么，"还真是，要是没有棺材，哪儿来的这么乌泱泱一街筒子送殡的人哪？"

这些天，小姐儿一直睡不好，鬓边已见丝丝白发。九老板又何尝不是呢？

自打老十一和雷三爷相继离开后，小姐儿硬是要九老板搬过来住，因为虽说雷三爷不在了，但这里毕竟是她的家。

每天就在雷三爷喂鸽子的这个时辰里，小姐儿和九老板必来后院里待上半晌。看着空荡荡的已经收拾得干干净净的三座大鸽棚，那心就像被人给掏去了似的。

院子里很安静，没有了鸽子在时的喧闹。

"就兹当这些鸽子跟了三爷去。"肇大年看在眼里，疼在心中，只有安慰地说，"老话儿说，什么人养什么鸽子，虽说北平城里往后少了'飞元宝'这一景儿，可三爷的鸽子也是为国尽忠去了。"

"有人说，为个人名节舍生易，为国家民族取义难。"九老板眼含热泪,说道,"记得三爷说过,为国家民族舍生易,为个人名节取义难。"

忽然,一只鸽子的身影擦着房顶从后院倏地划了过去,转瞬即逝。抬头正要去搜寻,哪知刚才擦着房顶从后院飞过的那只鸽子抿着双翅扑棱棱地直接一头扎进鸽棚。鸽子飞进棚后,跳回自己的窝箱,在窝里转着圈欢快地叫着。鸽子毛色灰暗,羽毛凌乱,一副长途飞返归巢的模样。

"哎呀,这是大妞儿带走的一只鸽子飞回来了。"小姐儿一惊,回头赶紧吩咐肇大年,"快去前面厨房里,抓些鸽粮,再带罐凉白开过来。"

"好像有一次,听大妞儿说起过。"九老板歪着头像是想起了什么,"延安到北平,鸽子怕要飞两千里地呢。"

肇大年大步向前院走去。

小姐儿和九老板进了棚。小姐儿从窝箱里捉出那羽风尘仆仆的鸽子。鸽子眨动着大眼睛,"咕咕"地叫着,好像在和小姐儿打着招呼。

小姐儿从鸽子的腿上解下一支像极了胶囊形状的铝管,那是便于鸽子携带的用来通信的"保信箱"。小姐儿放开鸽子,小心翼翼地旋开胶囊形状的"保信箱",用指甲尖挑出里面的一个小纸卷。九老板接过小纸卷,慢慢展开,一指半宽的极薄的纸条上,是一幅钢笔速写画,笔触刚劲有力,线条粗犷单纯——

啊,延安宝塔山。

第五十一章

故事原来从这里开始

叠翠书院前面有一座三门四柱泮宫石牌坊，建于明弘治年间，由太监梁嵩修建。泮宫石牌坊是儒学的棂星门，坐西朝东。

燕京八景之一的"居庸叠翠"就在这里。

"居庸叠翠"，居庸是地名，叠翠是山名。乾隆御笔题写的"居庸叠翠"碑就立在居庸关东南的翠屏山下。碑北的叠翠书院建于明嘉靖二十年，原是供守关将士子弟读书的地方。

站在这里极目远眺，巉岩陡峭，长城逶迤。

清晨。群山之中大雾弥漫。混沌湿润的乳白色的雾气一团团扑面而来。站在山谷断崖边的一块巨石上，年幼的雷三爷瘦小的身影浸润在雾气中，时隐时现。

雾气中，一个稚嫩清亮的童音正在大声地背诵着《鸽经》，声音铿锵有力，节奏感很强，隐隐带着山谷的回声——

"……花色论致，飞放论骨。有若柳絮随风，流萤点翠，蹁跹时匝芳树，窈窕忽上回栏。有如孤鹜横空，落霞飘彩。或来如奔马，去若流星……"

雾气渐渐散开。绵延起伏的峰峦，险峻蹭蹬的山势，削铁般的万仞断崖。极远处的峰顶隐约可见顺山势起伏的古老的城墙。

一个稚嫩清亮的童音仍在大声地背诵着《鸹经》，声音铿锵有力，节奏感很强，隐隐带着山谷的回声——

"……夜半寒钟言其清，宫殿风铃言其韵，蛩吟苔砌言其细，瀑布泉声言其宏。若鹦鹉则伤于巧，仓庚则伤于媚。别鹤离鸿起人悲，寒猿征雁动人愁……春生者得震巽之气，乃能乘风凌汉……听鼓鼙之声，则奋然而怒……"

后 记

永不消逝的北京记忆

早在明清时期,北京城里就有专门的鸽子房。

据《春明梦余录》记载,明代北京"十库西曰鸽子房"。《明宫史》提到,"曰西安里门,曰甲字等十库,曰司钥库,曰鸽子房"。

清人富察敦崇在《花儿市》中写过:凡放鸽之时,必以竹哨缀之于尾上,谓之壶卢,又谓之哨子。……盘旋之际,响彻云霄,五音皆备,真可以悦性陶情。

王世襄先生在《京华忆往》里也曾写道,在京城,"人们会听到从空中传来央央琅琅之音,它时宏时细,忽远忽近,亦低亦昂,倏疾倏徐,悠扬回荡,恍若钧天妙乐,使人心旷神怡……不知道底细的人可能想不到这空中音乐竟来自系佩在鸽子尾巴上的鸽哨"。

在很长的一段岁月里,我与鸽子有过深深的交集。一天早晚两次,在晨曦的微光中,还有晚霞满天时分,我将鸽子赶出鸽舍,让它们在蓝天下自由自在地盘旋飞翔。风吹云动,嘹亮的鸽哨声震响在长空。看着越飞越高的鸽子,那真是一种无边无尽的憧憬。

北京人用特有的耐心和精致将养鸽子发挥到了极致，形成了京华特有的风物。鸽子变成了街头的风景线，鸽文化也变成了北京文化不可或缺的组成部分。

只是随着时代的发展，城市大规模的拆迁不可避免，成片的胡同消失了，留给鸽子的空间越来越少。身处在高楼林立、车水马龙的闹市中，抬起头，再也看不见那盘旋的鸽子，听不见那动人的鸽哨声了。

但这并不意味着这份北京记忆的消失——"豆汁油条钟鼓楼，蓝天白云鸽子哨"。纯正十足的北京，原汁原味的北京，永在我心中。如今，我把它细细写下来。

屈原行吟泽畔，"路漫漫其修远兮，吾将上下而求索"。

这千古名句早已超越诗句本身，成为中华民族的精神基因。修远的不是路，是我们在路上的成长；求索的不是答案，是永远前行的勇气。

这就是"在路上"的真谛。

《阳鸟》这部小说就要面世了。感谢以"在路上"为主题的第二届漓江文学奖对我的发掘。

感谢漓江出版社给与我的这次出版的机会，这无疑是我文学创作"在路上"的一座新的里程碑。

倥偬半生，一路行来，回首望去，依稀可辨，仍然是那少年的身影。

写于北京小南书房　七月七日　夏夜